大魚讀品
BIG FISH BOOKS

让日常阅读成为砍向我们内心冰封大海的斧头。

目击症人

[加]林伍德·巴克利 著
李丽珉 译

TRUST YOUR EYES

BY
LINWOOD BARCLAY

贵州出版集团
贵州人民出版社

前 言

他转到果园街上看到那扇窗户，完全是个巧合。他有可能在一周、一个月，甚至一年以后才看到，但他偏偏在今天看到了。

当然，他最终还是会走到这里。每到一个新的城市，他迟早都会把每一条街道都走遍。通常，他都会以固定的方式开始——先从头到尾走完一条街，再走过一个街口。再从尾到头走完隔壁平行的另一条街道，就像在超市里浏览货架时那样。不过，因为必须过马路走到下一条街，所以在街口所看到的景象，随时都可能搅乱他原本规律的计划。

当他来到曼哈顿的时候就是这样，虽然在他所造访过的城市里，曼哈顿是最适合用这种规律的方式来探索的。至少，十四街以北那些完美的棋盘式街道就很符合这种规律。至于十四街以南的部分，一旦走到西村、格林威治村、苏豪区和唐人街，基本上就全部乱了套。不过，他却毫不慌张。因为这些区域的街道分布再糟也糟不过伦敦、罗马和巴黎，甚至波士顿北角，而他向来都觉得探索这些城市的街道是一种享受。

他从德兰西街往南走到果园街，不过他这趟旅程的起始点却是春日街和桑葚街口，然后从那里往南走到格兰德街，再向西走到克罗斯比街，再沿着王子街平行北上。走到王子街尽头时，则往东走到伊丽莎白街，再往南沿着肯马尔街而行，然后向东走过德兰西街，来到果园街。抵达果园街时，他决定右转。这是一条很漂亮的街道，虽然没有那种让人惊艳的花园、喷泉和成排沿着人行道的绿荫，就像布达佩斯的瓦茨街，或者巴黎的香榭丽舍大道、旧金山的九曲花街那种举世闻名的美景，却自有一番浓郁的质感和历史的深度。朝北而狭窄的单行道上，矗立着一栋栋鲜少超过五层楼的砖房，大部分都是一个半世纪以前留下来的三层或四层楼建筑。这条街反映了这座城市在不同时期的历史。街上的建筑——屋前的防火逃生梯、圆拱的窗户、突出的石楣、雕着华丽叶子的外墙都体现了风行于十九世纪中后期的意大利建筑风格，不过在每栋砖房底楼营业的却是些时尚咖啡馆或服装设计师的小店。此外，当然也有比较老旧和传统的产业，包括一家制服店、房地产中介、美发店、画廊，以及一间贩卖行李箱的店铺。至于那些歇业或停业的店铺，大多都已经铁门深锁。

他走到街道中央，单行道上的交通还不至于让他有所顾虑，至少现在还无须担心。他总是认为，走在街道的正中央才能够真正感受到此地的氛围。唯有马路中间，才是最佳的观察点。因为你可以从马路中间往前眺望，也可以朝马路两边观望，或者在原地旋转三百六十度，就可以辨识出自己所在的环境。了解自己周遭的环境和可以选择的去向至关重要，以备在你需要的时候用最短的时间迅速移动。

城市的建筑、街道分布和公共设施向来是他最关心的事，对于漫步途中所遇到的人，他几乎从未留意过。他不会主动和过往的行人攀谈，也没有兴趣和站在街角抽烟的红发女子打声招呼。他不在乎那个穿着皮夹克、短裙和破洞黑丝袜的女子想传达的是什么样的流行风格，也不打算和那个在他前面穿过街道、戴着黑色棒球帽、看起来运动感十足的女人搭讪，问她对洋基队今年的表现有何看法。他从来不看棒球比赛，也不在乎。至于那群口袋里都塞着一本旅游指南的人，何以要围绕着一名女子听她说话，他也没有兴趣知道原因，虽然她很显然是个导游或讲解员之类的。

当他走到布鲁姆街时，街道东南角一家在店外人行道上摆设了白色小桌和黄色塑料椅的餐厅看起来很吸引人。不过，这些露天的座位却乏人问津。餐厅的窗户上挂着一个招牌，上面写着："进来暖暖身子吧。"他凑近窗户，透过玻璃看着餐厅里那些正在享用咖啡、看笔记本电脑、读报的客人。

窗户的玻璃上倒映着他这一趟旅程中不时见到的那辆车，一辆没有什么明显特征的轿车，也许是辆本田思域，车顶上还装有一些机械装置。他之前曾不止一次看到过这辆车，如果他不清楚自己在做什么，那他还会以为这辆车是在跟踪他。不过，他没有多想，只是继续透过玻璃看餐厅里面。

他真希望自己可以到餐厅里喝杯拿铁或者卡布奇诺。即便隔着玻璃窗，他也几乎可以闻到咖啡的香味。然而，他不能驻足停留，因为要看的景色还很多，而他的时间却十分有限。明天，他还得到蒙特利尔，然后视他在蒙特利尔能看到的腹地有多少，再决定后天是否能到马德里。

不过，他会记得这个地方的。他会记得窗户上的那个招牌，记得那些露天的桌椅、果园街上的其他店铺、建筑物之间那些狭窄的巷弄，以及他在春日街、桑葚街、格兰德街、克罗斯比街、王子街、伊丽莎白街、肯马尔街和德兰西街上看到的一切。

他会全数记得的。

就在他沿着布鲁姆街走过三分之一的街口时，他抬起头向上瞄了一眼。

就是此时，“偶然”这一元素介入了。走到果园街的尽头并非什么了不起的大事，特别的是他朝商店上方看了一眼。他并非经常这么做。虽然他总是观察街上的商铺，读取店铺窗口上的告示和招牌，研究咖啡馆里的人，在脑子里记下门牌号码，但是他并不会每次都把眼光拉到一楼或二楼以上。有些时候，他的确是忘记了，有些时候则是因为实在没有时间。他很有可能随意就走完这条街，而完全无视那栋出租公寓上的那扇窗户。

不过，他想了想，这也许和所谓的偶然无关。也许，他就注定要看到那扇窗户。也许，这是某种奇怪的测试，是为了确定他是否已经准备好了，虽然他相信自己已经准备好了。但是，对于那些需要借用他才能的人而言——也许在他们“收编”他以前，他们需要先确定他的能耐。

那扇窗户位于三楼，一楼是贩卖香烟和报纸的店家——他又在这家店的窗户反光里看到了那辆车——二楼则是售卖妇女围巾的专卖店。那扇窗户被分隔成上下两个方框，突出在窗台上的空调室外机占据了下面方框的一半面积。空调室外机上面一抹白色的东西，就在他抬头的瞬间吸引了他的注意。

第一眼看到的时候，那个东西看起来像是百货公司和美发店里用来展示假发的白色舒泰龙[①]人头。他当下还自忖，把这种头放在窗上实在有点可笑。那是一颗光头——没有五官，直视着果园街的头。他猜，纽约街头的任何一扇窗户，什么东西都有可能出现吧。如果那是他的窗户，至少他会在那颗人头上架一副太阳眼镜，好让那颗头看起来多少有点个性，也暗示着主人的古怪。虽然他必须承认，一般人并不觉得他有什么古怪可言。

然而，他越是看得仔细，就越不敢确定那是一颗白色的泡沫人头。那颗人头的表面不仅反光度要高出许多，而且平滑许多。也许是塑料的——像那种杂货店会使用的袋子，或者干洗袋。不过，绝对不是那种透明的塑料袋。

他想看清楚一些。

那个放在窗口，几乎是圆形的白色物体仍然具有人头的形状。物体表面的塑料材质紧贴在看起来像是鼻子的突起部分，上下延伸到顶端的眉毛位置和底部的下巴处。人头的脸上甚至还依稀可以分辨出嘴巴的形状，张开的双唇看起来仿佛正在呼吸。

或者尖叫。

他认为那个物体看起来比较像一颗被罩上一层白色丝袜的人头。不过，光滑的材质仍然让他觉得那是塑料做成的东西。

做这种事的人显然不怎么聪明。毕竟，把一个塑料袋套在头上的蠢行，很可能导致自己窒息吧。

此人不仅得套上塑料袋，还得从背后把塑料袋拉紧，才能让塑料袋如此紧密地贴合在自己的五官线条上。但是，他并没有看到这个人的手臂出现在任何相关的位置拉扯着塑料袋。

于是，他不禁怀疑拉扯塑料袋的是否另有其人。

噢。噢，不会吧。

他正在目睹什么吗？有人正把一个塑料袋套在另一个人的头上？阻隔那个人的空气来源？想让那个人窒息？所以，那张嘴看起来才像在挣扎着吸气吗？

① 舒泰龙（Styrofoam）：一种聚苯乙烯泡沫制成的白色材料，常用于包装和日常用品。

那个人是谁？是男人，还是女人？拉紧塑料袋的人又是谁？

他忽然想起窗子里的那个男孩。另一扇窗户。那是好多年前的事了。

但是，此刻在这扇窗子里的人看起来既不像男孩，也不像女孩，而是一个成年人。

一个危在旦夕的成年人。

至少这幅画面在他眼里看起来就是如此。

他觉得自己的心跳开始加速。在过去的旅程中，他曾经看到过一些奇怪的现象，一些看起来不对劲的事情。

但是，比起这次的画面，过去那些都只能算是小儿科。他从来没有目睹过谋杀事件。而他确定自己现在看到的就是一宗谋杀。

他没有尖叫，也没有从外套的口袋里掏出手机拨打 911，更没有冲到最近的商店去叫人报警，当然也没有跑进那栋砖房，直奔两层楼的楼梯，去阻止三楼那扇窗户里正在发生的事情。

他只是试探性地伸出手，仿佛这样就可以触碰到三楼窗口那个人光滑的面孔，感觉到包裹在他头上的东西是什么，好做点判断。

咚咚，咚咚。

也许这样一来，他就比较容易弄清楚那个人究竟发生了什么事。

咚咚，咚咚。

他太过专注于窗口发生的事情了，以至于一开始的时候，他完全没有留意到有人正试图引起他的注意。不知何时，有人已经来到了他的门边。

他把手从鼠标上挪开，瞬间转过屁股下的电脑椅："什么事？"

房门被打开了一条缝，有人站在走廊上说道："下楼吃晚餐了，托马斯。"

"今晚吃什么？"他问。

"汉堡。烤肉店的汉堡。"

坐在电脑屏幕前的男子懒洋洋地应了一声："好吧。"

他转过椅子，重新注视着凝结在他那面超大屏幕上的影像。那颗模糊的、白色的、被包裹住的头，悬在窗口，犹如鬼影。

当时有人看到了吗？有人查到了吗？

当年，没有人看到窗口边的那个男孩。在那个瞬间，没有人抬起头，也没有人帮他。

男子让画面保留在屏幕上，这样，晚餐过后，他还可以回来仔细研究。到时候，他再来决定要怎么做。

两周前

1

“进来吧，雷。”

哈里·佩顿握了握我的手，带我走进他的律师办公室，然后指了指他办公桌对面的那张红色皮椅让我坐下。他和我父亲几乎同年，看起来却比我父亲年轻许多。哈里身高一米八三，瘦而紧实，头光滑得像个西瓜。秃顶虽然让不少人显老，哈里却不显老。他是个长跑健将，那套昂贵的西装穿在他的身上，简直合身得就像他的第二层肌肤。他的办公桌就是他整洁有序的佐证，除了一个电脑屏幕、一个键盘和一部最新款的智能手机以外，就只有一个装有法律文件的档案袋。桌上的其他部分，就像还没沾上第一笔油墨的画布一样干净。

“我要再次表达我的遗憾，”哈里说道，“你父亲有不下百件事情为人所乐道，不过，克莱顿牧师只用一句话，就巧妙地做了总结。‘亚当·基尔布赖德是个好人。’”

我勉强露出一丝笑容：“是啊，牧师从未和我父亲见过面，他能那样说已经很好了。我父亲鲜少去教会，我想，我们还能找到人主持葬礼就已经很幸运了。谢谢你来参加葬礼，让出席的人数达到了将近十二个。”

包括牧师和我自己在内，一共有十一个人参加了这场葬礼。除了哈里，还有父亲以前的三位同事，其中一个是父亲以前的老板莱恩·普伦蒂斯，以及莱恩的妻子玛丽。此外，还有曾经在普罗米斯瀑布市街上经营五金店，后来因为镇外那间家得宝[①]开张而倒闭的一位父亲的友人，以及父亲在克利夫兰的弟弟泰德、弟媳罗伯塔，和一位住在父亲那条街尾、我只知道名叫汉娜的妇人。最后一个是我和托马斯从高中时代就认识的朱莉·麦吉尔。朱莉在本地一家报社——普罗米斯瀑布标准日报社里工作，她曾经报道过父亲的意外。不过，她不是为了报道父亲的葬礼才出席的——虽然父亲的死亡让他登上了报纸的小块新闻，但是他既不是年度最佳公民，也不是扶轮社[②]社长或什么值得大书特书的人物。他对这个小区的贡献没有什么新闻价值，因此，朱莉只是前来致哀而已，纯属个人行为。

殡仪馆还剩下很多鸡蛋沙拉三明治，他们坚持让我带一些回家给弟弟。虽然我曾经解释说弟弟之所以缺席葬礼，是因为他身体微恙，但没有人相信我的说辞，至少认识他的人都不相信。在回家的路上，我本来想把三明治丢出车窗喂鸟儿，而不想带回去给弟弟，但我最终还是把它们全都带回了家，让它们一个也不少地进了我弟弟的肚子里。

“我真希望你弟弟能来，”哈里表示，“距离我上次见到他已经有好一阵子了。”一开始，我以为他指的是这次会面，因此觉得有点迷惑，因为我弟弟向来不是行动派的人。后来，我才意识到哈里说的是父亲的葬礼。

“是啊，我已经尽力了，”我告诉他，“他不是真的生病了。”

“我猜到了。”

“我试着说服他来，不过其实也没什么意义。”

哈里同情地摇摇头：“你父亲也尽力了，就像你母亲罗丝——愿上帝保佑她——还在世的时候那样。那是多久以前的事了？”

“她是二〇〇五年去世的。”

“她过世后，你父亲的日子应该过得更辛苦了。”

“那时，他还在普朗上班，”我指的是普伦蒂斯暨朗印刷公司，“我想，也许在他提早退休以后没多久，日子就更难过了。因为他整天都待在家里，那

① 家得宝（Home Depot）：美国一家家庭装饰品与建材的零售商。

② 扶轮社（Rotary）：即国际扶轮社（Rotary International），是分布在168个国家和地区的服务性国际组织。

让他如坐针毡，但是他从来就不是会逃避的人。”我咬了咬嘴唇，“我母亲就会找出不让自己困扰的方法，她总是自有一套接受事情的方法。但是，对于父亲来说，就没有那么容易了。”

“亚当还很年轻，真的，”哈里接着说道，“老天，他才六十二岁。我听到他死讯的时候真的很惊讶。”

“嗯，我也是。”我说，“我不记得在那些年里，妈妈曾经警告过他多少次，说在那片陡坡上开割草机除草有多危险。可是，他总是说他知道自己在做什么。问题是，那片陡坡坐落在房子的最后面——是你没有办法从路边或哪个邻居家看得到的角度。地面的坡度以四十五度的斜角一路延伸到下方的溪流。爸爸总是沿着坡地边缘割草，还必须把身体朝着坡地压低，割草机才不至于失去平衡而翻倒。”

“雷，他们认为在他们发现你父亲以前，他已经在那里躺了多久？”

“爸爸大概是在午餐过后出去割草的，然后一直到隔天早上六点左右都没有被人发现。当割草机从他身上轧过去的时候，方向盘的边缘重重地压在了他的身体上。”我指着自己的肚子，“你知道的，他的腹部，把他的内脏都压碎了。”

“老天。”哈里摸摸自己的腹部，想象着那种疼痛不知道折磨了我父亲多久。

对于父亲的死因，我没有什么好补充的了。

“他比我小一岁，”哈里笑着又说，“我们偶尔会一起去喝个小酒。罗丝还在世的时候，我们偶尔也会一起去打高尔夫。但是，他一直都觉得他没有办法在打十八洞的时间里，把你弟弟一个人留在家里。”

“反正爸爸也不是很擅长打高尔夫。”我说。

哈里悲伤地笑了笑：“我不打算说谎。他推杆推得还可以，却打不出什么好球。”

我闻言笑道：“是啊。”

“可是，罗丝死后，你父亲连到练习场挥杆的时间都没有了。”

“他对你的评价很高，”我说，“你在他心中首先是朋友，然后才是他的律师。”他们已经认识二十五年了。当时，正在办理离婚的哈里因为把房子给了前妻而住在纽约州北部的普罗米斯瀑布市中心一家鞋店的楼上。哈里因此曾开玩笑说，在离婚后几乎一贫如洗的他，居然还变成了一名离婚律师，真是勇气可嘉。

哈里的手机传来一声单调的信号声，通知他有电子邮件进来了。不过，他连看也没有看一眼。

“我上次和爸爸聊天的时候，”我朝着他的手机点了点头，“他还在考虑要不要买一部新手机。他有一部可以拍照的手机，不过已经很旧了，拍出来的照片也不是很好。而他也希望有一部可以轻松收发 E-mail 的手机。”

“这些高科技的玩意儿从来都吓不倒亚当。”哈里说着拍了拍手，示意该进入我之所以来此的正题了，“你在葬礼上说，你还保有那间位于柏林顿的工作室？”

我住在接近纽约州边界的佛蒙特州。

“是的。”

“工作的情况好吗？”

“还可以。这个产业正在改变。”

“我看到你的一幅画稿——你们是这样说的吗？”

“当然，”我回答道，“插画，漫画。”

“几周前，我在《纽约时报》的书评里看到一幅你画的插画。我总是可以从画风上看出那就是你的作品，你笔下的人物都是头大身体小，看起来好像他们的头大到会让他们摔倒一样。而且，他们的线条都是圆形的。我喜欢你处理他们肤色的方式，你是怎么做到的？”

“用喷枪就可以了。”

“你帮《纽约时报》画过很多画稿？”

“没有以前多了。用照片比雇人从构图到完成插画要容易得多。报纸和杂志的需求量都在缩减，我现在帮网页做得比较多。”

“那些都是你自己设计的吗？网页？”

“不是。我帮他们做美术设计，然后交给设计网站的人去执行。”

“我本来以为要帮纽约和华盛顿的报刊工作就得住在那里，不过，我猜住在哪里，现在根本就不重要了。”

“你无法扫描和借由 E-mail 传送的东西，还可以通过联邦快递传送。”我回答道。见我没有继续往下说，哈里便打开桌上的档案夹，阅读起里面的文件。

“雷，我想，你应该看过你父亲的遗嘱了吧。”哈里说道。

“是的。”

“他已经很久没有更新了。在你母亲去世之后，他做了几项改动。问题是，我有一天碰到他，当时，他正坐在凯莉的店里喝咖啡，然后说要请我喝杯咖啡。他一个人坐在靠窗的一张桌子旁，一边看着窗外的街道，一边好像在阅读《普罗米斯瀑布标准日报》，却没有真的在看报。我偶尔会看到他坐在那里，仿佛他只是需要时间在家以外的地方独处。总之，他对我招手，然后说他正在考虑修改遗嘱，说他可能需要增列几项特别的条款。但是，他一直没有列举出来过。”

“我不知道这件事，”我告诉他，“不过，我想我也不会感到惊讶。看看我弟弟那样，我也明白他会想多留一些东西给我弟弟。”

“说句实在话，我想，如果亚当走进这里，想修改遗嘱的话，我会试着告诉他不要做出偏袒任何一个孩子的决定。我会告诉他，最好的方式就是公平地对待每个孩子。否则，在他走后，很可能会引起兄弟之间的憎恨。当然，最终的决定权还是在他手上。这份遗嘱很清楚，里面有些事情你也许需要好好思考一下。”

我想象着父亲独自坐在几乎没什么客人的店里。自从母亲过世以后，他一个人在家里多的是时间独处。虽然客观地说，家里并不只有他一个人在。他其实不需要离开家去寻找独处的空间和时间。不过，我可以理解他想逃开的想法。有些时候，你就是需要知道自己真的只有一个人，你需要更换一下所处的环境。一想到这里，我就不由得感到悲伤。

“那么，我猜现在就是一人一半了。一旦那栋房子被变卖掉，一半的所得归我，另一半则归我弟弟。”

“是的，不动产和其他的投资。”

“大概有十万美元吧，”我说，“那是他和我母亲计划退休后用的。他们存了好几年，从来没有把钱花在他们自己身上过。到他死之前，他都还可以存上个十万美元，我是说如果他还能活上二三十年的话。”我语带哽咽，“我想，应该还有一份为数很少的寿险吧。”

哈里·佩顿点点头靠向椅背，手指不经意地摸了摸后脑勺，然后透过齿缝吸了一口气：“你得决定要怎么处理那栋房子。你绝对有权把它卖掉，然后和你弟弟对半分那笔钱。那栋房子没有贷款，我猜应该可以卖到三四十万美元。”

“关于那栋房子，”我同意道，“占地应该有将近十六英亩[①]。”

“如果你估计正确的话，你们两兄弟各自就可以分到大约二十五万美元。这样也还不错。雷，你几岁了？”

“三十七。”

“你弟弟比你小两岁，是吗？”

“嗯。”

哈里缓缓地点点头：“如果投资有道的话，这笔钱应该足以让他过上好几年了。不过，他还年轻，而且距离他可以领社会安全福利还有好一段年限。据你父亲所说，他无法胜任任何工作。”

我迟疑了一下才回答：“没错。”

“对你而言，这笔钱就不同了。你可以用来投资，将来好买更大的房子。等到你有……我知道你现在还未婚，雷，不过总有一天，你会遇到合适的对象，会有孩子……”

“我知道，”在二十几岁的时候，我好几次都差点结婚了，不过最终还是无疾而终，“我觉得我不会有孩子。”

“未来会如何，你是无法预知的。”他挥挥手，“不过，这其实不关我的事。只是站在非公事的立场，我想，你父亲一直都希望我照看你们俩，在我

---

① 1英亩约为4046.86平方米。

能力可及的范围内，尽量给你们提供一些建议。”他笑道，“当然，你们都已经不是孩子了，需要我提供意见的年龄也已经过了。”

“谢谢你，哈里。”

“我要说的是，对你来说，雷，这笔财产只是一笔意外之财。没有它，你一样可以过得很好。你的生活无虞，就算你的工作不如以往，你也可以找到其他的出路，靠自己站稳。但是对你弟弟而言，这笔财产就是他的全部。他可能需要卖掉房子的这笔钱才能活下去，前提是他能找到另一个适合的地方安身，一个有住房补助或是啥的地方。”

“我也想到了这一点。”我告诉他。

“我只是在想，你能让他走出那栋房子吗？我是说，你知道的，不只是出来一个下午，而是永远地离开。”

我环顾室内，仿佛这样就可以找到答案：“我不知道。他并非患有——那个词叫什么——广场恐惧症？爸爸也试过让他走出家门，不过，大部分时候是为了出门去看医生。”我发现自己很难把“精神科医生”几个字说出口，不过哈里是知道的，“问题不在于让他走出去，而是引导他离开电脑。每次他和爸爸出去，总是弄得彼此疲惫不堪地回来。让他搬出去，在另一个地方安定下来，我并不看好这种事。”

哈里说道：“那么，我就只能这么做了。身为遗嘱的执行人，对你来说，除了偶尔回到这里签署一些文件，其实没有什么太多要做的了。也许会有一些临时的东西，我需要你来决定，那些我都会让爱丽丝通知你的。也许你会想找人来评估一下那栋房子，好知道它现在的价值。”说着，他翻了翻手中的文件，“我想，你的电话号码和电子邮件的账号这里面都有了。”

“是的。”我说。

“还有，你也许知道——你父亲给过我一份他的保险复印件——你父亲的保险里有一项是意外险。”

“我不知道。”

“一笔为数五万美元的理赔，不无小补。”在我思忖这个信息时，哈里暂停了一下才又说，“那么，你还会在这里待一阵子，然后才回柏林顿？”

“待到我把一切都处理好为止。”

我们这次的会面到此就结束了，至少目前为止没有什么要做的了。哈里送我走出他的办公室，然后把手搭在我的手臂上。

“雷，”他试探性地对我说，“如果你弟弟留意到你父亲在家的时间有多久，如果他早点出去找你父亲的话，你觉得事情的发展会不会有所不同呢？”

同样的问题我也曾自问过。在弟弟发现父亲以前，父亲可能已经滚下斜坡好几小时了。当父亲从割草机上摔下来的时候，机器翻倒和割草刀持续运转的轰隆声应该很嘈杂吧。

父亲尖叫了吗？如果他尖叫了，他的声音是否被割草机的咆哮声盖过了？无论是他的叫喊声还是割草机的声音，事发的时候，有任何一点声音足以从斜坡传到家里吗？

我弟弟可能什么也没听到。

“我告诉过自己，事情不会有什么不同。”我回答他，“想这些事情没什么意义。”

哈里明白地点点头：“我猜，什么都不要再想也许是最好的方式吧。事情都已经发生了，时间是不可能倒流的。”我怀疑哈里还打算继续说些陈词滥调，他却一改话题，说道，“他真的完全沉溺在自己的小世界里，是吗？”

“你不知道情况有多糟。”我只能这么回答。

2

我坐进车里，驶往父亲的那栋房子。

母亲死后，尽管只剩下父亲还在那里，有很长一段时间，我仍然把那栋房子视为父母的家。我大概花了一年时间，才慢慢纠正这个想法。现在，父亲去世还不到一个星期，要我不再把那栋房子当作父亲的家，可能还得花上好一阵子时间才能适应吧。

不过，那栋房子不再是父亲的了，它现在是我的了。

也是我弟弟的。

我从来没有在那里长时间住过。虽然每次我回来探视他们的时候，那里总还有间客房供我栖身，却没有我打从儿时开始的记忆。客房衣柜的抽屉里没有偷藏起来的《花花公子》和《阁楼》杂志，橱柜上也没有模型汽车，墙壁上更没有粘贴任何海报。我父母在我二十一岁的时候买下了这栋房子，那时，我早就已经从我们原本位于普罗米斯瀑布市中心那条史东尼伍大街上的家搬出去了。我父母曾希望他们的儿子至少有一个能出人头地，不过，当我从奥尔巴尼大学休学，转而到萨拉托加温泉市位于比克曼街的一家画廊工作时，那个梦想就中止了。

我的父母并非务农，不过，他们却看中了这个地方，因为这里符合他们的理想。首先，这栋房子坐落在乡间，距离最近的邻居也有好几百码[1]。这样，他们就可以拥有绝对的隐私。稍微与世隔绝可以降低另一个意外发生的概率。

---

① 1码约为0.91米。

其次，父亲还是可以开上一小段车程去上班。不过，他并没有开车直接穿越普罗米斯瀑布市的市中心，到位于另一头的公司，而选择了绕道走另一条修建于二十世纪七十年代后期的辅助道路。他喜欢在普朗印刷工作，因此完全无意另找一份离家较近的工作。

最后，这栋有着天窗和环抱式门廊的房子其实还挺吸引人的。一年里有三个季节，母亲都喜欢坐在屋外。这栋房子还附加了一个谷仓，不过，除了拿来储藏工具和停放割草机，父亲鲜少用到这个部分。但是，他们两个人都很喜欢谷仓的结构，即便每年秋天的时候，谷仓根本就没有用来储存干草。

这片地十分辽阔，然而，我父母只使用了其中的两英亩。屋后的花园平坦地延伸了大约六十英尺①，然后倾斜连接到斜坡下一条视野之外的溪流。这条小溪在汇入流经市中心的河流之后，最终因地势而形成了普罗米斯瀑布。

这次回来后，我只去过溪边一次。等准备好之后，我还得再到那里去做一件事。

除了父亲利用到的范围，有些平坦的、没有树丛的农地就租给了邻近的农家。好几年的时间，这些出租的农地为我父母带来了次要——甚至是微不足道的收入。最近的一片树林在公路的另一边。当你驶离主干道，沿着通往这片土地的小路开过来时，远处坐落在地平线的房子和谷仓，就像搁置在露天铁路货车上的几个箱子一样。母亲总是说她喜欢住家有很长的车道，因为这样一来，只要一看到有车子开进车道，她就还有充分的时间准备——虽然她也承认这种机会并不多。

"一般人通常不会带什么好消息上门。"她曾不止一次这样说，这显然也是她的经验之谈。最让她记忆深刻的一次是当她年纪还小的时候，一名来自美国政府的官员来到她家，通知她母亲说她父亲再也不会从韩国回来了。

我把车开到通往前门的阶梯前面，再把我的四轮驱动的奥迪 Q5 停在父亲那辆开了十年的迷你克莱斯勒旁边。他不怎么认同我开德国车，为了支持本国经济一事，我们还曾有过一番争执。"我猜，"几个月前他曾经说过，"当

---

① 1 英尺约为 0.3 米。

他们开始进口北越的汽车时，你也会跟着买一辆吧。”既然他对外国货那么反感，我就提议帮他把他最爱的那台索尼电视退还给商家。那台电视的屏幕大到让他在观赏斯坦利杯比赛时，居然连冰球都可以看得很清楚。

“那可是日本货。”我提醒他。

“你敢动那台电视一下，我就让你好看。”

我两阶并成一阶地爬上阳台的楼梯，打开前门——我不需要从父亲的钥匙串上拔出前门的钥匙，因为我一直都有一把——然后走进厨房。墙上的时钟显示现在已经快下午四点半了，该是考虑晚餐吃什么的时候了。

我翻了翻冰箱，看看父亲最后一次到超市购物买回来的东西还有什么剩下来的。虽然他的厨艺不怎么样，但基本的常识，他还是略知一二的。他至少知道煮面要先把水煮开，烤鸡时需要先把烤箱预热。不过，当他懒得自己动手烹饪的时候，就会把冰箱塞满汉堡、鱼柳和薯条，以及其他各类冷冻食品，活像一条斯托佛[①]生产线。

今天晚上，我还可以用冰箱里剩下的食物填饱肚子，不过明天可就得上超市补给了。事实上，我自己也不擅长煮饭。在柏林顿的时候，我晚餐经常只需要一碗麦片填饱肚子就可以了。我想，独居的时候，很难有好好煮一顿饭的动机，甚至连像样地吃顿饭都提不起劲来。我有很多个夜晚都是站在厨房里，一边看电视，一边就把晚餐解决了。或者把买来的意大利千层面用微波炉热好，直接端到工作室里，一边工作，一边囫囵下肚。

我打开冰箱，里面还有六罐百威啤酒。父亲向来喜欢简单、便宜的。垂涎于父亲最后的半打啤酒让我觉得有点可笑，不过我并没有因此而不开一罐来喝。

“敬你，老爸。”我对着天空举起啤酒罐，然后在餐桌旁坐了下来。

屋里还是和平日一样整洁，父亲向来都一丝不苟。因此，楼上的走廊就让他很难接受。我把他的这种洁癖归因于他在陆军服役时养成的习惯。在他被征召入伍的两年里，绝大多数时间，他都被派遣到越南。不过，他从来没

① 斯托佛（Stouffer）：雀巢旗下的冷冻半成品品牌，其产品主要在美国和加拿大销售。

有提及过那段经历。“都已经结束了。”每当这个话题被提起的时候，他总是这么说。因此，他会把自己的洁癖归咎于从事印刷工作所需要的精准和专注。

我坐在厨房里啜饮着父亲的啤酒，有条不紊地准备把冰箱里的什么东西拿出来解冻加热。我一边打开另一罐啤酒，一边从冰箱的冷冻室里拿出东西。因为我对这个厨房并不熟悉，所以得连续打开好几个抽屉，才能找到餐垫、刀叉和餐巾。

等一切都准备得差不多之后，我才穿过起居室准备上楼。不过，却在上楼之前把手放在了楼梯的扶手上，环顾起了室内：那张格子沙发是我父母在二十年前从奥尔巴尼搬来时一起带来的，旁边的那张躺椅是父亲在看电视时的专座，还有一张被磕碰过的咖啡桌，是和沙发一起买的。

尽管家具都已经老旧了，父亲对科技产品却一点也不马虎。为了观看足球和曲棍球比赛，他特地在一年前买了那台三十六英寸[①]的高画质平板电视。他喜欢体育类运动，虽然他只能一个人观赏比赛。此外，还有一台 DVD 播放器，以及一个那种可以让他从网络上选购电影的小盒子。

这些节目，他都独自观赏。

这间客厅看起来和其他数以百万的客厅没什么两样，都一样普通，没有什么特别之处。

不过，走到楼梯顶端的时候，一切就不同了。

虽然我父母尝试过把我弟弟执迷的东西限制在他自己的房间里，却从来没有成功过。几年前被母亲漆成浅黄色的走廊上盖满了各式各样的纸张，几乎没有一英寸墙面是空着的。站在楼梯的尽头，朝着通往三间卧室和一间卫浴的二楼走廊望去，我想，第二次世界大战的地下战略室可能就像这样吧：地堡的墙壁上钉满了巨幅敌军地图，军事战略专家挥舞着手里的杆子，策划着入侵的路线。不过，在正常的战略室里，地图的排列应该会更整齐一些才是。德国边界的城市地图应该会集中钉在一面墙上，法国的城市地图也会张贴在另一面墙壁，意大利地图则贴在法国地图附近。

---

① 1 英寸等于 2.54 厘米。

任何一位军事战略家都不可能把波兰的地图贴在美国夏威夷地图旁边，或者把法国巴黎的街道索引盖在美国堪萨斯州公路加油站的地图上面，甚至把一张阿尔及利亚的地形图和一张澳大利亚墨尔本的卫星照片并列在一起。也不会将《国家地理》杂志上破烂的印度地图，直接用订书器钉在巴西里约热内卢的地图旁边。

这些占满走廊每一英寸墙面的地图拼贴，就好像有人把世界丢到了一台搅拌机里搅拌，然后做出了一张这样疯狂的壁纸。

红色的马克笔痕迹从一张地图延伸到另一张地图，描绘出晦涩难懂、看似毫不相关的联系。地图上还写满了各种批注。一张葡萄牙地图的中间，无厘头地潦草写着“236 英里[①]”几个字。走廊上也不规则地标示着不同的纬度和经度。有些地点旁边还贴着照片，例如在澳大利亚地图上，就有一张用绿色胶带粘贴着的悉尼歌剧院的打印照片。而在印度地图上，则出现了一张用口香糖粘贴上去的泰姬陵的破烂照片。

我不知道父亲是怎么忍受这幅景象的。母亲还在的时候，她总是居中协调的那个人。她会劝丈夫去运动酒吧和莱恩·普伦蒂斯以及其他同事，或者哈里·佩顿一起看球赛转播。父亲是怎么日复一日、年复一年地走过这条走廊，假装走廊上除了当年他和母亲一起粉刷的浅黄色油漆以外什么也没有？

我走到第一间卧室的门口，房门一如平日那样关着。我举起手准备轻轻地敲门，但是就在我的手指碰到房门之前，我听到了……

我可以听到门的那头有人在讲话。那不只是一个人说话的声音，而是有人在对话。但是，我无法听清楚对话的内容。

我敲了门。

“嗯？”托马斯的声音传来。

我打开门，猜想他是不是在打电话，不过他的手里并没有拿着电话。于是，我告诉他该吃晚餐了，而他表示他会马上下楼来。

---

① 1 英里约为 1.61 千米。

3

“很高兴你能打电话来。”

“谢谢你接我的电话。”

“我的私人号码是不随便给人的，因为你是一个很特别的人。”

“谢谢你，先生，我真的很感激。”

“我收到你最近的一封 E-mail，看来事情好像很顺利。”

“是的。”

“很好。”

“我还在想……你知道那个意外发生的时间吗？”

“但愿我们知道。这就好像在问恐怖分子下次袭击的确切时间会在何时一样。我们无从得知，不过，如果有下一次的话，我们得为那个时候的到来做好准备。”

“当然。”

“而我知道，到时候你会准备好。你对我们而言将会有很大的价值，你会是很棒的资源。”

“你可以相信我的，长官。”

“你知道你在做的事是具有风险的吗？”

“我知道。”

“对我们政府怀抱敌意的组织，会很高兴把像你这样的人抓住。”

“我了解，长官。”

“你明白就好。听着，我得挂电话了。我妻子今天会结束她的中东之行回到这里。”

“是吗？”

“嗯，我相信她一定有很多事要做。”

“没能当上总统，她会不会觉得很遗憾？”

“让我这么告诉你吧，我不觉得她有时间去思考这个问题。”

“我想也是。”

“总之，你要坚持下去。”

“谢谢你，谢谢，总统先生。我还是可以这样称呼你，是吗？”

“当然。一个人就算下台了，他的头衔也不会改变。”

“我会保持联系的。”

“我知道你会的。”

4

“假设你住在皇家桥饭店，你想去卢浮宫，你会怎么走？”托马斯问我，“别这样嘛，这是个超简单的问题。”

“什么？”我反问道，“你在讲哪个城市？”

他叹了口气，隔着餐桌悲哀地看着我，仿佛我是个不知道怎么从一数到五，让他大为失望的小孩一样。我们的外貌有很多地方很像，托马斯和我。我们的身高都是一米八，都有一头不太浓密的黑发，不过托马斯要比我重几磅[①]。我比较像喜剧电影《全职浪子》里瘦一些的文斯·沃恩，他则比较像《分手男女》里胖一些的文斯·沃恩。我看起来比较健康，不过这和体型没有关系。当一个人足不出户，每天都花二十三小时的时间在房间里——他把在厨房吃早餐、午餐和晚餐的时间分成每段二十分钟的三个休息时段——看起来当然会病恹恹得像面团一样苍白。他可能还严重地缺乏维生素 D，他需要到百慕大群岛去晒一个星期的太阳。尽管他从来没有去过那里，他可能还是可以把当地所有的饭店和饭店所在的地址全都告诉我。

“我说卢浮宫。这样你还不知道我在说的是哪个城市吗？卢浮，卢浮宫，你好好想想。”

“我当然知道，”我回答他，“巴黎。你说的是巴黎。”

他赞许地点点头，看来好像就要发狂了。他已经把我帮他热好的微波冷冻肉丸吃光了，而我却连一半都还没吃完，看来应该也吃不完了。我宁愿出

① 1 磅约为 0.45 千克。

去啃涂了黄油的面包。坐在我对面的托马斯，身体扭曲地朝着楼梯的方向，仿佛随时都可能从椅子上跳起来冲上楼梯一样。“没错，那么如果你要去卢浮宫的话，你会怎么走？”

“我怎么会知道，托马斯，”我疲惫地说，“我知道卢浮宫在哪里，我曾经去过。我二十七岁的时候，曾经花了整整六天在逛卢浮宫。我还在巴黎住了一个月，就为了上一堂艺术课程。可是，我根本不知道你说的这家饭店。我没有住饭店，我住的是青年旅馆。”

“皇家桥饭店。”他重复了一遍。

我面无表情地看了他一眼。

“在蒙塔朗贝尔街上。”

“托马斯，我不知道……”

“就在巴克街口。噢，不会吧。那是一栋用灰色石头砌成的老饭店，前面有座看起来像是用胡桃木还是什么做成的旋转门。旁边有一栋专门做 X 光检查或是什么的地方，因为它的窗户上写着“乳房 X 光检查”，还有什么“放射医疗”之类的字眼。检验机构的楼上有一些公寓，或者类似的地方，窗口还摆了好几个种在陶土花盆里的盆栽。那栋建筑看起来好像有八层楼，左手边还有一家看起来很贵的餐厅。餐厅外面搭了一座看起来很像黑色雨篷的东西，窗户也是黑的。不过，不同于巴黎其他的咖啡馆，这家餐厅外面并没有露天的桌椅，还有……”

这些全都在他的脑袋里。

“我真的很累了，托马斯。我今天去了哈里・佩顿那里和他谈过了。”

“从那里出发，卢浮宫是最容易到达的地方。你只要走出饭店，就几乎可以看到卢浮宫了。”

“你不想听听我在律师办公室里谈了些什么吗？”

他只是在我面前不停地挥手：“你先穿过蒙塔朗贝尔街，再越过一个三角形的人行道，然后就到巴克街了。之后，你沿着右手边走，穿过大学街后继续往前，再穿越过韦纳伊街——我不确定我的发音对不对，因为我高中的时候从来没有上过法文课——就会看到角落里有家店。店里的橱窗里摆满了卖相很好的糕点和面包，然后越过利勒街，不过还要继续往前走……”

“佩顿先生说，爸爸在遗嘱里把房子留给了我们。”

“如果你笔直朝前走，就可以看到了。我是说卢浮宫，即便它其实是在河的对岸。你继续往前走，越过左手边的阿纳托尔·弗朗斯码头，右手边则是伏尔泰码头。我猜，到那里之后，路名就变了。你靠右走，不过还是要继续过桥，那就是皇家大桥。我想那个字应该是桥的意思。一旦过了桥，你就到了。很简单吧？你不用转来转去就可以到了。你只要走出饭店的大门，转一个弯，然后就到了。我们再来个难一点的吧。你随便说一家巴黎的饭店，我就可以告诉你怎么走到那里，而且是最短的路程。虽然有些时候要到达一个地方可以有上百种走法，但是不管怎么个走法，距离都差不多，就像纽约一样。不过，巴黎和纽约不同，因为巴黎到处都有街道，而且街道都不是棋盘状的分布。但是，你明白我的意思，对吗？”

“托马斯，我要你暂停一秒钟。”我耐着性子说道。

他朝着我眨了眨眼睛：“什么事？”

“我们得谈谈爸爸的事。”

“爸爸死了。”他说着再度看了看我，好像我的智商有点问题一样，他的脸上随即出现了一抹短暂的哀伤，然后看向窗外，“我在溪边发现了他。”

“我知道。”

“晚餐的时间比平常晚了。我一直在等他来敲我的房门，告诉我晚餐的时间到了。我一直等着，直到肚子实在很饿了，我才下楼去看究竟怎么回事。我先在房子里绕了一圈，再下楼到地下室去，我以为他会在那里修理暖气炉还是什么的，但是他并没有在那里。他的车子还在，所以他应该就在附近。等我在家里遍寻不到他的身影后，我才到外面去找他。谷仓是我第一个去找的地方。”

这些我之前都听过了。

“当我在谷仓里找不到他的时候，我开始在附近徘徊。等我走到斜坡的顶端时，我就看到他被压在割草机下面。”

“我知道，托马斯。”

“我把割草机从他身上推开，虽然很重，但我还是推开了。然而，爸爸并没有因此坐起来。所以，我就跑回家里打电话报警。他们来的时候说他已经死了。”

“我知道，”我重复道，“那次经历对你来说一定很可怕。”

“它还在那里。”

那台割草机是我从斜坡下弄上来放到谷仓里的，因为意外发生之后，它就一直搁置在斜坡底下。我不知道它还能不能发动，只知道当割草机翻倒的时候，里面的机油全部流光了。如果我需要的话，谷仓里还有半罐机油可以使用。

“有些事我们得弄清楚，”我对他说，“你知道的，爸爸已经去世了，接下来我们该怎么做？”

托马斯点点头，若有所思地说：“我在想，我现在能不能把地图钉到他房间的墙上。我已经没有地方可以用了。他和妈妈说过，我不能把地图钉到一楼或者楼梯底下。不过，他的房间在二楼。既然他已经不睡在那里了，我就在想不知道你觉得如何。况且，妈妈也不在了，那个房间就没有人会睡在里面了。”

他说得不完全正确。我一直都睡在托马斯隔壁的空房，那是母亲为了让我回来探访时有地方住而准备的，虽然我并不经常回来。不过，昨晚我已经搬到爸爸在走廊尽头的房间过夜了，因为整个晚上我都听得到隔壁传来的鼠标点击声，让我实在无法忍受。我去过托马斯的房间一次，要求他把音量关掉，但是他根本不予理会。因此，我索性就换房间、换张床睡。一开始，躺在已逝的父亲床上还让我觉得可笑，不过我很快就适应了，因为我实在太累了，而且我原本就不是多愁善感的人。

“你不能一个人住在这栋房子里。”我告诉他。

“我不是一个人。你也在这里。”

“我还是得回到我家。”

“你现在就在家，这里就是家。”

“这不是我家，托马斯，我住在柏林顿。”

“柏林顿，佛蒙特州。柏林顿，马萨诸塞州。柏林顿，北卡罗来纳州。柏林顿，新泽西州。柏林顿，华盛顿。柏林顿，安大略，加拿大……”

“托马斯。”

“我不知道你知不知道还有多少叫柏林顿的城市。你得说得仔细一点，你得说‘柏林顿，佛蒙特州’，不然人家不会知道你到底住在哪里。”

“我以为你知道，”我说，“你希望我那么做吗？每次我告诉你我要回到柏林顿的时候，你都要我加上‘佛蒙特’几个字吗，托马斯？”

“不要生我的气。”他说。

“我不是在生你的气，不过我们确实需要谈谈其他的事。”

“好吧。”

“等我回到我自己的地方时，我会很担心把你一个人留在这里。”

托马斯摇摇头，仿佛没什么好担忧似的：“我不会有事的。”

“这里什么事都是爸爸在做。”我继续说，“他煮饭、扫地、付账单，到城里去买日用品，确定暖气炉可以正常运转。万一有问题，他也会打电话叫人来修理。此外，其他东西有故障了，他都可以自己修理。如果电灯不亮了，他就会到地下室把总开关重新打开。托马斯，你知道总开关在哪里吗？”

“暖气炉没什么问题。”他只是这么回答我。

“你连驾照也没有，”我说，“你要怎么去买食物回来？”

“我可以叫人送货上门。”

“我们住在一个鸟不生蛋的地方。况且，谁会去超市帮你挑你要的东西？”

“你知道我要什么。”托马斯说。

“但是，我不会在这里。”

“你可以回来，”他说道，“每周回来一次，帮我买食物、付账单，然后看看暖气炉是不是正常，再回柏林顿去。”他停了一下才又说，“佛蒙特州的柏林顿。”

“那其他日子呢？就算家里有食物好了，你可以自己做饭吗？”

托马斯把头扭开。

我向他靠近了一点，把手轻轻放在他的手臂上：“看着我。”他勉为其难地把头转回来。

“也许，”我说，“如果你的生活习惯稍微有所改变的话，你自己也可以承担一些责任。”

“你是什么意思？”他问。

“呃，也许你需要稍微合理地安排你的时间。”

他的脸上浮现出一抹迷惑的表情：“我的时间安排得很好。”

我收回手，将双手撑在桌面上：“那你倒说说看。”

“我是安排得很好，我很善于安排我的时间。”

“把你的一天描述给我听。”

“哪一天？例如星期几？还是周末？”他在闪躲。

“你觉得你周一到周五的日常安排和周末有很大的不同吗？”

他想了一下：“我觉得应该没有。”

“那么随便哪天都可以，你自己选一天吧。”

他听后带着怀疑的眼神看着我：“你是在寻我开心，还是在找我麻烦？”

“你不是说你很善于安排你的时间吗，那就告诉我你是怎么安排的。”

“好吧。”他说，“我大概九点起床，然后冲个澡。爸爸会在九点半左右帮我做好早餐，接着我就开始工作。”

“工作？”我接口道，“告诉我有关你工作的事。”

“你知道的。”

“我只是觉得以前好像没有听你称它为工作。那就告诉我有关你工作的事。”

“早餐后，我开始工作，一直到午餐时才休息。午餐后，我会继续工作到晚餐时，然后从晚餐后一直做到上床为止。”

“那是几点？凌晨一点、两点，还是三点？”

他点点头。

“谈谈你的工作吧。”

“你为什么要这么做，雷？”

“我在想，如果你少花一点点时间在你所谓的这个工作上面，也许你就可以照顾得了你自己了。托马斯，你长期以来一直在处理一些自己的问题，这已经不是什么秘密了。而且，这些问题还一直存在，这一点我了解，就像爸妈也都了解一样。比起那些和你有一样问题的人——那些总是会幻听或是有什么其他症状的人，你已经算是处理得非常好了。你能起床、自己穿衣服，甚至还可以坐在这里和我一起理性地对话。”

“我知道，”托马斯有点愤怒地说，“我很正常。”

“可是，你花在你……工作上的时间，影响到了你独立照看这栋房子的能力，也影响到了你独自住在这里的能力。如果你无法照顾这栋房子和你自己的话，我们就得寻求其他的办法。”

“其他的办法，你指的是什么？”

我犹豫了一下：“搬到别的地方去，也许搬到城里的一间公寓。或者……我也正在搜寻一些住处，在那里，你可以和其他有类似问题的人住在一起，也会有人帮你处理你自己处理不了的事情。”

“为什么你一直在说‘问题’？我没有什么问题，雷。我有一些精神上的问题，那都已经在控制之中了。如果你有关节炎的话，你会希望我说你的骨头有问题吗？”

“很抱歉，我只是……”我不知道该怎么说。

“你说我要去住的地方是指医院吗？给疯子开的那种？”

“托马斯，我从没说过你是疯子。”

“我不想住医院，那里的伙食很差。”他看着我没吃完的肉丸说道，“甚至比这个还糟。而且，我也不认为医院的病房会有网络。”

“没有人在说医院。不过，也许是类似的地方，我不知道，那种有人照看的房子。你也许还可以自己煮饭，我可以教你怎么做饭。”

“我不能离开这里，”托马斯郑重地说，“我的东西都在这里，我的工作也在这里。”

“托马斯，你一天里醒着的时候，只有一小时没有在电脑上悠游全世界。日复一日，月复一月，这样很不健康。”

“这是最近才有的，”他辩解道，“几年前，我还只有地图、地图册和地球仪而已。那时还没有‘旋转360’[1]，现在就进步多了。我等了一辈子，就在等类似的东西出现。”

“你一直都很沉迷于地图，可是……”

“感兴趣。我是对地图感兴趣。我就不会说你沉迷于画那些人物的蠢图画。我看到你画的那张穿着白色医袍、戴着听诊器、像医生一样的奥巴马，那张被刊登在杂志上的图画，我觉得那让他看起来很傻。”

“那就是重点，”我告诉他，“那就是杂志社想要的。”

“那你会说那是一种沉迷吗？我认为那只是你的工作。”

我们要谈的不应该是我。“这种新的科技，”我继续道，“‘旋转360’让你对地图的兴趣越来越不健康。你在全世界各个城市的街道上漫游，我相信那确实是一件很有趣的事情。可是托马斯，除此之外，你什么也没做。”

他再度低头看着地板。

“你听到我说的话了吗？你足不出户，也不和别人见面，更不看书或杂志，甚至连电视也不看。你从来没有下楼来看部电影。”

“没有什么好看的，”他说，“那些电影都不值得一看，还有许多错误。他们会说他们在纽约，你却可以从背景看出来那是在多伦多或温哥华，或者其他城市。”

“你只是坐在电脑前，沿着一条一条街道按着鼠标。你听着，你想看这个世界吗？那就选一个城市。我可以带你去东京，也可以带你去孟买。你想看罗马吗？我们也可以去。我们可以坐在特莱维喷泉旁边的某家餐厅，然后你可以点一份比萨或意大利面，再配上意式冰激凌饱餐一顿，那将会成为你很有趣的经历。你可以亲眼看到真正的城市，而不是只盯着电脑屏幕，看着仿真的都市。你可以触摸到这些地方，感受到巴黎圣母院的砖头就在你的手指底下，也可以亲自闻到中国香港庙街夜市的味道，还可以到东京亲耳聆听卡拉 OK。你任选一个城市，我都可以带你去。”

托马斯面无表情地看着我：“不，我不想那么做，我觉得待在这里就很

---

① 一款托马斯重度沉迷的电脑软件。

好。我不会因此染上任何疾病，也不会丢失我的行李，更不需要住在有臭虫的饭店，或者在语言不通的地方遇到歹徒，又或者生病什么的。而且，我也没有时间。”

“你说没有时间是什么意思？”

“没有时间亲自到每一个地方。我在这里可以快一点把工作做好。”

“托马斯，什么工作？”

“我不能告诉你，”他说，“我得先问问看能不能让你知道。”

我长叹了一口气，用手摸过头顶。我觉得筋疲力尽，决定改变话题。

“你记得朱莉·麦吉尔吗？你的同学。”

“记得，”托马斯回答，“她怎么了吗？”

“她来参加葬礼时问及你，要我替她问候你。”

托马斯有所期待地看着我：“你打算问候吗？”

“问候什么？”我随即明白了他在问什么，“你好！如果你出席葬礼的话，她就可以亲自跟你说了。”他听了没什么反应，他拒绝参加葬礼对我而言仍然是件伤心的事，“她是你同班同学吗？”

“不是，”他说，“她比我高一个年级，比你低一个年级。”托马斯停了一下又说，“她住在亚柏街三十四号一栋两层楼的房子里，那栋房子的门在房屋正中央，两边各有一扇窗户。漆成绿色的房子二楼有三扇窗户。房子右边有一座烟囱，信箱上还漆着花朵。她一直对我很好。她看起来还是很漂亮吗？”

我点点头：“嗯。她的头发还很乌黑，不过已经剪短了。”

“她的屁股还很翘吗？”他问起这个问题来不带一丝色欲，就像他想知道她是不是还开着斯巴鲁的车一样。

“我想是吧。”我回答他，“你们……你们之间是不是有什么？”

“有什么？”他是真的不懂。

“你们一起约过会吗？”

“没有。”他的答案我也猜得到。托马斯从来没有什么稳定的女朋友，而且他约过的会，就我记忆可及，应该屈指可数。他内向、古怪的个性对他一点帮助也没有，不过我也不确定他到底在不在乎异性。当我忙着把杂志藏在地毯底下的时候，托马斯就已经一头栽进地图收藏的兴趣里了。

“不过我喜欢她。”托马斯补充道，“她救过我。”

我抬起头，试着回忆：“就是和兰德里家的双胞胎那次吗？”

托马斯点点头。有一次在回家的路上，斯凯勒·兰德里和斯坦·兰德里那对智商一般却爱霸凌弱小的双胞胎兄弟拦住了托马斯的去路，嘲笑他在课堂上喃喃自语的行为。就在他们开始推挤托马斯的时候，朱莉·麦吉尔出现了。

“她做了什么？”

“她对他们大叫，要他们不要惹我，还站在他们和我之间，骂他们是胆小鬼，还骂了其他的话。”

“什么话？”

“说他们是猪头。”

我点点头：“是啊，我记得。”

“让一个女孩挺身出来保护你，还让人蛮尴尬的。”托马斯说道，“不过，如果不是她正好经过的话，我一定会被他们痛揍一顿的。有甜点吗？”

“啊？噢，我不知道。我好像在冰箱的冷冻室里看到过一盒冰激凌。”

“你可以帮我拿到楼上来吗？我下来太久了，比我计划的还久，我得赶快回去了。”他说着已经从椅子上站了起来。

“当然可以。”我回答。

“我看到了一个东西。”托马斯突然说。

“什么？”

“我在电脑上看到了一个东西。我想应该也可以让你看一下。这应该不会违反什么安全条款之类的。”

“什么东西？”

“你应该自己看一下，因为解释起来很花时间。”

“你可以给我一点提示吗？”我问。

“你应该自己看一下，”他只是重复道，说着暂停了一下，“等你把冰激凌带上来的时候。”

5

五分钟后，我才上楼去托马斯的房间。冰箱的冷冻室里还有一桶香草冰激凌，不过我只能勉强挖出一人份的量。这倒无所谓，因为我也没什么胃口。

我早就应该料到，我没有办法和托马斯共同弄清楚他的一天是怎么过的。我父母试了那么多年都没能成功，我居然还以为自己可以做到。看来，我真的是个傻瓜。我弟弟就是这个样子，他向来就是如此，而且我也应该相信他以后仍会如此。

这种迹象很早以前就显示了，如果不是全部的话，至少有一部分如此。在他六岁的时候，他就已经流露出对地图的浓厚兴趣。当时，我父母还觉得那样很酷。每当有客人来的时候，他们就像那些子女是天才钢琴的家长一样，总不免要让小孩弹弹勃拉姆斯的曲子之类的来卖弄一下。“选一个国家吧。”爸爸总是这样对客人说，“随便一个。”

我父母那些不确定托马斯会做什么的朋友最终会挑一个国家。“阿根廷。”他们可能会这么说。然后，手拿铅笔和笔记本的托马斯会绘出那个国家的地图，并且在上面标注出属于该国的几个城市，再把邻国的名称一并填写上去，完成之后就交给大人审核。

重点是，我们家的来客一般连阿根廷和阿肯色[1]都分不清楚，又哪里会知道他们所看到的地图究竟画得对不对。因此，父亲总是会从柜子里拿出一本世界地图册，翻到阿根廷那一页，然后说：“你们看！你们看看！你们相信

① 阿肯色：美国的一个州。

吗？他连门多萨这个城市的位置都画得那么精准。我保证，这个孩子将来一定会成为地图绘制家。”

就算托马斯不喜欢被拿来当作娱乐客人的对象，他也从来没有出声抗议过。那个时候，他就像个天赋异禀的小弟弟。虽然有点内向、害羞，却一点也看不出他被什么东西严重困扰。

不过，那样的日子也不远了。

我父母对他备感骄傲，而对我却不然，特别是当我们去家庭旅行的时候。母亲总是会帮每个人收拾好行李，等父亲把行李都装载上车之后，我们就出发前往亚特兰大、波士顿或者佛罗里达州。母亲是一个没什么方向感的人，对于加油站提供的那些道路地图，她更是看得一头雾水，虽然她很擅长把摊开的地图几乎原封不动地再折叠回去。

因此，看地图这件事就由父亲包办。现在，每当有人谈及一边开车一边用手机发信息有多么危险的时候，我总想大笑。如果我父亲那个时代就有智能手机的话，让他找水牛城[①]的路，他可能会输入“白鲸”吧。他会让母亲把地图折叠成合适的大小，然后盖在方向盘上方，每隔几秒就低头看一下，就这样一路驶过全美的公路。

这种情形一直持续到托马斯七岁的时候。

“我可以看地图，爸爸。”他主动提议。

刚开始的时候，父亲并没有理睬，托马斯却坚持要看。最终，父亲觉得也无所谓，何不让孩子认为自己也有些用处？不过，托马斯可不是说着玩而已。他并没有假装在看地图，就像很多小孩在还不识字的时候就会打开书本哼哼唧唧地乱念一通，仿佛自己真的看得懂一样。

托马斯会先花个几秒钟时间看地图，然后才开口说出类似这样的话：“继续沿着九十号公路开个十英里，然后朝东转到二十二号公路。”

“让我看一下地图。”父亲说着就把地图从托马斯手中拿回来，放在方向盘上研究起来。

---

① 水牛城：又称为布法罗，美国纽约州西部的一个城市。

“我的天，”他说，“这孩子说得没错。”

只要和看地图有关的事，托马斯总是对的。

我曾经试着把看地图这件事揽在自己身上，毕竟身为兄长，导航应该由我来做才是。看到父亲居然要弟弟来协助他找路，我觉得很不是滋味。

“雷！”父亲会对我大吼，“别干扰你弟弟，让他专心做他的事！他知道自己在做什么！”

这个时候，我就会望向母亲，希望可以寻求到支持。“你也有自己擅长的事啊，”母亲会这样对我说，“不过，托马斯对这件事真的很在行。”

“我擅长什么？”我问。

母亲思考了一下才回答我：“你很会画画。也许，你可以把我们游玩过的地方画下来，那应该会很有意思。”

这些话真是莫大的“恩惠”啊！我们有相机，我干吗还要把我们去观光的地方用手画下来？那有什么帮助吗？我觉得备受侮辱，接着我把为了在旅途中排解无聊而带来的纸、笔和安全剪刀拿出来，然后把一张黑色美术纸递给母亲，上面什么也没画。

“瞧，这是新墨西哥州的卡尔斯巴德洞穴。”我告诉她，我们前天才去过卡尔斯巴德，“我们回家以后，你可以把它裱起来。”

在我十一岁、托马斯九岁那年，我们全家前往距离匹兹堡东南开车一个半小时、位于宾州南部的一栋小屋去过暑假。当时，托马斯就出现了一些征兆。那是一片盖在山边的老度假村；现在回想起来，那地方让我联想起斯蒂芬·金的那部电影《闪灵》里的瞭望饭店。只不过，那里没有流满鲜血的电梯，浴缸里也没有女尸，更没有在走廊里骑着三轮车的诡异小孩。度假村里有迷你高尔夫球场、游泳池，还有宾果之夜，每天下午四点的时候，还会提供饼干和柠檬汁，放在阳台上。那是很好玩的一周，不过，那个假期让我记忆最深刻的部分却是返家的途中发生的事。当时，父亲决定要走一条完全不同于托马斯提供给他的路径。

托马斯花了好几天的时间——他无视母亲要他到屋外游泳或玩马蹄铁游戏的恳求——才研究出我们必须沿着九十九号公路，一路北上穿过阿尔图纳。但是，在我们打算那样走的时候，母亲却决定绕经哈里斯堡回家。这样一来，如果哈里斯堡有什么购物良机的话，她就不会错过了。也就是说，我们得朝东走七十六号公路，那也会让我们回家的路多上好几英里。

“你不能这么做！”托马斯坐在后座抗议，“我们得走九十九号公路！”

“你母亲想去哈里斯堡，托马斯，”父亲告诉他，“这没什么好大惊小怪的。”

“我花了一整个星期才计划出这条路线！”托马斯开始哭泣。

“你为什么不重新计划一条不同的路线，好让我们从哈里斯堡回家呢？”母亲建议道，“那应该会很好玩的。”

“不行！我们得按照地图上的指示。”托马斯坚持。

“听着，儿子，我们只是要……”

“不行！”

“老天，雷！你找找看有没有什么游戏可以和你弟弟一起玩的？那本故事填空书在哪里？”

然而，托马斯却解开了安全带，一下子起身跪在了座位上，还开始用头去撞车窗。

父亲忍不住骂道：“搞什么！”

“托马斯！”母亲也大喊。

我拉住他，却被他推开。他就那样不停地撞着车窗，直到玻璃上面出现了一丝血迹。

等父亲把车子停到路边，母亲立刻跳下车，还差点因为没站稳而失足摔倒。她打开后座的车门，一把抱住托马斯，将他瘀青又沾着血迹的头揽在胸口。

“好了，”母亲心疼地说，“我们会走九十九号公路，就按照你说的路线回家。”

我不喜欢到托马斯的房间去。走进他的领域让我觉得很不舒服，就像走在他钉满地图的走廊上一样，甚至还有过之而无不及。他房间的墙壁上钉满了地图，连地板上也几乎没有空余的地方。书橱里则塞满了不同版本的地图册、汽车俱乐部的活页旅行指南（现在还有人会看这种指南吗？），以及贴着地图、用硬纸板做成的超大圆管，那是他从网上订购来的。此外，还有数百张他在线研究完之后，用打印机打印出来的地图，甚至还有我无法一眼就能辨认出的一些城市卫星照片。

他的房间里四处散落着地图，就连那张挨着墙摆放的单人床，都因为盖满了地图而很难看得出来在哪里。总体而言，他的房间就像被野蛮人糟蹋过以后的国家地理杂志总部。我怀疑他这样的摆设违反了不少条消防法规。在这间房间和那条贴满地图的走廊之间，只要有人拿着点燃的蜡烛走过，不消几秒钟，这栋房子就会烧成一片灰烬。

我得认真地思考这个可能性了。

托马斯坐在他的电脑前面。他的面前排列着一个键盘和三个平板电脑屏幕，每个屏幕上的画面都不一样。屏幕上出现了同一条街道的三张图片——分别是左、中、右的角度。每个屏幕上方都显示着网页的地址：whirl360.com。

我必须承认，这个网页真的很让人震惊。十年前，我根本无法想象到会有这样的东西。

只要上了这个网站，世界就在你的指尖之下。你可以从地球上随意挑选一个点，然后立刻就能从空中浏览到它的所在。不管是用传统的地图形式还是卫星模式，仿佛你就悬浮在空中俯瞰地表一样，甚至还可以锁定摩天大楼屋顶上的排气孔。

的确够酷了。

不过，还有更厉害的。

你可以选择某条特定的街道，然后按下光标就可以看到那条街。是可以真的看到，就像你就站在那条街的正中央一样。每按一次鼠标，你就可以前进好几码的距离。当按住鼠标不动时，你可以往左或往右，甚至还可以旋转360度。如果某家商店或餐厅的橱窗吸引你的话，你也可以把镜头瞄准了拉近。如果你想的话，连橱窗上的招牌都可以看得一清二楚，例如“今日特价——洋葱炒肝5.99美元”。

我偶尔也会上这样的网站。去年去多伦多的时候，我曾到海边的皇后街南边——也是目前多伦多城东一个相当时尚的地区，去拜访一个大学时代的朋友。他在E-mail上要我先去他家，然后我们再一起走路去他家附近的一间意大利餐厅。

于是，我登录“旋转360”的网站，在这个网站从他家走到皇后街，然后往每个方向都走了几条街口，结果只发现了两家餐厅。我在线继续查看，看到其中一家的招牌就是意大利餐厅，我在网络上研究了他们的菜单，在抵达之前我就已经决定好到时候要点龙虾意大利饺。

所以，我可以理解这个网站的迷人之处，更了解这种科技的发明，对像托马斯这样的人来说，简直就是美梦成真。就像《星际迷航》的粉丝在某天早上醒来，发现自己居然就住在“企业号”航空母舰里一样。

我不知道托马斯正在看的那条街是哪里，只看得出那条街道很窄，在街道右边平行停了几辆车的情况下，充其量仅能允许车辆单向通行。我猜，这也许是欧洲的某个城市。

我把冰激凌放在电话旁边。托马斯在这间房间里有自己的专线。这是因为当家里架设网络的时候，我父母把电话线也用作了网线。结果，托马斯整天都在上网，使得我父母既无法接听电话，也无法拨打电话。因此，他们只好另外架设一条线路，让托马斯可以爱怎么上网就怎么上网。现在，家里有了无线装置，托马斯就更不需要电话了，唯一会来电的就只有电话营销的人而已。

他瞄了一眼冰激凌说：“没有巧克力酱？”

“用完了，”我告诉他，不过事实上，我根本连找都没找过，“这是哪里？”

“萨林街。”

“哪里的萨林街？”

“波士顿，在美国波士顿北区。”

“噢，好的。是啊，当然。我还以为你最近把时间都花在了巴黎。”

“我到处闲逛。”托马斯的回答让我不知道他是在开玩笑还是认真的，不过我还是笑了，“你看到什么奇怪的东西了吗？”

我盯着屏幕看了一下。有一些人正在路上行走，每个人的脸都很模糊——那似乎是“旋转360”的规定，必须把看得到的脸和车牌都模糊掉。还有一些车子和一些我看不清的街牌。

“没有。”

“你看到这辆银色的SUV了吗？”他指着屏幕问我。右边的屏幕上显示着街道的侧面。

“嗯，看到了。”

“你看看他做了什么。他倒车撞到这辆车了，蓝色的这辆。你可以看到蓝色这辆车的车头灯刚才被他撞到的地方。”

“你可以放大吗？”我问。

托马斯连续按了几次鼠标。SUV的后挡泥板和蓝色车子的车头跟着变大，但是也更模糊了。

“我想你可能是对的。”我说。

“你看得见，是吗？”

“嗯。所以，‘旋转360’的人就那样开着他们的摄影车到处跑，然后拍到了这个人在倒车时撞到了那辆蓝色的车子。也就是说，他们目睹了正在发生的意外，而你又刚好看到了。是这样吗？”

“我敢打赌，SUV的主人甚至不知道自己撞到了别人的头灯。”托马斯说着，舀了一口冰激凌放进嘴里。

“也许吧。”我说，“我要去看一会儿电视，你要一起看吗？我们可以挑一部电影或什么的，不过要有真实的场景，不会又让你觉得恼火的。”

“我们得举报这件事，”托马斯说，“蓝色车的车主需要知道是谁撞到了他的车。”

“托马斯，说真的，首先，他们把车牌都模糊化了，所以你根本没有办法找到SUV或蓝色车的车主是谁。再则，这张街道的照片也许已经被上传到网页上好几个月，甚至好几年了。我的意思是，你现在谈论的小意外，不知道是多久以前发生的事情。蓝色车的车主也许去年就已经把车修好了，他甚至早就把车卖掉了。你知道，这不是现场的同步联机，而只是当时抢拍到的照片而已。”

托马斯没有回应。

“怎么？”我说，“告诉我你在想什么。”

“袖手旁观是不对的。”他终于说道。

“我们没有……老天，这和你看到那辆 SUV 把人撞倒是不一样的。这就是我一直在说的，托马斯。你花太多的时间在这上面了，你需要出去。到楼下来看部电影，爸爸买了一台很棒的电视，宽屏幕、高画质，放在楼下不用太浪费了。”

“你去吧，”他说，“我等一下再下去。你先挑一部电影，我们再一起看。”

于是，我下楼把电视打开，然后按下遥控器右边的按钮，这样才能把电视连接到提供电影播放的服务器上。

我看到一部几年前的新西兰电影，片名叫《读图者》。

“太棒了！”我喊道，“嘿，托马斯！这部电影你一定会喜欢的，是关于一个很喜欢地图的小孩！”

“当然，”他回答道，“我等一下就下来。”

但是，他并没有下楼来。在等了十五分钟之后，我什么也没看就把电视关掉了。然后直接走到厨房，喝掉了爸爸的最后一罐啤酒。

6

九个月前，艾莉森·菲奇把头从沙发床上的枕头上抬高一英寸，看着小客厅里那台DVD播放器上所显示的电子数字时钟。快中午了。虽然她昨晚上完晚班回到家时，确实记得把百叶窗都放下来了，以免被早晨的阳光晒醒，不过，除非是用黑纸把整扇窗户都贴满，或者换上那种完全遮光的厚窗帘，否则还真的无法不让阳光射进屋子里来。

老天，今天外面又是个艳阳天。她把被单拉过了头顶。

她很确定在这间她和考特妮·沃玛斯同住的公寓里，现在只有她一个人在。除非你能找到房价管制的房子，否则在这个城市里，你绝无可能自己负担得起房租，特别是以服务员的薪水来说。占有公寓里唯一卧室的考特妮在华尔街的一家公司上班，所以她早上八点前就得出门。艾莉森通常都在下午五点换班，所以偶尔当考特妮提早下班回家时，她们还可以见到彼此，尽管只有五分钟的时间。

艾莉森希望今天她们不会见到面，因为见到考特妮并非她所期待的事。她知道考特妮想和她聊聊——认真、严肃地聊聊。但是，考特妮要谈的那件事并不是艾莉森想讨论的，她知道考特妮想说什么。

钱。

永远都是钱的问题。至少从艾莉森付不出她那部分房租、有线电视和网络费用以来，那就成为考特妮几个月来一直想谈的事情。考特妮威胁着说要切断电视和网络等，但是艾莉森知道她不会那么做，因为考特妮只要在家，就一定会挂在脸书[1]上。艾莉森怀疑，即便在上班的时候，考特妮应该也一直都在上脸书吧。为什么那家贸易公司没有因此把她炒掉，艾莉森实在想不明白。因为至少她每天到酒吧的时候都得干活，她像牛马一样干活，帮客人点餐、和一些浑蛋客人打交道，还要帮老是出错菜的厨房善后。

她的每分每毫都是辛苦挣来的。艾莉森确实如此，只是她赚得还不够。过去三个月里，该付的房租她只付了一半，冰箱里的东西也没有补给过。她只能告诉考特妮，等她还得起的时候，她一定会把欠费都付清的。

考特妮总是回答她："是啊，等你付的时候我就会相信了。"

她赚的钱远比艾莉森多。然而，她做了什么？一整天都坐在电脑前舒服的椅子上，帮别人交易和赚钱。艾莉森甚至搞不懂她的室友到底是做什么的。

艾莉森几个月前给家里打电话以后，事情就完全变样了。艾莉森和住在代顿的母亲通了电话，并且告诉母亲这个大城市并非她想象的那样。

"亲爱的，你应该回家来的。"母亲告诉她。

"妈，我不会回去的。"

"塔吉特百货正在招人，报纸上说他们正在招人。"

"我不会回到代顿去塔吉特上班的。"

"你有对象了吗？"

"妈。"

"我猜，你在餐厅工作，应该有很多机会可以遇到年轻的男孩。"

"拜托，妈。"她母亲为什么老是提起这种事？她以为自己的女儿是为了什么才离开代顿的？就是为了躲开类似这样的问题。

"我希望我的女儿可以遇到让她快乐的男人，这一点你不能怪我。你父亲和我就很快乐，你知道的。我们在一起生活过一段很美好的日子。你知道，你三十一岁了，已经不再年轻了。"

她得满足一下母亲。"我遇到了一个人。"艾莉森告诉母亲。的确有这么一回事。毕竟，根据既有的事情来编故事总是比较容易，特别是用来对付她

---

① 脸书：社交工具，原英文名为Facebook，现在更名为Meta。

母亲。她遇见了某个人，两个人在一起一阵子了，也相处得不错，一切都始于一个眼神的交流。

有时候，两个人只要彼此对看一眼，就能有所感应。

艾莉森可以感觉到母亲在电话那头的兴奋："告诉我关于他的一切。"

"现在还为时过早，"艾莉森说，"我还得多观察看看事情的发展。如果他是那个对的人，我会让你知道的。好吗？不要再逼供了。现在，我有其他更重要的事要烦恼。"她想钓的鱼要上钩了。

"比如说？"

"餐厅的客人，他们不再像以前那样给那么多小费了。餐厅的生意变差了，大部分人都在家吃喝。加上我的牙齿裂了一个小缝。"

"牙齿裂了缝？你在说什么？"

"我没有告诉过你吗？"她当然没有，因为她才刚刚想到这个理由，她的牙齿根本没有什么裂缝。

"你从来没有说过。你的牙齿什么时候有裂缝的？怎么回事儿？"

"哦，是这样的。我有个同事叫伊莱恩，她真的是个大白痴。她端了一整盘饮料穿过一群客人，在那些猪头银行家之间闪来闪去的……"

"艾莉。"

"抱歉，不是猪头，我应该说是蠢材才对。总之，就在我从另一头走向她的时候，她刚好把托盘端起来，结果托盘的边缘撞到了我的嘴，饮料也洒了一地。我到化妆室照镜子的时候，牙齿就已经多了一个裂缝了。"

"噢，我的天，"艾莉森的母亲在电话那头说道，"真可怕。"

"没有裂得很厉害，不过，每次我用舌头舔过的时候，就可以感觉到那里尖尖的。你知道吗，后来，我去麦迪逊大道让牙医帮我补牙。我发誓，就算你用放大镜看，也看不出那个细缝了。"

这一点，艾莉森当然可以肯定。

"那一定花了你一大笔钱吧？"

"呃，服务员哪有什么本事去看牙医，"艾莉森说着笑了几声，"不过，别担心，我自有办法。你知道，如果考特妮最近收不到我这部分房租，她也会理解的。”

“噢，亲爱的，你不能那样对你的室友。那太不公平了。我现在就去拿我的支票簿。”

她母亲当天就寄出了一张一千美元的支票。

当支票寄到的时候，艾莉森立刻就把钱存入了她的活期账户，让她账户里的存款提升到一千四百二十一元八毛七分。虽然还不足以付清她欠考特妮的所有债务，不过至少可以偿还一部分了。然而，艾莉森越是看着自动提款机印出来的单据，就越不想把任何一毛钱给考特妮。

她在电话里对母亲提到的那个人，两周之后就要去巴哈马了。那个人曾邀请艾莉森同行，却没有提及要帮艾莉森支付旅费。因此，艾莉森只能以负担不起而婉拒。

但是，有了这笔用来修补牙齿的钱，一切就又不同了。

于是，她预订了一趟巴哈马的七天之旅。

结果，事情从此失控。

当考特妮看到艾莉森收拾着行李，准备叫出租车前往肯尼迪国际机场时，她问艾莉森：“你在开什么玩笑？告诉我你只是在开玩笑。你欠我不止两千美元，却有钱去度假？你要解释给我听吗？”

“那不是我的钱，”艾莉森回答，“是我母亲付的。”

考特妮瞪大眼睛：“你说什么？”

“我的工资还没存到足够还你的钱，我打算用自己的工资还你钱。这笔钱是我母亲给我度假的钱，不能和我欠你的钱混为一谈。”这个说法对艾莉森而言很符合逻辑。考特妮有时候脑筋实在太死，让人很难相信她是在金融圈工作的人。

“难以置信，”考特妮说道，“我不相信你说的话。”

“听着，我真的很需要这趟旅行，”艾莉森告诉她，“过去三年以来，你去过多少地方？啊？慕尼黑就是其中一个。你还去了墨西哥。伦敦呢？你大概五个月前才去过吧？在那段时间里，我在哪里？”

“我的旅行和这件事有什么关系？”

“你老是可以到处旅游，而我却没有机会，这实在太不公平了。有时候，我真的无法相信你怎么会这么刻薄。我得走了，我的航班还有三小时就要起飞了。”

她在巴哈马的时候，考特妮至少给她发了一百个短信和一百封 E-mail，指责她是一个自私自利、自行其是、以自我为中心的人。这几乎毁了她的假期，因为她的手机总是叮叮地响个不停。

不过，她这么做还是值得的。

当艾莉森回来的时候，考特妮扬言要把她踢出去。但是，艾莉森要她三思，因为租约上列着她们两个人的名字。艾莉森还再三保证，她真的、真的、真的会偿还欠款，她说她会再向母亲要钱。而且，这回她会编出一个很好的故事，一个足以感动她母亲的故事。然后，她相信不到一个星期，她的信箱里就会出现一张支票。

那已经是一个星期前的事了，今天看起来，信箱里也不会有支票寄来。艾莉森并没有给母亲打电话，也没有向母亲开口要钱。因为她觉得牙齿事件才刚过没多久就再跟母亲提钱，似乎太快了。她认为，如果她能够再编出一个精彩的故事，那么她也得再等一个星期左右才好给母亲打电话。

她想，也许可以编个臭虫的故事。每个人对臭虫都很感兴趣。她会告诉母亲这栋公寓里有臭虫，除虫的人要来喷药杀虫，所以她和考特妮必须搬到饭店住一个星期。除虫的人还告诉艾莉森，要她必须把所有的衣服都扔掉，因为臭虫可能藏在衣服里，所以她还必须买些新的衣服。

艾莉森的母亲之前就已经通过 E-mail，发了很多关于臭虫的相关新闻给她。这么一来，这个臭虫的故事应该会很容易奏效才对。

她母亲会给她寄钱的。这一点艾莉森深信不疑。她只需要克制住自己，不要在把钱还给考特妮之前，又把钱用到其他地方就好了。

艾莉森放在咖啡桌上的手机响了。

她从被单下探出头来，猜测来电的人应该是考特妮。如果不是的话，在这个时候打来吵她的人就真的该死了。虽然她不想接，但是考特妮一定会持续地打来。因此，她伸手拿起桌上的手机放到耳边。

“喂？”她应声道。

“已经一个星期了，”考特妮的声音从电话那头传来，“你母亲寄钱来了吗？”

“还没。我是说，我还没下楼去看信箱。不过，我想信箱里应该也不会有。”

“为什么，艾莉森？”

“好吧，你听着，我还没打电话告诉她。我打算编一个好一点的故事，而我也终于想到了一个。所以，今天我就会给她打电话。也就是说，在三四天之内，钱应该就会寄来了。”

“老实说，你还真了不起。”

“我是说真的，”艾莉森重申道，“我会把欠你的钱都还给你的。”

“我不在乎你的名字是不是在租约上。如果你再不把你的房租付清的话，等你回家的时候，就会发现你的东西都堆在走廊上了。我发誓。我已经开始找别的室友了。”

“老天，你这算哪门子朋友？”

“我算哪门子朋友？如果你是我的话，你会怎么做？”

“听着，如果下周这个时候，我还没还你钱的话，你不用把我踢出去，我会自己搬出去的。到时候，你可以让别人住进来。”

“一星期？”考特妮怀疑地说。

“我发誓，我可以对天发誓。”

“我真是个白痴，百分之百的大白痴。”考特妮说着挂断了电话。

现在再回头继续睡觉已经没什么意思了。艾莉森坐在床上，拿起咖啡桌上的电视遥控器，打开了电视。当纽约第一频道播着最新的新闻综合报道时，她再次拿起手机，看看有没有任何 E-mail 或者脸书的留言。

今天下午，她绝对会给她母亲打电话。不过，她首先得上网查一下关于臭虫的资料，这样她要编的故事才能更具有说服力。事实上，她觉得母亲也许也知道女儿在占她的便宜，不过对她母亲来说，这远不如过去她销声匿迹时的那种情况吓人。至少当艾莉森打电话要钱的时候，母亲知道她在哪里了。

艾莉森把目光从手机挪到电视上，然后又看回手机。新闻里说下午会有阵雨，直到傍晚雨才会停。

她点开手机浏览器开始搜索“臭虫”。天啊，搜出来大概一百万条关于臭虫的新闻。她又把搜索限定在“纽约”，但还有那么多条结果。

她重新看回电视。新闻正在报道一则有人跳到第六大道地铁铁轨上的消息。然后，她又看了看手机，思忖着也许她应该帮房东找来的除虫公司编个名字，至少这样会让整个故事又多了一点真实性。

她再度将视线落在电视屏幕上，就在她打算收回目光之际，她瞥见了一张熟悉的面孔。

搞什么?

她惊讶地张大了嘴巴，看着一名记者站在市中心某栋办公大楼外面的人行道上说着：“被视为现任州长强力对手的莫里斯·索奇克及夫人布里奇特稍早在此出现。莫里斯在法治问题上的态度十分强硬，众所周知，他希望这个国家能够回归到传统价值的理念——这也是他竞选的主要主张，虽然他并没有具体说明如果他当选州长的话，他要如何恢复旧有的价值观。他表示，他背后的团队里有些相当有能力的人士，其中包括美国前副总统。回到……”

艾莉森关掉电视，茫然地看着前方好一会儿，试着弄清楚刚才看到的画面。那对夫妻从休旅车后座下来，朝着支持他们的群众挥手，然后走进办公大厦准备展开演讲或什么活动的画面还在她的脑海里。

“索奇克？”艾莉森喃喃自语道，“那家伙居然是个政客？”

她把双手放在头上，抚摸着长及肩头的黑发，重重地吐出了一口气。

“太好了！”她对自己说道。

艾莉森很高兴自己还没给母亲打电话，因为她的现金问题现在可能有别的解决方法了。

7

“你今天和葛林医生有约，”我对着正在把牛奶倒入早餐麦片的托马斯说，“那是爸爸几周前帮你约的。”

“我不需要去见她，雷。”他看也没看我就回应道。

“你去的话，我会很高兴的。我知道爸爸觉得你偶尔去见见她比较好。”

“我不想去，”他说，“我有工作要做。”

“你可以回来再做。我知道，如果你需要的话，你是可以走出这栋房子的。你只是不愿意而已。”

“如果有足够的理由让我去的话，我会去的，雷。但是，我没有理由非去不可。”

我把咖啡杯端到嘴边，喝了一口咖啡。父亲放在家里的咖啡都是速溶的，味道不怎么样，不过至少还有咖啡因的成分在里面。我加了一汤匙糖在杯子里。“有的，托马斯。你和我刚刚经历了一件非常悲恸的事，我们失去了父亲。这对我来说十分难过，我想，对你而言应该就更痛苦了。我是说，毕竟你和父亲一直同住在一个屋檐底下。”

“他常常对我生气。”托马斯说。

“什么时候？”

“他总是要我去做我不想做的事。”他说着看了我一眼，“就像你现在这样。”

“可是，爸爸从来没有亏待过你，”我说，“也许他偶尔会生气，但是从来没有对你不好过。”

“我想，”他进一步说，“他不喜欢我整天待在自己的房间里。他要我出去，但是他不明白我有多忙。”

“这样并不健康，”我告诉他，“你需要新鲜的空气。托马斯，你得打心底里知道，你沉迷于你所做的事情，而没有去参加爸爸的葬礼，这样的行为就有很大的问题。”

“那天，我得去墨尔本。”托马斯辩解道。

“老天，托马斯，你用不着非得在那天去墨尔本。你不需要去墨尔本、莫斯科、慕尼黑或者蒙特利尔，你需要去的地方是爸爸的葬礼啊。”我知道就这件事责怪托马斯并不公平，他很可能根本无法控制自己。所以，我一说出口，立刻就后悔了。责备托马斯没有办法克制住自己的偏执，就好像责备盲人看不见自己要去哪里一样。

“对不起。”我马上对他表示歉意。

他没说什么。我们彼此都没再说话，也许在这一刻，这样反而比较好。

我首先打破了沉默：“在我试着想弄清楚一些事情时，我觉得你去见葛林医生是很重要的。我也想和她聊一聊。”

托马斯好奇地看着我：“你也有什么问题吗？”

“什么？”

“事实上，我觉得这个提议不错。你应该去和她聊聊，她可以帮你。”

我眨了眨眼睛：“帮我？帮我什么？”

“关于你对控制别人的需求，她也许可以给你一些建议。因为我会听到一些声音，所以她就给了我一些东西。或许她也可以开点处方药给你。”

“那倒是。”我回答他。

“你可以自己去，”他进一步建议，“等你回来后，再告诉我她是怎么说的。”

“我们得一起去。”

他舔了舔嘴唇，开始一张一合地张合着手指，嘴唇也慢慢变干，显然感到了焦虑。

“和医生约定的时间是十一点。”我告诉他。

“十一点、十一点、十一点。”他喃喃自语地把眼睛往上看，仿佛试着记起他的日程表上有什么既定的安排。

“我很确定你没有事。”我说，“我们得在十点半左右从这里出发。”

托马斯从椅子上起身，把碗拿到水槽边，在水龙头底下沾湿。他向来都把洗碗的事留给我，现在却自己动了手，可见他有多想避开我。

“别走开，托马斯。”

“我真的有很多事要做。”他说着便走出厨房，“你不明白这有多重要。”

“你可以在车子里使用GPS。”

这让他停下了脚步：“你有导航系统？”

“就装在仪表盘上。”我告诉他。

他看着前门旁边的橱柜，他的外套就挂在那里。“我们现在就可以走了。”

“现在才八点半。你不会想坐在医生办公室里等上两小时吧？”

他想了想：“好吧，十点半的时候，我会准备好出门。不过，你要保证你会和医生谈谈你的行为。”

“我保证。”

等托马斯上楼回房，而我也把早餐的餐盘和食物都收拾干净以后，我觉得是时候了。

我走出后门，穿过院子，来到通往小溪的斜坡顶端，然后停下脚步。尽管院子里的草一周前才割过，不过显然已经到了需要再稍微修剪的地步了。

诚如我告诉哈里·佩顿的，这个斜坡真的很陡。如果你真的需要修剪这里的杂草，那么最好用修草剪刀，或者手动的割草机。毕竟就算你不小心掉落了这些设备，最糟的结果也不过是让它们一路滚下斜坡，掉到溪水里。

换作其他人拥有这块土地的话，他们应该会很乐于把花园只整理到斜坡的顶端，而放任斜坡上的草丛恣意生长吧。但是，父亲喜欢把整片草地从后院到溪边都修剪整齐。这条小溪并没有让基尔布赖德农场摇身变成类似海边的度假小屋，父亲却认为还是值得努力的。因此，在每年的春天、夏天和秋天，父亲每周在农场上割草时，都会把山丘这一片斜坡连带修剪一番。

我还记得在母亲去世的前一年，有一次她曾在电话里要求我，让我说服父亲不要继续在斜坡上把割草机从这头开到那头。而且，为了保持割草机的平衡，还必须尽量压低身子来开割草机。

“他早晚会丢了那条老命。”母亲当时这么说。

“他知道自己在做什么，妈。”

“噢，你们这些男人就是这样，”她愤怒地说道，“我也叫哈里和莱恩提醒他，结果他们的说法和你一样。”

事实证明这些男人都错了。

那台有着绿色引擎盖和挡泥板、黄色座椅的割草机，现在就落在山丘的斜坡底下。引擎盖歪斜地盖在引擎上面，车尾挡泥板的顶端也出现了多处磨损和划痕，就连方向盘都弯曲了。

根据我的了解，割草机翻倒之后，应该先滚了一圈，然后才压在父亲身上。当托马斯到达现场的时候，他是绝无可能把割草机推回山丘顶上的，因为往上推实在是太困难了。因此，割草机应该被他往下推，然后滚了几圈，才终于车轮着地停在了溪边。

从那时起，割草机就一直停在那里。

我小心翼翼地走下山丘的斜坡，从这里可以很清楚地看到事情发生的地点。斜坡边缘上的草足足有三英寸高，一路往下延伸了一段距离之后，草就变成了五英寸的高度，而地面也在那个地方出现了一处因为割草机翻倒而被压陷的凹洞。

我站在那里，一脚前一脚后地保持着身体的平衡，向下望着我父亲咽下最后一口气的地方。他在那里吐出了最后的气息。我突然觉得喉头一紧，立刻往下走到割草机所在的斜坡尽头。

我不知道自己能否把它开回谷仓，那个意外也许已经让引擎遭到了损坏。当割草机翻倒的时候，里面的机油可能全部都流出来了，电池也可能已经没电了。

我试着把一只脚跨过机器，然后一屁股坐到割草机上。我是在父亲出事之后第一个坐上这台割草机的人，这让我感觉很奇怪。钥匙还在车上，启动器上显示着引擎是关着的状态。我打算把刀子的位置升起来，因为在割草的时候，刀子通常都是放下来的。然而，割草机上的刀子却已经在升起的位置了。

我把引擎的活门全开，再将节流阀推到底，然后转动钥匙。

引擎隆隆地发出了几下声响，一股黑烟随即从排气孔冒了出来。割草机居然启动了。我拉下活门，关上节流阀，踩上离合器，然后把割草机的排挡推到最慢的那一挡，缓缓地将机器开回斜坡上。

爬坡的一路上，我都屏住了呼吸。

等到割草机终于爬上斜坡后，我才将机器开回谷仓，并且在停好机器之后关上谷仓的门，回到了房子里。

托马斯已经在楼下准备就绪了，那时不过才十点。他穿着一件蓝色的苏格兰呢衬衫，橄榄绿的裤子，黑鞋白袜，以及一件和交通警示圆筒一样颜色的冲锋衣。

“这件衣服是从哪里来的？”我问，“你在做协助小朋友过马路的协管员吗？”

“没有。”他没什么反应地回答，“你知道我不会想做那种工作的。我不喜欢和小孩子相处。”

“那只是一个不好笑的玩笑而已。这件外套你是从哪里弄来的？”

“有一次，爸爸让我去沃尔玛买一些地图方面的书，我刚好看到这件衣服在打折，所以他就给我买了。”

“颜色真亮。”我说。

“你准备好走了吗？”

“现在还太早了一点。”我告诉他。

“我觉得我们应该出门了。”

“好吧。”我抓起我那件颜色没那么显眼的运动外套穿上。

我们走到阳台上的时候，我把前门在身后上了锁。我以为托马斯会站在那里适应一下屋外的感觉。户外的凉风徐徐，不过太阳很耀眼，是个很棒的天气。不过，托马斯却笔直地走向了我的奥迪，一连好几次想拉开副驾驶的车门。

“门锁住了。”他说。

“等一下。”我从口袋里掏出遥控车锁，瞄准了车子按下按键。托马斯立刻坐进车里，系上安全带，不耐烦地看着我绕过车子那头。我坐进车里，也系上安全带，然后发动引擎。能让开车的人同时监视这辆车十多种功能的仪表盘屏幕瞬间亮了起来，包括 GPS 在内。

“好的，它的运作方式……”

“我自己可以弄懂，”托马斯打断我的话，开始触摸旋钮和屏幕，“所以，如果我想键入一个地址……”

“你看到那个东西了吗，你只要……”

“我知道了。我先输入城市名称，对吗？”我看着他输入“麦克莱恩”。

“你在干吗？”葛林医生的办公室在普罗米斯瀑布市。

“我想看看这个导航系统会怎么指示要如何前往弗吉尼亚州的麦克莱恩。”

“我们干吗要去弗吉尼亚？”我问，“那是好几百英里外的地方。医生的办公室距离这里开车只要十分钟就到了，到弗吉尼亚却会花掉我们一整天的时间。”

“我不是真的要去那里，我又没有和谁约定要见面什么的，我只是想看看这个系统会不会给我们提供一条最适合的路径。”他研究了屏幕好一会儿，才看似沮丧地说，“好吧，我会输入医生办公室的地址，是彭宁顿街 2654 号，304 室。”

“你不用输入办公室的房间号码。我们又不是要邮寄给她什么东西，我们是要开车到她那里去。”

托马斯不再看 GPS 系统，而是转向我：“你觉得我很笨吗？”

这个问题如果是从其他任何人口中问出来的，听起来都应该带有讽刺或挑衅的意味，托马斯的语气却是认真的。

“不是的，”我回答，“如果我让你觉得如此的话，我真的很抱歉。”

“我可以感觉到你觉得我的穿着很蠢，因为你刚才在嘲笑我的外套。现在，你又觉得我笨到搞不清楚这个东西要怎么使用。”

“不——我的意思是，好吧，你的外套是鲜艳了一点，但是我并没有觉得你很笨。你似乎立刻就可以靠直觉操作这些东西，那你就输入医生的地址吧。”

他键入了地址，然后等了几秒钟，让导航系统自己分析数据。

“请按照指示的道路走。”车子的导航说道。

“这是玛利亚。”我说着把车子驶出了车道。

“什么？”

“那是我帮我仪表盘里的女士取的名字。玛利亚。”

“哦，”托马斯回应道，“为什么要叫玛利亚？”

“我不知道。我就觉得玛利亚这个名字很适合。也许也可以叫听起来比较具有德国味道的格蕾特或者海蒂之类的，不过我喜欢玛利亚。”

当我把车子开上高速公路后，他一直在研究着仪表盘的屏幕。他的目光几乎没有离开过屏幕上的电子地图：“我们刚才经过了米勒巷。”

“透过车窗，你也可以知道的。”我告诉他，“我要问你一件事。”

“什么事？”

“关于你发现爸爸的事情，你可以谈这件事吗？”

“这条红线，”他指着屏幕，“就是车子要我们走的路线吗？”

“没错。你介意我问你当你发现爸爸那时候的事情吗？”

“你想知道什么？”

“在你把割草机从他身上推开之前或者之后，你有没有碰过机器上的任何开关？”

“你是什么意思？”

“例如，把割草机的引擎关掉，或者把除草的刀子升起来？”

“没有。我连怎么开割草机都不知道，爸爸从来都不让我使用。这导航错了。”在我们对谈期间，他的目光完全没有离开过屏幕。

“所以，你没有碰过任何东西，”我重复道，“我是指割草机上的开关。”

“没错。”

“那么，当救护车来的时候，或者警察来的时候，有任何救护人员碰过割草机吗？”

“他们只在乎爸爸。我也没有看到警察碰过割草机。不过，我没有一直在场。也许后来他们又来过了。”

“但是，割草机整个星期都没有被移动过，”我说，“这段时间，它一直都停放在溪边。”

“你听到我说的话了吗？”托马斯问道。

“什么？”

“这东西有问题。”他仍然盯着屏幕。

“你是什么意思，有问题？”

“这个路线不好。”

“*前方三百码右转*。”

“玛利亚弄错了。”

“是吗？”

“她告诉你的是错误的路线，还有一条快一点的路。”

“她有时候会这样，因为她要保持在主要干道上。而且，有些新开的道路，她甚至都不知道有这些路。别担心，把玛利亚当作顾问就可以了，你可以选择听她的建议或者不听。”

“如果不知道自己在干什么的话，她就不应该给出建议。”托马斯开始操作那些按键，“你要怎么告诉她她犯错了？”

“我不知道要如何……”

“*前方一百码右转*。”

“不！”托马斯对着屏幕大吼，“如果我们按照她的建议走，就会走到萨拉托加街去了。我不想经过那里！”

“那有什么差别吗？”

“我不想走那条路！”他听来开始狂躁了。

“那就告诉我，你想走哪条路，”我告诉他，“我们可以告诉玛利亚另有快捷方式。”

托马斯于是表示，他想走玛因街而非萨拉托加街到市中心去。我告诉他没有问题，因为反正距离都差不多。因此，当我们要经过萨拉托加街的时候，我便无视了玛利亚右转的建议。等我继续往前开的时候，玛利亚重新调整了路径，但是仍然想让我们回到原本的路线，取道萨拉托加街。

“闭嘴。”托马斯对她说道。

玛利亚继续指示道：“前方三百码左转。”

“我真不敢相信，”托马斯越来越恼火了，“叫她不要再说了，让她闭嘴！”他重重地拍着仪表盘屏幕，就像父亲几年前因为电视屏幕出现歪斜而拍打电视机一样。

“你只要取消就好了，”我告诉他，“按那个按钮就可以了。”

原本很擅长输入数据的托马斯，在面临需要取消他刚才的输入时竟然慌乱了起来。

“右转。”

“不！我们不会右转的！”托马斯对着仪表盘大喊。

我只好伸出手，触摸屏幕上的设置，然后把玛利亚关掉。

“好了，”我说，“我把它关掉了。”

托马斯靠回椅背，深深地吸了几口气，才终于看着我说：“你应该把这辆车给丢了。”

8

一旦车子的 GPS 不再那么好玩，托马斯就变得闷闷不乐，还要求我掉头回家。但是，我坚持说已经和医生约好了，我们不能失约。

他听了当然很不开心。

当托马斯进到葛林医生的诊疗室展开疗程的时候，我便坐在等候室里等他。等候室里还有一名患者等着向葛林医生咨询，那是一名不到三十岁、散乱着一头金色长发的消瘦女子。在等待的时候，她一直不停地扭曲着食指。女子很感兴趣地注视着墙上的一个污点，好像那里有一只只有她才看得到的蜘蛛。

我瞄了一眼手表，发现还有一点时间，就走到大厅里，拿出手机，从网上找出一个号码接通。

“《普罗米斯瀑布标准日报》，”电话里传来一名女子的录音，“请直拨分机号码，如您需要查询分机，请按 2。”

我根据指示不停地按着按键，直到电话那头传来我真正要听到的声音。

“朱莉·麦吉尔。”

“朱莉，嘿，我是雷·基尔布赖德！”

“哦，嘿，雷，一切都还好吗？”

“你知道的，还行吧。听着，我这通电话是不是打得不是时候？”

“我刚好在等一通电话，”朱莉很快地回答我，“我以为是普罗米斯瀑布高中的校长打来的。该校在化学课堂上发生了一场小爆炸，我想获知其中的一些细节。”

“我的天。”

“没有人受伤，不过，也有可能没那么幸运。有什么我可以帮上忙的地方吗？”

“首先，我想谢谢你来参加我父亲的葬礼。你人真的很好。”

“没什么。”

“我在想，如果你有空的话，我们可以出来喝杯咖啡，因为你写了那篇报道，所以我想请教你几个关于我父亲的问题。”

“那篇报道很短，只不过就是一个小花絮的篇幅而已。我没有写什么细节。”

从她的语气里，我可以听得出来她正在担心另一通电话随时可能打来。就在我打算告诉她算了，很抱歉占用她的时间时，她却突然表示：“不过没关系，你要不要在四点的时候过来？我们可以喝杯啤酒。我会在报社门口和你碰面。”

“当然，那就……”

“我得挂电话了。”说着，她立刻就挂断了电话。

我才走回等候室，就看到医生和托马斯从医生的办公室走了出来。葛林医生正在说话：“不要这么见外，你需要更常来见我，我们最好保持联系。”

托马斯指了指我：“那你会和他说吧？”

“会的。”

“你要叫他不要再告诉我我该做什么。”

“没问题。”

葛林医生——她的名字叫劳拉——有着一头如云的红发，如果她没有把头发盘在脑后的话，肯定会长及肩头了。加上那双高跟鞋，她站起来应该有一米六三，我猜那双鞋至少有三英寸那么高。六十出头的年龄，她是个很有魅力的女人。她没有穿典型的医生白长袍，而是穿了一件红色的罩衫和刚好盖住膝盖的黑色直筒裙。

“基尔布赖德先生，”她对着我说，“你能进来一下吗？”

“雷，”我告诉她，“叫我雷就可以了。”

她叫托马斯坐在等候室里等我们一下。

“我应该给你开些处方药。”她笑着示意我坐下。她并没有在办公桌后面坐下，反而双腿交叉地坐到我对面。那双腿显然还很漂亮。

“好让我的控制欲获得节制。”我说。

“是的。”我喜欢她的笑容，她的门牙之间有一道很细微的牙缝，“你觉得他看起来如何？”

“很难说。我知道我父亲的死对他造成了影响，但是他并没有表现出来。”

“我可以看得出来他很沮丧，虽然他一直在隐藏他的情绪。”葛林医生说道。

“除了玛利亚的事情以外。”

“玛利亚是谁？”她问。经过我的解释，她笑着摇了摇头：“你父亲一直很担心托马斯沉迷于电脑的时间太多了。托马斯说他已经缩减了在房间里的时间，前几天晚上还和你一起看了一部电影。”

“那不是真的。我唯一能让他走出房间的机会，就是今天把他带到这里。他不想放下他的工作。”

“他对你解释过那是什么吗？”

“我不知道他能解释什么，”我说，“他喜欢在线探索世界各个城市，那就是他所关注的，”我摇摇头笑道，“虽然前几天他提到过我需要通过安全审查才能获知他在关注的事。”

葛林医生点点头：“托马斯觉得我可以告诉你他一直都在做什么。”

这句话让我从椅子上稍微挺直了身体坐起来：“他一直都在做什么。这句话是什么意思？”

“托马斯相信他是在帮 CIA① 做事，为他们提供咨询。”

“抱歉，什么？中情局？”

“没错。”

“怎么个帮法？他做什么……他觉得他在帮他们做什么？”

① CIA（Central Intelligence Agency）：美国中央情报局。

“是有点复杂，所有的事情拼凑起来也并非绝对相符，就像梦里那些似是而非的元素一样。首先，托马斯相信即将发生一件大事——某种数字的、电子爆破或爆炸。我不确定是哪一种。也许是全球性的电脑故障，甚至是某种境外势力——例如先进的电脑病毒——会让美国的情报收集系统瘫痪。”

“哦，天哪。”

她继续说道：“当这一天来临的时候，第一件会失效的东西就是网络上的地图，所有的地图会在瞬间消失，‘噗’的一声就不见了。所有依赖网络地图的情报单位的人员将会乱成一团，因为为了节省纸张，他们都被下令不准打印地图。”她一定也注意到了我抬高了眉毛，因此她笑道，“真的，节省纸张的开销。缩减预算的结果现在甚至也对幻觉造成了冲击。”她看起来有一丝难为情，好像她不应该开这种玩笑，“总之，重点在于政府已经不再有任何打印出来的拷贝数据了。”

我的困惑远胜于震惊。以我对托马斯的了解，这些听起来都很合理，虽然也很怪异。

“当这一天来临的时候，”葛林医生继续说道，“你认为CIA将会向谁求助？”

“让我猜猜。”

她点点头：“他会帮他们手绘出地图。凭借着记忆，他可以帮他们画出全世界各大主要城市的所有街道分布图。他都记在了这里。”她说着，涂着红色指甲油的食指轻轻敲了敲自己的太阳穴。

“可是等等，”我开口道，“还是会有旧地图的存在啊。那些存放在图书馆里或人们家里的纸质地图，以及学校里数以百万的地图册。”

“你现在太讲逻辑了，”劳拉·葛林严厉地纠正我，“你弟弟看待这个事件的前提是，那些旧有的资源已经全毁了。印刷的地图已经被图书馆丢弃，取而代之的是电子地图。家家户户也都把书柜里的地图和报纸一起送去回收，改而采用网络上的地图。这就是此事何以会变成一个大灾难的原因。因为这个世界将变成一个没有地图的世界，而唯一知道该如何重制的人就是托马斯。而且，还不只是地图，甚至世界上每条街道的样貌看起来应该如何也包括在内，每家商店的门面、每个院子，以及每个十字路口。”

我惊讶地摇着头：“所以，他一直在为这一天的到来做准备，如果会有这么一天的话。”

“不是如果，”她说，“是绝对会来到。这就是他为什么要把每一分钟都花在房间里‘环游世界’，好在事件发生以前，尽可能多地记下几个城市。我有一个病患——这是好几年前的事了——在水牛城的报社工作，每天晚上下班回家的时候，他会把那天报纸的每一版都带回去，因为他相信报社有一天会惨遭烧毁，而他将会是唯一保有该报历史的人——至少在他任职的那段时间内。”

“真是难以置信。”

“他家里的每条走廊、每间房间、每块露出来的地方都盖满了报纸。不管走到哪里，他都得挤过成堆的报纸。”

“听起来像是那种收藏家的节目内容。”

“有趣的是，”葛林医生接着说道，“报社真的发生了火灾。”

我的下巴差点掉下来：“你在开玩笑吧？”

她摇摇头：“结果，他们在那个病患的家里发现了引燃火灾的瓦斯筒。”

我错愕了几秒，然后笑道：“你不是在暗示托马斯将会制造一场销毁全球地图的电脑病毒事件吧？因为我觉得他不是会做出那种事情的人。”

“我只是在借由另一个故事告诉你，你弟弟的执着虽然并不寻常，但是也并非全然那么独特，只是形式上和别人有所不同而已。”

“我的天，”我突然想到了一件事，“麦克莱恩。”

“什么？”

“CIA 的总部不就在麦克莱恩吗？托马斯想在我的 GPS 系统里建立前往麦克莱恩的路径，后来却又作罢，也许是因为我还没有通过他所谓的安全审查。”我笑着说，“我猜，他现在让你来告诉我这些，我懂了。”

“你弟弟很信任你。这样很好。患有精神分裂症的人通常都会失去对至亲的信任。他们对任何人都会感到害怕。”她吸了一口气，“现在，我还要告诉你其他的事。”

“好的。”

“在这件地图销毁事件发生以前，托马斯相信 CIA 可能会需要他其他的帮助。例如，他们有一名探员在——我不知道——加拉加斯或哪里遇到了危险。歹徒发现了他的行踪，而他正在逃命，但是他不知道要在哪里转弯。因此，CIA 就会召唤托马斯，要求他提供一条逃亡的路线，而他会比电脑更快地提供给他们一条这样的路线。”

我用手掌抚过额头，一路摸到了脖子后面：“他也许可以做到吧。”

“托马斯常常提到逃亡路线，说他可以帮助受困或找不到路的人。”

我缓缓地摇头，试着模拟他的思维。

葛林继续说道：“另外，政府可能也希望他在发生灾难时提供协助，不管是自然灾害还是什么的。你想想看，我们近来遭逢的龙卷风，或者在基督城[①]和海地发生的地震，以及日本发生的海啸。在那些灾难中，一个个完整的小区就那样消失了。又或者，再来一次像‘九一一’那样的事件，愿上帝原谅我这么说。救援人员可以给托马斯打电话，他可以告诉他们那里原本有什么，他们又应该搜寻些什么。”

“还有呢？”

葛林哀伤地笑笑：“大概就是这样了。”

我把双手放到大腿上：“那我们要怎么做？”

“我不确定。我了解，因为你父亲的过世，托马斯在住宿方面的安排可能需要有所改变。”

于是，我和医生讨论了我对托马斯一个人住在那栋房子里的担忧。

“你的顾虑没有错，”她说，“他应该住在城里，住在一个有人可以关照得到的环境。当然不是要他受到压制，而只是需要有人看护着他而已。我可以推荐给你一个地方，也许你可以去看看。”

“你觉得他会去吗？”

她靠回椅背，把双臂交叉在胸口说：“我认为，如果你循序渐进地把这

① 基督城：即克赖斯特彻奇，新西兰城市。

个想法告诉他，他可能会接受。他可以保留他的电脑，也可以继续保有他的……兴趣。不过，重要的是你要让他多走出家门，带他去野餐、看电影、逛超市和百货公司等。他离开房间的次数越多，就会变得越自在，要让他搬到新的环境也会变得比较容易。我猜，你并不想搬回你父亲的房子，全天候地照顾你弟弟吧？”

“我不……我不希望你认为我不在乎他。”

她摇摇头说道：“我一点也不这么认为。事实上，我也不确定那对他而言是不是最好的方式。我们希望他能独立一点。你父亲的想法虽然很好，但是他容许托马斯变得完全依赖于他，托马斯的所有事情他都一手包办。从很多方面来看，他让你弟弟什么也不用负责的做法，的确造成了你弟弟更加沉溺于他自己的世界里。”

“我想，爸爸只是觉得自己一个人做还比较容易一些，”我告诉她，“你觉得托马斯的情况恶化了吗，自从爸爸死了以后？”

“我不知道。我问他，他是否还会听到那些声音——精神分裂症患者常常都会出现这种现象——他说偶尔还会。他和前总统比尔·克林顿[①]通过话，克林顿是他和CIA之间的联系渠道。托马斯的药剂已经让那些声音只剩下耳语的程度了，我也不想再增加他的剂量了。他每天都吃药了吧？你看到他每天都服用我开给他的那种非典型抗精神分裂症的药剂奥氮平吧？”

“是的。”

“药剂量提高的话，会让托马斯变迟钝，也可能伴随有头晕、体重增加、口干舌燥等他不会喜欢的副作用。我们寻求的是一种好的平衡。在你的协助下，我们可以继续维持这种状态。”

“昨天，他看到了一宗他认为发生在波士顿的小交通事故，然后要我帮忙处理。他要求我和某个车头灯也许在几个月前被撞破的匿名开车的人联系。”

“你得有点耐性，”她说，“这样他很容易变得沮丧。就各方面来看，我觉得托马斯目前的状态还不错。他有自己的困扰，有些是他不愿和我说的，

① 比尔·克林顿：即威廉·杰斐逊·克林顿，第42任美国总统，人们通常称他为比尔·克林顿。

但是……”

“例如什么困扰？有什么是他不想说的？”

“如果他愿意说的话，我就会知道是什么困扰了。”她回答我，“我知道那是自他孩提时代就一直存在着的梦魇，但是他从来就不肯提起。”

我想到了那次的夏日旅程，在那次旅程中，托马斯的头在车窗上撞到出血。我把这个故事告诉了她，不知道她是不是曾听托马斯提起过。

“我知道。”那就不是这件事。

她继续说道：“好消息是，托马斯也在关心你的世界。他还把你的插画剪贴带来给我看过。”

“这我倒不知道。”我告诉她。

“我想，他一直都很嫉妒你的天分，嫉妒你可以把脑子里的影像画出来。”

“就像他可以把地图画出来一样。”

“你们都有类似的天赋，只是这些天赋以不同的方式呈现了出来。”葛林医生这么说。

“我父亲带托马斯来的时候，你跟他聊过吗？”

“聊过。”

“你觉得他看起来如何？”

“你是问哪方面？”

“我不是很确定。当我和哈里·佩顿——就是那个处理遗嘱的律师，同时也是我父亲的朋友聊天的时候，我觉得从他的话里能听出来，我父亲可能一直有点抑郁。”

“你父亲是不是临床上的抑郁，我没办法提供给你任何看法，”她说道，“因为我没有治疗过他。不过，他似乎……很疲倦。我想，独自照顾你弟弟的压力让他觉得很疲惫吧。”

“他有一个意外死亡险，”我说，“那个再加上其他一些东西，至少应该可以让托马斯过上好一阵子了。”

葛林医生那双绿色的眼睛似乎要把人看穿：“你在暗示什么吗，雷？”

我只是摇摇头：“我不知道。”我挥挥手，“就当我没说过吧。”

“那你呢？”她问，“你好吗？”

“我？”这个问题倒让我吓了一跳，“我很好。”

我们的时间到了，我便站起身来。

“哦，”她突然又说，“我差点忘了。我应该给你一点东西，好让你调整一下你的控制欲。”

说着，她从抽屉里拿出一个不透明的药盒，里面装满了各种颜色的超大“药丸”。

“这是什么？”当她把盒子放到我手里时，我问她。

“巧克力豆。”

9

在电视上看到自己的新情人，震惊之余，艾莉森·菲奇立刻打开笔记本电脑搜寻。

“可恶。”她不停地从鼻孔底下闷哼。

莫里斯·索奇克在觊觎州长宝座之际，已经利用其纽约州检察总长的身份，滥用了许多权力。（“可恶。”艾莉森再度哼了一声。）莫里斯已经五十七岁了，而布里奇特则是他的第三任妻子。他在三年前娶了布里奇特。布里奇特比他年轻二十一岁，以及布里奇特是怎样一个尤物云云，至今都还是坊间茶余饭后的八卦话题。还有传闻说这对夫妻并没有相偕去度假，而是各过各的假期。关于这一点，艾莉森已经知道了。

莫里斯在哈佛大学求学期间认识了他的第一任妻子凯瑟琳·沃尔科特。在他拿到文学院的大学文凭后不久，他们就结婚了。当他转攻哈佛大学法学院时，凯瑟琳还用她法务秘书的薪水供莫里斯读书。五年后，他为了新欢杰拉尔丁·肯尼迪（和赫赫有名的肯尼迪家族无关，至少关系没有亲近到可以邀请肯尼迪家族的人来参加他们的婚礼，就像艾莉森偶尔会看到的那些沾亲带故的故事一样），而和凯瑟琳离了婚。

在第二段婚姻里，莫里斯并没有和杰拉尔丁离婚。杰拉尔丁在二〇〇一年自杀，死因是在封闭的车库里，在她的 BMW（宝马）车里因一氧化碳中毒身亡。根据传闻，她曾几度出入医院，还被诊断出患有躁郁症。新闻报道里曾引用过凯瑟琳说过的话：“我不知道我为什么没有自杀。天知道，当我和那个浑蛋还没有离婚的时候，我确实想过要自杀。”不过，凯瑟琳本人却否认曾经说过这些话。

关于莫里斯，社会上流传着各种不同的故事和疑问。凯瑟琳是个不折不扣的美女，而杰拉尔丁就更不用说了。为什么那些原本就已经拥有美娇娘的男人，到头来总还是要另寻他人呢?

莫里斯从来都没有回应过这些谣言，他总是适时地保持一段时间的哀悼，然后让自己专注于执法的公务上。惩治贪腐的工会上层，搜寻俄罗斯帮派，以及查破一帮专事儿童色情勾当的恶徒，这种种功绩都让他获得了各界的关注。根据报道，莫里斯还表示，如果有什么方法可以把这些人绞死在时代广场的话，他一定会付诸实践。虽然他的严刑峻法为他加了不少分，不过一名专家也表示，果真如此的话，那些原本因为他破获儿童色情组织的犯罪事件而感到欣慰的人，恐怕就不会把选票投给他了。

他在执法上的表现让他受到了不止一次生命威胁。据说，现在每当他出门的时候，身上总会藏着武器。

杰拉尔丁去世几年后，有人曾不止一次看到他和不少美女在一起。他参加戏剧开幕式、基金募捐或政治活动等被刊登在报纸上的照片，身边总少不了不同的女人。有些评论家担心他和女性的关系将来会成为他一个政治上的弱点。情场老手就某程度上来说，虽然让人称羡，但这些人的秘密太多，有朝一日这些秘密都可能浮出水面，而终究让他们自食恶果。就像那个和一群脱衣舞娘厮混的意大利总理①，老天，他简直就把男女关系当成奥林匹克的运动项目了。专家还表示，在莫里斯的权位更上一层以前，他必须在感情上先安定下来，或者至少表面上看起来必须如此。

而布里奇特就在此时出现了。

身高一米七八，一头黑发的布里奇特曾是个时装模特儿。对艾莉森而言，她和自己有点相像——目前在一家颇有名望的公关公司上班，该公司在美国纽约的苏豪区、英国伦敦、法国巴黎和中国香港都设有办公室。布里奇特曾为了帮贫困地区的小孩建造一座棒球场而组织了一场募集基金的活动——这

① 这里说的是西尔维奥·贝卢斯科尼（Silvio Berlusconi），意大利政治人物，数度出任意大利总理，因其私生活而饱受争议。

种慈善之举刚好是检察总长向来所关注的。结果，他们因此结缘而开始交往。根据他们自己的说法，爱苗很快滋长，甚至在球场还没来得及盖好，好让那些没钱吃早餐的孩子跑上一垒之前，他们就已经订婚了。三个月之后，他们就结婚了。

艾莉森从自己的搜索里发现，莫里斯在政治圈的不同领域里有不少有权有势的朋友。不过，其中大多数是右翼分子。他认识两任美国前副总统，一名是共和党员，一名则是民主党员。他们的交情好到每当他们在城里的时候，就一定会去莫里斯家吃晚餐。

噢，还有一件让艾莉森特别感兴趣的事——这家伙的财力惊人。

他预估的身价就已经到了惊人的程度，其中大部分是继承而来的财产。没有人可以因为公务员的身份而赚到那么多钱，除非这个人非常贪。更何况莫里斯·索奇克无论从哪方面来看，都不是一个贪腐之徒，虽然众所皆知他的挚友兼顾问霍华德·塔立曼（绰号：霍华德·塔立班）多少还是会中饱私囊。莫里斯的父亲格雷厄姆曾是个红极一时的房地产开发商，在曼哈顿还拥有好几栋摩天大楼。父亲过世以后，莫里斯继承了父亲的事业，不过为了避免遭到利益冲突这一类指控，他现在和这些产业都保持一定的距离。莫里斯并不介意拥有房地产和更多的财富，而这些数字的庞大则是艾莉森之类的人难以想象的。不过，他真正在意的还是人们的关注、他的影响力，以及更高的权位。而惩治那些层出不穷的违法恶徒，就是他达到这些目的的最好手段。谁会不喜欢改革的斗士呢？

虽然喜欢的理由可能有所不同。

艾莉森不停地从这个网页跳到那个网页，浏览着莫里斯究竟有多么富有的信息。若非千万美元，至少他也拥有数百万美元吧。

光是这些就已经够让人为之眩晕了。

看来，她也许可以弄到足以偿还考特妮的钱，还能帮自己买上一双莫罗·伯拉尼克[①]的鞋。女人永远都需要多一双新鞋的，不是吗？

---

① 莫罗·伯拉尼克：西班牙设计大师Manolo Blahnik创立的同名高端鞋履品牌。

在接下来的一小时里，她几乎都在公寓里踱步，练习着应该说些什么。她不希望让自己听起来像是在勒索，她要的其实只是一笔借贷。只不过，不同于一般的借贷，这笔借款将以分期付款的方式来还，而所谓的分期期限大概就是接下来的几千年。好吧，也许这笔钱更像是一份礼物。不过，这又有什么大不了的吗？他有这么多钱，在她身上花上个几千美元会是什么大问题吗？何况，艾莉森还可以回报他，这一点是毋庸置疑的。艾莉森很懂得如何表达感激，完全无须把嘴放在某些特别之处就能取悦别人。

光是靠着闭嘴，她就可以表达她的感激，那就是她道谢的方式。

她可以决定不去《每日新闻》《时代》杂志或者《邮报》，甚至像《日界线》之类的电视节目。

不到这些地方去爆料岂不是很好吗？

因为一旦类似这种事流传出去的话，对想成为州长先生的人来说，可是一点帮助也没有。

也许，她甚至不用说到那种地步。她不需要提及报纸或者电视节目，也许她只需要说“我知道你是谁”之后，就会有一张支票送到她的手里。

艾莉森拿起手机，开始输入她拿到的那个电话号码。不过号码还没按完，她就停了下来。她的心在狂跳。为了钱对母亲编故事是一回事，这又是全然不同的另一码事。

当一个女孩离开代顿来到这种大城市时，就会发生这种事。

“你好？”

“是我，艾莉森。”

“谁，艾莉森？”

“嗯，艾莉森。还记得我吗？”

“当然，我……听着，我现在不方便讲话。”

“我们得谈谈。”

“现在不是时候。”

“我在电视新闻上看到你了。”

“你……什么？”

“我不知道，完全不知道你的身份。你怎么会忘了提这种事？首先，你已经结婚了，再则……”

“听着，艾莉森，我会试着在这个星期或下个星期给你打电话。我现在很忙，如果你看新闻的话，就会知道竞选已经开始白热化，而且……而且……还有其他的问题。可能会有场调查……”

“你记得我们第一次见面的地方吗？”

“当然。”

“下午三点到那里去，三点之前那里的人还不多，而且不管你接下来是去林肯中心、百老汇，还是其他几千美元一道菜的餐厅赴约，你都绝对赶得及。”

“我不能和你碰面。我们不能——我很抱歉，可是不能让别人看到我们在一起。”

“三点。”

“老天，你到底想干吗？”

“有一件事你倒不用紧张，我没有怀孕。”

两点半的时候，艾莉森就已经在格拉梅西公园酒吧里了。欧·亨利就是在酒吧附近完成了《麦琪的礼物》那篇代表作。她设法坐回他们第一次约会的那个位置。约会？那真的是一次约会吗？“约会”难道不是意味着应该遵守某种社交惯例吗？或者应该说是“秘密见面”？那个老式用词是什么来着——“幽会”？

她帮自己点了一杯金汤力，目光一直注视着门口。虽然她不知道有什么必要，但她还是在练习怎么开口。尽管在她打那通电话安排这次约会之前，她就已经不计其数地练习过她的说辞了，但是当手机被接通的时候，她一开口却还是想到什么说什么。她觉得好笑。她不得不承认，包括那句怀孕在内的说法，都让她觉得超级搞笑。

三点整的时候，有人走进了酒吧入口，看到了艾莉森所在的位置。

来者不是莫里斯·索奇克。

是他的妻子布里奇特。

她看起来并不像艾莉森在电视新闻里看到的那个布里奇特·索奇克。她用一条红黑相间的围巾将头发高高挽起，艾莉森猜那应该是条爱马仕的围巾。布里奇特脸上的那副太阳眼镜几乎盖住了她的半张脸。

不过，那的确是她——检察总长那个火辣的小妻子。她踩着一双三英寸高的高跟鞋，双手插在风衣口袋里。当她走过吧台的时候，还惹来不少人为之回头。不过，她并没有被认出来。不管有没有被人认出来，她都能吸引不少目光。

布里奇特笔直地走向艾莉森所在的座位，然后一屁股滑进艾莉森对面的皮沙发里。

“你看起来像个奇怪的间谍。”艾莉森露齿笑着说。

“我只有几分钟时间，”布里奇特·索奇克说道，“有什么事这么急着见面？”

“就像我在电话里说过的，我们得谈谈。”

10

“我不希望你觉得我是那种在乎头衔的人，不过我还是想知道我的头衔是什么。”

“老天，我不知道。我必须承认，我还没好好思考过这件事。你有什么想法？”

“助理总监。当然不是整个机构的助理总监，只是我工作的那个部门而已。”

“‘地图测绘助理总监’怎么样？”

“地图测绘？”

“我只是一时想到而已，我会再想出其他比较适合的头衔。此外，我们还得聊聊设立办公室的事。”

“我不需要办公室，总统先生。我可以在家工作，也喜欢在家工作。我哥哥现在和我一起住，我的电脑也在这里。”

“话是没错，不过别忘了，一旦有灾难发生，你也许只会剩下纸和笔，或者铅笔。这种病毒，或者其他什么东西，会让电脑死机。你会需要很多大桌子，以及很多平坦的地方来摊放你要为我们绘制的地图。”

“我可以把它们放在我家厨房的餐桌上，还有客厅的地板上。”

“你哥哥不会有意见吗？”

“我希望他不会。他和我爸爸一样，总是要我去做我不想做的事。我爸爸有时候会让我很生气。我对你说过吗？”

“说过。”

“我对他的遭遇感到很难过。”

“他从来都不知道你的工作有多重要。你哥哥呢？他阻碍你的进度了吗？”

“没有。我和我的医生提过我哥哥，她也开了一些药给他。我对医生说，她可以告诉我哥哥我在做什么。”

“你觉得那样做明智吗？”

“他是我哥哥，我也告诉过我爸爸。此外，如果你突然需要我的话，例如现在就需要我的话，他就必须知道我在干什么。有可能会发生另一场地震或海啸。”

“如果你觉得可以告诉他的话，我也没有意见。”

“还有，你确定你真的不介意我直接跟你沟通吗？我向来都很崇敬你。一开始的时候，我是和 CIA 的局长戈德史密斯联系的。但是，在发生那么多麻烦之后，他就辞职了。后来，你也知道，他自杀了。所以，我觉得我应该直接找你。”

“我一点都不介意。”

“那就好，比——噢，你知道我差点做了什么吗？我差点叫你比尔。”

“啊，没关系。每个人都是那样叫我的。我们已经变成好朋友了，不是吗？”

“是啊，是啊，我们已经是好朋友了。今天稍后，我会再把一份报告 E-mail 给你。保重。”

11

父亲并不担心让托马斯独处，我也是。虽然我弟弟有一些奇怪的想法和习惯，但是各方面的迹象都显示他不会对别人或者他自己造成伤害。他从来没有表现出自杀的倾向，也从来没有攻击过别人。我父亲去普罗米斯瀑布市中心买东西，或者出门办其他事情的时候，总是会把托马斯一个人留在家里。所谓的办其他事，就是哈里所说的，到餐厅里喝杯咖啡或者只是看着窗外。

在托马斯拒绝参加父亲葬礼的时候，我也把他一个人留在了家里。虽然我很生气，但是我并不担心他在我不在家的时候会惹什么麻烦。他整天待在房间里，悠游在他自己的网络世界里。其实有个好处，那就是至少他不会到处惹是生非。他整天盯着屏幕看，除了眼睛疲劳，或者给他不断点击鼠标的手腕造成劳损之外，还能发生什么事？

所以，那天下午，当我告诉托马斯我要出去一会儿时，我完全不觉得有什么不安。“我会带晚餐回来。”

“肯德基。”他背对着我吩咐，继续探索着玻利维亚或比利时，或者什么只有他自己才知道的城市街道。

“我不要吃那种东西，”我告诉他，“我想我会买几个潜艇三明治[①]吧。”

“不要加黑橄榄。”他叮嘱我，但是目光一直没有离开过电脑屏幕。

十五分钟后，我的奥迪就停在了普罗米斯瀑布标准日报社的停车场里，时间已经是下午四点零几分了。我原本还担心朱莉·麦吉尔会在大厅里等我，

---

① 潜艇三明治：亦称为潜艇堡或鱼雷堡，是一种意式混合美式的三明治。

不过，当我走进大厅的时候，她并不在那里。如果前台有人的话，我就会让前台人员通知她我已经到了。但是，前台并没有人，只有一部电话可以让我自己拨打分机号码，电话旁边的桌上还贴了一张报社的分机号码单。

当我听到旁边的楼梯传来一连串急促的“咚咚”声时，我正在分机号码的单子上寻找朱莉的名字。

“嘿！”朱莉的声音响起，“看来你已经见过我们的前台了。”

她说，距离报社最近的、可以喝杯啤酒的地方就是闲话之家了。那应该是在我搬去柏林顿以后才开的酒吧。也就是说，这家酒吧应该已经开了十五年之久。朱莉穿了一双黑色的靴子、一条牛仔裤和一件领口上有扣子的男式白衬衫，外面还套了一件老旧的黑色皮夹克，肩上挎着一个黑色大皮包，大得看起来好像能装下电钻和几块砖，让她走起路来有点不太平衡。那头黑发上飘散着几缕灰白发丝，倒也不像是故意挑染的。

我们找了一个卡座坐下。朱莉的皮包被放到椅子上时，发出了沉重的响声。

“我带了一大堆鬼东西，”她说着朝服务员举起了手，然后笑道，“嘿，毕！我还是老样子，另外给这位男士来点什么吧。”

毕看向我。“我和她一样就好。”我告诉她。

等服务员离开以后，朱莉才说：“你父亲的事，我还是觉得很遗憾。不过，很高兴见到你，我们已经很久不见了。”她淡淡地微笑着。

“是啊。”我说。朱莉的语气似乎在暗示我们有着共同的历史。

她突然咧嘴笑道：“你不记得了。”

我张开了嘴，但是没有把话说出来，改而微笑道：“我本来打算说些什么来唬唬你，不过还是决定放弃，因为你看起来不像是容易被吓到的人。”

“萨迪·霍金斯舞蹈。那时，你还有六个月才毕业，我比你小一届。安·帕特洛邀请你参加舞会。不过，你在跳舞之前喝了不少，所以等你到达会场的时候已经有点醉了。安很生气，决定不理睬你，而你居然把目标转移到我身上。结果，我也喝了几瓶。在你意识到之前，我们已经在你父亲的车后座上缠绵了快一小时。别说你已经完全不记得了。”

我笑着咽了咽口水："我是真的忘记了。"

"那么，我猜你也不记得在那之后又过了几个月，我离开了城里。九个半月后……"

"老天。"

她笑着拍拍我的手："我和你开玩笑的。不过，我是真的离开了，那是因为我必须离开这个地方。我向来都觉得自己和这里格格不入。而你虽然也总是有点不属于这里的感觉，但是至少你和这里的人相处得还可以，因为——希望你别介意我这么说——你比较假正经。"

"也许吧，"我承认道，"你就……比较不那么假正经。"

她闻言笑笑："我也曾有过那样的时候。"

"我记得，有几次学校考试的时候，有人一直给消防队打电话，说学校失火了，或者被人放了炸弹。听说那个人就是你。"

她的脸色铁青："我不知道是谁散布那种谣言的，太不负责了。"说着，她停了一下才又继续说道，"不过，我可以理解，一个人要是没准备好接受那么难的考试，会觉得除了采取极端的做法以外，别无选择。"她又停了一下，"再说，这种事只发生过两次。"

"所以，还真的是你。"

"五年级的时候。"朱莉进一步说道，"不过，我离开这个城市还有一个理由。"

"是啊，我自己也没有在这里待太久。"

"不过，现在我们都回来了。"在她说话的同时，服务员送来了两罐科罗娜啤酒，"至少你有回来的理由，家里有人去世了。"

"那你的理由呢？"

"我到处旅行，在一些小城镇的报社工作过。那时，没有人在乎你是不是有新闻专业的学历，而我就没有。等我去《洛杉矶时报》应聘的时候，我已经积累了相当多的经验。但是后来，他们开始裁员，我也就丢掉了工作。其他的报社也都在减员，没想到在那么拮据的时期，《普罗米斯瀑布标准日报》居然在招人。有个女人被炒掉了，还有一个叫哈伍德的男人——老天，那家伙真的有太多问题——离开了这个城市，要去其他地方开始他的新生活，还真的祝他好运。所以，我就回来了。报社没什么钱，只是几个猪头经营的一个烂摊子。不过，在我找到其他工作以前，报社的薪水至少还能帮我支付十分之一的账单。而且，相信我，我是真的在找工作。”

我笑了。

“怎么？”

“你对你老板的形容词。托马斯说，你也是那样叫兰德里兄弟的。”

这回换成她开始回忆了：“我的天，那两个家伙——比鞋子还笨的家伙，我叫他们猪头？”

“当他们找托马斯的麻烦时，你仗义出现，把他们赶跑了。我知道现在和你说声‘谢谢’可能有点晚了，不过还是很感谢你。”

“天哪，我都忘了有这回事。”她从瓶口抓起科罗娜，喝了一大口，然后靠到椅背上，“你知道他们俩都死了吗？”

“不会吧？”

“他们俩都喝醉了，就把卡车停在路边。其中一个正在车后，把什么东西放在后门，另一个在没有察觉有人的情况下倒车。只听到‘砰’的一声，开车的那个就急忙跳下车查看发生了什么事。结果忘了先把车停下来，没想到他竟被绊倒了，当场被车的后轮碾过。这件事发生在我回到这里以前，不然的话，我真想亲自写这篇报道，真是遗憾。”她看了我一眼，然后露出抱歉的神情，“对不起，我没想太多就说这话。你找我聊是因为我写了关于你父亲的那篇报道吗？”

我摇摇头，示意她无须道歉：“没关系。我读了那篇报道。我只是在想，你还知道些什么。”

“不多。”

“你知道在意外发生之后，进行过什么调查吗？”

“嗯，就是一般的调查，那种意外死亡之类的调查。因为致死原因还挺明显的，也没有验尸。我写了一篇后续的报道，但是因为没有什么惊人的进展，所以报社就没有刊登出来。我知道，当事情发生在你身上的时候就是大事，任何细节都不容小觑。但是对《普罗米斯瀑布标准日报》而言，那就只是某一天的一则小故事，只占了两英寸大小的版面而已。它之所以在那天的警察记录上引起了我的注意，是因为我知道亚当·基尔布赖德是谁，知道他是托马斯和你的父亲。”

“我不应该为了这个来叨扰你。”

“没关系，”朱莉说道，“事实上，我的意思是说，你知道的，发生这种事确实不好过。有什么我能帮你和托马斯做的事吗？”

“没有，这……是啊，我是说，你有空的话可以来坐坐。我知道托马斯见到你一定会很高兴。他……我猜你知道他有点特别。”

“他一直都这样。”朱莉说道。

“我想，他现在更不一样了。”

朱莉笑了笑：“他向来都对地图很有兴趣，现在还这样吗？”

“嗯。”我拿起我的科罗娜喝了一口。

朱莉那瓶几乎已经见底了：“你自己也有点怪，总是在画东画西的，你不是那种运动型的人。”

“我扔过标枪。”我辩解道。我没有说谎，如果标枪也可以算是一种运动的话，那扔标枪是我唯一会出门做的运动，而且我还很厉害。此外，在地下室里射飞镖也是我擅长的运动。

“标枪，”朱莉玩味地说，“真的吗？那也是全身都需要大范围伸展的运动之一。不过，我看到你在绘画上的成就了。你的画作偶尔会刊登在《洛杉矶时报》上。画得很棒呢。”

“谢谢。”

“你结婚了吗？”

“没有。有好几次都差点结婚。你呢？”

“我和一个创作音乐的人同居过几个月，就是那种可以放松身心的音乐，就像你在按摩的时候，按摩中心会播放的那种音乐。那种背景有虫鸣鸟叫和潺潺的流水声，会让你浑身放松的音乐。他对我就有那样的功效，有好几次，我和他一起进入了半昏迷的状态。后来，还和一名 NBA（美国职业篮球联赛）

的教练交往过。还有一个电视制作人，以及一个养殖大蜥蜴的家伙。”她若有所思地停了一下，“我有一种特质，可以吸引那些异于常人的人。不过，那是在加利福尼亚州，也许回到这里比较好。”

我的脑子里突然闪现一抹过去的记忆。

“紫色！”我脱口而出。

“什么？”

我用手指了指她，然后轻轻地摇了摇手指：“你的内衣是紫色的。”

朱莉闻言大笑道：“我本来还有点受伤，以为我没能让你对我留下任何印象。”

12

隔天吃早餐的时候，我对托马斯说："我喜欢葛林医生。"

"她还可以吧，"托马斯说着从碗里拿了一根香蕉，"她给你什么药？"

我耸耸肩："谁知道那些药都叫什么名字。"

他把香蕉皮剥到一半的位置："她告诉你了吗？"

"告诉我什么？"

"我在做的事。我对她说可以让你知道。"

"她说了。"

"我觉得是该让你知道我在做什么的时候了。"

"为什么你不自己告诉我？"

他咬了一口香蕉："我觉得，从她口中说出来，你就会相信，因为她是个医生。"

"你觉得葛林医生相信吗？"我问他，"你在做的事？把地图和街道分布都记在脑子里，这样，你就可以帮助那些逃亡的探员？还有，这个世界有朝一日会没有地图，而你会将之全部都记在这里？"我用食指轻轻敲了敲自己的太阳穴。

他放下香蕉，双手压在餐桌上："如果她不相信的话，她为什么要问那么多问题？如果她不相信的话，她根本就不会理睬。"他的脸上浮现出明显的失望，"我猜，你不相信我在做的事。我错了，我还以为葛林医生可以说服你。"

"你自己想想，托马斯。你只是住在纽约州北部普罗米斯瀑布市的一个普通人，你从来没有在执法机关或其他政府机构工作过。如果要成为地图专家需要什么文凭的话，你也没有。而且……”

“地图绘图者。”

“什么？”

“制作和研究地图的专家叫作绘图者。但是，你没有办法真的拿到绘制地图的文凭。要成为一名绘图者，一开始，你也许可以拿着地理学的学位去找这样的工作，然后应用你的所学。”

他转移了我的话题，但是没多久，我就又回到了我的主题上：“好吧，你没有地理学的学位，也从来没有做过绘图者的工作。”

“你说得没错。”托马斯点点头。

“但是你相信，不具实际资格，也没有任何人事背景的你，却吸引了中央情报局的注意。中央情报局可是拥有上亿资产，在全球各地都有资源的机构，而他们竟然要你帮他们做地图方面的工作。”

托马斯点点头：“我知道，很不可思议，对吗？”

“是很不可思议。”我说。

“但是，我的记忆力很好。所以，我才会被选中。”

我靠到椅背上：“所以，你是被选中的那个人。”

“你现在又在讽刺我了。”他说。

“我没有——好吧，也许听起来像在讽刺你。托马斯，我想做的是，让你知道这整件事有多荒谬。葛林医生甚至还告诉我，你一直都和美国前总统克林顿有联系。”

昨天晚上，我站在托马斯半掩的房门前，目睹了他正在和某个不在房间里的人讲话。当时，电话好端端地放在座机上，他既没有使用键盘，也没有看着电脑屏幕，我却听到他在说：“我差点就直呼你比尔了。”

“没错，”托马斯回答，“不过，你还是可以叫他总统先生，一般人都还是这样称呼前任总统的。”

“我知道。”

“我不想再谈这件事了，”托马斯表示，“医生给你的那些药并没有作用。我以为那些药会让你变得比较包容和理解，可是你根本和爸爸一样。”

说完，他把没吃完的香蕉留在餐桌上，上楼回到自己的房间，重重地把门关上。

我们需要在家里储存些食物，我不能总是去买潜艇三明治和比萨。当我在美廉超市买冷冻食品的时候，碰到了莱恩·普伦蒂斯和他的妻子玛丽。在父亲离开印刷公司之后，莱恩和他的友情一直没有改变。莱恩向来都白得像一团面糊，然而最近却像刚晒过不少太阳一样，虽然从父亲的葬礼至今，他又白回来了些。至于玛丽，她还是跟以前一样，很苍白。从我认识她开始，她的健康就一直有问题。我不记得她的问题到底是什么，不过好像和什么慢性疲劳综合征有关。因此，她看起来总是很累的样子。我认识他们已经将近三十年了，不过我得承认，其实我对他们并不是太了解。他们育有一子马修，马修的年龄和我相仿。青少年时期，我曾和马修以及其他的孩子混在一起玩过。他现在在纽约雪城[①]当会计师，已婚，有三个小孩。

“嘿，雷！”推着超市手推车的莱恩和我打招呼，玛丽则跟在他的身后，“你和托马斯都还好吗？”

在我还没回答之前，玛丽抢先说道：“雷，很高兴见到你。”

“嘿！”我回应道，“我们很好，还在处理一些事。我只是出来买些食物回家。”

“葬礼办得很好。”玛丽热切地表示。父亲总是形容她为“阳光玛丽”，当然，不会当着她的面这么说。尽管健康不佳，玛丽却总是保持着愉快的心情。就算牧师的裤子在葬礼上掉下来，露出光溜溜的屁股，她也会先赞美现场的花有多美再说。

“是啊。”我表示，“再次谢谢你们出席。”我看着莱恩笑笑，“那天，我还想问你，是不是在照射太阳灯的时候睡着了。”

玛丽闻言，俏皮地拍了拍我的手臂：“你真淘气。莱恩几周前才刚度假回来。”

---

① 雪城：即锡拉丘兹，位于美国纽约州中心的主要城市。

“你去哪里了？”我问，“佛罗里达？”

莱恩摇摇头，仿佛这并不重要，不过他还是回答了我：“泰国。”

玛丽跟着说道：“告诉他那里有多漂亮。”

“噢，是啊。太美了。那里的水是你从来不曾见过的珊瑚蓝的颜色。你去过泰国吗，雷？”

“没有。”我回答，“不过我听说那里很棒。你没去吗，玛丽？”

她叹了口气：“我没有力气旅行，至少没办法走那么远。我不介意收拾行李，到开车几小时就可以抵达的度假小屋去过上一个星期。但是要我在机场里走来走去，在海关排队等候，为了安检要把鞋子脱掉再穿回去等，我实在受不了。不过，我没有办法到世界的另一头旅行，并不代表莱恩就不能和其他喜欢旅行的人一起去。”

“雷，”莱恩说道，“我还打算在你回柏林顿之前，去你家看看你们。”

“我不确定什么时候会回去。”我告诉他，“我得先把托马斯安顿好。我也必须决定要怎么处理那栋房子，托马斯不能一个人住在那里。”

“噢，是不行。”玛丽说道，“那孩子需要有人照顾。”

我听了突然觉得有点生气，只不过没有表现出来。她说得没错，托马斯确实需要人照料。但是，他已经是个成人，不再是个孩子了。他不应该再被当作小孩对待。不过，我也突然觉得愧疚。我想，我那样挑衅他的工作，是不是对他太过严厉了。

“是啊。”我表示同意，“不过，我也想看看我能不能让他稍微独立一点。”

我一直在思考这件事。虽然托马斯相信一些不存在的事，但是那并不代表他无法在真实的世界里有所贡献。我想让他自己做饭，帮忙做家务。如果我开始赋予他责任的话，也许就可以让他稍微离开房间久一点。如果不能让他走出家门的话，至少让他也参与做家务。

“好了，我们不耽误你的时间了，”莱恩说道，“很高兴见到你。”

“我一直想煮一份砂锅菜给你们送过去，”玛丽说道，“或者你们俩也可以来我家吃顿饭？”

“你真好，”我感谢道，“我会和托马斯说的。”出去和认识的人吃顿饭也许值得尝试，至少是让他踏出家门的一小步。我们已经去看过精神科医生并平安无事地回来了，如果忽略托马斯和玛丽亚吵的那场架的话。

“托马斯还在为了电脑病毒瘫痪全球电脑而努力记忆各城市的地图吗？”莱恩问道，嘴边浮起一丝暗示的微笑。

我完全没料到他会问这个问题：“你知道这件事？”

“你父亲告诉过我。我猜，他需要和别人谈谈这件事。”

我缓缓地点头。玛丽接着表示：“莱恩，别提这件事了，那不关你的事。”

“怎么不关我的事？亚当告诉我了。”他的斥责让玛丽眨了眨眼睛，他转而又对我说，“这件事让你父亲觉得压力很大，你知道吗？”

每个人都是这么说的。

我敲了敲托马斯的房门，把头探了进去：“我回来了。”

忙着挪动鼠标的托马斯背也不转地应了一声：“哦。”

“晚餐你来煮。”

这回他终于转过头来，问道：“什么？”

“我想，今晚我就让你做晚餐。”

“我从来没做过。”

“那就更有理由开始做了。我买了一些冷冻食品回来，很简单的。”

“你为什么不做？爸爸向来都会做晚餐的。”

“我也有工作要做，”我说，“你有你的工作，我也有我的。我有几通电话要打，而且我可能得把柏林顿的工作带回来……”

“佛蒙特。”

“对，佛蒙特州的柏林顿。这样，在我们把事情处理好之前的这段时间，我就可以在这里工作了。”

“把事情处理好。”托马斯安静地重复着我的话。

“没错。我会教你的，要怎么预热炉子等，但是你得在五点的时候下楼来。”

当我把房门关上时，我没有遗漏托马斯脸上那抹震惊的神情。

才关上门，我的电话就好像事先设定好似的响了。来电的人是我的经纪人杰里米·钱德勒。过去十年来，一直都是杰里米在帮我接工作。

“我帮你接了三份工作，不过，这可不是像帮西斯汀教堂彩绘天花板那样有四十年的时间等你慢慢画。有两个是杂志的，一个是网页的。雷，每个都有截稿的期限，而且时间很紧迫。如果你没有办法完成的话，我现在就需要知道，这样我才可以找其他人来接。虽然他们没有你那么棒，但是显然比你要‘嗷嗷待哺’。”

“我告诉过你，我在我父亲家。”

“哦，该死，我忘记了。他去世了，对吗？”

“没错，他死了。”

“那么，葬礼之类的都结束了？”

“是的。”

“那你就可以回到你的工作室了，具体会是什么时候呢？”

“我还有些事要处理，杰里米。我可能得在这里设立一个临时的工作室。”

“好主意。否则，我就得找塔林顿来画这些插画了。”

“噢，天哪，”我说，“那家伙是用脚在作画吧。他把奥巴马画得像‘天才老爹’比尔·科斯比一样，他笔下的每个黑人看起来都活像是比尔·科斯比。”

“听着，如果你不能接这些工作的话，就不要批评别人。我有没有告诉过你，瓦尚的手下曾经放话给我？”

“老天。”卡罗·瓦尚是布鲁克林一个声名大噪的犯罪家族的老大，他目前所面临的起诉罪状从谋杀到积欠停车费都有。纽约的一家杂志社曾经要我以他为题画过一幅漫画。在那则他持枪瞄准自由女神的漫画里，我把他身体的特征都夸大了，特别是他的腰围。在我的版本里，自由女神还高举双手做了投降状。

杰里米的话让我立刻冒出了一身冷汗：“是要追杀我吗？”

“不是，不是你想的那样。他显然很喜欢那幅漫画，还想买下原稿。这些黑帮分子就是喜欢被人注意，即便不是什么正面的新闻或形象。”

“你有原稿吗？”

“有啊。”

“寄给他们吧，免费的。”我说。

“好。不过，我不是为了这个才给你打电话的。”

“那是为什么？”

“有一个新的网站，背后有些大人物做靠山，他们想接手《赫芬顿邮报》①，但是他们又想做点不一样的。所以，我就告诉他们，也许可以考虑政治卡通的动画，就像纽约客网站那样。十秒钟左右的时间，不过动作尽量简化，所有的动态只要靠上下左右移动影像就……”

“我知道那要怎么做。”我打断他，“你跟他们提到过我吗？”

“我连提都不用提，他们自己就说了。负责成立这个网站的女人叫凯瑟琳·福特，她所获得的财源大到你无法想象，很多费用都来自媒体。她想尽快和你见面聊聊。”

“好啊，但是我现在……”

前门突然响起了敲门声，很清晰、很正式，仿佛有什么大事找上门来的那种敲门声。我没有听到停车的声音，不过电话那头的杰里米说话的音量高到像要盖过一架波音七四七起飞时发动机产生的噪声一样，尽管附近一架飞机也没有。

“有人来了。”我告诉他。

“雷，此事非同小可，你一定得和这个女人见见面，这可是一宗很大的生意。”

“我会再给你打电话的。”

说完，我把电话放在厨房的餐桌上，走到前门去开门。

只见门廊上有两个人，我的奥迪后面停了一辆黑色轿车，我猜是为了挡住奥迪的，以防我开车逃跑。来者是一男一女，两个人都看似四十多岁，都穿着一身灰色套装，只不过男子身上多了一条窄版的正式领带。

“基尔布赖德先生吗？”那名女子开口问道。

---

① 《赫芬顿邮报》：美国著名的新闻博客网站。

“我是。”

“我是帕克探员，这位是德里斯科尔探员。”

“啊？”

“FBI[①]。”女子严肃地表了态。

① FBI（Federal Bureau of Investigation）：美国联邦调查局。

13

布里奇特·索奇克相信，如果她打算和她丈夫的挚友兼首席顾问霍华德·塔立曼讨论她的处境的话，地点最好选在公共场合。只要有证人在场，他应该就能够克制住掐死她的冲动吧，虽然她也不能百分之百确定这一点。她在联合广场咖啡馆预约好了，邀请霍华德在中午一点一起吃午餐。

打从年幼时开始，霍华德和莫里斯·索奇克就是最好的朋友。他们一起上哈佛大学，一起喝酒，一起执法，一起度假。在杰拉尔丁去世几年后，他们一起去日本旅游时可能还睡过同一个女人。很早以前，霍华德就开始从事政治竞选的幕后工作——不管是共和党还是民主党都无所谓，只要赢了就好。就像一名曲棍球选手从游骑兵队被换到棕熊队，转头就能把他原本的队友打得落花流水，霍华德也可以为任何一个政党做嫁衣，只要给得起他要的价钱就行。不过，他从来不曾考虑过自己参选。他的个子矮小，肚子却很大，就像花园小矮人一样毫无魅力。不过，他却深谙政治游戏之道，而且可以让原本处于劣势的候选人获胜。

“只要你想的话，这条路你要走多久就可以走多久。”十年之前，霍华德就告诉过莫里斯，“唯一限制你的就是你自己的野心。如果你有足够的野心，你的野心就能够让你爬到巅峰。但是，你必须循序渐进。先是成为一名强悍的检察官，然后是总检察长——你开始为自己铺路，看看这条路会带你到哪里。这条路可以把你带到顶峰，那就是你应该到达的位置。”

无论霍华德·塔立曼做什么，莫里斯都深信不疑。

所有的辛苦都有回报，而且是很大的回报。莫里斯显然已经在朝着州长办公室前进，谁知道他下一步又会走到哪里。

霍华德对自己把最好的朋友摇身变为政治明星感到十分骄傲，而同样让他感到骄傲的还包括帮莫里斯找到了一个能在他发表胜选感言时，站在他身边让人耳目一新的年轻美女。在帮一名巡回法官寻找公关公司时，他认识了布里奇特，该法官当时正因为儿子的丑闻而陷入困境。霍华德一看到布里奇特，就知道在全纽约州竞选台上站在莫里斯身边的人，非布里奇特莫属。她的性感属于米歇尔·奥巴马和杰奎琳·肯尼迪·奥纳西斯那种，高贵的气质、优雅的颈项，身材姣好却不至于太过丰满，简直太过完美。

布里奇特现在才知道，早在莫里斯和她都还没有察觉的时候，霍华德就已经打算把他们俩配成对了。他让她组织了一场为了帮贫穷小孩盖棒球场的基金募集活动，因为这个活动，布里奇特和莫里斯才会同时出现在同一个场合。霍华德介绍他们认识，还分别在他们耳边偷偷告诉他们对方对彼此有兴趣。

霍华德就是一个身怀丘比特之箭的马基雅维利[①]。

不过，还不止这样。在他们认识不到一个星期的时间，布里奇特就发现自己躺在了莫里斯那辆长礼车的后座，安全带未系，罗衫轻解地让未来的州长埋首在她的双腿之间。

那真是非常好玩的体验，虽然严格说来，布里奇特并非是个百分之百的异性恋者。不过，那有什么关系呢？一旦她发现了自己想要的是什么样的生活，就算和莫里斯·索奇克这样的人在一起，她觉得自己也可以一辈子就跟在他的身边。

不过，事情并未如此发展。一直到了她和莫里斯结婚之后，她才终于有所觉醒。

艾莉森是第一个让她从莫里斯身边开溜了几天的人。她对此事并没有太认真，艾莉森也一样。布里奇特并没有使用她的真名——她确保艾莉森从来没有看过她的护照——每次她们一起出去时，她都一直戴着过大的太阳眼镜

① 马基雅维利：意大利政治家和历史学家，以主张为达目的可以不择手段而著称于世。

和帽子。即便人们在公共场合会认出她丈夫，甚至会跟她丈夫要签名，但是当她独自出行的时候，却很少有人认出她来。当然，总有一些男男女女会因为很多原因注意到她，但是人们注视她并非因为她的身份，而是因为她本人，她本人的美丽。

而现在，布里奇特有了麻烦。

她看着咖啡馆的菜单。当她抬起头的时候，霍华德已经到了。

“布里奇特，”他说着弯下腰，在她的脸颊上空吻了一下，“你看起来一如平日的令人垂涎，要是可以用汤匙舀一勺来吃就好了。”

“你看起来也很帅。”

“噢，拜托。我刚才经过酒吧的时候还听到有人在说，他们好像看到了丹尼·德·维托[①]。”

在布里奇特尴尬的轻笑下，霍华德在她对面的椅子上坐了下来。她可以从他的脸上看得出来，霍华德已经察觉到有事发生了。如果连察言观色都做不到的话，他就无法爬到今天的位置了。

虽然霍华德对她的判断向来都不正确——至少在他初见她的时候是这样。如果他当时对她的判断够准的话，他们现在就不会双双坐在这里了，不是吗？

“我们会需要喝点什么的，我想，”霍华德说道，“你想要什么？”

“呃，气泡白葡萄酒。”她说。

霍华德挑了挑眉毛：“事情没那么糟吧，有吗？气泡酒？那是你的《时代》周刊晚了十五分钟送到你家门口时才需要喝的酒吧？”他在椅子上转身，叫住了一名从他们身边经过的服务员，“这位女士要一杯气泡白葡萄酒，给我一杯纯威士忌。好吧，你有什么事，布里奇特？我猜，你找我来这里不是为了和我搞婚外情吧？我真的觉得我的行程表里挤不下这种事。”霍华德从来没有结过婚，如果他有任何感情生活的话——除了他对政治骗术的热爱以外——也没有人知道。

---

① 丹尼·德·维托：意大利裔美国喜剧演员，以身材矮小著称。

不过，每个人都有秘密。

布里奇特咽了咽口水：“你知道，我绝对不会刻意做任何事给莫里斯惹麻烦。”

“噢，我的天。”霍华德说道。

“我绝对不想让他尴尬，绝对不想。”

霍华德紧盯着她：“呃，让我们看看……”他把她打量了一番，仿佛在猜她那对钻石耳环花了莫里斯多少钱。如果他觉得是两千美元的话，那就猜对了，但是他在想的并非此事，而是布里奇特到底惹了什么麻烦。

“要么是钱，要么是性。”他说，“要不就是两者都是，不会有其他的事了。不管你做了什么，终究都会回到这两者之一，或两者全部。”

“两者都是。”她承认。

“是吗？”霍华德问道，“有多严重？”

布里奇特低头看着自己的大腿，然后望向霍华德：“很糟。”她整理了一下自己的思绪，“我被勒索了，霍华德。”

“这是关于金钱的部分。那么，对方用来勒索你的手段就是性的部分了。当然，除非我完全错了，也许是你杀人了。”

“我没有杀人。”她说。

“嗯，”就在两杯酒送来的时候，霍华德表示，“那就值得庆祝，虽然我也不是没见过有人在被判谋杀罪之后还上诉驳回成功的。”他啜饮了一口威士忌，然后看着服务员走开。布里奇特不禁怀疑，霍华德心里的某部分也许很享受这种过程，因为他就是靠解决问题才有了今天的价值。不过，倘若霍华德很享受此刻的话，那么他应该也高兴不了太久。

他接着问道：“对方没有你不雅的照片吧？”

“没有。”

“比起这个，其他事情都好办。说吧。”

“我有婚外情。”布里奇特说道。

霍华德点点头，仿佛他已经预料到了：“我们现在在讲的是自从你和莫里斯在神坛前许下婚誓以后所发生的事，也就是最近才发生的事。”

“是的。”

“结束了吗？你的婚外情？”

“结束了。”

“我认识他吗？”

布里奇特沉默了一下：“不认识。”

霍华德微微歪了一下头：“你的犹豫让我有点担心，布里奇特。因为那意味着我可能认识他，而你在说谎，要不就是你说了实话，却在刻意隐瞒些什么。让我来看看，我能不能判别出来你刚才的犹豫究竟属于哪一种。”说着，他观察着她，“应该是后者吧。”

布里奇特没说什么。如果能退后一步思考的话，她会发现霍华德的观察力真的很惊人。只不过，布里奇特此刻哪有心情退一步思考。

他的目光依然盯在她身上，半晌才问：“她是谁？”

他真的太厉害了。“她叫艾莉森·菲奇。”

霍华德的睫毛飞快地眨了眨，那是他在脑子里搜索数据时会有的习惯性动作。“你说得没错，我不认识她。”他又喝了几口威士忌，“你知道吗，布里奇特，你应该提起这事的，尤其在我安排你和莫里斯认识以后，我还私下问过你，你过去有没有什么不能见光的经历。”

布里奇特只是直挺挺地坐在椅子上，不发一语。

“你有没有让这个艾莉森·菲奇知道，你是下任州长、现任检察总长的妻子？”

“没有。我和她在一起的时候一直都用别的名字。但是，她在电视新闻上看到我和莫里斯一起出席一场活动，自己猜出来了。”布里奇特给了他一个读者文摘式的简扼描述，包括她们是在哪里相遇的、她们见过几次面，以及她们一起出游的那次经历。

霍华德严肃地笑笑：“刚才我提到你不雅的照片，那和这个女人呢？有你们在一起的照片吗？有没有隐藏式摄影机之类的东西？我现在想想，前者造成的政治伤害可能还比较小。”

布里奇特眯起了双眼：“你是在担心这些照片可能带来的威胁，还是你只是想要一份备份？”

“那么是真的有照片存在了？”

“我想没有。艾莉森没有提到过什么照片，我看不出她为什么要拍我。那时候，她还不知道我丈夫是谁。”

“那她手上握有什么？她可能会把事情公布出去，虽然会很难堪，但是我们可以坚决否认，就说是你丈夫的竞选对手捏造事实、刻意抹黑。与此同时，我们可以挖掘她的背景，找出可以摧毁她公信力的把柄。相信我，就算捏造，我们也可以挖掘出一点蛛丝马迹。等到新闻媒体和社会大众对这件事不再感兴趣以后，我们就可以继续过原来的日子，好像这件事从来没有发生过一样。事实上，在没有任何证据的情况下，我只要打几通电话，就可以让警察对她展开调查。而在你收到任何消息之前，她就已经遭到勒索罪名的起诉了。就像那个脱口秀主持人——他叫什么名字来着，那个遭人威胁说如果不给钱的话，就要向全世界公开他和节目一半的工作人员都有不正当关系的人一样，把警察扯进来，再设计一下怎么报复，那傻瓜就倒霉了。不过，不一样的是，你从头到尾都得坚称你不认识这个女人。也许你曾在哪里遇到过她，也许在度假的时候，也许在某场活动上，但是你并不知道她是谁。等我们搞定一切的时候，就算她说在卡特里娜飓风来的时候下了雨，也没有人会相信。”

“我们发过信息。”布里奇特补充道。

“再说一次？”

“没有照片，但是有信息。我们彼此打过电话和发过信息。”

“那些信息写了些什么，布里奇特？发信息的目的是什么？”

“是……我猜那些用词可能有点淫荡。”

“淫荡的部分是你写的，还是菲奇小姐写的？”

“我会说一半一半吧。”

霍华德用舌头舔了舔牙齿：“她要多少钱？如果你没按照她的要求做的话，她又打算怎么办？”

“十万美元。不然，她就公开给愿意付最多钱买这个故事的人。”

“我了解了。她的想象力不是很丰富，是吗？”

“什么？”

“如果我是她的话，我就会要价一百万美元。何况，我们怎么知道她会不会收了钱以后，再出售这个故事？”

“她说她不会那么做。”布里奇特告诉他。

霍华德靠到椅背上，摊开双臂：“啊，那就没什么好担心的了。”

“我知道你在想什么。你觉得她会一再回头来要钱。”

“布里奇特，我觉得那是很有可能的。也许，如果我们可以说服她的话，她会很乐意接受一个合理的价钱，然后同意就此罢手，我们也不会再见到她。”

布里奇特叹了口气：“我知道你懂得怎么处理这种事，你对这种事的反应太……太冷静、太理智了。”

“亲爱的，我只不过是在灭火罢了。我们要在整个森林燃烧起来之前，先把星星之火给扑灭，就是这样。”

“霍华德，我不希望莫里斯知道此事。我是说，莫里斯和我对彼此一直很坦诚，我是指我们的……癖好，但是他不知道我在我们婚后还和别人来往。你不会告诉他的，对吗？”

他摇摇头，把手放在她的手上：“那样做有什么好处？我对你们两个人的感情不会让我做出那种事的。还有美好的未来在等着你，如果你学会如何控制你的……冲动的话。”

“我只是一时失足，”她解释道，“绝对不会再发生了。”

“当然不会，”霍华德拍拍她的手，“因为我不会——我重复一次，我不会——允许任何人阻碍莫里斯的命运，包括你在内。所以，如果这种行为再度发生的话，我会亲自把你勒死，然后把你碎尸万段，扔到中央公园喂松鼠，再把所有的事都推给你丈夫的对手。这样说，你清楚了吗？”

布里奇特点了点头：“很清楚了。”

14

“我们想进屋和你谈谈。”FBI探员帕克开门见山地要求，她并不是在寻求许可。

“怎么回事？”

“我们进屋再谈。”

我要求他们出示证件，他们都把证件晃过我眼前。于是，我让他们进了屋，指了指客厅的沙发和椅子。不过，他们选择了站着。我也是。

“我们需要看一些证件。”德里斯科尔表示。

“我需要律师还是什么的吗？”

“我们需要证明和我们说话的人是谁。”帕克说道。

我不知道自己是否应该合作，但是因为担心不合作会招来什么后果，我还是伸手拿出皮夹，把我的驾驶执照掏了出来。帕克一手接过我的驾照拿在手里。

“你是基尔布赖德先生。”她说。

“没错。”

“雷·基尔布赖德。”

“是的。”

“你有用过其他名字吗？”她问，语气里带着一丝指控的味道，仿佛怀疑我有很多假名一样。

“没有，当然没有。”

“你从事什么工作，基尔布赖德先生？”

“我是一个艺术工作者，插画师。”

“那你都画些什么？”帕克探员追问。她的语气似乎在暗示她脑子里想到的是那种不入流的漫画。

“报纸杂志和网页上都可以看到我的作品，前几周才刚刊登在《纽约时报》的书评上。”

“那么，如果你在帮网页做事的话，我猜，你的工作很多是用电脑做的吧。”

“当然。”我回答。

“你就住在这里做那些工作吗？”

“我不住在这里，我住在柏林顿。”

德里斯科尔探员插嘴道：“那这是谁的房子？”

“我父亲的。”我清了清嗓子回答，“以前是我父亲的。”

“什么意思？”帕克探员不快地问。

“意思是他已经死了。”我也不爽地直视她，以为这么做会让她收敛一点，不过她一点也没有被吓到。

“你父亲出什么事了？”

“他几天前在后院出了意外，被一架翻倒的割草机轧死了。我父亲叫亚当·基尔布赖德。”

德里斯科尔探员又问：“你父亲有电脑吗？”

我摇摇头，依然搞不清楚这究竟是怎么回事。不过，我真的有点恼火了：“什么？他是有，他有一台笔记本电脑。”

帕克探员立刻拿出她的笔记本：“你父亲哪一天死的？”

“周五,五月四日那天。”

她用手肘顶了顶她的伙伴，把手里的笔记本给他看：“这是从那天开始的信息。”

这下我有点懂了。

“你叫雷，你父亲是亚当，”帕克探员又问，“有个叫托马斯·基尔布赖德的人住在这里吗？”

“是的。”

“他和你是什么关系？”

“他是我弟弟。”

“他现在在吗？”德里斯科尔问。

“他在。”我再度回答，“他在楼上。”我原本就已经感到不安，现在更加严重了。托马斯到底做了什么，竟然把FBI惹到家里来了？等他知道FBI是来找他的时候，他又会有什么反应？“我弟弟大部分时间都在自己的房间里。我不知道你们要找他干吗，但是他绝对没有伤害性。”

“他在房间里干吗？”帕克问道。

“用他的电脑。”

“他常常用电脑，是吗？”她追问。

“听着，我弟弟有点精神上的问题，他比较喜欢独处。”

“什么样的精神问题？”德里斯科尔问道。

“没什么让人担心的，”我告诉他们，“他有他的问题，但是他从来没有给别人造成过困扰。他很……温顺，基本上来说。”

“不过，他喜欢发E-mail。”帕克穷追不舍。

看起来不妙。“你是指什么样的E-mail？”

“你会监视你弟弟的通信状态吗？”德里斯科尔又问。

“什么？不，我不会。我甚至连他和谁通信都不知道。我告诉过你们，他向来都喜欢独处。”

“你知道托马斯·基尔布赖德一直都定期给中央情报局发E-mail吗？”

“噢，我的天。”

“而且，大部分信息都是发给前总统比尔·克林顿的？”

我觉得五脏六腑都快吓化了：“告诉我这些不是什么威胁的信件，你们来这里不是要逮捕他的。”

他们两个人互看了一眼，似乎达成了某个沉默的共识。于是，帕克说道：“不，不是威胁，不过……有些令人担忧。你要叫他下来，还是让我们上楼去？”

我摇摇头："你们在这里等我。"

我上了楼，连门都没敲就打开了托马斯的房门。

"要我现在就去煮晚餐太早了。"他说，"别来烦我。"

"我需要你下楼去，托马斯。"我告诉他。

"干吗？"

"有人找你。"

我以为他会问我是谁，没想到他却说："哦。"然后直接从椅子上起身。就在他准备走到走廊之际，我轻轻地抓住他的手臂。

"是政府的人。"我警告他。

这句话让他停下了脚步。他愣了一下，随即很快点了几次头，仿佛他早就预料到此事早晚都会发生。"哦，"他说，"太好了。"

"托马斯，一点都不好。你一直都在给 CIA 发送什么信息？"

"进度报告。"他说着经过我身边走向楼梯。一到客厅，他直接就走向两名探员，先和女探员握了握手，再和德里斯科尔握手。

"我是托马斯·基尔布赖德，"他开口自我介绍，"很高兴见到你们。总统先生没有提过说你们会过来。"

"总统先生？"帕克重复着他的话。

"好吧，前总统，"托马斯更正道，"不过，克林顿先生说你们还是可以称呼他为总统。但是，如果是他叫你们来的话，那我就不需要和你们说这些了。"

"他为什么要叫我们来？"德里斯科尔板着脸问道。

这是托马斯下楼后，脸上首度出现关切的神情："你们不是 CIA？"

"不是，"帕克回答，"德里斯科尔探员和我是 FBI。"

托马斯的失望溢于言表。"FBI？"他反问，"我以为你们是 CIA 的人。"他让我联想到原本期待会收到电玩作为圣诞礼物的人，在拆开盒子后却发现里面是袜子，"我一直都是和他们联系的。"

"事实上，"帕克表示，"是他们联系我们的。我们今天是来协助他们的。"

"这和我要在哪里工作有关吗？因为我希望能在家工作就好，我不想到华盛顿去。雷，你告诉他们，我喜欢待在这里。”

“基尔布赖德先生，”德里斯科尔说道，“我们何不坐下来谈？”说着，两名探员分别在椅子上坐下，托马斯和我则和他们隔着咖啡桌坐在沙发上。

“你们不要搞错了，”托马斯继续道，“我无意冒犯你们。FBI 也很厉害，只不过我期待的是 CIA 而已。”

“好吧，我们都是一起合作的。”德里斯科尔告诉他，“都是同一边的，不是吗？”

我察觉到他语气里的一丝转变，他现在似乎比较不那么尖锐了。他们在见到托马斯以后，已经可以亲自看到——至少我希望是如此——他一点都不具威胁性。

“你一直在给 CIA 写信，说有什么电脑病毒即将入侵。”帕克表示。德里斯科尔的语气也许不那么强硬了，帕克却依然没有改变。

“嗯，”托马斯说道，“这一点我已经在我发给 CIA 的邮件里解释过了，我也和克林顿总统通过话了。”

最近通过话，我想。

托马斯继续说道：“不过，我不介意重复一次。关于那个病毒，我并没有什么内部消息，那只是我个人的怀疑而已。我甚至不知道那会不会是病毒，也有可能是太阳表面的爆炸，或者某种核爆，甚至可能是撞到地球的陨石，类似这样的事有可能会造成巨变。”

“嗯，”帕克闻言问道，“所以不管那是什么，你认为那会造成什么？”

“那会损毁所有的 GPS 系统和储存在电脑里的地图，所有的数据都会毁于一旦，就像这样。”他说着弹了一下手指，不过，他向来对此不擅长，甚至连弹指的声音都没有发出来。托马斯接着解释他的角色，说他将会协助国家应对这场巨变，说他正在把全世界各大主要城市的街道都记在脑子里。“而且，诚如你们所知道的，我已经准备好了，万一美国政府的探员需要在全球任何一个大都会里逃亡的话，我也可以提供指引，包括街道的位置和巷弄等。”

“嗯，”帕克说道，“托马斯，你该不会自己要写什么足以瘫痪美国政府电脑系统的病毒吧？”

“不，”托马斯一点都没有觉得被冒犯，“我其实对电脑不是那么擅长。我是说，我只用自己的电脑。”他说着看了我一眼，仿佛期待我插嘴给点什么重磅评论，“我知道怎么打开电脑，发 E-mail，怎么使用‘旋转 360’去探索，不过，也仅止于此了。我不知道怎么拆解电脑。我的电脑需要维修的时候，我爸爸总是会把它带到城里的电脑维修店去修理。”他停了一下，“不过他再也不会帮我修电脑了，他已经死了。”

“我们听说了。”德里斯科尔表示，“很遗憾。”

“是我发现他的，”托马斯又说，“割草机要了他的命。”他的语气很正式，仿佛希望客人很清楚地知道发生了什么事。

“你哥哥告诉过我们了。”德里斯科尔告诉他。

“你想从 CIA 得到什么，托马斯？”帕克回到主题。

托马斯坐直了身体：“我不想从他们身上得到什么，而是我要提供给他们什么。我在提供我的服务，如果你们看过 E-mail 的话就应该知道。等到所有电脑的地图都消失时，我会开始协助政府。”

“你要怎么协助政府？”帕克还在问问题。

托马斯看着我，仿佛在说，*这些人是蠢还是怎么样吗？*

他叹了口气才回答：“因为我把它们全都记在脑子里了。所有的地图、所有的街道，以及它们的样貌。”他发出“啧”的一声表达了自己的不耐烦，“等到所有的电脑都不能运作的时候，我就会把地图画下来。如果需要的话，我也可以帮忙指引。虽然说句实话，我还是希望在家工作。我喜欢待在这里，即便在家，我还是可以通过电话，提供给在世界其他地方的人他们所需的方位。”

“当然，”帕克回应道，“所以，你是在告诉我们，光是在线看，你就可以靠着记忆记下各个城市的所有街道以及它们的样貌？”

托马斯点了点头。

帕克用舌头顶了顶脸颊的内侧：“好吧。你去过乔治敦吗，托马斯？”

“得克萨斯州的乔治敦？肯塔基的乔治敦，还是安大略省的乔治敦？或者特拉华的乔治敦？还是……”

“华盛顿特区的乔治敦。”

托马斯点点头，仿佛他第一时间就应该猜到了，因为这些人来自 FBI。“没有，不过事实上，反正我哪里也没去过。”

“那么，我们就说我现在在乔治敦吧，我想买书，然后……”

托马斯紧闭起双眼，过了好一会儿才重新睁开眼睛。“在托马斯·杰弗逊大街西北的 M 街上有一家巴诺书店。如果你饿了的话，对面就有一家越南餐馆，虽然我不知道那里的东西好不好吃。我从来没吃过越南菜，味道像中国菜吗？我喜欢中国菜。”

这是从进门以来，帕克探员第一次出现被人三振出局的表情。她看着她的搭档，眼神似乎在说，*这是怎么回事？*

“我知道政府现在都在节省预算，所以你们要知道，我并不打算要求什么高薪。”托马斯兀自说道，“只要足够负担我的生活开销就可以了。我的生活方式并不奢侈，我之所以愿意提供这些服务，是因为我觉得这是身为一个公民应该做的事。”

“托马斯，德里斯科尔探员和我想看看你工作的地方。”

“没问题。”他回答。

当我跟着他们上楼时，我觉得肚子里的器官好像都化成水了。才上到二楼，两名探员就因为满墙的地图而停下了脚步。托马斯自顾自地打开房门，完全没有想到需要帮他们指出一条路。

“这是我的工作站。”他介绍道，“我也睡在这里。”

“我的老天。”德里斯科尔从鼻子底下哼了一声，然后踏进房间。

“这是什么？”帕克指着三台屏幕问道。其中一个屏幕显示着一栋窗户上标示着 CIBI 的办公大厦，看起来像是一栋商业机构。第二个和第三个屏幕上显示的是同一条街道，只不过一个是俯拍，一个则是仰拍的角度。

“这是多伦多的永格街，”托马斯解释道，“它是南北走向的一条街，始于安大略湖的皇后湾大道。我从最南端开始浏览，现在已经走到布洛尔街了。这条街很长，所以我没有一路走到底，而采取往东西两边穿梭的走法。”

“你花了多少时间在做这些事？”帕克问道。

“我大概晚上一点上床睡到早上九点，然后吃早餐，洗澡。此外，大部分的时间我都在工作。昨天，我得去见我的精神科医生，所以在那里耽搁了一些时间，不过你们可以告诉CIA不用担心，我会把进度补上的。我现在也被耽搁了，但是既然这和工作有关，那我觉得应该没有关系。”

我看到两名探员在听到托马斯说到“精神科医生”的时候彼此对望了一眼。帕克又说：“让我们看看你在做的事。”

“好。”托马斯一屁股坐到椅子上，把右手放在鼠标上，开始在中间那个屏幕上的街道移动光标，“我一直按着鼠标就可以在街上前进，而只要按住鼠标不动，就可以像这样浏览三百六十度，看到所有的商店和建筑。不过，通常你是看不清人的，车子的车牌也都被模糊化了。此外，一切影像都很清晰。”

“你可以打开你的E-mail吗，托马斯？”帕克问道。

“好。”

他随即在屏幕下方的邮箱图标上按了几下，E-mail的画面就跑了出来。他的收件箱——我不记得曾看到过像这样的收件箱——是空的。

“你都立刻删除邮件吗？”德里斯科尔问。

“我从来没有收到过邮件，”托马斯回答，“我没有什么会写E-mail给我的朋友。有时，我会收到垃圾邮件，就像……”他伸长脖子，脸红地看了帕克探员一眼才说，“你知道的，把你的……那个变大什么的。那种邮件我通常都立刻就删掉。”

我在思考是否应该抗议，如果他们想搜索我弟弟的E-mail的话，就应该先去申请搜索令。不过，我也担心这会让他们产生怀疑。我只希望，一旦他们看到托马斯在做什么，看到他的要求其实很单纯，他们原本对他的顾虑就会消失。

“让我们看看被你删除的邮件。”德里斯科尔要求道，他们还是需要证据。

“我总是忘了把它们清空。”托马斯说着显示给他们看，“在这里。”

就像托马斯所说的，垃圾箱里都是些垃圾邮件。

“现在，再给我们看看你的发件箱。”帕克进一步要求。

托马斯同样按了几下鼠标，画面上就出现了他的发件箱。发件箱里的邮件占满了屏幕，从头到尾不下数百封，寄件人都是托马斯·基尔布赖德。

每一封的收件地址都是同一个地方。

E-mail 的收件人地址都是中央情报局。

“哦，我的天。”我失声道。

“我喜欢向大家报告我在做的事情。”托马斯解释道。

15

我感到十分震惊，不过帕克和德里斯科尔探员显然没那么惊讶。毕竟，他们就是为了此事而来的。望着这些被发送到CIA的邮件，我相信，他们应该已经看过了。

不过，德里斯科尔还是问道：“我们何不随机挑几封E-mail打开来看看？”

“这封如何？”托马斯说着指着其中一封问道。见到德里斯科尔点点头，他立刻点击了那封和其他无数封邮件一样，都标注着发送到CIA邮箱的E-mail。我猜，那个CIA的邮件地址是谁都可以在网络上搜寻得到的。E-mail的主题上写着“旋转360最新报告”。

内容是这样的：

亲爱的克林顿前总统：我今天走过了里斯本所有的街道，明天，我会浏览圣地亚哥。谨此，托马斯·基尔布赖德。

“下一封。”德里斯科尔指示道。

亲爱的克林顿前总统：浏览洛杉矶将会比我预期的要花的时间长一些，不过，有的城市的街道分布在本质上就比较不规则。旧金山就容易多了，因为它是一座山城。我希望您一切都好。谨此，托马斯·基尔布赖德。

“我们再看一封。”德里斯科尔表示。

托马斯依要求又点开了一封。

亲爱的克林顿前总统：我相信你一定和所有的政府情报单位都有所往来，不只是CIA，因此我想要求您让他们立刻调查一下即将发生的会是什么巨变。现在做这件事是有必要的，因为等到事情发生的时候再调查，局势就会更难处理了。因为电脑将会受到影响，所以我要给你一个电话号码和我的地址，好让你可以联系到我。你只要给我打电话，告诉我你需要哪个地图，我就会立刻动手绘制。谨此，托马斯·基尔布赖德。

接着是联系电话和地址。一直到刚才，我都还在怀疑FBI是不是靠着网络的IP地址还是什么的，才找到我家里来的。不过现在看来，他们似乎根本不需要那种高科技的调查手法。

“托马斯，”帕克探员说道，“你有没有陷入过什么麻烦？”

托马斯用舌头顶了顶口腔内侧才回应：“什么样的麻烦？”

我不知道当车子陷入水里的时候，车主的感觉是不是就是这样。

“我不知道，托马斯。警察找过你吗？”

“没有，我从来没有惹过警察。”

“一九九七年的时候呢？”德里斯科尔问。

“什么一九九七年？”托马斯反问。

“那时候不是发生了一起意外吗？当时还涉及警察了？”

托马斯看看我。我只好开口说道：“那没什么。我不敢相信你们居然会把这件事都挖出来，警方从来都没有起诉。”

“你可以和我们谈谈那件事吗，托马斯？”帕克进一步要求。

“雷，”托马斯轻声地说，“你能告诉他们吗？我记不太清楚了。”

“当我们……当托马斯和我父母住在城里的时候——那时候，我刚搬出去——他们和邻居之间有些误解。”

帕克和德里斯科尔都等着我继续往下说。

“托马斯发现了我们家的原始调查地图。你知道，就是那种你买卖房屋时会拿到的平面图。地图上会显示你家的房子坐落在土地上的哪个位置，也会显示我们左右两边和对面的房屋。”

“那些地图错了。”托马斯插嘴道。

我看了他一眼笑道：“是啊，托马斯觉得那些调查地图并不正确，所以就想查证一下，想自己做一张我们的腹地和邻居土地的地图。因此，他拿了一卷长五十英尺的卷尺……”

“那卷尺我还留着，”托马斯又打岔，“你们要看吗？”

帕克立刻说道：“不用了，没关系。”

“他拿了那卷卷尺就开始丈量。那些房子距离人行道有多远，彼此之间的距离有多长，每栋房子有多大等。他并没有告诉任何人他打算做这些就自己开始动手了。事实证明，他是对的。有些调查的数据已经过时了，虽然有的差距并不大。这应该是件很有成就感的事，如果托马斯没有被我们南边的邻居发现他竟然出现在人家一楼卧室的窗外的话。”

“希钦斯家。”托马斯补充道。

“是的。那时，希钦斯太太正在房间里换衣服。”

“嗯。”帕克点点头。

“她没有穿衣服，”托马斯煞有介事地说道，“那扇窗户和人行道的距离有二十八英尺又九英寸，调查地图上却写着二十八英尺又十一英寸。”

“希钦斯太太很不高兴，所以就报了警。我父母想说服她和警察，告诉他们托马斯的行为完全是无辜的，但是自此之后，邻居们对我弟弟的态度就改变了。我父母觉得十分尴尬，所以就决定搬离那里。”

“我们现在这个家的调查地图就没错。”托马斯还不忘补充。

帕克和德里斯科尔再一次交换了一下眼神，我已经忘记他们这么做有多少次了。帕克再度对托马斯开口：“你继续你的工作吧，我们会让你哥哥送我们出去的。”

“好的。”托马斯应声，立即转头埋首在鼠标和键盘之间。

等我们三个人回到楼下时，我才问帕克道：“现在呢？”

她告诉我：“我们会回去报告的。这次的拜访是对他的威胁性所做的一次评估，基尔布赖德先生。我相信德里斯科尔探员并未察觉到有什么威胁，我也一样。美国政府每天都收到来自许多人的信息，”她斟词酌句地说道，“这些人对他们身边的世界都有各自奇特的看法。其中百分之九十九都不具威胁性——他们不会伤害别人。但是，为了那可能的百分之一，我们还是要花很多时间去追踪。”

我觉得自己差不多屏息了快一小时。她说的话也许可以被视为好消息，但我的压力已经几乎超出了我所能承受的范围。此外，我对托马斯也感到生气。我知道我必须对他有所容忍，但是他居然把 FBI 引到了家门口？我发现自己的血液已经在体内翻涌。

帕克继续说道：“你弟弟需要培养其他的嗜好。如果他持续用这套电脑全盘崩解的故事来和政府情报单位联系的话，府上就还会有人来拜访。如果不是我们的话，也会是其他的人。”

“我知道了。”

“这个世界已经和二十年前不同了，”她说，“没有人会觉得这是什么可以轻忽的玩笑。看看亚利桑那州图森市发生的事。托马斯刚才提及精神科医生，他会定期看精神科医生吗？”

“会的。”

她再度把笔记本拿出来：“医生的名字是？”

我不想告诉她，但是要查出托马斯的医生是谁又花得了她几分钟的时间？五分钟？最多十分钟吧？我只能希望劳拉·葛林会帮托马斯美言两句，或是直接把眼前这两个人轰出去。

我把葛林医生的姓名告诉了帕克。

“再见，基尔布赖德先生。”她终于道别。

德里斯科尔只是点点头，没有多说什么。我目送着他们走下前廊的阶梯，坐进政府的公务车里。

对我接下来所做的事，我并不感到自豪。

16

霍华德·塔立曼可以理解为什么布里奇特要在公共场合把她所惹的麻烦的细节告诉他。因为这样不仅他会克制自己的反应，就算被人看到他们俩在一起，也不会遭人闲话，毕竟霍华德和好朋友的老婆共进午餐是再自然不过的事了。他也是布里奇特的顾问，就像他是莫里斯的顾问一样。

不过，霍华德可不想在公共场合被人看到他和艾莉森·菲奇见面。他完全不希望有人知道他们碰面。

因此，他在麦迪逊大道和四十五街的罗斯福饭店订了一间套房。他订了一间有着独立客厅的房间，因为艾莉森也许会觉得和一个未曾谋面的男人单独在一个狭小的空间见面让她有点紧张，尤其是这间狭小的房间最大的家具就是一张大床。他叫布里奇特联系艾莉森，邀请她下午到饭店来一趟，好和她讨论艾莉森的提议。然而，艾莉森不知道的是，来和她见面的人会是霍华德。

霍华德吩咐客房服务在艾莉森预定抵达的十分钟前，先把咖啡送到房间里来。他不知道艾莉森是否习惯准时，不过如果事关十万美元的话，应该没有人会不准时才对。

陶瓷咖啡杯和盘子端放在咖啡桌上，银汤匙和白色的亚麻毛巾就放在杯具旁边。一点五十九分的时候，房门传来一阵轻轻的敲门声。正跷着二郎腿，舒服地坐在沙发上的霍华德起身走到门边，将门拉开一英尺。

艾莉森顿时张大了嘴："很抱歉，我敲错门了。"

"菲奇女士，很高兴见到你。"霍华德说着拉开房门，朝着房间里做了个

“请进”的手势，“你很准时。”

艾莉森犹豫了一下，随即踏进房间。

“布里奇特呢？”她问。

“今天由我代表布里奇特出席。”他回答道。

“你是谁？”

“我叫霍华德·塔立曼。”他不觉得自己有用假名的必要，如果这个女人已经在网络上搜寻过布里奇特和莫里斯的数据——他相信她应该已经搜寻过——那么她必然对他的名字和照片也不太陌生才对，“我是他们家的朋友。”

“哦，是啊，我知道你是谁，”她回应道，“你就像……你是他的竞选经理还是什么的。”

“你不坐下来吗？我叫了咖啡。”

艾莉森走向沙发，目光不住地在房间里流转。“床在哪里？”她问道，“我是说，我从来没有见过饭店的房间里没有床。”

霍华德指着一扇关着的门：“卧室就在里面。”

艾莉森有些吃惊：“饭店房间里的卧室是独立的？”

“是的。”

“我可以看看吗？”她朝着关着的卧室撇撇头。

“请便。”

艾莉森一打开卧室的房门就吹了一声口哨：“哇！”她很快地回到沙发旁坐下，“订这样一间房间要花你多少钱？”

“我们不是来此讨论这个的，不是吗？”

“我只是问问而已。如果布里奇特可以订这种房间，就为了让你我聊一聊的话，也许我的目标定得太低了。”

霍华德原本就觉得她只要十万美元似乎太缺乏野心了，不过对此他选择三缄其口。他拿起银制的咖啡壶问道：“我能帮你倒杯咖啡吗？”

“当然可以。”

咖啡在流入杯子里的时候飘散出袅袅的蒸气。艾莉森帮自己加了牛奶和糖，而霍华德只是喝着什么也不加的黑咖啡。他一手端着杯子，一手拿着盘子，舒适地靠向沙发椅背。

“菲奇女士，你显然搅翻了一池春水，不是吗？”

“是吧，我不知道布里奇特具体都告诉了你些什么。”

“她说得够多了。你们俩变成了朋友——很特别的朋友，还一起到巴哈马，结果你发现她是莫里斯·索奇克的妻子。”

“是啊，大致如此。”她啜饮着咖啡，做了个鬼脸，然后又往咖啡里加了几块糖，搅拌了一下。

“一旦你发现她的身份以后，你就觉得机会来了。”

艾莉森·菲奇倏地脸红：“我不知道话能不能这么说。”

“那你会怎么说？”

“我想……我想我会说这是在帮布里奇特一个忙。”

霍华德扬了扬他的两道浓眉：“愿闻其详。”

“我觉得她不希望我们俩……你知道的，我们俩的关系流传出去，所以我就提供给她一个方法，确保这件事不会被传出去。”

霍华德点点头：“原来如此。你真是个好心人，不是吗？那么，你打算怎么确保这件事不会被公开？”

她眯起了眼睛：“你是个很自大的浑蛋，不是吗？”

“我的身份可多了呢，菲奇女士。”

“听着，你已经知道答案了。我告诉过她，最近我刚好有点现金流的问题，如果她能帮我的话，我就可以确保她的事情不会流传出去。这样就不会毁了她丈夫想当州长、总统、合唱团团长，或者其他什么他小时候感兴趣的梦想。我的意思是说，她出轨这种新闻就已经够糟的了，何况还是和另一个女人？他的那些支持者，不是在举办一盘菜要五百大洋的晚宴为他募集竞选基金，就是在花好几百万美元反对同性婚姻，他们应该会很高兴听到这种消息吧？我的意思是，拜托，几万美元对她和她丈夫来说算什么？不过就像是什么来着？一顿午餐的费用？去一趟 Gucci（古驰）或 LV（路易威登）这些奢侈品店的开销？那对他们来说算不了什么的，我大可再要多一点。”

霍华德·塔立曼笑了笑："你怎么知道警方不会在另一间房间里窃听这段谈话？你怎么知道他们不会冲进来，以恐吓和勒索的名义逮捕你？"

艾莉森紧张了一下。他从她的眼里可以看得出来，有那么一秒钟的时间，她似乎以为他说的真的会发生。不过，她的肌肉很快又放松了。

"我不认为你会这么做，因为这样一来，事情就等于公开了——未来州长的老婆有一段同性恋的外遇。"

"你觉得你可以承受得了那种报道吗？"

"当然。"

"你觉得你在代顿的母亲会怎么想？"

这吓到了艾莉森，她几乎发出卡通片里那种倒吸一口气的声音。她知道霍华德调查过她，不过她很快就重新控制住自己的情绪："我想，我母亲对我的性倾向怀疑很多年了。"

"你还没有对她坦白。"

"没有。不过，这件事一旦公开倒会省去我很多麻烦，我猜。真正的问题是，布里奇特和她丈夫能承受吗？"

"他们只要否认就好了。"霍华德告诉她，"你和她各执一词。她嫁给了检察总长，而你，亲爱的，只是一个酒吧的服务员。"

"一个手里有证据的酒吧服务员。"

他一直在等待，看看她会不会出这张牌——短信和电话记录。

"证据，"他重复她的话，"什么证据？"

"我们有过很多对话，那种有记录可循的对话。"

"你的电话。"

她点点头。

"让我看看，证明给我看。"他说。

艾莉森摇摇头。"我看起来很蠢吗？"见霍华德不语，她接着说，"你以为我会给你吗？"

"如果你想要那十万美元的话，就得在拿钱的时候给我你的手机，这样我才能确定那些信息都被删除了。"

艾莉森看起来似乎在思索着这番话，好像她并不想失去她的优势一样。

“我想应该可以。”她同意道。

霍华德将杯盘放到桌子上，清了清喉咙说：“布里奇特能获得什么保证？你确定你不会回头再向她要更多的钱？”

“你只能选择相信我了。”艾莉森露出一丝顽皮的笑容。

“是啊，我想我也只能这么做了。”霍华德说着，用力拍了一下自己的膝盖，“好了，谢谢你来这一趟，我们保持联系吧。”

听起来仿佛拍卖会一样。

“你没有带钱来吗？”

“还不是时候，”霍华德起身说道，“也许你期待布里奇特今天带钱来，但是我想先把事情弄清楚。要凑到那笔钱需要点时间，我想，你应该不会希望我开张支票给你吧。”

艾莉森站起来的时候感到一阵尴尬：“不会，当然不会。不过，会全数都是现金吗？”

“我想，我们应该都觉得这种交易还是不要留下记录比较好吧。”

“老天，我要怎么处理那些现金？”

“我会建议你去租个保险箱，需要的时候就去拿点出来。”

她的眼里闪烁了一下。他可以想见艾莉森已经在想象十万美元的现金堆起来会有多高了。

“好的，好的，我会那么做。我要去哪里才能弄到那种保险箱？”

霍华德叹了口气：“要是我的话就会去找银行。”

“你准备好钱就会和我联系？”

“当然。”

霍华德已经在思考如果这件事传出去的话，将可能造成什么样的伤害。如果她去找媒体爆料的话？霍华德很有信心，一如他告诉过布里奇特的，他们绝对可以找到足够的信息让这个女人的信用尽失。他们会让这个女人在公众的眼里颜面尽失。毫无疑问，这不会是件容易的事。不过，话说回来，布里奇特又不是要参选的人。因此，如果这宗丑闻到头来会毁掉她的话，就让她被毁掉吧。莫里斯也许可以挺得过去，即便这代表要和布里奇特做个了断。等这个风波平息后，这件事还能给莫里斯赢得些许同情。政客们总会有各种丑闻——婚外情、衬衫上的口红印，但他们也会一再上演复出的戏码。

然而，付给她十万美元封口费，这种事一旦传出去会怎么样？霍华德的脑子在飞速地思考。他认为只有一个方法可以化解。他会承担这个责任，就说他是为了减轻朋友和其妻的痛苦及尴尬，才选择了这么做。如果有必要的话，他会辞去莫里斯顾问的职务，至少不再公开出现，不过还是可以在私底下继续运作。

如果此事流传出去的话，还是会很难堪。尽管他们可以撑得住，但是肯定会推迟他们爬上顶峰的时间。因为另一件事，他们已经放慢了竞选的节奏，担心事情会东窗事发。不过，随着日子一天天过去，一切似乎都很稳定。至于这个女人，也许，只是也许，等拿到钱以后，她就真的会走开。

有些事还是必须做的。

艾莉森·菲奇打破了沉默："千万别想做什么可笑的事，因为你知道的，我知道一些事。"

霍华德眨眨眼睛："什么？"

她已经迈出脚步走向门口了："现在，我知道布里奇特是谁，她嫁给了谁。回头想想，我所看到的、听到的一切，现在都开始成形了。"

霍华德突然觉得一阵凉意："你到底在说什么？"

她走到走廊里所说的最后一句话是："你只要把那十万美元准备好，就没什么好担心的了。"

霍华德看着房门在自己面前关上。

他得和布里奇特再谈谈，不过在那之前，他要先打一通电话给刘易斯。每当事情看起来像要升级的时候，他都要先找刘易斯聊聊。

17

当我走进托马斯的房间时，他背对着我盯着屏幕说："我觉得他们人还不错，但是他们应该派 CIA 的人来才对。"

我不发一语地走到他布满地图和电脑的桌边蹲下，伸手抓住插在墙壁插座上的电线，一把将电线扯掉。电脑轻微的嗡嗡声顿时"啪"的一声就停止了。

托马斯大叫道："喂！"

接着，我又往前探了几英寸的距离，来到电话线的接口，同样把线扯掉。托马斯惊愕地看着瞬间一片漆黑的屏幕。

"把它们打开！"他吼道，"把电脑打开！"

我提高嗓门吼回去："你到底在想什么？你能告诉我吗？你在想什么？联系 CIA？发 E-mail 给他们？你疯了吗？"

虽然嘴上这么说，我却知道自己错了，可就是无法停下来。

"老天，我实在无法相信。FBI！那些浑蛋 FBI 居然找上门来！他们没有逮捕你或我们两个，你就算走运了，托马斯。至少，我很惊讶，他们竟然没有把你的电脑带走，还好你没有威胁到谁。你知道现在这个世界是个怎么样的世界吗？你给政府的情报单位发送 E-mail，告诉他们即将有大事发生？你知道那样做会惊动多少人吗？"

"把插头插回去，雷！"他已经从椅子上站起来，蹲下身子摸索着插头的电线。

我抓住他的肩膀，一把将他推开："不行！到此为止，托马斯！我受够了！够了！”

但是，托马斯还像只螃蟹般趴在地上，一头钻到桌子底下。我只好拉住他的腿，硬把他拖出来。

“我恨你！”他大声喊道，泪水瞬间从他愤怒到涨红的脸颊上流下来。

“你不能再这样了！”我告诉他，“到此为止！你得离开这间房间，到外面去！你得开始过正常人的生活！”

“不要烦我，不要烦我，不要烦我……”他呜咽着重复道。我已经把他拖到了房间中央，两个人都俯趴在地上。光秃秃的地板让我很容易拖拉他，不过在拉扯的过程中，几张地图和电脑打印出来的图纸被卷到了他身体底下。他从大腿下面抽出一张发皱的地图，慌张地摊开，试着在他的腿上把地图抚平。

“看你做了什么好事！”他说。

我从他手里夺下地图，揉成一团丢到房间的另一头。

“不要！”他大喊。

我知道这么做不对。对托马斯大吼大叫，把他电脑的插头拔掉，甚至更糟的是，把他视为宝贝的地图像用过的卫生纸一样丢掉。我不只对眼前的场面失控了，也对自己失控了。失去父亲，回到这里，试图弄清楚应该怎样处理这栋房子和托马斯，再加上突然出现在家门口的几个联邦探员，我简直就要疯了。但是，这绝对不足以构成让我对托马斯这么生气的借口。

因此，或许当托马斯也发火时，我其实不应该感到意外。

他像从炮口发射出来的大炮般扑向我。他冲向我，双手掐住了我的脖子。我冷不防地翻倒在地，却被他一下坐到身上，四条腿缠在了一起，但是他的手就是紧紧地掐住我的脖子不放。

“你就和爸爸一样！”他哭道，瞪大的双眼里充满狂乱。我咳嗽着抓住他的手腕，却怎么也无法让他松手。

“托马斯！”我沙哑地说，“放……开我！”

我伸出右手抓住他的左耳，用力地拉扯。

托马斯大喊一声后，松开了掐住我的手。我立刻翻身，从他身体底下钻了出来。拉他的耳朵看起来似乎具有吓阻他的作用，他看着我们身边混乱的场面，再看看我，然后摇了摇头。

“不，不，不。”他不再把怒气发到我身上，反而开始打他自己。他用自己的掌根左右不停地击打着自己的额头，而且是用力地打。

“托马斯！”我叫道，“停下来！”

我试着用手臂抱住他，他的手却像两只活塞一样。他打在额头上的力道之大，听起来就像木头碰撞的声音。我只好扑在他身上，让他无法再动弹。

他发出了一连串听不清楚却充满沮丧的呻吟。

“好了！”我告诉他，“托马斯，停下来！”我把全身的重量都压在他身上，希望借此限制住他的行动，能让他冷静下来。

“没事了，”我再度对他说，“对不起。”

仿佛开关被关上了一样，他突然静止了下来。他发红的额头已经开始瘀青，那双又红又肿的眼睛看起来活像刚打输了一场架一样。

他还在哭泣。

一股情绪涌上了我的心头，我觉得喉咙发紧，呼吸也跟着加速。

现在，我也在哭。

“托马斯，我很抱歉，”我对他说，“对不起，我要放开你了，好吗？”

“好。”他回答道。

“我要站起来了。答应我，你不会再伤害自己了，好吗？”

“我不会的。”

“好，那就好。我们现在没事了。”我扶他坐起来，轻轻地抚摸着他的背。

他看着电线。“我要把插头插回去。”他说。

“我来吧，让我来。”我爬到墙边，把电线插头插回插座，电脑立刻发出启动的嗡嗡声。在托马斯站起来以前，我再度开口：“不过，在你重新开始探索以前，我们得定些规矩，好吗？”

他缓缓地点头。

“首先，我们得冰敷你的额头。你同意吗？”

他想了一下，然后说道：“好。”

我伸出一只手，当他握住我的手时，我顿时松了一口气。直到此时，我才察觉到他的手也有瘀青。“老天，你真的把自己搞得一团糟。”

他看着我：“你的脖子还好吗？”

当然很痛，我却告诉他：“没事。”

“对不起，我刚才居然想杀了你。”他对我说。

“你并没有要杀我。你只是在生气，我真的是个浑蛋。”

他点点头：“嗯，猪头。”

他坐在厨房的餐桌旁，看着我从冰箱的冷冻室里找出一包冰块。因为父亲经常会扭伤肌肉什么的，所以冰箱里总有足够的冰块。“把这个按在头上。”我说着，将整包冰块递给托马斯。

然后，我拉来一张椅子在他身边坐下，这样我就可以搂住他的肩膀。

“我不应该那样做的。”我说。

“嗯。”他点点头。

“我有点失控了。”

“你吃药了吗？”他问。

从葛林医生那里回来以后，我压根儿没吃过半颗巧克力豆。“没有，我想我忘记了。”

“你不吃药就会有问题。”他告诉我。

我继续用胳膊搂着他：“我的行为没有借口。我知道……我知道你就是这样，却还对你大吼大叫，那样做根本无济于事。”

“你要定什么规矩？”他问道。

“我只是……我只是希望你在发送E-mail或打任何电话之前，先和我商量一下。但是，你还是可以继续悠游在你想去的城市，多久都可以。可以吗？”

他想了想，依旧按着脑门上的冰块：“我不知道。”

“托马斯，不是所有政府的人都了解你想帮助他们。他们不知道你是个好人。我希望能够确定不会有什么误解产生，因为有可能陷入麻烦的人不只是你，还有我。”

“可能是吧，”他把额头上的冰块放下来，“这好冰啊。”

“不要放下来，那可以帮你消肿。”

“好。”

“我从来没见过你这么生气，”我又说，“我是说，我知道你会不高兴，不过我没有料到你会这么生气。”

托马斯重新把冰块按在头上，冰袋瞬间挡住了他的双眼。

“我要回去工作了，”他说着从我的手臂下闪开，只留下那包冰块在桌上，他一边走一边背对着我问道，“我今晚还要做饭吗？”

我差点都忘记这件事了。“不用了，”我回答道，“别担心。”

18

布里奇特一走出公司所在的第三十五街的办公大楼，就看到霍华德·塔立曼已经在那里等她了。

他用力抓住她的手肘，开始把她拉往人行道。

“霍华德！”她低头看着他的手，“放开我，你弄疼我了。”

霍华德二话不说，只是拉着她继续前进。布里奇特只能挣扎着保持步履的平衡。他把她拖到一栋建筑物的大厅，这是他举目所及最近的一个可以谈话的地方。在这里，他可以不用担心他们的对话被别人听到。

“她知道些什么？”一走进室内，霍华德立刻就问道。他把布里奇特推到墙边，手依然没有松开。

“霍华德，这到底……”

“她说她听到一些事情。”他活像一条蛇似的压低声音说道。

“什么？你在说什么？”

“我和她见面了。她要走的时候说，她听到了一些事。”

“什么事？她说她听到什么了？”

“她没说，不过她暗示那些事是有破坏性的。她说是你说过的事情，还说一旦她知道了你是谁，事情就都豁然开朗了。”

“霍华德，我发誓。”

“你去巴哈马的时候，和莫里斯通过电话吗？”

“当然有，我们一直都有联系。”

“你和艾莉森·菲奇在一起的时候，曾经和他通过话吗？”

“有的，我确定有的。霍华德，我的手都麻了，你让我的血液都无法循环了。”

他这次松开了手，不过他的脸依然几乎贴在她的脸上：“你们在谈话的时候，她在你旁边吗？”

“没有，我是说，她可能在另一间房间里。我是在浴室的时候和他通话的，或者当艾莉森在浴室的时候，我才和他通话。有一天，我在游泳池畔和他通话。当时，她帮我买饮料去了。”

“所以，她有可能听到过你们的对话。她有可能就在你身后，或者在门的另一边。”霍华德指出。

“好吧，我猜这不无可能，但是就算她听到了，我们也没有……我确定我们从来没有说过……”

“你知道莫里斯的情况。”霍华德满脸阴郁地说。

“他不是什么都告诉我的。”

“但是，你知道。”

“好吧，我知道他们在查什么。我怎么可能不知道？莫里斯都快要发疯了，他觉得这件事迟早要爆发，戈德史密斯会牵扯到他。”

她的确是知道的。

霍华德一直都无法说服莫里斯不要和妻子讨论政治。但是，莫里斯显然已经告诉过她，CIA 局长巴顿·戈德史密斯是怎么把他牵扯到戈德史密斯和恐怖分子嫌疑人的交易里。虽然戈德史密斯辩解说，他这么做是为了保护美国人民，但在《纽约时报》揭发了戈德史密斯胁迫全国各地许多检察官和执法单位，要他们以交换情报为由释放恐怖分子嫌疑人之后，全美人民对他的行为似乎并不苟同。

例如，那两个企图在佛罗里达主题公园引爆炸弹而被捕的疯子。当戈德史密斯听到他们被捕的消息后，立刻要求佛罗里达最高执法单位的官员不要动那两个恐怖分子嫌犯，直到他的人马抵达为止。戈德史密斯的情报专家表示，将会有更严重的事发生。而那两个在佛罗里达被捕的丑角也同意，如果能给他们几张返回也门的机票，他们就可以供出他们所知道的一切。（根据

《纽约时报》的报道，美国政府甚至还帮他们出了机票的费用，这样的做法所引发的民怨，一点都不逊于他们差点引爆炸弹所造成的愤怒。）

戈德史密斯在登机从巴黎飞往华盛顿之前，还将另一起遏制炸弹客的行动（据悉该名炸弹客是在内衣还是鞋底藏了炸弹）归功于那次佛罗里达的情报交换。但是，《纽约时报》无法从这两起事件中找到任何关联，甚至认为戈德史密斯夸大了情报的价值，只是为了寻找借口，来弭平社会大众对送那两名恐怖分子嫌犯返家的愤怒。

戈德史密斯成了众矢之的。他辞职了，佛罗里达的检察总长也跟着下台了。

不过，《纽约时报》不知道的是，佛罗里达并非第一个发生这种事情的地方。

一名沙特阿拉伯非法分子伙同基地组织的支持者，企图将炸弹藏在一辆停放在古根海姆博物馆转角的福特汽车里引爆。该名非法分子在深夜把车子停好，并把引爆的时间设定在隔天上午九点。然而，一名女子在无意中从窗户看到该名男子不停地检查卡车车床的行为，感到可疑，便通报了警方。一支拆弹小组抵达现场，在卡车引爆前拆除了炸弹。警方追查到车主，同时也将该名男子逮捕。戈德史密斯从一开始就介入了此事，并且从该嫌犯口中得知他还有一帮子具有类似想法的朋友。结果，该嫌犯供出这些人的名单之后，获得了无罪返乡的交换条件。

于是，戈德史密斯致电莫里斯。

一开始，莫里斯还将戈德史密斯斥责了一番，说他将会起诉那名嫌犯，同时表示他对和恐怖分子交易不感兴趣。但是，戈德史密斯却说："你知道吗，我们并非只掌握了恐怖分子的背景，如果你知道我是什么意思的话。"

每个有志的政客都有不想被人知道的秘密。莫里斯·索奇克只能猜测，戈德史密斯也许抓到了他的什么把柄。或许是霍华德替他操作过的几个龌龊的把戏，例如没有经过正常渠道募集的竞选捐款，也或许是布里奇特过去的性伴侣名单，甚至是他自己的情史。

莫里斯因此让自己屈服了。

那个炸弹客也安然地踏上了归途。

当时报道此事时，霍华德和莫里斯原本都等着还有其他消息被一起爆料。因为《纽约时报》一定会继续深挖，然后发现莫里斯也涉及此事。他们甚至可以想见《纽约时报》的标题会是：纽约检察总长允许古根海姆炸弹客溜出美国国门。

如此一来，莫里斯就完蛋了。

没有任何一个放走恐怖分子的人可以进驻州长官邸，遑论入主白宫了。如果莫里斯在事发之后还能当个社区大学校长的话，他就算很幸运了。

霍华德担心，艾莉森·菲奇听到布里奇特和莫里斯在电话里说的就是这些事。

“老天，布里奇特，你知道自己有多蠢吗？”霍华德摇着头，“莫里斯又有多蠢？”

“他从来没有谈及任何特定的事，都是些泛泛之谈。他只是说他很担心，他希望一切都很快拨云见日。”

“这就是问题所在，布里奇特。我们都以为事情会很快过去，事实上，这样的机会也很大。”他压低了声音，“但是，如果你们在电话里讨论过这些事，还被某个同性恋勒索者听到的话，情势就完全不一样了。”

“霍华德，真的，她只是在吓唬你而已。她从来没有听到什么，我可以确定。”

霍华德转过身，走开两步，但立刻又回头盯着她：“勒索的事，我可以预见我们可以全身而退。但是，如果那个女人真的听到了什么，她手上可以打的牌就不只是什么出轨丑闻了，她手上握有的就是一枚炸弹。你明白我在说什么吗，布里奇特？她掌握的是一枚核弹。”

“霍华德，说真的，我确定。就算她听到了我说什么，也绝对没有听到任何……”

“够了，”他打断她，“够了。”他缓缓地摇摇头，思索了一会儿，才伸出手指指着她说道，“不准告诉莫里斯，一个字都不准说。”

说完，他大踏步地转身走出大厅，朝着东边而去，把她一个人留在了原地。

布里奇特靠在墙上抱住自己，试着重拾镇定。霍华德用不着担心她会告诉莫里斯，因为霍华德比她丈夫更让她害怕。

19

“FBI 派人来找过我了，总统先生。”

“是啊，当然，那很正常。”

“是你派他们来的吗？”

“那是标准程序。”

“好吧。可是，他们不太友善。他们问我，我有没有惹过什么麻烦。”

“你怎么回答？”

“他们知道我看到希钦斯太太没穿衣服的事。不过，他们不知道另一件事。”

“你没有告诉他们吧？”

“没有。我想，他们是指那种我做了坏事才惹的麻烦，可是那又不是我的错。我不喜欢谈那件事。爸爸死前还想谈那件事，他要我和他说那件事。我觉得很奇怪，因为这么多年来，他都不让我对任何人提起那件事。而我也一直没有说过，就连葛林医生，我都没告诉过她。”

“我知道。”

“不过，告诉你倒是很安全。”

“你哥哥呢？你应该告诉他吗？”

“不，不，我觉得不应该让他知道。”

20

在开车回家的路上，麦克·兰布顿想来点什么。

他可以回家得到他想要的——只要把薇拉摇醒，让她翻身躺平就可以了。但是，那不是他脑子里在想的事。毕竟，这是一场庆祝。如果要庆祝的话，你会选择平常每天都可以做到的事吗?

这绝对值得庆祝。他已经赢了，至少他看起来像是已经赢了。这周日就要投票了，而所有的迹象都显示那些蠢蛋将会通过——也许是勉强通过，但他们还是得签下一纸没有加薪、没有福利，而且没有工作安全保障的合约。不过，他们仍然可以保有他们的工作，他们可不希望见到工厂迁移到墨西哥那样的鬼地方。

他们想继续制造汽车零件——门把、仪表盘和方向盘的零件——再把这些产品运送到通用、丰田、本田和福特的工厂，而且不只是美国工厂，还包括海外的工厂。他们曾目睹几年前这个国家发生的事情，当时流失了很多工作机会。一旦那些工作机会流失，它们可曾再回来过? 根本就不可能。

那就是兰布顿在代表公司和工人提出公司方案时所说的话。他把那个方案称为“糟糕透顶”“该死的侮辱”，或者“在工厂所有工人的肚子上打了一拳”的方案。

他是这么说的，但他也说这个方案是“保住我们饭碗的最后希望”。

“让我们面对它吧，兄弟们。这些浑蛋大可关闭工厂，在你下晚班到家开一瓶啤酒、打开电视看《杰·雷诺今夜秀》之前，就在韩国开上另一家新工厂。我喜欢这个合约吗？我恨死它了。但是，今晚我站在这里，以工会领袖的身份告诉你们，本周日，我将会投票赞成这个合约。你们知道为什么吗？因为我是个现实主义者。因为我有家要养，我知道你们也有；因为我有房贷要付，我知道你们也有；因为我有孩子要上学，我知道你们也有；因为我还有每天要依赖我的人，而我知道你们也一样。”

工会的大厅里响起了一片耳语声，不过没有兰布顿原本担心的那么糟——他们以前还曾朝他扔过椅子。不过，此一时彼一时。当时，庞蒂亚克和奥兹莫比尔都还存在；当时，悍马和土星都还没有被卖掉；当时，克莱斯勒还没面临破产。[①] 但是现在，情况不同了。虽然业界似乎已经有好转的迹象；显示那些大车厂在可以预见的未来，还是会持续向这家特定的零件制造商购买零件，工人们却还是很担心。他们可不想让经济复苏这件事泡汤，他们想保住自己的家。

他们打从心底里知道，麦克·兰布顿是对的。他们不喜欢听到他说的话，但是也知道他不是个张口就来的人。他们知道麦克·兰布顿会帮助他们，知道麦克·兰布顿话糙理不糙。

他们知道个屁。

几周前，公司的老板们找麦克·兰布顿到会议室里聊。三个大老板一字排开地坐在桃花心木大会议桌的那边，他则一个人坐在他们的对面。

他们将几页文件推到麦克·兰布顿面前，由总裁开口对他说道：“你得帮我们把这份提案卖给你的工人。你可以唱衰这份合约，可以告诉他们说他们不值得被这样对待，也可以告诉他们公司强迫他们吃屎，还要他们一边吞下，一边说：‘我还可以再来一些吗，老板？’不过，最终，你还是要让他们接受这份合约，因为这是在目前的态势下，他们能得到的最好的条件了。告诉他们，如果他们愿意让什么名叫璜、菲利浦还是刘东航的人来制造这些零件的话，就尽管投票拒绝这份合约吧。但是，如果他们想保住这份工作的话，就得接受这份合约。”

---

① 庞蒂亚克、奥兹莫比尔、悍马、土星和克莱斯勒都是美国汽车品牌。

麦克·兰布顿冷静地把椅子往后推，站起身来，拉开裤子的拉链，撒了一泡尿在桃花心木的会议桌上，看着尿液慢慢把面前的合约浸透。

坐在会议桌对面的几个老板见状，纷纷把椅子往后推，唯恐尿液流到这头来。

兰布顿尿完之后把拉链拉上，才说："这就是我对你们这份提案的想法。经济已经在复苏了，通用过去这一年的营收很不错，克莱斯勒也是。经济援助确实有效。你们这些家伙都在赚钱，你们绝对可以让我的工人们领到合理的薪水，想都别想要减薪之类的。"他说着笑了笑，"我们可以结束了吗？"

总裁转头对坐在他旁边的男子说道："去拿些卫生纸来，把合约擦干净。"

男子简直不敢相信自己听到的，但他还是照做了。等到桌面被清理干净之后，总裁才把一个皮包放在桌上。

"这里有五十万美元，"他说，"如果你想的话，也可以算算看。你只要让你的人投票通过这份合约就可以了。"

兰布顿考虑着这项全新的交易，过了好一会儿才说："这确实足以改变局面。"

这是他第一次为了钱做坏事。不过，他是个实际的人。

"先拿一半，另一半等投票之后再给你，如果投票通过的话。"总裁表示。

此刻，在离开工会的会议之后，他很确定自己可以拿到另一半。不出几天，这些本地的工人就要投票了。麦克·兰布顿很久以前就开始做这种事——对群众演说或者察言观色都是他所擅长之事。他所经历过的投票，从来都没有错判过。

他们会通过的。也许他们投票的时候会很不甘愿，但是他们一定会通过的。

兰布顿坐在SUV的皮椅上，思忖着自己即将到手的那笔钱，心中逐渐有了想法。

他考虑找一家酒吧，也许可以在那里有一段艳遇。不过，那也可能是一半一半的机会，因为他最终也许还得花钱才能得到他想要的，虽然他并非付不起。不过，那似乎不值得尝试。他觉得自己的外表还不错，也许是有点小腹，但是托尼·索普拉诺[1]也一样有肚腩，却从来没有妨碍到他泡妞。

兰布顿已经开上了双向单车道的公路，而且每十秒钟就刷一次雨刷，好清除飘落在挡风玻璃上的毛毛雨丝。就在他的挡风玻璃刚刷干净的时候，他看到一百英尺外的路边停了一辆车子。

那是一辆日本进口的吉普车，后车厢的车门还敞开着。从某个角度来看，兰布顿觉得自己之所以会违背原则收下那笔钱，完全是日本人的错，因为日本人几乎扼杀了北美的汽车制造业。还有德国人。这两个昔日的敌国，终于展开了复仇。他之所以必须收下那笔钱让工人继续工作，完全是因为受到日本人和德国人的逼迫。因为你不妨仔细想想，他们……

等等，这是怎么回事？

一名女子正在把备胎从后车厢里拖出来。他只能看到她的背影，不过他喜欢这一幕。一头及肩的金发，黑夹克、蓝色牛仔裤，还搭配了一双过膝皮靴。纤细而修长的身材，虽然兰布顿觉得她可以再多长点肉，不过即便只是这样也还不赖。

只见女子的车底板大开，轮胎已经拉出了一半。

兰布顿在经过的时候减慢了车速，透过副驾驶朦胧的玻璃窗看了她几眼。女子向他望过来，兰布顿可以看到女子应该年近三十岁，那张脸长得十分标致。

要停车帮她吗？

他没有考虑太久就把车子停到了女子的车前，熄掉引擎，拔出车钥匙。就在他准备打开车门的时候，他的手机响了。

"可恶。"

他伸手从外套口袋里掏出手机，看了看屏幕上显示的来电号码，那是一个他不认识的号码。不过，他常常接到一些同时拥有好几部手机的人打来的电话，这样就不容易被人锁定和追踪。麦克·兰布顿知道这一点有多么重要。

但是，他现在不想和任何人说话。他要去给一个陷入困境的女子帮忙。

---

① 托尼·索普拉诺：HBO电视剧《黑道家族》（*The Sopranos*）中虚构的角色，美籍黑手党的成员。

于是，他把手机塞回了口袋里。

兰布顿没有看到这条路上有其他车辆经过，正反方向都没有。没什么车流，他自忖着。任何人都可能在这条路上出事，而且不会有人知道。

不要过去，他告诉自己。但是，随即又在内心说道：好吧，也许只是去看一下。

他把长外套拉紧，扣上扣子。不只是为了防雨，也为了不想让女子看到他隆起的裤裆而被吓到。

“有麻烦吗？”他大叫道。

也许帮她换个轮胎，然后看看她要不要去哪里喝杯咖啡。等到那个时候，他全身可能都会淋湿了。然后，毫无疑问，她就会对他感到抱歉，因而无法拒绝他。也许她还会建议他跟她回家把衣服烘干。

女子从她的车后探出头来。

“哦，我的天，谢谢你停车！”她回答道，“我猜我可能碾到钉子或什么了！”

“你打电话叫救援了吗？”他希望她说没有，他可不希望被什么拖车司机抢了他的机会。

“我这下被自己害惨了。我收到过那种建议加入道路救援的邮件，但是都被我扔掉了。我真的是个白痴，对吗？”

他已经来到了车子后面，近到足以好好地打量她。身高一米七五，也许六十四公斤重，高高的颧骨，稍显扁平的胸部，不过哪有十全十美的。她看起来像是欧洲人。那条牛仔裤穿在她修长的双腿上，仿佛一条紧身裤一样服帖。皮靴和皮手套，以及她的站姿，都让她散发出一丝运动员的气息。

“你应该加入的。”他说着，突然担心她会建议他用自己的会员身份帮她给道路救援公司打电话。他现在和她的距离只剩下几英尺了。他不想再靠近她，以免吓到她。她看起来很疲惫，好像在说，很高兴你停车，但是拜托你千万不要数落我，好吗？

“我想我很幸运碰到你经过。”她表示。

“你叫什么名字？”

“妮可。”

“我叫弗兰克。”他说。对于一段显然不会持久的关系又何须用真名呢？

“我帮你换轮胎的时候，你要在我的车子里等吗？”

“哦，没关系的。”妮可回答，“有什么我可以帮得上的吗？”妮可问道，“比如说，帮你拿手电筒还是什么的？”

“你有手电筒吗？我的车厢里有一个。”

她从外套口袋里掏出手机，兰布顿不禁觉得有趣，因为大部分女人都会把手机放在包包里。“我有这个 App，可以把手机当作手电筒。”

“你不会想把手机弄湿的。”他说着拖住了备胎，利用后挡泥板作为杠杆，准备把轮胎滚到地上。

“爆胎的是哪个？”他此时才想起来，似乎没有注意到车子有向哪一边或哪个角落倾斜的迹象。

“副驾驶那边。”妮可告诉他。

就在他瞄着车子的前轮之际，妮可弯下腰，看似在拉扯腿上的长靴。

“妮可，那个轮胎看起来不像……”

说时迟那时快，一柄冰锥无声无息地划过他的右侧，正巧就在他的腰上。当他感到疼痛时，妮可已经收回了手，冰锥在惨淡的路灯下瞬间映出红通通的颜色。不出一秒，冰锥再度刺进他的身体，这次的力道重重地落在了他的肋骨之间。

妮可再度抽出冰锥，随即第三次刺向他。

毫不留情。

麦克·兰布顿倒吸了一口气，倒在了湿答答的柏油路上。他想开口，但是从口中吐出的只有鲜血。

妮可蹲下来在他耳边说道：“你的人要我告诉你，他们知道你出卖了他们。他们知道你欺骗了他们，知道你背叛了他们。”

接着，仿佛为了确认一般，她第四次把冰锥刺向他，刺穿了他的心脏。

她这才站起身，在雨水中抬起头来。除掉垃圾的感觉真好。

她把麦克·兰布顿滚到水沟里，再将备胎拖回后车厢的车底板下面。当她坐回方向盘前，重新开上黑压压的车道时，她的手机响了。

“喂？”

“是我。”连“你好”都没说，也没有报上姓名。但是，她认得这个男人的声音，是刘易斯。

“嘿！”她回应道。

“我是打来问你的档期的。我是说，你现在已经不再专属于维克托了。”

“现在有点忙。”她说。

“我有差事找你。”

“我在北边的州，正打算休息一阵子。”

“可是，如果我有工作找你，你可以接吗？不会让你觉得浪费时间的。”

“如果？你是什么意思？”

“我得先向我老板报备，我想他应该会同意的。我很快就会知道了。”

她考虑了一下。她是真的想休息一下，但是她又很讨厌拒绝工作。

“什么样的事情？”

“有个在酒吧工作的女孩，”他说，“很简单的。”

“听起来像谁都可以做的工作。”妮可回应道。

“这次，我们也需要保持距离。”

“你和你老板谈过之后再让我知道吧。”

说完，她挂断了电话。

他的声音让她或多或少想起了她的父亲，虽然她已经很多年没有和父亲说过话了。那个可悲的家伙。

但是，父亲却一直在她的脑海里挥之不去，她那亲爱的爸爸。

她似乎还可以听到他说：“老天，银牌？我们大老远来到澳大利亚，是为了让你只拿银牌的吗？你知道他们怎么说吗？如果在奥运会上拿到铜牌，你会快快乐乐地拿着你的奖牌回家。可是，一旦拿到了银牌，而非金牌，你就会懊悔一辈子。就像第二个踏上月球的人，他是谁？根本没人记得。”

“巴兹·奥尔德林。”她仍然记得当她说出那个名字时，一个巴掌重重地落在了她的脸上。

21

翌日上午，就好像什么也没有发生过一样。

托马斯一如往常地下楼来吃早餐。我还无法停止对 FBI 来访之后所发生的事情感到愧疚，托马斯却已经恢复了平日的样子。也就是说，他又开始待在房间里悠游全球了。

他的很多事都让我很迷惑，我真希望我可以钻到他的脑子里一探究竟。打从孩提时开始，对我而言，他一直就像个谜团。他身边有着一个泡泡让我无法穿过去，也让他无法伸出手来。我一直都不明白，为什么是他，而不是我？为什么被精神问题折磨的人——我不知道“折磨”这个词是否恰当——是他而不是我？这样公平吗？当初，上帝是不是俯首看着我的父母，然后就想：“让我来给他们一个头脑正常的孩子，另一个——我就来点好玩的。”

托马斯精神分裂的原因向来有很多说法。当我们还小的时候，人们总是把精神异常归因于不好的父母——说得更明确一点，则是坏妈妈。但是，我母亲并非如此，她向来都是个富有耐性和爱心的女人。她是一个善于教育孩子的女人，对任何有精神压力的人来说，她不仅不会激怒他们，反而还能让他们镇定下来。随着时间的推移，各家各派的说法开始相继出现，有说是基因的关系、环境的影响、大脑里化学失衡的问题、压力、童年的创伤，以及加工食品等各种原因混合的结果。

也或者是其他完全不同的理由。

不过重点是，没有人知道真正的原因。我无法解释托马斯为什么是这个样子，就像我无法解释我自己为什么是这个样子。而饱受困扰的托马斯却具有相当的天赋，他拥有把他在“旋转 360”上所见的一切全部记忆下来的能力。这完全超乎我的能耐和理解。我曾问过他一次，如果没有这份所谓的天赋，他是不是会过得更快乐？结果他却反问我，如果我没有艺术天分的话，我是不是会更快乐？他那被我当作一种诅咒的天赋，却被他视为珍宝。这就是他不同于常人的原因，就是让他引以为傲的部分。他的这份执着就是他快乐的来源。仔细想想，所有天赋异禀的人不都是如此吗？

我不知道。

我只知道，我父母竭尽所能地帮助托马斯，他们对他的爱完全没有保留。他们带他去看医生，带他去找专家，见过他的每一位老师。他们从来没有停止过对他的担心。身为兄长，我也经常被卷入这种忧虑。曾经——我想应该是在我十五岁那年——托马斯消失了好几小时。他总是会骑着他的自行车穿梭在普罗米斯瀑布市的大街小巷，试图弄清楚这片土地的每个角落。当他回到家的时候，他的笔记本上总是画满了街道地图，详细到路灯号和消防栓的位置都标记得一清二楚。

但是那一天，他并没有像平常那样在吃晚餐的时间回来，那不像托马斯会做的事。

“去看看你能不能找到他。”母亲吩咐我。

于是，我跨上我的自行车前往市区。我觉得我应该可以在那里找到他，因为市区的街道更复杂，对于像托马斯这样的人而言，那里应该更有趣才对。但是，我没有找到他。

不过，我发现了他的自行车。

他的车子被塞在萨拉托加街的一条巷子里，就介于一间理发店和普罗米斯瀑布烘焙坊之间，那间烘焙坊制作的柠檬挞是全世界有史以来最好吃的柠檬挞。我想，也许托马斯会跑到那里去买一个来尝尝，然而柜台后面的女士说没有看到过他。

我沿着街道来回地走，找遍了每一家商店，询问他们有没有看到我弟弟。我甚至站在一间鞋店外面的人行道上，克服害怕引人注目的恐惧，大声地喊道：“托马斯！”

等我回到发现他自行车的地方时，车子已经不见了。

我愤怒地踩着自行车回家，他已经在我回到家十分钟前就回来了。托马斯比平常更为严肃，整顿饭下来没有开口说过一句话。不过，当天晚上，我听到他在地下室和父亲争论。或者说得更准确一点，应该是父亲很生气地在和他说话。我猜，托马斯应该是因为晚归而遭到责备。但是，稍晚当我问及此事的时候，他却告诉我没什么。

那晚发生的事，后来再也没有发生过。

我坐在餐桌旁，思考着过去的事和其他的问题，然后看着托马斯吃着他的早餐麦片，说道："你现在不用煮晚餐了，我有其他的事情要你做。"

他抬起头来："什么事？"他的语气听起来煞有防备。

"家里需要清扫。"

他环顾了一下厨房和客厅："我觉得还好啊。"

"家里需要吸尘，灰尘太多了。我会负责清扫浴室，你就负责吸尘。"

"清扫的事情向来都是爸爸做的，"他说，见我没有回答，他又补充说道，"那一直都是他做的，我从来都没用过吸尘器。"

"你同意这屋子需要清扫吗？"我问。

他沉默了好一会儿，才终于开口："我猜是吧。"

"既然爸爸已经不在这里了，你觉得我们要怎么解决这个问题？这里只有我们两个人住，至少目前是如此，因此，我想要你一起参与来解决这里的问题。"

"我想，"他若有所思地回答，"你做就可以了。"

"我已经负责采买日常用品和食物了。我还要做饭，和律师打交道。况且，托马斯，我有工作。我要不就得尽快回柏林顿……"看到他打算开口说什么，我立刻扬起手指警告他闭嘴，"我要么尽快回到柏林顿，要么就得在这里工作。但是不管怎样，我都有事要做。"

"我也是。"他回应道。

"没错。所以我认为，如果我得牺牲一些工作的时间来做这些事的话，那么你也应该要这样。”

托马斯紧张地瞪大了眼睛：“我不知道吸尘器在哪里。”

我指着靠近后门的一个橱子：“就在那里面。”

“你要我什么时候帮你做这件事？”他问。

“你得明白，托马斯，你做这件事不是为了我，而是为了这个家。你要开始投入、分摊家务，我们做这些是为了彼此，为了我们自己。你明白我的意思吗？”

“嗯，我猜是吧。那么，你要我什么时候吸尘？”

我举起双手：“现在如何？你只要做完，接下来一整天就自由了。这就是我今天要你做的事。”

“我要清扫几间房间？”

“全部都要。”我告诉他。

“地下室也要？”

“好吧，地下室不用。”

“那楼梯呢？”

“楼梯也要。”我说道，他听了双肩一沉，仿佛已经感觉到这个任务的沉重了，“去把吸尘器拿出来，我来教你一些最基本的使用方法。”

于是，他站起身走向橱子，把机器拖出来，仿佛拖着高尔夫球具的运动员一样娴熟优雅。

“你要怎么把插头插到墙里？”他问，“这个插头只有一英寸长而已，根本没办法插到墙上。”

“把你的脚踩到那个踏板上。不是，旁边那个才是。然后把电线拉出来，一直拉到再也拉不出来为止。”我说着也站起来，“让我示范几个功能给你看。”

我帮他上了简单的一课。如何开关吸尘器，什么时候该使用强力吸头，其他的一些按钮又是做什么用的。“这是吸地毯用的，”我告诉他，“这个是吸木地板的。”

“那瓷砖呢？”他问。

“和木地板一样。你只要沿着地板一直吸就可以了，什么都不用做。”

要是我被突然丢进宇宙飞船的驾驶舱里，估计我看起来就跟托马斯现在使用吸尘器的样子差不多。在我的催促下，他按下开关，吸尘器便发出运作的轰隆声。我只能提高嗓门想压过吸尘器的声音：“我有一些邮件要回，还有其他事要做，这里就交给你了！”

我是在仓促之中回到普罗米斯瀑布市的，因而漏带了我的笔记本电脑。回来以后，我只能用手机收发 E-mail，所以每当收到需要详细回复的邮件时，在手机屏幕上打字就成了我最痛苦的事。此外，我还有一些账单要付。不过，这些我都可以在线处理。

爸爸有台笔记本电脑，那是他的第二台。“这台轻多了，速度也快多了。”几个月前，他曾在一条信息里这么告诉过我。他早已开始在网上阅读新闻了，但还是每天都买份报纸回家。他说那是为了看地方广告，但我觉得那其实是为了每天开车到商店去的习惯。那是他每天早上的一次小冒险。除了买报纸，他还总会买杯咖啡，然后还来得及回家给托马斯准备早餐。

他把笔记本电脑放在厨房的一角。我把他的电脑带到阳台上，阳台上还接收得到无线网络的信号，而且不会被吸尘器的声音吵到。在经过托马斯身边时，我瞄了一眼他操作吸尘器的样子。他在地板上来回走动的时候，还不忘弯身凑近地板，仿佛真的要检查吸附在地板上的灰尘一样。他明显坚信吸尘器的吸头得在地板上停留个几秒钟，才能达到清洁的作用。按照这种速度来看，不到中午，他应该是回不了自己的房间的。

我坐在一把藤椅上，按下电脑的电源开关，打开电脑。我也许可以带件毛衣到阳台，不过外面既然不是太凉，我就不想再折回屋子里去找外套了。

我输入邮箱的密码，随即看到几封垃圾邮件，还有杰里米·钱德勒的来信，以及一封《华盛顿邮报》的编辑赞赏我最近为他们所画的一张稿子的邮件。在那张稿子里，我把国会画成了一个装满小孩的沙盒。

屋里传来吸尘器似乎被一只松鼠卡住的声音。毫无疑问，托马斯把地毯边缘给吸进吸尘器里了。他自己会解决的。

我找到《普罗米斯瀑布标准日报》的网页，却找不到朱莉个人的邮箱号码。不过，在“联系我们”那一栏底下，标明了只要输入任何一个记者的名字缩写，再加上他们的姓氏，最后打上 @pfstandard.com，该名记者就可以收到那封邮件。

这样，我就可以给朱莉写邮件了：

谢谢你的啤酒，也谢谢你抽空和我聊聊。很高兴再见到你。

诚如我所说的，如果你路过的话，欢迎你到我家来坐坐，

并且和托马斯打声招呼。

然后，我按下“发送”按键。

自从在闲话之家见过面之后，我就一直没有忘记过她，同时希望她会接受我的邀请。我和她相处的时间不长，却足以让我了解到她平易近人的性格。你可以和她聊的东西很多，完全不是东拉西扯的废话。而这阵子以来，我着实找不到什么人可以聊天。我显然没有办法和托马斯聊天。他在乎的只有他的“旋转 360”而已。他对如何协助 CIA 面对一场不存在的灾难，远胜于他对帮我处理家务和他的问题更有兴趣。

我叹了口气，打开搜索引擎，想看看劳拉·葛林建议的那个地方是否适合托马斯。于是，我把光标挪到屏幕的一角，准备键入几个关键词，好在谷歌进行搜寻。

我才开始打字，屏幕上就跳出过去搜寻过的一些历史记录。这些应该都是父亲去世以前最后一次使用这台电脑时在寻找的信息吧。

我瞄了一眼屏幕上的记录，只有三个词。

智能手机

抑郁

童妓

我的目光停留在屏幕上，久久不能挪开。我觉得世界好像正在打开，准备把我吞噬一样。

阳台的门突然被推开了。“我想吸尘器坏了。”托马斯探出头来说道。

22

霍华德·塔立曼坐在亚森诺以北、六十五街以南的中央公园里，等待着刘易斯·布洛克尔的到来。

几年来，霍华德一直雇用着这位曾经的纽约市警察。一开始，只是偶尔找刘易斯处理一些案子，不过那就代表当霍华德需要他的时候，他极有可能在忙着帮别人处理事情。这对霍华德来说并不方便，所以他索性支付刘易斯年薪，而且是他在当警察时的两倍薪水。这样一来，无论他什么时候需要刘易斯的服务，都不用担心刘易斯会没有空了。

霍华德现在就需要刘易斯，比过去任何一次都急迫。他从来不曾遇到过现在面临的危机。

霍华德往南看了一眼，就看到了刘易斯。刘易斯的身高没有超过六英尺，如果他头顶上有头发的话，应该有一米八五吧。他的脖子粗壮、肩膀厚实，虽然肚子略有点松，但那也只是他六块腹肌上的一点多余脂肪罢了。霍华德知道，如果他使出全身的力气对着刘易斯的肚子挥上一拳的话，刘易斯不仅动都不会动一下，甚至还可以让霍华德的手腕因此折断。刘易斯的双眼虽小却十分锐利，眼睛底下的鼻梁很明显地有点歪向左边。几年前，他的鼻梁断了，但是他选择不矫正回去。这样，人们就知道他受过重伤，不仅活了下来，而且再也不怕受到伤害。

刘易斯·布洛克尔朝着霍华德点点头，然后一屁股在他旁边的长凳上坐下。

“怎么样？”霍华德劈头就问。

“你可以给她十万美元，”他说，“但是那不会让事情有所了结。”

“继续说下去。”

“我打听过了。”他进一步说道。霍华德无须问刘易斯·布洛克尔有没有小心行事，那就是霍华德雇用他的原因。刘易斯知道怎么在不引人注意的情况下进行调查。

“艾莉森·菲奇有欠款，她的支票也遭到了退票。她向人借钱，却没有偿还。她已经有好几个月没有付她自己的那份房租了，而她的室友已经气到想杀了她。当她有钱的时候，她不会拿去清偿欠款，反而把钱用在了自己身上。”

“了解。”

“我认为，如果你把那笔钱给她的话，只会养大她的胃口。她会再回过头来向你要钱的。你要是问我的话，我会告诉你，那十万美元只会让她的债台筑得更高。她会帮自己找个单独的地方住，买辆时髦的车开，然后在布鲁明黛百货公司开个购物户头。十万美元很快就会被她花光，然后她会在第一时间再来勒索。”

霍华德若有所思地点点头：“所以，她还会找上门。”

“毋庸置疑。而且，她花钱的方式将会引人侧目，会惹来很多目光。人们将会怀疑她的钱是从哪里来的。有些人虽然对你勒索，但是他们很聪明。他们会把钱存起来，以备不时之需之类的。但是，那种人毕竟是少数。事实上，对钱有数的人是不太会落到要去勒索这个地步的。你明白吗？”

“我明白，”霍华德说道，“如果——我真不敢相信我会提出这种建议——我们给她更多的钱，但是明白地对她表示到此为止，不可能再有后续了。永远不可能。”

刘易斯一副不认同的表情看着他。

“好吧，我知道，这种提议太蠢了。”霍华德自己承认道，“也许，我们把那十万美元给她，然后要她承诺。你很有说服力的，你可以把她吓个半死，让她明白如果她敢拿着那笔钱到处招摇，或者胆敢再回头来要更多的话，她一定会后悔的。”

“伤害她，”刘易斯直截了当地说，“给她一点小小的教训。”

霍华德看不到刘易斯的眼睛，因为后者正在看着一名菲佣，带着三个一身博柏利[①]打扮、来自纽约上东城的小孩，朝着动物园的方向走去。

“由你来决定，刘易斯。”霍华德说道，“你是专家。”

“是啊，”刘易斯说，“所以，我觉得你应该听听我觉得你该怎么做。因为你知道的，我们甚至都还没谈到你的其他问题。”

霍华德看了他一眼：“关于她知道些什么的事。”

刘易斯点点头。

“我和布里奇特聊过，”霍华德告诉他，“她觉得菲奇可能偷听到她和莫里斯的电话，而且她和莫里斯还很可能曾在电话里讨论到他现在的问题。”

“但是，她并不确定。”

霍华德摇摇头：“嗯。”

“但是，这种事你不会想碰运气的。”

霍华德搓了搓双手：“也许，如果是你和她谈谈的话，你可能就可以弄清楚她到底知道了些什么、不知道些什么。”

刘易斯低头看着自己的脚。一群鸽子在他左脚前方啄食着残留在地上的爆米花，他蓦然踢了一脚，正中其中一只的头，只见那只鸽子仿佛喝醉般摇摇晃晃地走开了。

“我不认为那是个好主意，霍华德。如果她其实什么也不知道的话，我们这样做，无疑是在告诉她，除了布里奇特脚踏两条船以外，我们还有许多不为人知的秘密。这样，她反倒有了更多的把柄。”

“老天，”霍华德倒吸了一口气，“真是一团糟。老实说，刘易斯，你怎么会没有发现布里奇特的这种倾向呢？”

刘易斯眯起了眼睛：“也许是因为你没有叫我深入调查吧。财务状况、犯罪记录、累积的停车单，你只要我去调查这些表面的事情。她就像朵玫瑰一样，她对莫里斯来说是那么完美。所以你不想，是因为怕挖得太深会失去她吧。”

霍华德叹了口气，因为他知道刘易斯说得没错。但是，他还是说：“你应

---

① 博柏利：英国的奢侈品品牌。

该自动自发去调查的，你应该按你认为最稳妥的方法行事。”

“你会这么说真是有意思。”刘易斯表示。

“什么？”

“我正打算建议你，我认为你该怎么处理艾莉森·菲奇这件事。”

霍华德机警地看着他：“什么建议？”

“你得让她不会再来找你的麻烦。”

“我们要怎么做？”

刘易斯什么也没说，只等着霍华德自己想到答案。

不一会儿，只见霍华德脸色发白：“哦，不会吧，你不是认真的。”

刘易斯依然不发一语。

“老天，我的天，”霍华德的声音近乎耳语，“不，那不行。听着，我曾做过一些事，一些不得不做的事，但是刘易斯，我们可不能杀人。”

刘易斯慎重地点点头：“不会是我们，霍华德。”

“什么？”

“不会是我们。不会是你，也不会是我。那不会和我们扯上关系的。”

霍华德顿时觉得口干舌燥：“那是……”

“我已经和某人初步讨论过我们的情况了，”刘易斯冷静地说，“我知道她的技术，她可以帮我们做这件事。”

“噢。刘易斯，老天。”霍华德深吸了一口气，然后缓缓地吐气，才突然转头问道，“她？”

刘易斯点了点头。

霍华德摇摇头：“我不知道，我真的不知道。”

“你必须自问，你希望这个问题拖多久。如果你打算永远忍受这件事，让这个女人继续勒索，让她对朋友炫耀她的钱是怎么来的，甚至还打算冒着让她知道某些对莫里斯极具伤害性的信息这个险的话，那你现在就可以把十万美元给她了。”

霍华德用手抱着头，几秒之后才坐直了身体，目视前方说：“你该怎么做就怎么做吧。”

23

“吸尘器吸到地毯了。”我把父亲的电脑留在阳台的椅子上，一进屋，托马斯就这样告诉我。吸尘器的吸头看起来似乎已经把铺在前门和厨房之间通道的地毯吸进去一半了。因为卡住了，吸尘器也就自动关机了。

“托马斯，把地毯拉出来就好了。”

“用我的手吗？”

“对。”

“如果它又自动开了，结果把我的手指吸进去怎么办？”

“它不会……”

电话在这个时候响了。

“可恶，”我说着接起电话，“喂？”

“是雷·基尔布赖德吗？”一名女子的声音传来。

“我是。”

“雷，我是爱丽丝，是哈里·佩顿办公室的秘书。我们在想，不知道你有没有空可以过来一下，签署和你父亲房产有关的一些文件？”

“哦，是啊，当然，”我试着厘清思绪，“当然有空。哈里希望我何时过去？”

“其实，现在这里还不太忙，也许现在你并不方便，不过如果你有机会……”

“好的，我等一下就过去。”

我挂断电话。才一转身，就差点撞到紧跟在我身后的托马斯。他就站在我身后一英尺之外的地方，等待着我给他怎么处理吸尘器的进一步指示。

“怎么了？”他问。

“我得去一趟律师办公室，签署一些文件。”

“我要回去工作了，”托马斯的眼光瞄向楼上，“我的进度落后很多了。”

“好。我稍后会处理吸尘器的，我很快就回来。”

在开车进城的途中，我无法不去想父亲为什么要在网上搜寻童妓的信息。前面两项搜寻我都可以理解，因为他一直想有一部新手机，好用来上网、拍照和做其他的事情。此外，根据我最近从哈里和莱恩那里听来的消息，父亲也许一直有些抑郁，他可能为此在寻找自我诊断的方法。

但是，童妓又是怎么回事？

我脑子里能想到的都是我不愿去想的。

我试着想出一些父亲为什么要搜寻这种数据的合理解释。一定会有些合理的原因。

快想。

好吧。也许他在电视上看到了一些关于童妓的相关报道，报道的内容太吓人了，所以他想多了解一点。而他想进一步了解的原因是什么？也许他想给那些致力于帮助儿童脱离这种变态行为的机构捐款。

这听起来像是父亲会做的事吗？他有给某些组织捐款的记录吗？

没有。

他是个好人。他毫无疑问是个好人。当人们需要帮助的时候，他都会竭尽所能去帮助。我还记得，在我小的时候，我们邻居家——不是那个希钦斯家，而是另一边的一户人家——失火了。虽然消防队在房子烧毁之前抵达了现场，但是厨房还是严重损毁了。他们既没有保险，也负担不起雇人重建的费用，只能靠自己重盖厨房。问题是，当他们决定自己动手的时候，却发现他们根本不知道应该怎么做。虽然父亲从来没有做过水电工或者木工，他却从祖父那里学到不少这方面的技巧，因此很擅长自己动手做很多事。在接下来的一个月里，只要有空，他都在帮邻居重建厨房。

也就是说，父亲乐于助人，不过他采取的是那种有力出力的方式。他可以捐献自己的时间和精力，却不是那种会拿起电话，把信用卡号码告诉某个慈善机构的人。

所以，这个理由无法解释他为什么要搜寻童妓的信息。

也许他听说纽约州北部发生过这样的事情，所以想确定同样的问题不会发生在普罗米斯瀑布市。这个理由听起来似乎更牵强。

还有其他的原因吗?

我不愿去想的是，父亲对这个话题感兴趣。

等我回家后，我会再看看父亲所搜寻的历史记录都链接到哪些网站。也许那些网页可以让我弄清楚父亲这样做的动机。

这么多年以来，我听过不少故事，有些人在父母死后才发现父母的秘密。例如，有个母亲在婚前曾把自己的孩子送给别人领养，有个父亲曾和他的秘书有过婚外情，还有个母亲长期以来一直对家人隐瞒自己的毒瘾，甚至有一个父亲一直过着双面生活——在自己国家的另一个角落还养了一个秘密家庭。

这些发现必然都很让人震惊，但是再怎么惊人，都比不上发现自己的父亲是个变态。

我不知道这会不会是事情的真相，但是我压根儿就无法相信。

还有另一种可能。

父亲从来就没有查过童妓的资料。

而是有人用了父亲的电脑。

“你没事吧，雷？”哈里·佩顿在我拖着一张椅子坐到他的桌边，准备签署文件时问道。

“嗯，当然。”我回答。

“你看起来好像压力很大。”

我在他指着的地方签下名字：“我没事。”

“你不用担心，所有的文件都进行得很顺利。”

“很高兴听到你这么说。”

“家里的情况如何？托马斯好吗？”

我放下手中的笔，往后靠向椅背。“托马斯好吗？”我重复道，然后看向地板，“这就是问题所在。”

“雷，怎么了？”

“哈里，”我说，“你也算是我的律师，对吗？”

“当然，雷。”

“我的意思是，我知道你是爸爸的律师，而你又在处理这些不动产的事情，可是在其他的事情上，你也是我的律师吗？”

“是啊，”他回答，“我是你的律师，有什么事你可以对我说。”

我准备开口，却又不知道从何说起。我不打算说父亲的事，也不打算告诉他我在父亲的电脑上发现的事。不过，电脑上的发现并非过去二十四小时内唯一让我感到震撼的事。

“FBI 来找过我们。”我说。

“什么？老天，雷，你应该给我打电话的。他们有搜索令吗？”

“他们只是给我看了他们的证件。”

“我的天。”

我把事情的经过告诉了他。包括 FBI 是怎么进来的，他们问了托马斯和我什么样的问题，我发现了托马斯一直在给 CIA 发送 E-mail，收件人是比尔·克林顿，以及我听到他和前总统的那段假想的对话。

哈里把手放在桌面上：“难以置信。你遇到的事情还真多，雷。”

“我还有事情要请教你。”我说。

“什么事？”

“关于我父亲的事。”

“说吧。”

“我父亲曾经……你知不知道我父亲的私生活是怎么样的？”

“你是什么意思，私生活？你是在问他的性生活吗？”

“我想是吧。”我回答。

哈里耸耸肩：“我不知道。你是说，自从你母亲去世以后吗？”

不全然是，不过我却说："当然。"

"其实我不太清楚。我没见到过他带任何人回家，而且因为有你弟弟，亚当也从来没有离开过那栋房子太久，他更不可能在别的地方过夜。不过话说回来，如果他有对象的话，他也可以在无须担心让你弟弟独自在家几小时的情况下，趁白天的时候去和那个人在一起。"

"你看到过他和别人在一起吗？他提过在和人交往吗？"

哈里摇摇头："没有。不过，你知道的，像他这样年纪的男人，我们绝对有理由相信他在性方面应该还是有需求的。你介意让我知道你为什么要问这个问题吗，雷？你觉得会有什么女人突然跑出来，宣称她也有权分这些不动产吗？"

"不，不是的，没关系，"我急忙告诉他，"就当作我没问过吧，没事的。"

也许那才是我应该做的。当作没事发生，假装我从来没有在父亲的电脑上看到过那两个字。

但是，在忘记这件事之前，我要先看看那些搜索让我父亲链接到了哪些网站。我并不想知道，却必须知道。

当我回到家的时候，托马斯果然在我预期的地方。父亲的电脑则被放在厨房的餐桌上，而且屏幕还合上了。一定是托马斯把它从阳台拿了进来，还关了机。

我打开屏幕，按下开机按钮。等上个半分钟，让电脑完全启动。然后，我打开了搜索引擎。

我只要在搜寻的空格处键入一个字母，画面就会显示出之前搜索过的相关文字。

但是，什么也没有。

没有"智能手机"的字眼，也没有"抑郁"和"童妓"。

"怎么回事？"我屏住气息说道。

我把光标移到查询过的记录，点击了两下，历史记录栏里是空的。这台电脑的上网记录已经完全被删除了。

24

即便过了这么多年，她仍然会在无数的夜里梦到高低杠。

参加二〇〇〇年悉尼奥运会那年，妮可才十五岁。她在上千名观众、数百台摄影机，以及她的花式体操队友和教练面前，表演她平日练习的高低杠。她可以感觉到手上的滑石粉，然后一把跃向低杠，紧紧地握住杆子，感觉着手臂上的张力。紧接着，在翻向高杠之前，还有时间原地回旋两圈，再撒手飞向高杠。整个体育馆和现场的观众在她的视野里飞过，只是，她根本看不见他们。他们现在并不在这里。此刻，她没有观众、摄影机和队友，也没有教练。这里只有妮可和那两根高低杠。在下一分钟，整个宇宙什么也没有，而那一分钟似乎也不只是一分钟。当她在梦里的时候，这一分钟往往可以持续上好几小时。她在飞翔，宛如小鸟一样飞翔，没有重量。没有什么比得上这样的感觉，也没有什么字眼儿足以形容这种感觉。她认为，对一个曾走在月球表面的人来说，要形容那种经历势必会很困难。虽然她并非走在月球上，但是当她在高低杠上的时候，那种兴奋的感觉又和走在月球上有什么不同？奥尔加知道，娜迪亚[①]也知道。这是没有办法用语言形容的。有了那两道高低杠，她就有了全世界。

在那些没有梦见高低杠的夜里，她梦到的是杀戮。

那些杀戮也自带另一种优雅，无声无息又快速地攻击自己的猎物，就好像从高杠跳到低杠一样。绝不浪费一丝一毫的力气，也没有多余的动作，只

---

① 奥尔加·科尔布特和娜迪亚·科马内奇分别为苏联体操选手和罗马尼亚体操选手。

是以它们自己的方式展现着另一种美学。

完成一场完美的死刑。

无论她的梦是高低杠日常练习还是刺杀行动，它们永远都是值得获得金牌的演出。从来不是银牌，更非铜牌。偶尔，她的梦也会混合在一起。当她从高杠上跃下，做出最后的动作，准备完美落地时，她松开的手里却突然出现一柄匕首。而当她的身体——本身也是一件工具——下落时，她手中的匕首也随之下落。可怜了在低处等着她的人。

她现在所在之处是果园街。

妮可知道地址，她已经被告知过了，也拿到了一张照片——那是一个有着一头黑色长发的修长女子。妮可的目标会在那里，艾莉森·菲奇。她和一个朋友合租了一间公寓，不过她的朋友白天工作。艾莉森晚上在酒吧工作，因此整个白天她几乎都在睡觉。

妮可不知道这个艾莉森·菲奇是谁，或者做了什么。她也不知道究竟是谁想置这个女人于死地，不过既然是刘易斯联系了她，那她不难猜到这个女人应该对某个重要的人物造成了威胁。艾莉森·菲奇握有某人的把柄，而那个把柄也许就在她的手机里，因为妮可被交代无论如何都要找到她的手机。

不过，这些妮可都不在乎。对她来说，这就是一份工作。

当她穿过果园街的时候，她把头上的黑色棒球帽拉低到前额，然后再度摸了摸口袋里的那个塑料袋。这个塑料袋很坚固，就算那个女人用指甲抓，也没办法把它抓破。妮可从来不用枪。她不喜欢枪，不喜欢枪响的声音，不过她无须自我分析也知道原因。从她站在田径场上的那一刻开始，她就很讨厌宣告比赛开始的枪响。每个人都肌肉紧绷、屏气凝神，等待着枪声响起。枪声响起前的那百万分之一秒，是她最讨厌的时刻。

她现在还是不喜欢枪声，即便现在的枪都配有消音器。枪又重又不好隐藏，而且用枪的时候几乎利用不到身体。谁都可以用枪。妮可喜欢使用她的肢体。勒死一个人需要力气，用冰锥也是。不过，今天她要用的只是一个简单的塑料袋。

没有人会因为携带塑料袋被捕，虽然她身上还带着其他会让警察感兴趣的东西，前提是如果警察把她拦下来的话。她站在公寓的入口，在进去之前，她分别向街道两边张望了一下。

妮可没有看到警车，也没有什么令她担心的现象。一辆车顶装了某种怪异装置的车子堵在一条街以外的路口，不过那也没什么好在意的。

妮可踏入公寓的大厅，研究着墙上展示的住户姓名和电铃。她一口气同时按下了几户人家的电铃，但是小心地避开了艾莉森·菲奇的那一户。几秒钟之后，对讲机里传来一声："你好？"

不过，另一户显然不那么谨慎的住户却直接按下了开门的开关。妮可打开通往住户的内门，在门里按捺了几分钟不动。她可不想有任何人打开他们家的大门来看看到底是谁按的电铃。就算他们探出头来，也会因为没有看到任何人而缩回自己的屋里。

这是一栋没有电梯的公寓。她爬上两层长长的楼梯，很庆幸没有任何人擦身而过。不过，就算有的话，她也知道除了她是一个二十多岁的白种女人之外，自己在任何人眼里都留不下什么确切的印象。她的帽檐和太阳眼镜遮挡住了她大部分的脸。今天下午，她的头发是黑色的。不过，到了晚上就会变成金色的了。

她一来到走廊，很快就确定了那间可以俯视果园街的公寓就坐落在走廊的尽头。她悄悄来到三〇五号的门口。在开锁之前，她用戴着手套的手先转了转门把，看看门是否没锁。

一点惊喜都没有，门是锁着的。她从风衣的口袋里掏出为了应对这种情况而准备的工具。从门锁的外观来看，要开这道锁应该不难。如果门里还加了锁链的话，也只会多花她额外的三十秒来打开。她的口袋里有好几条橡皮筋。只要把橡皮筋套在锁链上面，再将橡皮筋的一端绑在门把上，然后关上门，锁链就会被拉开。

她已经练习过不下百万次了。现在，就算闭着眼睛，她也可以把锁链打开。

门开了。

锁链并没有扣上。

她把门推开一条缝，听着门内的声音。从门缝里，她可以看到一间银色的厨房，以及一间狭小的客厅。客厅的沙发床是展开的，被单已乱成一团。既然是两个人合租，那她的目标如果没有睡在沙发床上，就一定是在卧室里。妮可猜测，卧室应该在客厅的左边。

她灵巧地打开门，进入了公寓，然后同样无声地把门在她的背后关上。

现在，她已经在公寓里了。她只是站在原地不动，竖起了耳朵。屋里应该有扇窗户是开着的，因为街上的声音从她所在的位置听起来很清晰。这样很好。虽然她不会发出什么脚步声，但是有点背景声也不碍事。

妮可试着听另一个人在室内的声音——鼾声、轻微的呼吸声、洗澡的水声。

心跳声。

虽然她什么也没听到，却感受到有人存在。她朝着客厅走了几步，期待着随时可以瞄到卧室的门。

她经过厨房餐桌的边缘，餐桌旁边还摆了两张一看就知道是宜家的椅子。冰箱门上用猫咪冰箱贴压了一张电脑打印的月历，艾莉森·菲奇的值班表用铅笔清楚地标示在了月历上。

老天，她暗忖着。这屋里千万不要有猫才好。所幸，她既没感觉到有猫，也没有闻到猫的味道，地板上也没有宠物的碗。但是，厨房显然没有被好好整理过，水槽里堆满了碗盘，桌上甚至还留着半杯喝剩的咖啡。

这个角度可以让妮可看到卧室的门以及卧室的里面。那是很典型的纽约小公寓的卧室，也许只有八英尺乘十英尺大小，只能放得下一张棉被连折都没折的双人床。卧室另一端墙上的窗户是开着的。

那就是她了。

她不在床上，而是背对着妮可站在窗边。那头黑发披散在肩头，双手则扶在空调室外机的主机上面，俯视着楼下的街道。她穿了一件深蓝色的裙子，白色衬衫。从她站着的姿势来看，她也许还穿了一双高跟鞋。不过，由于被床的位置挡住了，妮可无法看到她膝盖以下的部分。

她们之间只相隔了十二英尺。

妮可在脑子里计算着距离。她没有足够的时间绕过床，她必须跳到床上。

先助跑，然后跃起，左脚踩在床上，右脚再跟着落下。不到半秒的时间，她就可以来到女子的身后，手到擒来。

妮可也注意到了放在床尾的一个皮包，她很可能可以在那个皮包里找到手机。于是，妮可无声地从口袋里掏出那个白色的塑料袋，轻轻地把它打开。

不出一秒，妮可已经跳到床上，借着床垫的弹力跳到了另一头。等到她的“猎物”发现有人闯入时已经太迟了。妮可的塑料袋已经套到了她的头上。

女子首先发出了一声闷叫，随即便开始抓塑料袋，想把袋子抓破，一如妮可所料。然而，妮可的手腕转了几次，便将塑料袋紧紧地贴在女子的脸上，宛如她的第二层肌肤。

就在那辆车顶装有怪异装置的车子行经楼下的时候，女子吸了最后几口气，很快就倒在了空调室外机上。她瘫在空调室外机上头几秒，随即倒在了地上。

妮可蹲下来，让塑料袋继续缠在女子的头上，以确保万无一失。在确定女子已经气绝身亡之后，她才拿下塑料袋，绑成球状，塞回外套的口袋里。

接下来是手机。

她拿起床上的皮包，拉开拉链，立刻就找到了塞在皮包内层的手机。她很快就把手机也塞到了放着塑料袋的外套口袋里。

这下，她才终于掏出自己的手机，解开密码，按了两下按键。

“解决了。清除大队出动了吗？”在这种时候，客户都不希望把尸体留在现场。妮可对她应该做的事很擅长，但是善后不是她需要负责的部分。

“是的。”刘易斯回答。

她没有多说一句废话便挂断了电话，收起了手机。依她浅见，这是一场夺金的演出，没有失误、没有多余的动作、没有不必要的挣扎、没有任何需要扣分的地方。

也没有欢呼的群众，不过一个人不可能鱼与熊掌兼得。

她站起身，看了地上的女子最后一眼。就在她准备离开的时候，传来了门打开的声音。

清除大队来得未免也太快了。

25

我敲了敲托马斯的房门，告诉他晚餐已经准备好了。

“我们要吃什么？”他问。

“烤肉汉堡。”我告诉他。

晚餐结束之后，等到碗盘都被扔在洗碗槽后，我把手按在他的手臂上，以防他从椅子上跳起来回楼上。

“我真的得走了。”他说。

“我得和你谈一件事。”我把手拿开，但又觉得我好像应该抓住他，好让他继续待在椅子上。

“你想谈什么？”

“你把爸爸的笔记本电脑从阳台拿进来了。”

他点点头：“这样就不会被人拿走了。”

“你做了什么？”

“我把它放在厨房里。”

“我是说，你对笔记本电脑做了什么？”

他再度点点头：“我关机了。如果你持续开机的话，等你回来的时候，电池可能就没电了。”

“你还做了什么？”

“例如？”

“你动过上网的记录吗？”

“我把它删掉了。”托马斯说。

“你删掉了？”

他点点头。

“你为什么要那样做？”

“我一直都是这样做的，”他告诉我，“我关机之前，向来都会清除记录的。每天晚上我睡觉前，都会清除我的电脑使用记录。那就好像……我不知道，刷牙之类的习惯吧。这样，隔天早上，电脑里又焕然一新了。”

我觉得好疲惫。

“好吧，那是你对你电脑的使用习惯。但是，你为什么也要那样处理爸爸的电脑？”

“因为你把电脑留在那里让我处理。”

“你向来都会清除爸爸那台笔记本电脑的记录吗？”

“没有，因为爸爸自己会关机。我可以走了吗？我的屏幕上真的有很重要的东西。”

“那不急。你在删除记录的时候，先看过那些记录吗？”

托马斯摇了摇头：“我干吗要看？”

“托马斯，”我很坚定地说，“现在，我要你诚实地回答我，这很重要。”

“好。”

“你有没有用过爸爸的笔记本电脑？”

他用力地摇摇头：“没有，从来没有。我自己有电脑。”

“爸爸有没有把他的电脑借给过别人？或者，有没有人来这里用过？”

“我想应该没有。我可以走了吗？”

“等一下。”

“今天早上吸地板已经花掉我很多时间了。”

“托马斯，拜托。如果在爸爸死后没有人用过那台电脑的话，为什么我今天早上使用的时候，电脑上还有一些搜寻的记录呢？为什么你没有删除呢？”

“因为爸爸使用的时候，他自己会关机。虽然我告诉过他要把记录删除，但是他不像我那么担心。”

我把头靠在椅子上：“好吧，谢谢。”

“那我能走了？”

“嗯，你可以走了。”

不过，他并没有起身走回房间，而是依然坐在自己的位子上，仿佛现在换他有问题要问我了。

“怎么了？”我问。

“我知道你还在为FBI找上门来的事生气。从那时候起，我就没有再给CIA或克林顿总统发E-mail了。”

“很高兴知道你这么做。”

“可是，如果我看到什么我真的需要告诉他们的事呢？”

“比如说？”

“如果我看到什么我觉得CIA真的需要知道的事，例如犯罪行为，我可以给他们发一封简短的E-mail吗？”

“托马斯，我不在乎你是不是看到有人在学校里放了一枚核弹，你就是不能给CIA打电话。”我可以看到他脸上的沮丧，“托马斯，怎么了？又是什么撞车还是什么事情吗？”

“不是，是更严重的事。”

“你以前不是没有过这种经历，那根本就不重要。”

“这次不一样。”

“那是什么？”

“关于一扇窗户。”

“一扇窗户？”

“对。”

“有人打破窗户，而你想向CIA报告？”

他摇摇头：“是那扇窗户里发生了一件事。有时候，事情是会发生在窗户边的。”

“托马斯，听着，不管你看到了什么，都不用担心。”

他突然推开椅子站起来。“好吧。”说着，他走向楼梯。

“托马斯，不要给CIA发送E-mail，我发誓不准你这么做。”

他没有停下脚步。见他已经走到了楼梯底下，我大声喊道：“托马斯！老天，你在听吗？”

他终于停下了脚步，一只手扶在楼梯的栏杆上：“你才是没有在听的人，雷。我试着和你说话，也试着去做你要求的事。你不让我给 CIA 打电话，所以我才问你应该怎么处理那扇窗户里发生的事，你却不听。”

“好吧，好吧。你要我去看一眼吗？”

“是的。”他回答。

“好，那我就上楼去看一眼吧。”

我跟在他身后上了楼。在我打算走进他房间的时候，他却建议我先去拿把椅子过来。这样，我就不需要一直弯身靠在他的肩膀上了。这表示这件事可能要花上我一段时间。

父亲房间的橱子里有张折叠椅。我拿出椅子，回到托马斯的房间，把椅子打开，放在他电脑椅的旁边。托马斯在滑动他的鼠标，好让屏幕重新启动。

“今晚，我们又在哪里了？”我问。

“这是果园街。”

“哪里的果园街？”

“纽约，在曼哈顿下城。”

“好吧。”我说，“给我看你发现的东西。”

托马斯指着屏幕，手指距离屏幕还有半英寸的距离。他指着一扇窗户，一扇坐落在一栋五层楼建筑侧面的窗户。建筑物上还有其他好几扇同样的窗户。虽然纽约早期的建筑风格我不是很熟悉，不过还是可以看得出那是一栋老旧的出租公寓，也许可以追溯到十九世纪八十年代后期。

“你看到那扇窗户了？”他问，“三楼上面的那扇。”

我看了一下，窗户的下缘有着一个白色的球体：“嗯，我看到了。”

“你觉得那是什么？”

“我怎么会知道？”

“我现在要把它放大。”托马斯说着，在影像上点击了两次。画面马上放大了，但是也相对模糊了一些。不过，放大以后的影像看起来开始有点成形。

“现在，你觉得它像什么？”托马斯又问。

“有点像是……像是一个头，”我回答他，“不过被什么套住了。”

“是啊，”托马斯说道，“你看这里，就可以看到鼻子和嘴巴的形状，还有下巴，这里则是额头。这是一张脸。”

“我想你说得没错，托马斯，那是一张脸。”

“要怎么弄出这样的脸？”

“我不知道，看起来像是有人把袋子套在了头上。”

托马斯点了点头：“是的。不过，如果你可以把五官看得那么清楚，那个袋子一定套得很紧。”

“我猜是吧，”我说，“也许是面具还是什么的。”

“可是，它在眼睛、嘴巴和鼻子的地方都没有洞。如果是面具的话，那个人要怎么呼吸？”

“你还可以再放大吗？能再近一点吗？”

“我可以再放大，但是影像就会更模糊了。这已经是我能调到的最好的画质了。”

我盯着那个影像，不确定那到底是怎么形成的。“我不知道，托马斯。它看起来就是这样。有人把一个袋子罩在头上搞笑。有些人是会做蠢事的。也许有人知道‘旋转360’的摄影车就要经过，所以就选在摄影机扫过的时候做了一些蠢事。”

“在三楼？如果你想做什么蠢事的话，干吗不选择站到人行道上？”

“也对，我不知道。”

“我不认为这个人是在搞笑。”他说。

“好吧，那你告诉我，你觉得发生了什么事？”

“我想这个人遇害了，”托马斯说道，“这是一宗谋杀案。”

“当然是了。拜托，托马斯。”

“有人想勒死这个人。”

我把目光从屏幕转移到弟弟身上：“你觉得是这样？”

“是的。”

“那你到底要我怎么做？”我问。

“我要你去查个究竟。”托马斯表示。

“查个究竟？”我重复他的话。

“是的。我要你到那里去。”

“你要我去纽约，去看看这扇窗户，”我简直不敢相信，“门儿都没有。”

“好，那我们就得打几通电话了。”托马斯说道，“我很抱歉，我没有选择，只能给 CIA 发 E-mail，要他们调查这件事。”

“托马斯，你给我听好了。首先，你不可以为了这件事给 CIA 或者国土安全部打电话，连打给普罗米斯瀑布市的消防队也不行。至于你要我为了这扇破窗户去纽约，就更不可能了。”

说着，我离开他的房间下楼了。

几分钟之后，就在我舒服地坐在沙发上，考虑着要在父亲的宽屏幕电视上看什么才好的时候，托马斯下楼来了。

他什么也没说，甚至连看都没有往我的方向看一眼，只是径自走到前门的柜子旁边，打开柜子，拿出他的外套。他把手臂套进外套的衣袖里，拉上拉链。我不禁问道：“你要去哪里？”

“纽约。”

“真的？”

“是的。”

“纽约哪里？”

“我要去看看那扇窗户。”

“你要怎么去？”

“走路去。”他停了一下，“我知道怎么走。”

“那你得走上好一段时间。”我告诉他。

“总共是一百九十二点三英里，”他回应道，“如果我每天走二十英里的话，只要……”

“噢，我的天。”我咕哝了一声。

26

如果交通状况不是太糟的话，从普罗米斯瀑布市开车到纽约大概只要三个半小时就够了。不过，也只是如果，毕竟后半程是在纽约。你也许本来一路顺畅无阻，感觉到好像只要把手伸出车窗，就可以摸到纽约的天空。但如果某个开货车的司机为了超一辆出租车而引发连锁的追撞事故，你就会被堵在车阵里长达两小时。

因此，我选择了搭乘火车。我的计划是搭早班的火车，履行完我对托马斯的承诺，再搭同一天的火车回家。这样，我就不会把托马斯一个人留在家里过夜了。也许换成其他时候，我会相信托马斯可以独自在家过夜，然而经过 FBI 事件之后，我可不想让他离开我的视线范围太久。

他答应我，只要我履行承诺，在我出门的时候，他就不会做出让我失望的事情。

如果托马斯以为我到纽约纯粹是为了他，我也不介意他这么想。不过，在他开始催促我前往纽约的时候，我想到了杰里米要我去见的那名女子。我是得处理一下这件事，因为那代表了赚钱的机会，而且听起来应该不是一笔小钱。一走出托马斯的房间，我立刻就给杰里米打电话，问他可不可以安排在隔天见面。他告诉我他会再给我打电话。一小时后，他来电说，凯瑟琳·福特已经和别人约好了午餐。但是在那之后，她可以和我们在特里贝克大饭店见面喝点东西。

我告诉他，我会前去赴约的。

杰里米认为我们应该在那之前先一起吃个午餐，所以我们就相约在韦弗利餐厅见面。韦弗利餐厅就位于韦弗利街和第八街之间的第六大道上，从那里前往特里贝克大饭店或到托马斯要我去的地方都很方便。

当我告诉托马斯我会在哪里吃午饭的时候，他立刻闭起眼睛告诉我："那个地方在美国大街，也就是所谓第六大道和韦弗利街上。餐厅的门口挂着一个霓虹招牌，'韦弗利'几个字是绿色的，'餐厅'两个字却是红色的。对面还有一间杜安里德连锁药房，在韦弗利街南边还有一家专卖维生素的商店。如果从西边走向韦弗利餐厅的话，你会看到'餐厅'那个单词的最后一个字母的灯泡没有亮。"

我在太阳升起前就起床了，先开车到奥尔巴尼，从那里搭火车到伦斯勒，然后在那两个半小时的火车行程里，试图睡个回笼觉。等我醒来的时候，望着窗外飞逝的风景，我才开始思考自己答应托马斯前往果园街，那个他看到某扇窗户里有人被勒死的地方，是不是一个很愚蠢的决定——这样做是不是反而鼓励了他。

不过，如果这么做能让他不再联系联邦情报单位，不再惹来任何不必要的注意，那么这样也许还算是聪明的做法。我总不能把托马斯绑住，完全断绝他和外部世界接触的可能性。我不打算再把他电脑的插头拔掉，即便我愿意承担那样做可能造成的后果。而托马斯也永远都可以拿起电话，打给他想联系的人。他也可以写封信丢到邮筒里。但是，当托马斯在家的时候，我不希望他觉得自己像个犯人，仿佛他对外界的联系处处遭到了严格的控制。

这件事的问题在于，如果托马斯明天又在电脑屏幕上看到发生在另一扇窗户里的什么事情，而那个城市刚好在土耳其的伊斯坦布尔的话呢？他也会期待我去一探究竟吗？

我想，我得就事论事地来面对托马斯的要求。如果他再要求我去调查他在电脑上看到的事，我就会告诉他，我这次对他的容忍让我花掉了整整一天的时间，遑论还有火车票的支出。至于这样的说法能不能说服得了我这个弟弟放手，那就不得而知了。

当他看到发生在波士顿街上的那起微不足道的车子擦撞事故时，我曾说服了他不要做任何贸然之举。因此，要让他放弃那些微不足道的小事并非不可能的事。但是，这次那张出现在窗边的脸，对他而言显然非同小可。

“一般人不会往上看到那么高的。”他坚持说道。

上了火车，我很庆幸自己终于有了时间思考。我的思绪不断回到父亲身上。也许，我的确太在乎他在搜寻栏里键入的那两个字了。

他在新闻上看到了关于童妓的某个报道。

他被吓到了。

他决定深入了解一下。

仅此而已。

我责怪自己为什么胡思乱想。

我出门的时候带了一张电脑打印出来的画面。在火车沿着哈德孙河前进的时候，我从口袋里拿出了那张打印的图片。我必须承认，这个画面确实让人看了很不安。我不相信托马斯的理论，认为“旋转 360”的摄影车在驶过曼哈顿街上拍摄街道画面时，刚好捕捉到了一宗谋杀案发生的过程，因为这有点太扯了。然而，我盯着这个画面越久，就越觉得托马斯的解释并非完全没有道理。它看起来确实很像一个人被勒住了，仿佛有人从后面在他的头上套了一个塑料袋，然后用力把袋子勒紧一样。

不过，我也知道还有很多其他的可能性。例如，它看起来也很像一般用来展示假发的白色舒泰龙人头。也许就有人把它放在了空调室外机上面。或者，有人刚好在摄影机扫过的时候，拿着那样一颗假人头经过窗前。

这张图的分辨率很低。

在我接下这个任务以前，我曾建议托马斯在网上先进行搜寻。托马斯虽然很擅长使用“旋转 360”，但是换成要在网上搜寻什么特定的信息时，我就比他厉害多了。因此，我拿出父亲那台搜寻记录已经完全被删除的笔记本电脑，键入了“纽约果园街”几个字，然后在按下开始搜寻的按键以前，又加上了另一个词——“谋杀”。

说句老实话，我的目的是让托马斯打消念头。如果我们的搜寻没有发现任何关于有人在窗边被谋杀的消息，我希望托马斯会因此冷静下来。

虽然搜寻的结果没有找到关于有人在窗边被勒死的新闻，我们却发现了其他有趣的事情。我找到了《纽约时报》的网页，网页里列出了所有提及果园街的报道，其中有几起果园街上发生过的非自然死亡事件。在二〇〇三年五月，一名男子被一辆奔驰轿车撞死，肇事者逃离了现场。在二十世纪九十年代中期，一家手提包店的两个老板之一，指使自己的儿子雇用杀手干掉自己的搭档。结果，警方在谋杀发生之前逮捕了嫌疑人。七年前，一名年轻的银行执行长在格兰德街和布鲁姆街之间的果园街胸口中弹。警方调查了从熟人作案到陌生人犯罪等各种可能性。

这些事件都发生在“旋转 360”发明之前。虽然我们不知道窗边的头这张照片是在何时被拍到的，不过至少可以推测得出这应该是在最近两三年里拍摄到的。在那段时间里，果园街并没有什么可疑的死亡事件发生，至少没有什么某人死于头上被套了塑料袋的报道。严格说起来，还能稍微引起我兴趣的，是一则十分简短的新闻报道。报道上提到一名住在果园街（没有提到确切的门牌地址）、名叫艾莉森·菲奇的三十一岁女服务员，在八月的最后一周获报失踪。这则消息在九月的第一周刊出，不过我并没有看到其他后续的报道，显然这一事件已经获得了解决。全美每天都有数以千计的人失踪，大部分人都在报失踪后的几小时又自动出现。如果你想了解的话，这些都有数据可查。

我在宾州火车站下了车，朝着坚尼街而行，然后走到专卖艺术品的珍珠画廊。我在画廊的几个楼层里逛了将近两小时，结果买了十来支帕奇牌喷枪针头和几个盖子，还有一盒莎皮牌黑色钢珠笔，以及一盒粗芯的马克笔。我在柏林顿已经有很多这类的工具，不过钢珠笔再多也不够用。

然后，我叫了一辆出租车直奔韦弗利餐厅。在走进餐厅之前，我得确定一下从来没有亲自来过这里的托马斯对餐厅的叙述是否正确。

对街的确有家卖维生素的杜安里德连锁药店。餐厅字母的灯泡坏掉这一点，他也完全说对了。

毫无疑问，他真的很厉害。

当我走进餐厅的时候，一眼就看到杰里米已经坐在靠近前窗的一个卡座里看着菜单，面前的桌上还放了一杯咖啡。我轻轻地在他对面坐下。

“你不会相信我在厕所里遇到谁了。”杰里米总是喜欢吹嘘他遇到过什么名人。

“我想象不到。”我回答。

“菲利普·塞默·霍夫曼,”他告诉我,“就在林肯中心附近剧院的男厕里。”

“千万不要告诉我,你还和他搭讪了。”

他没有。

我指着墙上挂着的那些黑白名人照片:“你还在谁旁边撒过尿吗?”

“这些人全都死了。”杰里米说道。

我点了一杯咖啡和一份培根烤乳酪,杰里米则叫了直接放在平底锅里上菜的炒蛋和薯条。我们聊着报业和杂志的萧条,以及类似《赫芬顿邮报》那种类型网站的崛起,还有这种新契机是如何来得正是时候。

杰里米表示,凯瑟琳·福特希望连续刊登一周的动画,而且愿意支付给每则动画一千五百美元的稿酬。听起来好像很多,但是要支持动画的制作,却得比平面刊物多画上几倍的画稿。“我相信应该有相关的软件程序或者什么的,可以让这种工作做起来比较省力。”他说。

我知道有几个程序确实可以让这种动画的工作做起来不那么费力。等我想清楚要用什么软件之后,也许几天之内就可以交出一份画稿。这样一来,我就还有时间可以接其他的工作了。

账单送来的时候,杰里米抢着结了账,然后我们叫了一辆出租车前往饭店。福特比原定的时间晚到了十五分钟,但是她看起来就像个从来不需要为自己迟到而道歉的女人。只要她出现,人们就已经很感激了。一米七八的身高、纤细的身材、五十来岁的年纪,还留着一头耀眼的金发。如果我看得到她衣服或饰品上的牌子,我猜大概也都是香奈儿、古驰、爱马仕,或者DVF之类的名牌。她魅力四射,一开口就说她是我的粉丝,等到我们走向酒吧的时候,她一直滔滔不绝地说,纽约所有她认识的名流都将投资她的新网站,包括唐纳·特朗普;还说虽然她和唐纳·特朗普很熟,但是她实在搞不懂他为什么把发型弄成那样。除了问我父亲近况如何之外——因为她听说我父亲好像不是很好，她没有问过我任何问题。后来，在她忙着赶往下一个约会之前，她告诉我我被录取了。她的网站三个月后就会开始运营。

我接受了这份工作。

一等她离开，杰里米立刻说，他觉得刚才好像一阵龙卷风扫过一样。杰里米和我商议好尽快再就此事展开讨论，然后就相互道别了。我马上就在饭店外面招了一辆出租车。

“休斯敦街和果园街口。”我告诉司机。当司机朝着那个方向前进时，我才靠向后座的塑料皮椅。这场会面和我所经历过的任何一场工作面试显然大相径庭。

我在心里偷笑了一下，然后开始思考自己接下来要做什么。我想到的是昨天晚上我和托马斯的交换条件。

“等我到果园街这个地址的时候，”我说，“我要怎么做？我是说，经过这段时间，那颗头应该不可能还在窗边吧？”

“我不知道，”托马斯只是说，“你会想到怎么办的。”

27

霍华德·塔立曼一直没有睡好，他已经一连九个月都没有好好睡了。从去年八月底开始，他就没有一个晚上睡得好。

他的体重也减轻了，减了十六磅。为此，他的皮带必须再往前扣两个孔。如果不是因为眼睛底下的眼袋和苍白的脸色，他看起来会比过去好很多，至少不会再像花园里的那些大肚子小矮人玩偶了。

因为缺乏睡眠而造成的外貌变化和暴躁脾气，让霍华德觉得很尴尬。这些变化暗示着他受到了什么困扰，但是他并不希望有人觉得他在担心些什么。

霍华德并不是一个爱担心的人，而是一个会让别人感到担心的人。他从来不会感到忧虑，只会给别人带来忧虑。

这段日子以来，要让外貌维持原样对他来说实在是一件很困难的事。

“你看起来糟透了，”莫里斯·索奇克不断地提醒他，“你去看过医生了吗，霍华德？”

“我很好。”霍华德坚持道，“我只担心你，莫里斯。你向来都是我最担心的人。”

霍华德向来都因为压力而更有活力，压力就像他的氧气来源一样。他所投入过的任何一场选战，不管战情有多紧张，不管竞选人有多落后，他都绝不放弃。即便身边的人都说大势已去，他也从不轻言放弃。他敢于面对问题，也善于解决问题。有一次，在一场市议员补选的选战里，他所助选的候选人的主要对手，是一名自诩在小区志愿服务上具有丰富经验的女子。该候选人花了数百小时帮助贫民和弱者，远比霍华德辅选的那个自私的浑蛋要多许多。

“我们得找个方法，”霍华德说，“让她的志愿者形象变成负面的效果。”

对此，竞选团队里的人无不发出问号：“啊？”

霍华德表示，如果约翰·凯瑞在越南的服役经验都可以造成负面的效果，那么一切皆有可能。先找出那个女人的优势，然后想办法制造渗透和破坏。霍华德找来了刘易斯。刘易斯主张那个女性参选者是牺牲了自己的丈夫和孩子去帮助别人，而他也找到了足以支撑他这个主张的证据。据闻，她青春期的儿子曾经因为持有毒品被捕，虽然这个案子从来没有被庭审。她的丈夫则流连酒吧。虽然霍华德并未直接向媒体透露这些消息，但是他必须确定媒体会挖掘到这些传闻。如果这种故事还无法证明这个女人对家庭的关注不够，那么还能证明什么？就在选战只剩下几周的时候，霍华德开始在他的选区里大肆散发宣告他的竞选人是个顾家好男人的传单，暗示着他的对手对陌生人的关心远胜于对自己家庭的关注。

没有人会在乎一个男人是否把事业放在家庭之前，但是女人呢？

这么做确实很奸诈、卑鄙，也有违事实。但是，它还是奏效了。“真是高明的谎话说多了，就变成真的了。”在那名女性候选人以三千多票的差距输了选战之后，霍华德的称誉者和非议者都这么认为。

霍华德就是从那时候起，开始付给刘易斯年薪的。

对需要钱的刘易斯来说，这个机会来得再适当不过了。刘易斯在能领退休金之前离开了警局。当时，他和几名警员被召集去参与一场人质救援的行动。一名男子把他的家人锁在公寓里面，扬言要杀死他们。屋子里传来几声枪响之后，公寓的大门被打开，一抹身影旋即冲出大门。于是，站在走廊上待命的刘易斯开了枪。

很不幸地，开门出来的是那名男子试图逃跑的十六岁的儿子。

没有起诉，刘易斯·布洛克尔的警察生涯却在那天画下了句号。

有时候，霍华德·塔立曼会觉得事出必有因。如果要用一个年轻男孩的性命，才能让刘易斯·布洛克尔辅佐一名伟大的政治人物，那么霍华德又怎么能够和上帝的旨意争辩呢?

但是，霍华德觉得，上帝应该并不希望去年八月发生的事是以那样的形式发生的。

他当时同意的行动——他为了保护莫里斯·索奇克而允许刘易斯·布洛克尔采取的行动，绝对具有足以摧毁他们所有人的可能性。

莫里斯对霍华德来说不只是一个亲近的朋友，还是霍华德通往大舞台的门票。霍华德知道，一旦莫里斯登上纽约州长的宝座，自己必将从此步步高升，这只是时间迟早的问题而已。莫里斯具有这样的人格特质和演技——即便是他的牙齿都那么完美——可以让他直达白宫。

霍华德相信，布里奇特和艾莉森·菲奇的婚外情，以及比婚外情更严重的——那个女人可能知道莫里斯的政治问题，绝对有可能影响莫里斯的仕途。因此，他信任刘易斯的直觉，让他去做了他认为应该要做的处理。他也信任刘易斯用人的直觉，让刘易斯自己去找人动手。

霍华德并非没有想到这个行动一旦实施之后，可能会带来什么样的后果。当一名年轻女子遭到谋杀或者失踪的时候，是很有可能引来媒体或者大众的关注的。

时报就刊登了一篇报道。当艾莉森·菲奇没有一如往常地去上班时，警方便开始调查她的下落。报道中指出，她来自代顿，同时也引用了她母亲的话，说她没有接到女儿的消息。

《纽约邮报》的报道则稍微深入了一些。纽约第一频道也就此做了报道，不过艾莉森·菲奇那张笑脸的照片出现在屏幕上的时间没有超过五秒。

在那之后，几乎就没有任何后续报道了。一个失踪的人在曼哈顿从来就不是什么值得报道太久的新闻。某个来自俄亥俄州的女孩某一天突然没有去上班?这是什么天大的消息吗?也许她无法适应大城市的生活，只是自己回老家去了。除非有人踩到一具尸体，否则某个人失踪了怎么也无法构成连篇累牍的新闻报道。

当然，也没有人踩到什么尸体。

事实上，如果有具尸体被人踩到了，霍华德·塔立曼也许还会感到轻松一点。因为就算整个世界都不知道艾莉森·菲奇出了什么事，可他要知道。

但事实是，他不知道。

刘易斯也不知道。

没有人知道。

就在妮可被赋予任务之后没多久，刘易斯就给霍华德打了一通电话。

“我接到她的消息了，有点问题。”

“什么问题？”

刘易斯很正常地解释道，上晚班的艾莉森·菲奇白天通常都会在家睡觉，而她那个在正常时间上班的室友考特妮·沃玛斯白天则不会在家。

当刘易斯说到这儿时，霍华德·塔立曼开始有了不好的预感。

刘易斯进一步解释说，然而在这一天，事情却有了意外。

“在公寓里的那个女人不是艾莉森·菲奇，因此弄错了目标。”

坐在办公室里的霍华德努力想保持冷静，可是老天，她的室友？死了？某个从来就不曾构成威胁的人？某个他甚至都不认识的人？当然，霍华德以前不是没有造成过间接伤害，他的政治手段摧毁的不只是对手的名誉而已。他曾经目睹败选的对手为了偿还竞选的债务而失去自己的家，不是离开了他们的妻子，就是他们的妻子离弃了他们。其中有人还因此酗酒，开车撞到了桥墩，从此再也无法走路。

但是，从来没有发生过类似这样的事——从来就没有人因此而丧命。

霍华德至今都还在猜测，刘易斯雇用的那个女人是否在发现自己的错误之后，还按照原计划完成了她的任务。那个原先的目标呢？

“菲奇呢？”他曾问过刘易斯。

“不见了。”刘易斯告诉他，“她走进公寓，看到发生了什么事之后，就像蝙蝠飞离山洞一般逃走了。”

在接下来的几个月里，艾莉森·菲奇的行踪一直成谜。她也许吓坏了，害怕到不敢出现。

只要她还活着，不管在哪里，都是一枚随时可能爆炸的不定时炸弹。

霍华德在接到刘易斯的电话时，怒气填胸，但也感到深深的恐惧。

“我的天，这实在是搞砸了。”

刘易斯只是回答：“还有更糟的。”

28

我觉得托马斯对我的信心应该是放错地方了，他似乎以为等我从曼哈顿回来的时候，窗边那颗头的疑云就会被解开。我其实对前往果园街一点兴趣都没有。

我的意思是，即使能够目睹那扇奇怪的窗户，我又应该做些什么？我希望那颗头还在那里，希望那只是一颗用来展示假发的舒泰龙人头而已，而我亲眼看到将会证实这一点。

我在东休斯敦下了出租车，沿着果园街往南走。就在行经卡茨熟食店以西几户人家旁的雷氏比萨时，我开始担心那颗头会不会已经不在了。如果是这样的话，我就真的不知道该怎么办了。

也许只能转身回家吧。

这个地区既不属于格林威治村，也不属于苏豪区，却自有它的魅力。这些古老的民宅在建筑细节和历史上，都具有相当的深度。我从两百街区的地方开始走，经过了一家礼品店和一家餐厅，还有好几栋曾经被大幅重整过的建筑物。走到斯坦顿街的时候，我闻到了比萨的香味。

我继续沿着街道的西侧往南走，又经过了一家行李箱专卖店，店家展示的箱包几乎占去了人行道一半的空间，接着又走过几家服饰店和一间吉他行。这些店家的店面看起来和被我折叠起来、塞在口袋里的那张打印出来的图片完全不同。我把图片拿出来，又很快地瞄了一眼，才发现托马斯锁定的那栋建筑物是在六十几号的位置。看起来，我在太北边的地方就下了出租车，我还得穿越德兰西大街才能到达我所要去的区域。

我只好继续往前走。

几分钟后，我觉得自己应该到了。我要找的那扇窗户楼下，应该有一家围巾专卖店。围巾店旁边则是一家贩卖香烟和报纸的小店，而公寓大厅的入口应该就在两家店之间。这就是我在街道西侧需要寻找的目标。

不过，我觉得从东侧可能比较容易发现公寓，因为街道的东侧视野似乎比较好。

突然之间，我看到了。

那扇窗户。

为了再三确定，我又看了一眼托马斯给我打印出来的那张图片。我环顾着排列在那扇窗户旁边的其他窗子，又看了看那些窗户底下的逃生梯以及楼下的商店。

我找到了。

空调室外机上面并没有那颗白色的头。

我真是疯了。

除了那台空调室外机，那里什么也没有，连个花盆都没有。窗户紧闭，没有窗帘的窗户玻璃看起来一片漆黑，静静地映出对街的风景。

我拿出手机，选择了照相功能，然后对准那扇窗户拍了一张照片。

所以，我大老远跑到纽约，找到这里，来到这个现场——应该说是什么现场——拍了一张我可以拿给托马斯看，证明我已经光荣地完成了任务的照片。

真是匪夷所思的任务啊！

这张照片能满足他吗？我怀疑。我不得不承认，如果我是他的话，我会觉得这种结果似乎有点不用心。

我想上楼去敲敲门，和住在里面的人打声招呼，应该不至于要了我的命吧。也许，如果我探头瞄一眼公寓里面的话，还能看到我一心想看到的那颗舒泰龙的人头就放在厨房桌上或者哪里吧。

白天是插画师，晚上是犯罪打击者的雷·基尔布赖德又将破解一宗案件。好吧，只是现在还是大白天。

我研究着那扇窗户，这样，我只有走进那栋建筑，才能知道自己要找的是哪户人家。于是，我穿过马路，走进了大厅。与其说是大厅，事实上只不过是放了信箱和住户姓名标识的一个壁龛而已。我试着推开大厅通往住家的那扇内门，不过门是锁着的，这倒没什么好意外的。

从住户的姓名标识来判断，三楼显然只有五户人家。姓名标识还是用那种标签机打出来的亮面黑色胶带做成的。我记得我们小的时候，父亲曾有过一台那种标签机，所以我就把自己房间里的每一样东西都打上了标签，包括"书架""床""门""窗户"等。

那些胶带看起来都因为年久而显得老旧，有些已经开始脱落了，三〇五那户人家的标签有一半甚至已经不见了，只剩下"奇 / 沃玛斯"几个字。三〇四是卡辛奇，三〇三是戈德堡，三〇二是雷诺兹，三〇一则是迈克尔斯。我拿出手机又拍了一张照片，以防稍后需要回忆任何一户的姓氏。我也拍了一张贴在姓名标识旁边的告示，告示上写了公寓出租的咨询电话。

接下来呢？接下来要怎么办？

就在我犹豫之际，一名二十多岁的年轻男子从走道走了出来，朝着外面的街道而去。我想都没想，在内门关上之前，立刻伸手抓住了门把。

我爬了两层楼，来到第三层的时候，我花了一秒钟的时间，看了一下楼道的分布，才好判别哪户人家最有可能是围巾店楼上对街道的住户。

我的结论是三〇五。

我有几个方法来进行我要做的事。我可以先敲门，假设有人来应门的话，我就说："你好吗，我叫雷・基尔布赖德，我弟弟是托马斯・基尔布赖德，他有点……你知道的，他在网上'周游'，刚好注意到有人在你家的窗口被勒死了。有印象吗？我不知道你是不是这样，但换作是我，我可不会忘记这种事的。"

也许有其他比较好的方法。

我可以从口袋里拿出打印的图片，拿给前来应门的人看，然后说："我们在'旋转 360'上看到了你家，注意到你家窗户那儿发生的事。如果你不介意的话，可以告诉我到底发生了什么吗？"

这种说法也不好，不过在第一种和第二种说法之间，我比较喜欢第二个。

也许，我可以编个故事。我可以说我是个插画师，况且我手里还带着珍珠画廊的袋子。我可以说，我要帮某个时报画一张曼哈顿建筑的插画，结果在网上看到了这条街，发现了这个影像，所以想弄清楚这到底是什么。

真可悲。

我想我会这么做。先敲门，不管谁来开门，都直截了当地把打印出来的图片给他看，然后问他这是什么。

也许他会告诉我。如果他有什么问题的话，我也会尽量回答。我会很诚实地告诉他，我有个沉溺在‘旋转360’的弟弟，只要他在线看到了什么，他就得弄清楚。

老天。

于是，我左手拿着打印的图片，用依然拎着珍珠画廊袋子的右手敲了敲门。在我敲门的时候，手上的袋子也跟着轻轻地撞在门上。

没有人应门。三秒钟之后，我再度敲了敲门。

然后等待着回应。

我在心里挣扎着要不要敲第三次。也许里面的人在睡觉，我真的要为了这种事把对方吵醒吗?

就在我打算敲第三次的时候，走廊另一头的一扇门打开了。我想应该是三〇三。我转过头，只见一个鬈发的胖女人透过她脸上那副厚重的黑框眼镜看着我。她半个身体站在走廊上，另一半则站在她家里。不过，她探出来的头已经足以让我看清她的整张脸了。

“那里没有人住。”她说。

“什么？”

“没有人住在里面，那些女孩已经走了。”

“噢，好的，我不知道呢。”

“走了好几个月了，”她又说，“房东还没把它租出去。”

“噢，”我点点头，“谢谢。”

于是，她缩回了她的公寓，关上了门。

就是这样。

走出建筑物之后，我往左转，朝着果园街北边而去，思考着等我回到家的时候，要怎么告诉托马斯。其实没什么好说的。我敲了门，但是里面没人。

不然，我还能做什么呢？

我坐在火车上，望着窗外不断往后退去的哈德孙河。蓦然之间，已经在潜意识里困扰了我好一阵子的一件事忽然浮了上来：父亲那辆割草机的刀子为什么在上面的位置，而割草机的开关又在关上的状态？

29

托马斯知道他得自己做早餐和午餐。雷已经告诉过他，那是他的责任。雷说，如果他得在黎明之前起床去赶火车，好前往曼哈顿去进行那趟可笑的旅程（托马斯很确定雷用了“可笑”这两个字），那么托马斯就得把自己喂饱。

“好，”托马斯问，“我们有什么可以吃的？”

“我们有面包、果酱、花生酱和金枪鱼罐头。你找找看，只要打开橱柜，你就可以找到你想要的东西。”

“如果我要开金枪鱼罐头的话，开罐器在哪里？”

“托马斯，看着我。”

“嗯，雷？”

“动动你的脑子。如果你看不到你想要的东西，就自己去找。”

“好。”

雷似乎对去果园街勘察那扇窗户并不怎么期待，不过托马斯很高兴他至少同意去了。托马斯不确定要不要再给CIA发信息，表达他对那张被袋子罩住的脸的关切——他想让自己和中情局的关系保持在一种专业的层面。如果政府单位以为他打算把他在“旋转360”上所看到的一切可疑的现象都和政府扯上关系，那么当真正的大事发生时——无论是什么大事，他们也许就不想和他合作了。

不过，随着时间的流逝，托马斯对自己越来越有信心，越来越觉得自己准备好了。每天晚上，当他退出“旋转360”，删除掉他上网的记录，关上房间的灯，躺在床上的时候，他都会在穿越新近熟悉的城市街道中睡去。昨天晚上，他就闭着眼睛在旧金山“悠游”。他沿着海德街而行，右转到九曲花街回旋式的下坡路面，眺望着矗立在远方的科伊特塔。或者，他也可以直接沿着海德街走下坡，远处尽头应该就是阿尔卡特拉斯岛。然后穿过榛子街，榛子街左边除了一堆建筑物以外，只有一个叫俄罗斯山的开放广场。如果他就这样沿着海德街走，要不了多久，他就可以到……

他睡着了。

大约清晨五点的时候，雷探进他的房间叫醒他：“我要走了。”他说，“别惹麻烦。”

“我不会的。”托马斯躺在枕头上咕哝道。

等他终于起床的时候，阳光已经洒入室内了。他启动电脑，打开“旋转360”，然后才走进浴室。他很快地冲了个澡，再换上衣服。

他在厨房里站了一会儿，双眼瞪着橱柜，思索着他应该怎么做。他很确定早餐麦片就在冰箱旁边的柜子里，他小心地打开柜子，仿佛生怕有老鼠跳出来一样。不过，里面并没有老鼠，只有他想要的那盒麦片。

牛奶应该在冰箱里，这一点他当然知道。他拿出一个碗，把早餐麦片倒进去，再加上牛奶。吃完之后，他回到房间，兀自把用过的碗留在餐桌上，麦片盒以及牛奶罐则放在流理台上。他并非刻意忽略这些事，因为当雷要他自己负责做饭时，并没有提及他也需要清理碗盘和料理善后。托马斯觉得，雷应该会想在回家以后自己做这些事吧，以确保这些清洁工作是按照他想要的方式做的。他们的父亲就是这样。亚当·基尔布赖德就喜欢总管清洁的工作，他从来都不让托马斯洗碗。这也就是托马斯不知道如何使用洗碗机、如何操作吸尘器、怎么洗衣服和清洁地板的原因。唯一让托马斯觉得有趣的事，也许就是割草了。可是，他们的父亲却不让他碰割草机。不过，现在就算雷让他操作，他也绝对不想碰那台割草机了。

早餐之后，他继续探索着旧金山。他走过米申区、日落区、里士满区和海特—阿什伯里嬉皮区，然后穿越金门大桥。他按了好几下鼠标，才总算通过了长长的大桥。他完全沉浸在这趟旅程里，而几乎忘了应该要帮自己准备午餐。

他回到厨房的时候，已经快中午一点了。他并不太想吃金枪鱼三明治，因为他不只得先找到开罐器，还可能会被罐头打开时喷出来的油渍喷到，因为每次他父亲开金枪鱼罐头时都会发生这种事。因此，他找出了花生酱和面包。他正准备帮自己做个花生酱三明治的时候，客厅传来了敲门的声音。

有那么一秒钟的时间，他只是站在原地没有动作，因为向来都会有别人去开门。不过，当他意识到家里只有他自己的时候，他只好放下手中沾满花生酱的奶油刀，走到前门去看看来者是谁。

“你好，托马斯！”

是莱恩·普伦蒂斯，让亚当·基尔布赖德来称呼这个前老板的话，也有可能叫他伦尼。

“哦，嘿，普伦蒂斯先生。”

托马斯可以看到莱恩的车就停在阳台外几步的距离，不过车子上没有其他人，他是独自来基尔布赖德家的。他站在门口，仿佛等待着被邀请进门，但是托马斯并不想邀他进来。他从来都不喜欢莱恩·普伦蒂斯。

“你哥哥在吗？”莱恩问道。

“他今天去纽约市了。”托马斯回答。

“他去那里干吗？”

“他去看看是不是有人因为头上被罩着一个袋子而被谋杀了。”

莱恩闻言停了一下才有所反应。“哦，”他说，“你真的疯了，是吗，托马斯？我可以进来吗？”

托马斯迟疑了一下才说：“我想应该可以吧。”

“我刚好开车经过，所以就想也许我应该来看看你们两兄弟相处得怎么样。”

托马斯没说什么。莱恩·普伦蒂斯并不是真的在问他问题。

“你有啤酒或者别的什么吗？”他问。

托马斯诚实地说：“我不知道。”

“算了。我自己看吧。”莱恩说着穿过客厅来到厨房，径自打开冰箱，找到了他想找的东西。

“你最近都在忙些什么，托马斯？”他一边问托马斯，一边打开啤酒喝了一口。

“我都在用电脑。”

莱恩了解地点了点头：“哦，是啊，对。大部分时间都在用电脑，是吗？”

“我有事要做。”

“你刚才说雷在干吗？”

“他在纽约。”

“是啊，是啊，我是说在纽约干吗？”

“他去见一个朋友谈工作上的事，还要去看看那扇窗户里的人发生了什么事。”

莱恩多喝了几口啤酒：“就是那个头上罩着袋子的人吗？”

托马斯点点头。

“你父亲常常告诉我，”莱恩说，“你知道的，我不只是他的老板。他和我，我们是朋友。他说，你常常在网上看到一些会让你很焦急的情景。他曾考虑过把网线拔掉，但是让你一整天都坐在电脑前，他才能真的得到一点平静。”

托马斯希望莱恩·普伦蒂斯能快点离开，他才能准备好他的花生酱三明治，带着三明治回楼上。

“是玛丽建议我过来的，她觉得如果你和你哥哥能到我家来吃晚餐的话应该也不错。”

“我得和雷谈谈。”托马斯告诉他。他并不想去，但是又说不出口。他会让雷去回绝这件事。

“你爸爸曾经说，他实在不知道你为什么是这个样子。怎么会老是喜欢待在家里，而且在你的电脑前一坐就是一整天。除了去看你的心理医生以外，哪里都不去。她叫什么名字来着，葛塔？”

“葛林。”

“我无法相信的是，你甚至连你父亲的葬礼都不参加。你对电脑痴迷到什么地步，让你连这件事都不愿为他做？”

托马斯眨了眨眼睛：“你为什么要对我说这些，普伦蒂斯先生？”

“我不知道。只是随便聊聊吧，真的。我想，我这个人很简单，托马斯。我不懂什么精神病之类的，我想我知道你这种分裂症代表了你有分裂的人格，你父亲却告诉我那是一般人的误解，事情并不是那样的。我不明白的是，如果你知道自己有问题，为什么不想办法解决呢？”

“我没有问题。”托马斯告诉他。

莱恩轻笑了一声：“为人儿子的竟然不去参加父亲的葬礼？在我看来，那就是问题。”

“我有事要做，”他说，“而且……”

“而且什么，托马斯？”

“而且，那里会有我不想看到的人。”

“谁？你是在说我吗，托马斯？我不是一直都对你很好吗？”

托马斯摇了摇头：“我得自己做午餐，我正要做花生酱三明治。”

“我有个主意，”莱恩·普伦蒂斯建议，“我带你出去吃饭怎么样？”

“什么？”

“我是说，何不让我开车带你出去，我们到外面去吃点什么？”

“我已经开始做三明治了。”他指着厨房的操作台。

“那又如何？你可以下午再当点心吃。我带你去兜风，走出家门对你是有好处的。”

“不要。”

莱恩放下啤酒说道：“我坚持要你去。”

“我不想去。”

莱恩缩短了两个人之间的距离：“我想，那就是你父亲铸下大错的开始，他总是让你为所欲为。他应该强迫你，让你有新的体验。我们可以去普罗米斯瀑布市区的麦当劳，甚至回我家，让玛丽帮你煮点东西。”

托马斯退后了一步。

“你知道吗，据我所知，你得开始习惯离开这栋房子了。万一你哥哥把房子卖掉了怎么办？”

“我不确定他会不会卖掉房子。”

“你觉得他不会把你一个人留在这里，是吗？因为那不是什么好主意。”

托马斯表示：“也许他会决定住在这里。我们可以一起住。”托马斯虽然这么说，却不确定这是不是他想要的。他爱他的哥哥，但是他哥哥可能并不好相处。就像他们的父亲一样，父亲很严格，总是对他无能为力的事情挑三拣四。

“总之，不管事情如何发展，我都相信会有个圆满的结局。”莱恩告诉他，“现在，你要不要去拿件外套还是什么的？我不知道你想怎么样，不过我们也许可以去肯德基。你喜欢肯德基吗？”

托马斯确实喜欢肯德基，但是他哥哥不买肯德基给他吃。他们的父亲偶尔会外带肯德基回来，但是他并不想和莱恩·普伦蒂斯去任何地方。他觉得自己的焦虑开始增加，就好像有虫子在他的皮肤底下钻动一样。他的呼吸加速，每一口气都跟着变得渐弱。他也许会愿意和某些人一起出去一下——一些他喜欢和信任的人，但是他并不喜欢，也不信任莱恩·普伦蒂斯。

他的父亲也一样。他们有过一段友谊，曾经偶尔聚在一起看场球赛或喝杯啤酒。但是，每当亚当·基尔布赖德结束和莱恩的聚会回到家时，他总是会说：“老天，那家伙真的能要了你的命。”

莱恩伸出手抓住托马斯的手臂。虽然不用力，却抓得很牢固。“走吧，伙伴，我们出去玩玩。”

托马斯挣扎着抽回手臂。他用了很大的力气，以至于他的手意外地挥到空中，不小心甩了莱恩一巴掌。

莱恩站在原地，抚摸着自己的脸颊说道：“行吧，托马斯，我真希望你没有这么做。”

30

说句实话，刘易斯·布洛克尔也一样没有睡好。

艾莉森·菲奇还活着，还在某处，没人知道她现在人在哪里，可能会做什么。这让刘易斯感到忧虑，就像霍华德·塔立曼一样坐立不安。如果艾莉森·菲奇决定走进警察局，把她所知道的一切全盘托出的话，他们就都完蛋了。不仅霍华德和莫里斯会完蛋，连刘易斯·布洛克尔也没戏唱了。

刘易斯和霍华德为这个要命的过失——霍华德是这样形容那个过失的——所做的一切，都是在为艾莉森·菲奇决定不再躲藏的那一刻做准备。一旦她把那桩谋杀案、她企图勒索的行为，以及她和霍华德的会面全部告诉当局，就是山洪暴发的时候了。

他们得确保这种事不会发生。

为此，他们采取了好几项措施。首先，刘易斯让妮可去监视艾莉森·菲奇住在俄亥俄州的母亲。他认为，艾莉森·菲奇迟早会和她的母亲联系的。有哪个女儿在陷入麻烦时会不想和自己的母亲聊聊呢？有哪个女儿在母亲因为担心自己而心如死灰的情况下，会不心生愧疚的？难道她不想“解除”母亲的担忧吗？

在妮可失手之后，刘易斯的心情一直很复杂，不知道是否还应该让她继续参与这个案子。他过去对妮可的信心已经有所动摇，而让妮可继续参与此事，也只是为了让她对自己的过失付出最高代价。但是现在，他需要所有可能的帮助，而妮可也表明了自己会竭尽所能来挽回这一切。所以，他打算用她到这摊浑水处理好为止。

刘易斯也想对艾莉森·菲奇的公寓继续保持监视。虽然他觉得那个女人不太可能回到那个地方，但他相信极有可能会有认识她的人在某个时候出现在那里。也许只是一个顺道来造访的朋友，或者某个艾莉森一直有来往的人会受到艾莉森的指示，前往她住过的地方去探查情况，而这正是刘易斯最希望发生的事。

不管是哪一种访客，都可能给他们带来艾莉森人在何处的线索。

刘易斯无法叫人每天二十四小时地守候在公寓走廊，那样做太明显了。纵使他曾经找过房东，伪装成前房客的亲戚，而且确保在接下来的每个月都会支付房租，他也没有足够的人力可以全天候地守在公寓里，只为了预防艾莉森的访客随时可能出现。在他守候在那里的第一个月里，只有一名发放传单的年轻人来敲过艾莉森的房门，目的是发放楼下街上某家意大利餐厅的宣传单。

但是，他无法排除某个相关人士有朝一日会出现的可能。而当那个人出现的时候，他想瞧瞧此人是谁。

这就是他要安装摄像头的原因。

一架视角足以看清走廊、感应式的针孔摄影机就架在大门后面。有一天，一名送错外卖比萨的送货员来过之后，刘易斯立刻拿起手机，吩咐他的手下去弄清楚来者的身份。

看着画面里的比萨，刘易斯不禁觉得有点饿。

万圣节的时候，一群小孩跑进公寓里，挨家挨户地敲门要糖果。两个女孩，其中一个打扮得像 Lady Gaga，另一个则一身外星人打扮——事实上，刘易斯实在不确定两者有何不同——就堵在三〇五号的房门外面。

每天都总会有点什么，但是没有任何人、任何事有价值。

刘易斯正在思考是不是该放弃这个想法，把摄像头拆掉，也不要再支付房租了。

就在这个时候，那个拿着珍珠画廊袋子的人出现了。

刘易斯坐在他位于下东城区公寓的书房里，看着桌上那个超大型的电脑屏幕。他专注地研究着。那个人用那只拎着画廊的手提袋的手敲了三次门。

根据刘易斯在艾莉森·菲奇消失前后所进行的调查，这个人从来不曾出现过。他不知道这个人是何方神圣，也不知道这个人的造访有什么特别之处。

这个人是要推销什么吗？他走错地方了吗？或者事实上，他认识住在这里的前房客之一，所以才前来拜访吗？如果他认识之前住在这里的两个人，他为什么没有在门外叫喊？例如，“嘿，有人在吗？”。他是怎么进到这栋公寓里的？他有钥匙吗？是有人刚好出去，所以才让他有机会进来的，还是他只是随机乱按了几个住户的门铃，直到有人笨到帮他开门为止？

这些重要吗？这个访客重要吗？

然后，刘易斯看到了他另一只手上拿着的一张纸。

那是什么？那张纸在镜头前很快地闪过两次，刘易斯回放了几次却仍然无法看清楚。

因此，他干脆暂停影像，一英寸一英寸地慢慢挪动着光标，直到画面来到那张纸辨识度最清楚的地方。

那是一张标准的 A4 纸张——那种用来打印电脑数据的纸张。纸张左上角四分之一处，有一个方形的彩色影像，看起来像是一排窗户，不过实在很难分辨得出那到底是什么。

纸张正上方也印着一些东西，但是从他的屏幕上很难看清楚。不过，左上角有一个彩色的标志。刘易斯不确定那是什么，但是他觉得他应该知道。那是一个有设计感的字母 W，后面还跟着三个数字。

刘易斯很肯定自己知道那是什么。那是“旋转 360”的标志，那个网站让你可以看到全球各城市真实的街道。他偶尔也会使用。就像其他人一样，他也曾上网寻找他小时候住过的房子是否能在线看到。当他输入他在丹佛的地址之后，当然，他很快就找到了昔日的家。

如果这真是他猜测的“旋转 360”的标志，那么那张纸上的影像应该就是从网站上打印下来的。

刘易斯在电脑容许的范围内，尽可能地将纸上模糊的影像放大。那确实是一排窗户，就像艾莉森·菲奇的公寓那一带那种旧民宅上面的窗户一样。但是，除此之外就再也看不清任何东西了。

好吧，刘易斯自忖道，如果这家伙可以从网上找到什么影像的话，他应该也可以找到。

于是，他打开一个窗口，联机到“旋转 360”的网页，然后键入“果园街，纽约市”。几乎在同一瞬间，他就已经在果园街上了。他按着鼠标沿街前进，直到抵达艾莉森·菲奇住的那个街口，他才将鼠标拖过屏幕，让自己可以三百六十度地看果园街，从南到北，再从北到南地环顾一圈。

也许这个敲门的家伙是个建筑系的学生，或者从市政府建筑部门来的人。谁知道呢？

他调整了影像的角度，如此一来，他就可以直接看到艾莉森·菲奇住的那栋公寓。他把光标移到那栋建筑上面，点击了一下，又按住鼠标，把鼠标往下拖，造成一种从低角度仰视那栋建筑物上面楼层的效果。

“什么？”他几乎屏住了气息，“这是……什么？”

他瞄准了某一扇特定的窗户，然后点击着光标放大影像。

“我的老天。”他喃喃自语地吐出了几个字。

他们又在中央公园里的同一张凳子上见面了，刘易斯·布洛克尔递给霍华德·塔立曼一张折叠起来的纸。

“这是什么？”霍华德问道。

“我从网上打印下来的东西。你打开看就是了。”

霍华德打开那张纸看了一下，面带困惑地说：“我不知道这是什么。”霍华德从来不曾到过果园街。

“那扇窗户，就是那栋公寓。你手里拿的那张纸，就是从网上打印出来的。”

霍华德用食指点了点窗户里的头：“刘易斯，这是我想到的东西吗？”

“是的。”

霍华德把纸还给刘易斯，后者随即将之塞到口袋里。

“我还是不懂。”

“你知道‘旋转 360’吗？”刘易斯问。

“我又不是山顶洞人，刘易斯。”

“那是从那个网页上打印出来的。那张图片，如同我们所说的，就在线。这世界上任何一个有电脑又刚好看到果园街这个角度的人，都可以看到这个画面。为什么会有这种照片？是因为‘旋转360’摄影车上的三百六十度摄影机，在妮可执行她的任务时，刚好经过果园街。”

开始意识到事态严重的霍华德脱口而出：“我的老天。你是怎么发现的？你就这样莫名其妙地发现了吗？”

“不是的，”刘易斯告诉他，“是它引起了我的注意。”

“什么？怎么会引起你的注意的？”

“有人去了那栋公寓，一名男子。我觉得是三十好几，或者四十出头的年纪吧。他敲了门，摄影机就被启动了。”

“好。”

刘易斯拍拍塞着那张纸的口袋：“他手上有一张纸，就像这张一样。”

霍华德张大了嘴，一只手压在额头上：“他是谁？”

“我不知道。”

“他拿那张纸去那里干吗？他怎么会有那个？”

“我不知道。”

“那你到底知道什么，刘易斯？”

刘易斯并没有被霍华德的姿态吓到：“我知道我们有几个问题，霍华德。首先是这个人。他是谁？他为什么有那张打印的图片？他是怎么在网上发现的？他是刚好看到了，还是原本就知道网上有这张照片？他是个人行动，还是在帮别人做事？他知道这张纸上的影像是什么吗？他和警方是同伙吗？他为什么拿着那张纸去敲菲奇租处的门？他想要什么？他在找谁？”

“老天，”霍华德说完这两个字后停了一会儿，才看着刘易斯又说，“其次是什么？”

“这个影像，”他回答道，“还在那里，还在那个网站上，等着被其他人发现。”

31

当我转到车道上时，已经将近晚上十点了。首先让我感到吃惊的是房子怎么那么暗?

阳台上的灯——也就是在房子侧面的那盏灯，以及谷仓门口的那盏灯，都设定了自动开启的时间，所以至少这两盏灯是亮着的。但是，房子里的窗户却没有投射出任何光线。客厅完全陷入一片漆黑，二楼也是。托马斯的房间连一丝从电脑屏幕流泻出来的蓝光也没有。这似乎不太可能，不过也许他提早上床休息了。

前门是锁上的。我打开门，先拧开室内的灯，然后站着聆听屋里的动静。什么声音也没有，虽然托马斯向来都不吵，而且“旋转 360”也没有音效。

“托马斯？”我轻声地叫道，猜想他可能已经睡了，我并不想吵醒他。我原本猜想他会等我回来，急着要知道我发现了什么。虽然我并没有发现什么，但这样的结果他还不知道。

我可以看得到厨房。“该死。”我咬牙切齿地咕哝了一声。

用过的碗和盘子就丢在餐桌上。不只是早餐用过的，还有午餐留下来的，我不确定是不是也有晚餐用过的。我把手放在还剩半瓶的牛奶罐上，罐子摸起来是常温的，我不禁闷哼了一声。

“可恶。”我把剩下的牛奶倒进水槽里，然后注意到放在流理台上的奶油刀上还抹着花生酱，花生酱的瓶子就打开放在旁边。

我二话不说地爬上了二楼，朝着托马斯的房门敲了几下。见房里没有任何动静，我索性一把推开了房门。

我无须打开灯，就能看清托马斯是不是躺在床上。透过窗户洒进房间的月光照在他的被单上，床上空无一人。直到此时，我才打开了电灯。

电脑的主机还在嗡嗡作响，屏幕却已经因为超时没有使用而进入漆黑的休眠状态。托马斯在结束一天的探索之后，往往会把所有东西的电源都关掉。

我走出他的房间，沿着走廊走到浴室。见浴室的门是开着的，我一把拧亮了电灯。

没有他的踪迹。

“托马斯！”我大声喊着，不再担心声音会吵到任何人，“托马斯！我回来了！”

我感到一阵不安。我不应该到曼哈顿去，而把他一个人留在家里一整天。他一定碰到什么麻烦了，可会是什么麻烦呢？我希望不是 FBI 又来了，然后把他带走了。

我回到一楼，朝着厨房外的地下室门口走去：“托马斯？”

没有回应，但我还是走下了几级台阶，然后借着厨房的灯光来到楼梯底下，用力拉了一把灯泡上的电线，把灯打开了。地下室基本上都是用来储藏东西的，里面放了许多我父母这些年来贮存在这里的箱子。我在地下室绕了一圈，还瞄了一眼暖气炉的后面，但是托马斯并不在地下室。

我冲出厨房，跑进庭院。夜里的空气冰凉，附近的景色笼罩在一片柔和的月光下。天空中没有一点云层，如果我曾研究过天文学的话，我现在能辨识的可能就不只有大熊星座了。

“托马斯！”我再度喊道，紧接着屏住呼吸低咒了一声，“该死。”

我犹豫着要不要打电话报警。不过，我决定还是先找一找，就从谷仓开始吧。我快步穿过庭院，推开及顶的谷仓大门。一踏进谷仓，我首先找到钉在一根梁柱上的电表箱，立刻打开了电源。

谷仓里除了那台让我父亲致命的割草机以外，并没有太多东西。

“托马斯！可恶，如果你在躲我的话……”

我突然停了下来，因为我知道玩捉迷藏不是托马斯会做的事情，他根本不是那种爱玩的人。当我停止喊叫之后，我开始聆听。耳边传来阵阵蟋蟀的叫声，那是一种一直都存在着的声音，只是我从未注意。此外，还有一阵窸窸窣窣的声音，从离我不远处的一堆干草里传来。早在这个地方还属于一个农夫时，那堆干草就已经堆置在那里了，少说也应该有几十年了。

应该是一只老鼠跑过的声音吧。

我往谷仓里走了几步，在经过割草机的时候，伸手摸了摸凹掉的引擎盖。此时此刻，我真希望托马斯有部手机，这样我就可以试着给他打电话了。

我挣扎着思索他可能会在哪里，甚至怀疑他会不会跑到斜坡下面，到他发现父亲的地方。我把谷仓的灯关掉，跑向屋后的斜坡顶端。

“托马斯，你在下面吗？”

什么声音也没有。

除了警方，我还可以给谁打电话？托马斯没有朋友，他也不可能在外面过夜。

那不是他会做的事情。

我回到屋里，决定不能再等下去了，因此给普罗米斯瀑布市警察局拨了电话，告诉他们我弟弟失踪了。

“先生，我们会尽快派人到你府上，”接电话的女警表示，“不过，与此同时，我需要你提供一些对你弟弟的描述。首先，他几岁了？”

我不得不停下来想想：“三十五吧，他比我小几岁。”

“他是什么时候失踪的？”

“我不知道。我白天出去了，刚才一回到家，他就已经不在了。”

“呃，好吧，等一下，基尔布赖德先生。你现在在说的是一位三十五岁的成年男子？而你所知道的是，他可能在你回家之前出去了？也许他到商店或别的地方去了，或者只是出去兜风？”

“不，不是的，他从来不离开屋子的。”

“也许他终于不想再待在家里了？”

要解释这一切得花很久的时间：“托马斯是个精神病患。好吧，也不完全是病患，不过他确实定期在看精神科医生。他不在家这种情况并不正常。”

“你把一个精神病患一个人留在家里，基尔布赖德先生？”

“老天，不是的。你可以先派人过来，然后我再解释给他们听，好吗？”

“我们会派辆警车过去的，先生。可是……”

“我得挂电话了。”我说。

我不想在等待警察前来的时候花时间和那个女警争论。

虽然我已经报了警，我的不安却逐渐加剧成恐慌。我走到阳台上眺望着马路，在左边大约一百码的地方，就是距离我们最近的邻居。住在那里的女人在几年前丈夫过世之后，就一直处于独居的状态。除了把她叫醒以外，我现在不知道自己还能做什么。

突然，高速公路上一辆从市区方向开来的车开始减速。就在距离我们家车道大约两辆车长的地方，它驶离了马路，试图开到石子路上来。

那辆车转了一个弯，开始接近屋子。我快步走下阳台的台阶，担心这并非有人带托马斯回家，而是有人带来了关于他的坏消息。

在车头灯的直接照射下，我无法看清逼近的车辆，也看不清司机旁边的副驾驶座上是否有人。那辆车在我的车子后面停了下来，所以当副驾驶的车门打开时，我立刻就看到托马斯走下车，却看不清开车的人。

“托马斯！你到底跑哪里去了？”

他的手里拿了一个东西，约莫有半个纸板大小。我很快就发现那是可以让你做很多事（包括上网）的那种最新的高科技平板电脑。他看起来似乎一点也不在乎我有多担心：“我出去吃东西了，意大利面条。这个东西比你那个 GPS 要好多了。你在纽约发现了什么？全部告诉我。我们进屋吧，外面太冷了。”

他说着经过我身边，自顾自地踏上台阶，走进屋里。

我听到驾驶座的车门打开又关上了。几秒之后，某人出现在我面前，面带笑容地看着我。

“嘿！”朱莉说道，“你弟弟真的很厉害，我们相处得很愉快。还有，那个套了袋子的头？老天，还真精彩。”

32

在对托马斯或朱莉开口说话前，我拿出手机给警局打电话，告诉他们我弟弟已经平安回来了。然后，我才对朱莉说："怎么回事？"

"你不是说要我顺道来走走吗？所以我就来了。不过，你刚好出去了，而托马斯在家。他正在烦恼晚餐要吃什么，所以我就问他要不要出去吃，他同意了。你是打算邀请我进去喝点什么，或者我干脆趁还清醒的时候开车回家算了？"

"你发现了什么？"托马斯喊着走出来，手上还拿着那个平板电脑。

"给我一点时间，"我回答他，"我马上就进去。"然后转而对朱莉说道，"他那个东西是从哪里来的？"

"我借给他的，"她告诉我，"我只是给他看他在哪里都可以搜寻地图，而不需要整天坐在他的书桌前面。"

"我也想要一个，雷。"托马斯说道，"你能帮我买一台吗？"

"托马斯，"我回答他，声音里开始有了恼怒，"我等一下就进去了。"

托马斯闻言又回到屋子里。

"他说得没错。"朱莉见状说道。

"什么事？"

"你对他说话的方式，"朱莉说，"他说你对他很凶。"

"我没有。他那样说吗？"

朱莉点点头，不在意地说："他是那么告诉我的。"

"我并没有对他凶，我已经尽我最大的忍耐了。"

她笑了笑："我相信。"

"你在讽刺我。"

她的笑意更深了："是啊，我猜是的。听着，我想我还是回去……"

"不，进来吧。"我邀请她，"你可以告诉我，我这个哥哥有多糟糕。"

"你有多少时间？"

我们一边拾级而上，我一边说道："我对你竟然让他出门了感到很惊讶，他最讨厌出去了。"

"让他玩那个平板电脑多少发挥了作用。此外，我还建议他去吃肯德基。"

"那倒是。"我说着走进了起居室。

我可以听到托马斯在楼上走动的脚步声。他朝着楼下大喊："快上来！"

"我最好赶快上去，"我说，"你要上来吗？"她点点头，"不过，楼上看起来是什么样子，我得先让你有心理准备。"

"托马斯已经带我看过了。"朱莉告诉我，"那没什么，我弟弟还曾在他房间的墙上贴满美女的照片呢。相形之下，我还是比较愿意接受地图。"

我看了她几秒，然后摇摇头："好吧。"

"怎么样？"我们一走进托马斯的房间，托马斯就马上问。不过，他的目光还停留在电脑屏幕上，注视着某个大城市的街道。

"如果我们要谈这件事的话，你就得停下来看着我。"我说。

"这就是他和我说的，"朱莉在我耳边低语，"你对他讲话的样子就像在对一个小孩说话。"

在托马斯把手从鼠标上撤回，半转过他的电脑椅面对我时，我很快地看了朱莉一眼。"所以是怎么回事？"

我清了清喉咙说道："好，我去了果园街，找到了这个地址。你看。"我拿出手机，点选照片的程序，然后把手机递给他，"这里有张那个地方的照片。"

托马斯端详着手机里那张很小的照片，再将它和那张他在我去曼哈顿之前给我的打印图片比较了一下。

他点了点头："就是那扇窗户。图案都一样。"

“就像你看到的，”我说，“窗户里没有头。”

“你说得好像那就证明了什么似的。”托马斯表示。

“我只是在陈述事实而已。”

“如果有人六个月前在我们家的车道上出了车祸，而当时你拍了一张照片，然后你今天又在车道上拍了另一张没有车祸的照片，但是那并不代表那场车祸就没有发生过。”

“他说得没错。”朱莉赞同道。

我不理会她：“我知道，托马斯。我只是在告诉你我看到的。”

“你还做了什么？”

“我上了那栋公寓，”我告诉他，“敲了那扇门。”

托马斯注视着我：“然后呢？”

“没人应门。那个地方是空的。”

“空的？”

“显然是的。住在走廊另一头的一个女人告诉我，那里已经好几个月没人住了。”

“你问过她，那间公寓里有人被杀吗？”

“没有，我没有问她有没有人在那间公寓里被杀。我猜，如果有的话，她应该会告诉我的。”

“如果是她杀的，她就不会告诉你。”托马斯提醒我。

“我觉得她看起来不像会谋杀别人的人。她说，那些女孩还是什么人之类的已经搬走很久了。”

“公寓从她们搬走后就一直空着？”他追问。

我耸耸肩：“我想是吧。”

“那不是很奇怪吗？”

“你是指什么？”

“我听说纽约市里一室难求，”他说，“为什么有人要把房子空那么久？”

“我不知道，托马斯。”

“你问房东的时候，他怎么说？”

“啊？”

我的手机还在托马斯手里，他用拇指滑过手机的屏幕，看到了下一张照片：“这是什么？”

“噢，那是大厅里的住户姓名标识。”

“这是房东的电话吗？”

“是的。”

“所以，你和他聊过了？”

“没有，我没有找过他。”

“你为什么不找房东？他也许会知道他的公寓里是不是有人被杀。”

“托马斯，听着，我帮你拍了一些照片回来，我也敲了门，但是没有人住在那里。我不知道我还能做什么。”

朱莉在一旁发出了很小一声闷哼。

“怎么？”

于是，她问道：“问一下管理员或者其他的邻居能有多难？”

“这又跟你有什么关系？”

她笑道：“你都已经在那里了，在那个城市、在那栋建筑物里。你也许可以多敲几扇门，让这趟旅程更有价值。”

我瞪了她一眼。

“是啊，”托马斯同意她的说法，同时无法苟同地看着我，“你在介意什么？早知道我昨晚就自己去了。”

“是啊，那你一个星期以后都还到不了那里。”我提醒他。

“可是，至少等我到那里的时候，我会有所发现。这就像过去有人在窗子里遇到麻烦的时候一样。”

“什么？”我问。

“这并非调查，因为它显然还不符合中情局的标准。我实在不愿去想他们会怎么说。”

“是啊。”朱莉附和道。

“好吧。”我举起手投降，“下次，你可以自己从这里搭火车去纽约当你的阿奇·古德温，而我在你到处搜查、寻找线索的时候，待在家里把我的兰花照顾好就可以了。”

“阿奇？兰花？”

“托马斯，我已经做了我能做的了。老实说，网上没有任何关于那间公寓有人被杀的报道。什么新闻都没有。不管你看到的是什么，很显然都不是什么重要的事。现在最好的方法就是到此为止。”说着，我从口袋里掏出那张打印的图片，揉成一团丢进了垃圾桶。

托马斯看着那团纸掉入垃圾桶，然后转而看着我。

“这实在有点过分。”朱莉说道。

我又看了她一眼，然后叹了口气。也许她是对的，但是我今天真的很累。

我觉得托马斯一定会认同朱莉的说法，他却突然跳到了另一个话题。

“我不喜欢普伦蒂斯先生。”

我眨了眨眼：“什么？”我愣了两秒钟，调整了一下思绪才问，“你为什么不喜欢普伦蒂斯先生？”

“他要我做我不想做的事。”

“托马斯，我们现在在讲什么？”

“他要带我出去吃午餐，但是我不想去。”

“今天吗？他今天来过了？”

托马斯点点头：“他抓住我的手，要我跟他走，然后我就打了他。”

我往前走了一步，把一只手搭在他的肩上：“老天，托马斯，你打了莱恩·普伦蒂斯？”

托马斯点点头：“只打到一点点。”他说着从电脑椅上站起来，以便示范给我们看，然后把我的手放到他自己的手臂上，“他就像这样抓住我，我把手抽回来，就打到他的脸了。”他用自己的手背慢动作地碰到了我的脸颊。

“你打了莱恩·普伦蒂斯的脸？”

“我不喜欢他。我从来就不喜欢他。”

“托马斯，你不能随便打人。”

“我跟你说过了，是他先抓住了我的手。我没有把他打得很重，他没有流血，也没有尖叫什么的。”

“后来呢？”

“他就走了。”

我叹了口气。我再也不会让托马斯独处了，至少不会留他一个人过上一整天。在我把房子卖掉、回到柏林顿之前，我得先把托马斯安顿在有人能够监管他的地方。另一件让我提高警觉的事情是，托马斯近期已经有了身体的暴力行为，还是两次。他掐过我的脖子，现在又打了莱恩·普伦蒂斯。两次都是他在被激怒的情况下，为了自我防御而做出的反应。

“托马斯，”我对他说，“发脾气不像是你的做法，你平常不是这样的。”

“我知道，”他坐回椅子，重新看着电脑屏幕，“我通常都是很温和的。”

托马斯说着开始点击鼠标，不再多说什么。

我感觉到朱莉的手放在了我的背上。“走吧。”她轻声地说，“我想，我们可以下去喝一杯了。”

33

“莱恩·普伦蒂斯是谁？”我从冰箱里拿出一罐啤酒给朱莉的时候，她开口问我。

我告诉了她，同时提醒她，也许她曾在葬礼上见过他。当我把莱恩的长相形容了一下后，她就想起来了。“托马斯向来都不喜欢他。”我说。

“他干吗来这里？要把你弟弟拖出去吃午餐？”

“我不知道。莱恩的问题在于，他无法接受有些人就是不一样的这个概念。他认为，如果托马斯听到了什么声音，那就应该把耳塞戴上。而他体弱的妻子也应该更有朝气一点，这样就可以和他一起去旅行了。你知道，那种‘不要理它，它自己就会好了’的想法。”

“嗯，我知道那种人。”

“也许我应该打个电话给莱恩，看看他是不是很不爽。不过，现在太晚了，也许明天早上吧。我的天。”

我们站在厨房里，靠在流理台边啜饮着啤酒。在接下来的好几秒钟里，谁也没有再说什么。

最后，我终于打破沉默：“谢谢你对他这么好，带他去吃晚餐，还把你的iPad借给他。”

“你瞧，这就是他所说的。”朱莉说道。

“我没听懂。”

“你在感谢我花时间陪他。就好像我是在当保姆，或者帮你照顾你的猫一样。”

“我绝对不是这个意思。”

“托马斯是个好人，”朱莉继续说道，“一个有礼貌又好心的人。没错，他是有些问题，是有点异乎寻常。我是说，他告诉我他是怎么让你去纽约找那个头被袋子套住的人。关于那个被袋子罩住的头，我也必须承认是有些匪夷所思。还有，很抱歉我刚才说你有点过分。”不过，她的笑容却显示出她一点也不觉得抱歉，“你去纽约真的只是为了这件事？”

“我有个工作上的会议。”

“顺利吗？”

“还可以。”

“你要搬去纽约吗？”

“没有，我只要在我的工作室做就可以了。”

她点点头：“总之，关于你弟弟，对他来说，这个世界不是只有地图这回事。这就是我想说的。”

对此，我不予置评。

“你知道他每天晚上都梦到你父亲吗？”

我转过头看着她：“他告诉你的吗？”

“嗯。”

他从来没有告诉过我。“我相信他应该很想念我父亲。”我说。

“他说，当他在梦里穿梭于那些不同的街道时，不断地看到你父亲坐在不同的咖啡馆和餐厅里。”

这话让我觉得很难过。

“你还记得玛格莉特·特斯基吗？”朱莉突然问道。

我得想一想：“嗯，我记得，那个红头发的牙套妹？”

“托马斯很喜欢她。”

我怀疑地看着她：“不会吧？”

“真的。他一边吃鸡腿，一边告诉我的。”

“他和我，我们都不会谈这种事。我们处理的都是更迫在眉睫的事。自从我们的父亲去世以后，朱莉，这里发生了很多事。”

她转过身，把臀部靠在流理台边，然后说：“听着，我知道我没立场说这些话，这些事也与我无关。不过，托马斯真的不是表面上所看到的那样。他让我想起了我婶婶。她已经过世了，上帝保佑她。不过，她生前坐了好一阵子轮椅。每次我带她出去，例如到餐厅或者其他地方，人们总是问我她要什么。‘你婶婶要不要先来点饮料？你婶婶要不要先来点开胃菜？’混账东西。‘问她啊。’我通常都这么告诉那些人。她不能走路，并不代表她的耳朵聋了。托马斯的情况也是一样。虽然他的几根弦不大对，我这么说没有轻蔑的意思，但是他在其他方面跟一般人是一样的。”她伸出手指戳戳我的胸口，“而且，你也不凶。”

“但是，他说我对他很凶。”

她点点头：“他是说过，但是他说完之后，又说你只是想做对的事情。雷，他爱你，他真的爱你这个哥哥。我不是在开你的玩笑。”

“不，你说得没错。”我告诉她，“我猜……我猜，每当我看着他的时候，我都只选择看到他的……你知道的，他的缺陷，虽然他并不觉得那是缺陷。我从来不去看他整个人。”

她朝我靠近一步，在我的肩膀上友善地捶了一拳：“也许这就是我那么为所欲为的原因。我喜欢试着全面地去看事情，去看事情的整体。我不是想自诩我比你或其他人神圣，只因为你置身其中。就像你所说的，你面对的事情太多。不要太苛责自己了。”

“他一定很信任你，才会告诉你这些事情。”我说。

“也许他之所以告诉我，只是因为从来都没有人问过他这些事。”朱莉说道，“当我们在啃鸡肉的时候，我和他聊起了高中时的事情。说到鸡肉，”她摸了摸自己的下腹，“我想那些东西还真的和我合不来。”她说着喝掉剩下的啤酒，“这会有点帮助。”

“让我在无意贬损任何人的意图下，再次对你说声‘谢谢’。”

她笑着点点头：“不客气。”她又靠近一步，缩短了我们之间的距离，然后踮起脚尖，轻轻地在我的脸颊上亲了一下，“我已经原谅你了。”

于是，我把啤酒放到流理台上，握住了朱莉的手臂，然后倾身吻了她。

不是在脸颊上，而她也没有显示出要阻止我的迹象。就在这个时候，楼上的托马斯大喊了一声："雷！"

我放开朱莉，并且在听到托马斯跑下楼梯的声音时退后了一步。他一路说道："我给房东打电话了。"我想起他在看我手机上那张住户姓名的标识时，特地多看了几眼，他把那个电话号码记在脑子里了，托马斯继续说道，"他说了一些很有趣的事情。如果你当时花点时间去问的话，就会知道了。"

朱莉已经走向了门口："晚安，二位。"

34

妮可不止一次怀疑自己是如何来到这里的。

这里指的并非艾莉森·菲奇的母亲位于俄亥俄州代顿那间公寓对面的这个地方。她当然是开车来的。

不过，那确实是她所怀疑的问题。一个曾在奥运会上叱咤风云的人，一个曾从悉尼抱回银牌的人——那个同样的人现在怎么会坐在这里，身边围绕着一大堆电子监视器材，等着可以发现艾莉森·菲奇的身影，再做掉她？

那个天赋异禀的年轻选手，那个在现场数千名观众、全球电视机前数百万观众面前进行高低杠表演的选手，怎么会落得杀人为生的下场？

反正，你总得找事做，不是吗？

任何人都可能骄傲地回到他们的家乡。好吧，也许你没有赢得金牌，但是你拿到了银牌，那不就表示你已经很接近成功了吗？

“接近就说明你还不够好。”她的父亲总是这样说。

人们说得没错，拿到银牌比得到第三名的铜牌更糟。如果你拿到了铜牌，你会觉得，“好吧，我能带着奖牌回家，这样就很棒了。而且最棒的是，我还不用苛责自己只差那么一点点就拿到金牌了”。然而，当你拿到的是银牌，而你的成绩又和金牌得主几乎不相上下的时候，你就会把自己搞疯。那些“如果”会让你疯掉。如果你落地的时候能再稳定一点点呢？如果你的头再抬高一点点呢？还是因为你没有笑？或者裁判只是不喜欢你的长相？

有什么你做了会让你赢得金牌，你却没有做到的？

你彻夜难眠，一直在想这些事情。

“接近就说明你还不够好。”

那个浑蛋。

而她的教练也没好到哪里去。他们两个人——那两个她永远无法取悦的人，把他们的梦想和希望都寄托在她的身上。她曾经傻到以为她做这些努力都是为了她自己。结果，原来她的努力都是为了他们。她也许曾经为自己赢得了银牌而感到骄傲，但是他们并不这么认为。

“看看你失去的赞助，”他们告诉她，“几百万美元就这样丢了。你原本可以过上这样的生活。”

她的父亲一路上都没有和她说话。那是一次很长的旅程，从悉尼到洛杉矶，从洛杉矶到纽约，再从纽约乘车回到新泽西的蒙特克莱。

于是，她在学校的表现开始变差，从一个样样都得 A 的学生沦为了 C 等生，甚至更糟。她父亲想知道她究竟哪里不对劲。是在澳大利亚的时候吃错药了，还是她饮用的水出了问题？

妮可——当然，那时她的名字还不叫妮可——知道问题出在哪里。既然她永远无法让她父亲高兴，那她又何必在乎呢？如果她母亲没有在她十二岁那年死于癌症的话，事情也许会有所不同。她母亲是一个成功的房产经纪人，所以不需要靠女儿生活，这一点和她的父亲不同。她父亲这辈子最大的成就，充其量就是在派立鞋店的折扣店当个副经理。

她不只是让成绩一落千丈，还到处参加派对，夜不归宿。此外，她让原本完美的身材完全走了样。在她十八岁那年，她遇到了一名虽然没有直接制毒，却帮别人运毒，年龄又比她大三十岁的男子。

男子的名字叫切斯特——老实说，这个名字就像古代的西部人一样——他有一辆沃伦贝格的 RV 露营车，这辆车常常被他装满需要运送的毒品。也许切斯特这个西部味道的名字对他来说再合适不过了，因为那辆 RV 事实上就像一辆现代的马车。车上塞满了毒品，冰箱、床下，甚至 RV 的墙壁里都被充分利用到了。因为你不能找联邦快递或普罗拉多快递来运送这种东西，也不能带着它上飞机，所以，如果你想把它从这个国家的某个地点送到另一个地点，就得亲自运送。切斯特的老板和拉斯维加斯某个批发商有所挂钩，也就代表着切斯特得时常去内华达州。

不过，独自开着一辆 RV 横越美国可能会引人怀疑，所以切斯特就雇用了妮可和他同行。这样一来，如果他遭警察拦下来问话，他还可以说妮可是他的女儿，他要把女儿送到西部去和她母亲同住。况且，妮可还可以帮切斯特做其他的事。在横越全美的路途上，妮可可以在 RV 车的厨房帮他做饭。当他小憩时，妮可还可以帮他开车。如此一来，他们只需要在加油的时候停车就可以了。

偶尔，切斯特也会叫妮可帮他满足需求，不过不是那种帮他买买酒、做做三明治或者切切苹果之类的。她虽然不喜欢，但是每当她帮切斯特缓解他的“内部紧张”时，总是会因此多拿到一百美元的酬劳。

这种取悦男人的生意永远都没有尽头。

他们从新泽西开到拉斯维加斯已经十多次了。每次，他们总是把那辆 RV 开进拉斯维加斯外围的一间仓库里，也总是和同样的一批人进行交易。整个过程看起来仿佛《疤面煞星》的续集一样，而他们就是剧集里的临时演员。每当交易完成之后，他们总是会喝上一杯。他们都很喜欢妮可，也喜欢促狭切斯特，笑他竟然能找到一个辣妹，陪着他开上数千英里横越全美。切斯特总是点点头对他们眨眼，让他们产生更多遐想。

不过，妮可很讨厌他这样的反应。

事情在他们的第十三趟旅程中失控了。

在仓库的门开始打开的时候，妮可就感觉到了不对劲。通常，他们都会先看到“疤面煞星”的那辆凯迪拉克停在那里，车子的后备箱会是开着的，前来交易的几个年轻男孩总是会靠在车头水箱上等着他们。然而，这次却不见那辆凯迪拉克，取而代之的是一辆福特探险者。车子外面没有人，只有两个人坐在车里。

“我不喜欢这样。”妮可站在切斯特身后，透过偌大的前挡风玻璃往外看，仿佛挡风玻璃是电影的银幕一样。

“不用担心，”切斯特告诉她，“几小时前，你在睡觉的时候，我接到一通电话，说他们今天换人来取货。”

“他们说为什么了吗？”

“他们会把他们的问题告诉我吗？别担心了。”

妮可走回厨房，打开抽屉，随手抓了个东西。切斯特把 RV 停在探险者旁边，熄掉引擎。他从宽大的驾驶座跳下来，然后打开 RV 的侧门。

探险者里的两个人此时都已经下车来到 RV 外面，等着切斯特把车门打开。

“疤面煞星”的手下向来看起来都有点过分装酷，不过他们总是衣冠楚楚。上好的西装、擦得锃亮的鞋子、永远往后梳得一丝不苟的头发、过多的金戒指，以及一看就知道在摆门面的名牌太阳眼镜。从他们的打扮可以得知，他们的老板必然是个很注重外表的人，所以也不希望他的手下出门时看起来不够专业。

但是，今天的这两个人，在妮可眼里就像是挤牛奶的工人。牛仔裤、格子衬衫，以及很普通的靴子。她好像还在他们的仪表盘上看到了牛仔帽？其中一个有着一头肮脏的金发，另一个的头上则连一根头发也没有。

“嘿，兄弟们！”切斯特说着向他们走近了几步，“我们以前应该没有见过面吧。”

在切斯特说话的同时，金发男子很快把右手伸到背后拿出一把枪，射穿了切斯特的头。

枪声在空荡荡的仓库里发出了一阵震耳欲聋的回音。

在金发男子准备掏枪的时候，妮可就已经知道接下来会发生什么事了。她也知道她必须先发制人。那个光头没有伸手去掏任何武器，但是那不代表他就没有武器。现在的事实是，他手里没有武器。因此，她就得先摆平有武器的那个家伙。

枪声响起的时候，妮可一直站在切斯特的后侧。她没敢站在切斯特的正后面，就是为了预防子弹射穿切斯特的头。

切斯特还没有倒地，妮可就已经从身后的口袋里掏出了小刀。那是她常用来帮切斯特切苹果的刀子——一把四英寸长，有着坚固刀柄的利刃。能塞在她牛仔裤口袋里的东西也只有这把刀子了。她把刀柄朝上，这样要从口袋里拔出来就很容易了。

在那一刻，她仿佛回到了悉尼。蓦然之间，她的身体本能地知道要如何反应，如何跃起，如何测量距离。

况且，他们之间并没有太大的距离。

很显然，金发男子并没有料到妮可会发动攻击。妮可却很清楚地知道金发男子会怎么预期。他也许在想，她只是个女孩，所以她只会站在原地尖叫，像电影里那些受惊吓的女孩一样。也或许，他觉得她会想办法逃跑。甚至，他可能认为她只会站在那里等他也朝着她的头开上一枪。

但是，他完全没有想到她会冲向他，也没有想到她会有把刀子，更没有想到在他有机会把枪口转向她之前，她已经先把利刃刺进了他的脖子。

那把刀子刺得既快又狠。金发男子发出一声惨叫，仿佛被什么东西噎住了。他甚至来不及把枪口转向她，枪就从他手中落到了地面，而他也立即倒在硬邦邦的水泥地上。

当鲜血喷出来的时候，光头男吓得往后跳开。妮可相信，如果他手中有枪的话，要不了多久，他就会把枪拔出来。不过，见他转身跑向探险者，妮可便知道他一定没有带枪。

但是，也许枪就在车上。

妮可蹲下来就能拾起金发男子掉落在地的枪，但是她知道，几乎是本能地知道，枪不是她会选择的武器。

妮可在光头男的身后追赶。就在他打开车门，半身钻入车里的时候，妮可追上了他。她用尽全身的力气撞在车门上，让车门重重地夹住光头男，活生生让他的头撞在了车柱上。

在妮可把刀子刺向他腰际的时候，他已经眼冒金星了。她打开车门，让男子滑到地上。她随即压在他身上，再度把刀子刺进他的身体，让他知道她不是开玩笑的。

“你们帮谁做事？”她问。

“老天，”男子挣扎着说道，“我就要死了。”

“告诉我你帮谁做事，我就帮你叫救护车。”

“希金斯。”男子喘息道。

刀子随即划过了他的喉咙。

他们在沙漠中央发现了“疤面煞星”手下的那辆凯迪拉克。那些男孩的头部都中枪了，凯迪拉克也被人放火烧了。

那些男孩的老大，一个叫维克托·特伦特的人给了妮可一份工作。他对妮可的表现相当惊讶，同时也很感激，不光是因为妮可杀了那两个谋杀了他手下的家伙，还包括她居然能在解决掉他们之前，竟从他们口中套出了“希金斯”这个名字。

如果维克托早点认识妮可，或者她稍有经验的话，他也许会叫她亲自解决掉希金斯。不过，他还是让一名跟了他很久的手下处理了希金斯的事。希金斯也在沙漠里会见了他的对手，但是此后再也没有人见过他，也没有人再见过被妮可在仓库里杀掉的那两名男子。

维克托把妮可纳入了他的亲信之列，而且很快就认定妮可具有超乎其他同龄女孩的能耐——甚至连大部分男孩都比不上她。她不仅具有自制力，而且自律，更愿意学习。

而维克托也乐于教她。

没过多久，每当维克托有什么需要解决的问题，妮可就成了他的差使。在维克托的人际圈里，妮可的名声越来越大。他总是有任务指派给像妮可这样的女孩。

妮可从来没有告诉过维克托自己的过去，而他也从来不曾问及。二〇〇四年，有一次，维克托把她叫进办公室，给她指派了一项任务。当时，办公室里的电视机上正在播出雅典夏季奥运会的赛事。维克托告诉她自己有多么喜欢奥运会，只要时间允许，他绝对不错过任何一场转播。而妮可只是静静地站在那里，看着正在高低杠上表演的凯莉·帕特森。他什么都不知道，但是这样其实最好。

妮可帮维克托工作了五年，也拿到了优渥的酬劳。维克托还曾介绍曾经的纽约市警察刘易斯·布洛克尔给她认识。维克托曾经雇用刘易斯帮他做过某些监视的工作，因此，他也希望刘易斯能教授妮可一些相关的技巧。于是，妮可从刘易斯身上学到了不少技能。

终于，妮可的经验和能力已经累积到她不想只帮维克托·特伦特一个人做事了。虽然她知道自己在很多方面都亏欠维克托，但是她也相信他们的关系已经发展到了成熟的互利关系。她曾经帮维克托解决过很多问题，现在，她也想帮其他人解决他们的问题。

妮可邀请维克托到贝拉哥的毕加索餐厅共进晚餐。她告诉维克托，在她眼里，维克托是一名伟大的导师，在这些年里，他的友谊和指导对她来说具有相当大的价值。她循序渐进地营造着气氛，最后终于把自己想单飞的念头告诉了他。不过，那不表示她不再帮他工作了，但是从此以后，她会以自由人的身份工作。

"为了我自己，"妮可告诉维克托，"我需要这么做，这是我必须做的事。不过没有你的支持和教导，我无法爬到今天的位置。"

"你这个忘恩负义的女人。"说完，他留下那盘佐着苹果香槟醋的缅因龙虾色拉，愤怒地拂袖而去。

骨子里，男人终究都是一样的。

从那以后，妮可的自由人生涯一直都很顺利，直到现在。

妮可不知道，在这个圈子里有没有人曾犯下这么大的错误，毕竟杀手是不会经常聚在一起交流彼此工作的心得的。不过，你还是会听到一些消息，外面总不乏各式各样的谣言。你还是会认识一些同行，有些人的表现确实卓越，有些则只是为了混口饭吃。他们偶尔也会犯错，和其他各行各业的人一样。

然而，妮可这次的错误，连她自己都必须承认，实在错得离谱。

杀错人本身就够糟的了，每个客户对此肯定都会不爽，但她居然还让真正的目标突然出现在现场之后，还逃跑了？

你绝对不会把这种事写在履历上的。

当然，并非没有杀手把事情搞砸过。有变态的杀手把犯罪的过程录下来，结果反而变成给自己定罪的证据。还有些愚蠢的丈夫，竟然会笨到从电话簿上找杀手，来帮他们解决自己的妻子。那些想解决掉自己丈夫的妻子，也不知道和她们签约的杀手，竟然是做卧底的警察。甚至还有绝望的生意人，把自己的工程放火烧了，还搭上几条人命之后，竟然把沾满汽油的球鞋藏在卧室的柜子里。

这些人都遭到了逮捕，也都蹲进了大牢。为什么？因为他们是业余者。要人性命并非他们的日常工作，他们也许是会计、股票经纪人、汽车销售员，或者牙医之流。

他们也许在自己的领域里很专业，但是他们绝非专业杀手。

妮可应该就是个专业杀手，因为这就是她日常的工作。她把杀人当作一回事。对于她的目标，她从来不会别有用心。她不认识他们，也不会牵扯到私人的感情。她不会被嫉妒、贪婪或者情欲所操控，这些都是牵绊你、让你盲目、害你犯错的因素。虽然每次任务结束都让妮可有满足的感觉，但是她绝对不是为了满足个人的快感而选择这份工作的。如果非要说这些任务能够带给她什么喜悦的话，那也只有在她的目标是男性的时候才让她有这样的感觉，因为她总是把他们想象成她的教练、她的父亲，或者维克托。

在搞砸了一个任务之后，她有义务把事情纠正过来。一个人活在世上靠的就是名声，而她希望能尽力恢复自己的名声。此外，他们也期待她能补救得了被搞砸的局面。

只是，很不幸，补救的工作拖得比原本想象的还久。

妮可监视艾莉森·菲奇的母亲多丽丝已经一个月了。在艾莉森消失几天后，她就潜入过那栋房子里了。当时，多丽丝·菲奇正好去和代顿的警方见面，讨论纽约警方在寻找她女儿这件事上有些什么进展。妮可刚好利用多丽丝不在家的时候，把窃听器装入她的电话里，并且在公寓的其他地方安装了另一个窃听器。此外，她在多丽丝的电脑里加载了一个程序，这样她就可以在自己的笔记本电脑上进行监视。她在安装这些设备时遇到了几个问题，不过刘易斯都在电话里一一帮她解决了。现在，妮可不仅可以看到多丽丝·菲奇的每一封E-mail、每一份word文档，甚至还可以看到她在网络银行上进出的每一笔费用。这样，如果多丽丝突然不寻常地大额提款，妮可立刻就可以发现异样。妮可相信，艾莉森联系母亲只是时间迟早的问题。

当然，这种监视的方法并非安全无虞。艾莉森也可能通过第三者带话给她的母亲。不过，果真如此的话，多丽丝平常的生活习惯一定会跟着改变。例如，她也许会订机票之类的。

妮可对艾莉森会和母亲联系还抱有希望。艾莉森绝对有理由不敢联系母亲，因为她可能在怀疑他们会监视她的母亲。不过，艾莉森也许也在期待随着时间流逝，他们的戒备会逐渐放松，甚至以为她已经死了。这就是妮可必须在这里等待的原因。她只希望这份等待能尽早结束，她已经几个月没有收入了，现在只能靠积蓄过日子。也许是时候换个跑道了。在她的运气用完之前离开这个圈子，如果她的运气至今为止还没有用完的话。她有个不好的预感，也许当这件事结束之后，刘易斯会让她为这次失误付出代价。

她得先准备好。

在等待艾莉森的同时，妮可有的是时间来权衡自己的处境。

多丽丝·菲奇住在代顿北边靠近七十五号公路的一个低层公寓住宅区。妮可在对街发现了一间空房，足以让她不仅可以监视得到多丽丝·菲奇的公寓，还能看到她停放她那辆黑色日产骐达的停车场。

妮可不可能每天二十四小时都坐在窗边盯着多丽丝·菲奇的公寓，她需要吃饭，也需要睡觉。不过，她已经事先都规划好了。她所安装的监视设备属于自动声控系统。只要监视系统因声音启动，摄影功能就会自动开启。如果那辆日产骐达移动的话，妮可就会接收到一个小小的警告信号。

但是，她还是必须尽可能地保持警戒，以防艾莉森·菲奇搭的出租车在她刚好把视线从公寓移开的那一刹那出现。

妮可的手机突然响了。

“喂？”

“嘿！”是刘易斯。

“嗯。”妮可等待着。

“有事情了。”他说。

“我没空。”

“你得去一趟芝加哥。”

这个浑蛋最近对她讲话的口气让她觉得很不是滋味。

“不行。”她回答。

“没什么可商量的。这件事和你正在等待的事同样重要。”

“去芝加哥干什么？”

“你现在面前有电脑吗？”

“等一下。好了，说吧。”

“到‘旋转360’的网站上去，你知道这个网站吗？”

“嗯。”

“到纽约去，果园街。我想你应该有这个地址。”

妮可思考了一下，啊？她打开浏览器，上到“旋转360”的网站，输入地址。几秒钟之后，果园街的街道影像开始慢慢出现。

“好了，我已经在那条街上了。”她说，“怎么了？”

“往上看。”

妮可点击着光标，手指在电脑的触碰鼠标板上往下拖曳，从街道往上仰视她曾经潜入的那栋建筑物的三楼，同时调整着影像在画面上的视觉角度。

她看到了那扇窗户。

然后她点击了一下，好放大影像。

“别告诉我，我看到的是什么。”她说。

她没有搭乘飞机，她可以在四小时之内就开车到芝加哥。只要上了I－70号公路往西走，绕过印第安纳北边，再转到I－65号公路，一路开到盖瑞，然后沿着I－90号公路直走就可以到达芝加哥了。

妮可只希望如果艾莉森·菲奇决定明天来探望母亲的话，她会多待几天。

刘易斯给了妮可一个人名——凯尔·比林斯。三十二岁的凯尔·比林斯曾在“旋转360”位于芝加哥的总部工作过三年。根据妮可掌握的资料，凯尔的职责之一，就是监督筛除出现在网络上那些特定街道景象的软件程序，包括车牌和人脸。这些影像按理说都应该自动被删除，而凯尔·比林斯正是那个确保电脑程序在执行自动删除的指令时不会出错的负责人，因为他就是开发出这个软件的人。

妮可需要凯尔进入那个程序，把果园街的那个画面删除，以免再被任何人看见。刘易斯是怎么发现这件事的？妮可很想知道。某个人出现在那个公寓的门口，手里还拿着从“旋转360”打印出来的图片。刘易斯知道之后，正想办法找出那个人是谁。

真是一团乱。

首先是杀错了人。

再来是艾莉森·菲奇逃走了。

现在又出了这件事。

专注。

那不就是她在悉尼做的事吗？集中注意力。专注于当下要做的事情，其他所有的事都可以暂时抛到一边。没有观众，没有电视摄影机，没有实况评论员。

只有她和她的高低杠。

那就是她现在必须要做的。思考今天要完成的事，而非她明天应该要做什么，或者后天、大后天。

今天。

她今天得做的是找到凯尔·比林斯，然后竭尽所能地说服他进到“旋转360”的街景数据库，把三楼那扇窗户的影像删除，并且从此在数据库里永远消失。

她知道凯尔·比林斯会完全按照她的要求去做。

因为凯尔·比林斯有个老婆。

35

“托马斯？”

“嗯？”

“我是比尔·克林顿。”

“是吗？”

“是的。”

“哦，嘿！很高兴你联系我。”

“一切如何？”

“一切都很顺利。我每天都试着记忆更多的街道。你收到过我更新的报告吗？”

“当然，当然。你做得很好，表现得很棒。每个人都对你的能耐感到很惊讶。”

“谢谢你。”

“不过，托马斯，有件事我有点担心。”

“什么事？”

“我知道FBI前些日子去找过你。”

“没错。你记得我们聊过这件事吗？我想，你知道的，他们只是要确定我是否尽本分吧？”

“当然，当然。不过，最近你得小心点，托马斯。FBI、CIA，甚至是普罗米斯瀑布市警察局，以及和你亲近的人。”

“你是什么意思？”

"只是提醒你要小心你对任何人说的话。绝对不要透露太私人的事情，比如你父亲刚刚过世的消息。我知道，你可能觉得这件事让你很难过，但是你需要表现得坚强。否则，你可能会被人认为太过软弱。这个道理适用于你生命中遇到的任何重大的创伤。你把它们藏在心里，然后继续往前走。你明白了吗？"

"我想是吧。"

"很好。还有，你也需要隐藏自己的行踪，比如删除你的电脑使用记录……"

"我已经这么做了。"

"你的电话记录也是。"

"当然，我都是这么做的，比尔。"

"我实在等不及要告诉你，你有多么让我感到骄傲，托马斯。情报局里的每个人对你的表现都很折服。"

"我不会让你失望的。既然你的电话在线，我想顺便告诉你一件事。当我在记忆纽约街道的时候，我看到……"

"托马斯，我得挂电话了。也许下次再说，好吗？"

"好吧，比尔。好的，再见。"

36

朱莉走了之后，托马斯不愿意告诉我他和那个房东聊了些什么。他说他对我很恼火，然后就上楼回到房间，把房门关了起来。我可以听到他在房间里和某位前总统讲话的声音。

因此，隔天早上，当他下楼到厨房的时候，除了问他想要哪一种麦片以外，我没有问他任何细节，更没有提及任何事。

就在我给自己倒第二杯咖啡的时候，已经吃了半碗麦片的托马斯开口说道："你不想知道我们的对话吗？"

"和谁的对话？"我问。我猜他应该是指比尔·克林顿吧。

"那个房东帕帕达普罗斯。"

"如果你想告诉我的话，你昨天晚上就告诉我了，但你昨天晚上没有告诉我，所以你自己决定吧。"

"我想我把他吵醒了，"托马斯说道，"他好像很生气。我听不太懂他说的话，他讲话有种口音。"

"我想他大概是希腊人吧。"

"为什么？"托马斯问。

"算了。你继续说吧。"

"我告诉他我是谁，我说我是中央情报局的顾问。"

我听了把咖啡放下："老天，托马斯，不会吧？"

"我不想说谎。而且，我觉得这样自我介绍，会让他比较愿意回答我的问题。"

我想，FBI 回来只是时间迟早的问题。他们也许可以放过托马斯不断给

CIA 发 E-mail 的骚扰，但是告诉别人他在帮联邦情报单位做事就是另一回事了。这只会让事情变得更糟。

“我问他之前是谁住在那里。”托马斯继续说道。

“然后呢？”

“两个女人。”

“那个住在走廊另一头的女人也是这样说的。”我提醒他。

“我问他，她们是姐妹，还是母女，或者只是朋友？他说她们是室友，但并不是很要好的朋友，因为有时候其中一个会不准时付她的那份房租，另一个就必须帮她先垫付。”

我点点头：“问得好。”

“他说她们叫考特妮和……另一个，我想他说的是奥尔森。不过，他的口音实在让我很难听清楚。”

“那应该是名字和姓氏。”

“奥尔森是名字。我有她们的姓氏，我把它们写下来了。他说，据他所知，奥尔森到现在还没被找到。”

我觉得全身起了鸡皮疙瘩：“还没被找到？你是什么意思，还没被找到？”

“那是他说的。我问他那是什么意思，他说，如果 CIA 不知道发生了什么事的话，那么 CIA 一定很蠢。我只能对他解释说，CIA 有很多分部，是一个很庞大的机构……”

“他对你说什么了？”

“他说奥尔森失踪了。我问他现在谁住在那里，他说没人住在那里。”

“我也是这样告诉你的。”

“可是，”托马斯扬起手指，仿佛他是夏洛克 · 福尔摩斯或别的侦探，“那间公寓有人租了。”

“谁租的？”

“布洛克尔先生。”托马斯说。

“他是谁？”

“租那间公寓的人。”

“我知道，我是说他是什么人？”

“我不知道。”托马斯回答，“为什么会有人租了房子而不住呢？”

“原因有很多。也许他不住在纽约，但是必须常常到纽约去办公。”

托马斯怀疑地说：“那好像很浪费。”

“有钱人是不会担心浪不浪费的问题的，”我告诉他，“对他们来说，有个自己的地方远比每次到纽约去都要订酒店来得轻松。”

这种概念让托马斯很难理解：“我不知道。不过，我认为出现在窗口的那颗头可能是那个叫奥尔森的女人。她被杀了，所以才会没有人再见到她。”

“嗯，那她为什么被杀呢？”

托马斯想了想：“这样，布洛克尔先生到曼哈顿的时候，就可以住在那间公寓里了。”

我闻言大笑：“你觉得这件事的前因后果就是这样吗？有人为了到纽约时有个地方可以住，所以就杀了人？”

“我听说在纽约很难租到房子。”托马斯很认真地回答。

“那栋建筑我进去过，我不觉得那里值得有人为了住进去而杀人。”我把双手放在桌面上，“听着，托马斯，我们来回想一下好了。我们知道有两个女人曾经住在那里，不过现在她们已经不住在里面了。而你的房东朋友说，布洛克尔先生是现在付房租的人，但是他又没有真的住在里面。”

“那个房东不是我的朋友，我甚至不认识他。”

“好吧。但是，这些新的信息无法构成谋杀的说法。”

“但是，其中一个女人失踪了。”

“那是房东的说法，然而他又不是纽约警察局的警官。也许那个女人已经被找到了，只不过没有人告诉过房东罢了。”

“这是个好主意。”托马斯表示。

“什么好主意？”

“给纽约市警察局打电话。”

“我并没有说那是个好主意。我只是说，那个房东也许不是你最好的消息来源。”

“那我们就应该去找最好的消息来源。”

“我不确定那是不是个好主意。”

“那我可以给 CIA 发一封 E-mail，叫他们去联系纽约市警察局。”

这可就真的不是个好主意了。

“好吧，”我说，“让我来处理。我会给纽约的警察打电话，询问他们有关这个女人失踪的消息，看看她有没有再出现。”

“还要叫他们上网去查‘旋转 360’上面的果园街，看看那个窗边的面孔。”

“当然。”我答应他。

托马斯这才继续吃他的麦片。我在脑子里重重地释放出一个如释重负的叹息。此事我们就到此结束了，比托马斯所理解的更完整地结束了。我会给纽约市警察局打电话的可能性，就和我如果真的把这件事告诉了纽约市警察局，他们会理睬我的可能性一样。

我可以想象，当我告诉纽约市警察局，我弟弟——他为了记忆街道地图的计划而频频联系前总统的事已经让他名列 FBI 的档案上了——相信他在网上看到了一宗谋杀案的时候，纽约市警察局会有什么样的反应。

噢，是啊，我是想打那样的电话。

过了一会儿，我对托马斯说道：“我问你一件事情。”

“问吧。”他说着，一口牛奶沿着嘴边流到了下巴。

“当那个大灾难发生的时候，当网上所有的地图都无法运作的时候，你觉得造成这种现象的原因是什么？”

他放下手中的汤匙，拿一张纸巾擦了擦下巴。

“我想，最可能的原因就是外星人来袭。”他很笃定地回答，“这场攻击很可能是来自太阳系以外的星球，虽然我觉得这场攻击很可能发自金星或火星。一旦外星人让我们的地图系统瘫痪了，他们就可以很容易地在不被侦测到的情况下降落地球了。”

一股感伤的、没有希望的感觉笼罩了我。

“吓到你了吧？”托马斯的脸上连一丝笑容也没有，“你应该看看你现在的表情。”

我告诉托马斯我要开车到市区去，一小时左右就会回来。

他只是继续挪动着他的鼠标："噢。"

"我希望你今天中午能做午餐，"我说，"我们两个人的。晚餐由我来做。"

他停下来，转过椅子："我也要清扫吗？"

"对。朱莉说，你在学校的时候，好像喜欢玛格莉特·特斯基。是真的吗？"

"我不觉得那和你有什么关系。"

至少，我尝试过找别的话题和他聊了。

"待会儿见。"我一说完，他立刻就转身继续他的工作了。我不觉得我会出去太久，以致他又做错什么事情。不过，没有什么是不可能的。

我把车开进里里奇韦大道一家单层农场的车道，然后按了按这户人家的门铃。前来应门的是玛丽·普伦蒂斯。

"噢，雷，真是稀客！"她说着打开了罩着门帘的大门，然后回头对屋里叫道，"莱恩！雷来了！雷，你带你弟弟来了吗？他在车子里吗？"

"我一个人来的，玛丽。"我说着踏进屋里。

"哦，真可惜！"她有点喘不过气来，不过还是尽量热情地吐出每一个字，"能看到他的话就好了。"

玛丽收集了很多森林动物的陶制雕像，屋里的每个角落几乎都装饰着各种各样陶制的小雕像。前厅的那张长桌上摆放了小鹿、浣熊、松鼠和花栗鼠的雕像，它们的大小不成比例。看上去，花栗鼠好像要把小鹿斑比吃掉。

我瞥了一眼起居室，只见里面的动物比前厅还要多。所幸，莱恩在起居室的咖啡桌上还拥有一小块足以放遥控器的地盘。此外，其他的空间几乎都被"动物"占满了。玛丽还把自己当成了画家，所以墙壁上贴满了她画的猫头鹰、麋鹿和兔子。

"莱恩！"她又叫了一次。

一扇和起居室相连、就位于走廊上的门突然被打开了，莱恩从地下室上楼，回到了客厅。我敢打赌，他一定会花很多时间待在地下室里。我知道他有个工作室，他常常在那里做家具。

“雷来了！”玛丽告诉他，“很棒吧？”

莱恩露出一丝紧张的笑容。“嘿！”他问道，“你一个人吗？”

“是啊。”我回答他。

“你要喝点咖啡吗？”玛丽问道，“我刚好要烧一壶新鲜的咖啡。”

“不用了，”我告诉她，“我只是想和莱恩说几句话而已。”

“你何不下楼来，我带你去看看我最近在做的东西？”他说着看了我一眼，暗示我他知道我为什么来此，但他并不想在妻子面前谈及此事。

“好啊。”我答应他。

“你确定你什么也不要吗？”玛丽跟着我们来到地下室门口。

“不用了，玛丽。”莱恩说着，伸出手示意我先下楼，然后关上地下室的门，跟着我走下楼梯。

“这个工作室很不错。”我赞赏道。地下室照明良好，看起来，莱恩似乎拥有一个优秀的工匠所需要的所有工具：竖锯、钻床、车床、一张大的工作台、吸尘器，还有一面挂满各式手工工具的墙。在地下室的另一头，有一道宽大的楼梯直接连接到几扇角度特殊的推门。那应该就是他把家具运出去的方式吧。地板上没有一丝木屑，不过这很合理，因为我并没有看到任何尚未完成的家具。没有椅脚，也没有衣柜的抽屉或者橱柜的门，等着被整合到即将完成的家具上。

“我尽量让这里保持整洁。”莱恩说道。

“那你最近在做的是什么？”我问，“这地方看起来太整齐了，不像真的在制造什么。”

“我手边没什么正在做的东西，”莱恩解释道，“我只是觉得你想私下和我聊聊。”

“托马斯告诉我昨天发生了点意外，”我直接表明，“我只是想来多了解一些。我知道托马斯打了你。”

莱恩举起手，摸了摸脸颊：“是啊。”

“我很抱歉。托马斯不应该动手。”

“我猜，要不要发疯也不是他能控制的吧？”

“托马斯没有发疯，”我告诉他，“他只是精神上有些问题，你知道的。”

“少来了，雷。说他精神上有问题，只不过比说他疯了好听一点罢了。”

我觉得脖子后面有点发痒：“你去我家的时候，到底发生了什么事？”

“我到你家去，只是想去看看你们还好吗，因为那是你父亲会希望我做的事。而你出去了，家里只有托马斯在。他说你去了纽约？”

“然后呢？”

“我试着对他好，就是这样。”

“如果那是你想做的，我不明白为什么托马斯会生气。”

“我只是想让他……”

“你们还好吗？”随着玛丽的声音传来，地下室的门被打开了。

“我们很好，可恶！”莱恩吼道。

门立刻又被关上了。

莱恩这才清了清喉咙，继续说道：“我提议带他出去吃午餐。”

“你知道托马斯不太喜欢走出家门。”我并没有说他更不喜欢为了和莱恩出去而离开家门。

“是啊，是啊，我知道，可是我觉得那样对他比较好。他不能老是窝在家里，那太不健康了。你父亲常常为此恼火。”

“那么，托马斯是什么时候打你的？”

莱恩疲惫地耸耸肩：“我猜我有点太直接了，试图说服他出门。我抓住他的手臂，以为我可以拖他走。你知道吗，结果他一抽手，就打中了我的侧脸。如果托马斯说了什么超出这些的话，说我伤了他之类的，那完全不是真的。那只是他自己的想象，不是实情。”

“他从来没有说过那种话。”我告诉他。

他满意地点点头：“那就好，因为疯子是会胡扯一些完全不真实的事。你知道我的意思吗？他认为某个前总统是他的朋友，老天。”

我尽可能地维持声音的平稳和坚定：“莱恩，我想你没有恶意，我也知道你是我父亲的老朋友，我无意冒犯，但是我不准你说托马斯是疯子。他是一个温和而正直的好人。我不打算和你争辩他是不是有点不正常，这一点我自己心知肚明。但是，你无权批评他。此外，如果他不想接受你带他出去吃午餐的好意，你也必须像尊重其他人一样尊重他的选择。”说完，我深深吸了一口气。

当我走向楼梯时，莱恩才开口说道：“他并不温和，你知道的。”

“什么？”

“你父亲告诉过我，托马斯是会勃然大怒的。有一次，他甚至试图把你父亲推下楼梯。哦，他帮你弟弟的行为找了各种借口，但如果你要听我的看法的话，我觉得你弟弟应该被锁在疯人院里。”

37

“我不知道你昨晚为什么要穿那件红色的洋装去参加那场晚宴，”凯尔·比林斯对他的妻子罗谢尔说道，“在我们出发前，我就告诉过你应该换件衣服的。”

“你知道我喜欢那件洋装，”罗谢尔表示，“我喜欢那件衣服带给我的感觉。”

“什么？像妓女一样吗？那就是你想要的感觉吗？”

“去你的！”她说着冲出他们卧室里的浴室——一间装有九英尺的按摩浴缸、双人莲蓬头、双人水槽、双人净身盆的卫浴——来到雕花窗户旁足以俯瞰林荫街景，同时直接通往衣帽间的卧室。

她不是这个家里唯一拥有私人衣帽间的人，他也同样拥有一间。而且，两间的空间都比凯尔十年前住在芝加哥南端的地下室公寓还要大上好几平方英尺[①]。当年，他的公寓里除了老鼠和霉菌，每晚还充斥着楼上住户的尖叫声：面包上涂抹的奶油太少、看球赛的声音太大、他外出和朋友喝酒晚归……都是邻居吵起来的话题。

现在，凯尔再也不用忍受邻居的吵闹声，也不用担心自己和罗谢尔吵架会被听到了。他们现在拥有了坐落在橡树公园森林大道上一栋价值百万的公寓，隔壁还有这条街上寥寥可数的几间弗兰克·劳埃德·赖特[②]设计的建筑。凯尔·比林斯相信，赖特设计的房子早晚会出现在房屋交易的市场上。到时候，他就可以近水楼台先得月了。那必然足以让他父亲对他刮目相看，毕竟

① 1平方英尺约为0.09平方米。

② 弗兰克·劳埃德·赖特：美国著名建筑师和室内设计师。

他父亲虽然对自己的儿子在三十岁之前因为“旋转360”而晋身百万富豪之列嗤之以鼻，却对美国史上最伟大的建筑设计师弗兰克·劳埃德·赖特崇拜有加。“你为什么买了这栋而不是那栋？”凯尔的父亲曾经指着最近的一栋赖特设计的房子问道，“我以为你发展得很好。”

浑蛋。

凯尔·比林斯跟着妻子来到她的衣帽间：“你知道当你穿成那样的时候，你会引来众多的目光。在场所有男人的舌头都快掉到地上了，每个人都在用他们的眼神扒光你。”

她倏地转身，穿着一件牛仔热裤和红色T恤，双手叉腰光着脚面对他：“如果你喜欢的话，我可以开始穿长袍。你希望我看起来像那样吗？”

“老天！”凯尔说道。他心里知道，在这件事情上挑剔实在很蠢。五年前，当他在旧金山的电脑软件贸易展上，第一眼看到罗谢尔·比林斯——她在嫁给他之前的姓氏是凯斯特曼——穿着那双尖头高跟鞋在展台上展示着某个手机应用软件时，他难道是被那个应用软件所吸引的吗？当时，集中在罗谢尔身上的目光，远比她手上那部手机要多上好几倍。

现在，她那头长及臀部的黑发、修长的美腿，以及小而挺翘的吸睛酥胸，仍然和五年前一样耀眼夺目。而那牛奶咖啡色的浅棕色肌肤，则为她添加了一丝异国风情。他才看她一眼，就觉得自己必须立刻和她见面。于是，在展览结束之后，他随即在幕帘后面找到了她，邀请她一起喝一杯。然后畅谈他成功的事业、他那辆保时捷911涡轮引擎跑车，以及当时俯瞰密歇根湖的芝加哥公寓。他告诉她，他正在参与研发的软件，将会让人们坐在自己家舒服的电脑椅上，就可以悠游全世界的各大城市，而这个研发项目为他带来的财富，将会让他比上帝还要有钱。

罗谢尔闻言当然为之欣喜。

五个月后，他们就结婚了。

凯尔知道，如果罗谢尔能吸引他的目光，当然也可以让其他的男人对她目不转睛。对此，刚开始的时候，他还可以接受。看到男人首先看着她，然后才和自己交换眼神的时候，他总是对他们报以微笑。就好像在告诉他们，

“是啊，你就尽管看吧，猪头。但是，我才是她的枕边人”。

罗谢尔在高中和大学的时候，一直都是相当优秀的体操选手。即便后来放弃了体坛之路，她每周仍然要健身四次，而且始终保持着窈窕的身材。

凯尔知道自己很幸运，任何男人都会为了拥有她而杀人。

不过，随着时间的推移，他对妻子的美貌也出现了不同的反应——过去的骄傲已经被嫉妒和不安所取代。如果她还能钓到别人的话，她还会跟他在一起多久？他有钱，他们拥有这栋房子。他们每年都去欧洲两三次，住的都是最高级的饭店。他甚至还花了两百万美元，买了一辆车门仿佛海鸥翅膀的奔驰给她。

问题是，他不是全世界唯一的有钱人。如果她想要的只是钱的话，那么这个行业里多的是一夜暴富的百万富翁。她爱的是他这个人，还是他给她的生活？

她从来没有流露出任何不爱他的迹象。然而，那还是不足以让他停止对自己的折磨，不足以让他不去怀疑她是不是就是爱炫耀。因此，他现在要她收敛一点、低调一点，不要再穿那些火辣的衣物。想穿短裙？可以，但是绝对不能拉得那么短，要是她踩着那双克里斯提·鲁布托名牌高跟鞋绊倒了，连“千里之外的人”都会看到她走光。

“你快把我弄疯了，你知道吗？”她说着甩了甩挂在衣架上的衣服，其中百分之九十都是黑色的，“我那样穿也许只是为了让你看得心跳加速，而不是别的什么人。你想过吗？我的长裤到哪里去了？”

“你是在给人暗示。”他说，“而且，就算你没有好了，那些男人也不会这么想的。”

她从吊杆上拿下一个衣架，看了看挂在上面的裤子之后，又把衣架挂回去：“可恶，那条长裤到哪里去了？”

“你在听我说话吗？”

罗谢尔停下手边的动作，瞪着他：“没有，因为你根本就失去理智了。”说完，她从他身边挤过，走出了衣帽间，来到窗边的床头桌旁拿起手机说道，“我需要一点空间，不能和你继续处在一个空间里。如果你决定要为你这种浑蛋行为道歉的话，我会在露台上。”

在她走出卧室的时候，他一屁股重重地坐在了床沿上，不过他的目光仍然无法离开她的身影。那是她对他生气时，他能享受到的唯一好处，因为他可以看着她离开的背影。

“蠢蛋，”他喃喃自语道，不过他并非在骂自己的妻子，“该死的笨蛋。”他内心十分明白，这种占有欲只会为他的期待带来完全相反的结果。他在一些朋友身上见识过，他们越想霸占一个女人，那个女人就越是想逃开。

他在床沿上坐了十分钟，然后是二十分钟，犹豫着要不要去向她道歉，或者干脆走出大门，开着他的法拉利跑车出去兜上个几小时。不，也许开车出去是去买花，或者更好的东西。开到华丽一英里[①]去，带着什么贵重而闪闪发光的东西回来。一万美元应该够了吧？再把发票刻意遗落在她找得到的地方。

他足足等了四十五分钟，才决定放下他的自尊去向她道歉，告诉她如果她想那样穿的话也没问题，但是她得知道……

他的手机突然响了一下。不是有人来电，而是来了一条信息。他从床上跳起来，拿起手机，只见手机屏幕上显示了一张照片，发件人的姓名是“罗谢尔”。

罗谢尔发了一张照片给他。

一张奇怪的照片。

那是一张女人的照片——凯尔不仅可以确定那是一张女人的照片，那身热裤和红色T恤衫看起来还很眼熟，他甚至可以确定那就是他的妻子，但是在头上紧紧套了一个塑料袋的情况下，他又很难断定那就是罗谢尔。她的下巴以及嘴唇、鼻子和眉毛——那些都是她那张姣好面容上的精致五官。

虽然照片并没有显示出她的全身，但是他依然可以看出她手臂的轮廓，以及手臂上闪闪发光的东西。那是胶带吗？她被绑在椅子上了？不是露台上的椅子，因为这张照片不是在户外拍的。那不是他地下室里的椅子吗？

---

① 华丽一英里：芝加哥的高档商业区。

“搞什么？”他咕哝着。

这是什么莫名其妙的游戏？

“罗谢尔！”他大声喊道。

就在他准备走向楼梯之际，他手里的电话又传来一阵声响。不过，这回不是信息，而是来电铃声。

同样是来自罗谢尔。

“嘿！”他说道，“你发来的那张照片是怎么回事……”

“比林斯先生。”

“啊？”那是一名女子的声音，但是听起来不像罗谢尔。

“比林斯先生，你得闭嘴听我说。”

“罗谢尔？”

“我不是罗谢尔。你要仔细地听清楚了。”

他已经走到楼梯的一半，不过此时立刻停下了脚步。

“你老婆还可以呼吸，现在还可以。”电话那头的女子说道，“不过，如果我把塑料袋再拉紧一点，她就会完全缺氧了。”

“你到底是谁？这到底是怎么回事？我现在要下楼来了……”

“如果你下来的话，她就没命了。你听到了吗，凯尔？她会没命。”

他在距离大门不远处的楼梯尽头停下了脚步：“你是谁？你想干吗？”

“你得听我说话，凯尔，”女子冷静地说，“你一定要听我的话，不然罗谢尔就等着丧命了。”

“老天！”他可以感到自己的双腿发软，不禁用空着的那只手紧紧抓住楼梯的栏杆。

“只要你乖乖听话，按照指示去做，一切就都不会有事。”

“我有钱，”他很快告诉对方，“我可以给你钱。”但是，他随即想了想，可恶，今天是星期天。不过，他会有办法的。他知道像他这样的有钱人，只要需要，不管什么时候，银行都可以随时为他们服务。

“这件事无关金钱。”女子告诉他。

“什么？那是为什么？车子吗？你要车子吗？拿去吧。不过，求求你不要伤害罗谢尔。你只管告诉我，要我怎么做。”

“我不要你的任何东西，我要你帮我做件事。首先，你不可以报警，这是基本规则，你绝对不可以用任何形式告诉任何人发生了什么事。如果你做了什么举动通知任何人发生了什么事，那么你老婆就会被断氧，然后死亡。”

“我知道了。我知道了。你想要什么？你要我做什么事？”

“你得帮我找一张类似你在一分钟前看到的照片，然后把它删除。”

紧接着，妮可把细节告诉了他。

“很少看到你周日还出现在这里，比林斯先生。”“旋转360”前台的警卫在凯尔经过的时候对他说道。

“嘿，鲍伯！”凯尔也和他打招呼，“只是进来一下子而已。”

鲍伯按下一个按钮，两层的有机玻璃大门很快就自动打开了，让凯尔可以通过。凯尔走到大门后方几码处，按下了电梯的按钮。电梯的门打开后，他一踏进空无一人的电梯，立刻就碰了一下耳朵上的蓝牙耳机。

“让我和罗谢尔说话。”凯尔说道。

他耳边的声音响起：“等一下。打个招呼。”

“凯尔。”他妻子的声音听起来好像距离挟持她的人好几英尺远，手机好像被人高举在空中一样。

“好了。”女子说道，“你已经听到她的声音了。她没事。我已经把她头上的塑料袋拿下来了，这样她就比较容易呼吸了。还有，你刚刚看到鲍伯时表现得不错。你的反应听起来很自然，你做得还不错。”

“好了，门就要打开了。”

“好，”那边的女子——妮可说道，“如果你需要的话，我就在电话上。”

凯尔走进“旋转360”的主要办公室。“旋转360”和这栋楼里的其他公司不太一样，当然，它和其他公司一样，都在其开放式的空间里架设了几十个工作站。不过，很少有公司会在员工的工作区域摆上桌球台、桌上足球和电子游戏机。当“旋转360”的员工需要休息的时候，他们只要离开电脑屏幕，就可以玩上个几回虚拟高尔夫、和外星人打打仗，或者看看3D电视。等到他们觉得精力恢复了，就会再度回到电脑前工作。

今天的办公室很安静，只有几个员工坐在他们的电脑前，把“旋转 360”的摄影车在今天的每一分每一秒里，于全球各个城市捕捉到的街道画面，输入电脑的数据库里。

“嘿，凯尔！”

“最近怎么样，凯尔？”

“你好吗，凯尔？”

每个人都觉得需要和他打招呼。

他对他们一一点头，然后来到他向来工作的电脑工作站前。这里没有个人办公室，无论被安置在这个企业的哪个岗位，每个人都在这间主要的办公室里工作。

凯尔希望他可以在家里操作他需要做的事，好立即满足绑匪的要求。但是，“旋转 360”具有全世界最严密的黑客防御系统，没有人可以从办公室以外的地方和公司的操作系统联机。

“我已经在我的办公桌旁了。”凯尔小声地说道，以确保办公室里没人可以听见。

“很好。”妮可说道，“我们这里也没事。”

“我帮你做完这件事以后，我们就再也不会联系了。”他低声说道。

“没错。你把那个影像删掉，就像它从来都不曾出现在那里一样，那我们就相安无事。”

“你保证。”凯尔说道。

“当然。”妮可回答。

“好。我进去了。”一阵键盘的声音响起，“纽约……果园街……这花不了多少时间的。”

妮可把电话从耳朵旁边拿开，把手放在大腿上。如果凯尔要对她说什么的话，她会听到声音的。她觉得很乐观。她可以听得出来他想尽快完成这件事，他想取悦她。他不会把事情搞砸的。

“他在做吗？”罗谢尔问道。就像妮可说的，罗谢尔头上的塑料袋已经被取下了，不过她仍然被胶带绑在凯尔·比林斯家那间宽敞地下室里的埃姆斯设计款皮椅上。地下室里什么都有，桌球台、吧台、六十英寸的3D电视，还有连假山、建筑物和桥梁都有的一组莱昂内尔玩具火车模型。老天，那整组模型看起来应该也有十英尺长、二十英尺宽。

“他处理得很好。”妮可坐在罗谢尔对面的一张同色皮椅上。为了遮住大部分面孔，她戴了一顶有帽檐的棒球帽和一副太阳眼镜。打从进屋之后，她的手上就一直戴着一双乳胶手套。凯尔·比林斯家的警报系统对妮可来说不是什么问题，她知道要怎么处理那种东西。

“他会照你说的去做。”罗谢尔表示，“他会的。”

“希望如此。”

“我们也不会对任何人说起的，”罗谢尔又说，“答应我，你不要伤害他。”

“我不认为有此必要。”妮可听到电话那头传来一些声音，因此立刻把电话贴向耳朵。

“我要去倒点咖啡，凯尔，你要什么吗？”一个同事的声音传来。

“不用了，我不要。”凯尔回答。

“你知道我之前告诉过你的那台捷豹吗？好，我们昨天把它带出去试开了一下，它的表现还不错。你知道的，它什么都有，可是却是红色的。在我看来，一辆红色的捷豹XKE在二十世纪六十年代也许看起来很棒，可是现在，我觉得红色好像有点花哨了。嘿，你昨天晚上去参加在凯悦酒店举办的那个活动了吗？”

妮可在电话里指示道：“甩掉他。”

凯尔于是说道：“去了啊，我们去了。很晚才回到家。”

“那是为了流浪汉办的吧，是吗？”

“是啊，筹募到了不少钱。”

“你屏幕上那个是什么？”

“没什么，只不过是……做点模糊影像的测试。看看为什么有时候有些车牌或人脸就是没办法被模糊掉。很大一部分原因是角度的问题。如果软件不确定它是什么的话，就没办法模糊它。”

“要我再说一次吗？”妮可重复道。

“很高兴和你聊，不过我还有很多事要做。但是，真的谢谢你过来和我聊天。”

“别太认真了。”

“是啊。”

“他走了吗？”妮可问道。

“嗯，”凯尔低声回答，“没问题。”

妮可如释重负地轻轻吐了口气。她注意到罗谢尔正在盯着她看，她发现罗谢尔已经不止一次这么看着她了。

“干吗？”妮可再度把电话放在腿上，不过这次低下了头。

“你在做什么或为什么要这么做与我无关。我不在乎，”罗谢尔说道，“这和我一点关系也没有。”

“很好。”

“所以，我要你知道，你不用担心我接下来要说的话。不过，我只是……只是希望你知道。”

罗谢尔那个表情是什么意思？妮可之前就看到过了，但是那个表情那次并没有持续太久。原本，她还觉得事情进行得一帆风顺，不过那样的感觉正在逐渐消失。

“我只是想说，”罗谢尔继续道，“我觉得你真的太不可思议了。”

“你说什么？”妮可问道。

“在悉尼奥运会的时候，”她说，“奥运会的转播每一分钟我都没有错过，特别是体操。”

“是吗？”妮可应声道。

“我一看到你，即便你戴了眼镜，但我还是注意到了——我想是你的下巴吧，你扬起下巴的方式。就在你第一次跳到低杠之前，你的下巴会做出这样的姿态——那种毅然决然的姿态。”

“过去，从来没有人对我说过这件事。”妮可说道，“不过，现在回想起来，我知道你的意思。”

“我高中的时候一直都在练体操，甚至进了大学之后还在练，但是我没有你优秀。我是你的头号粉丝。”尽管身处窘境，罗谢尔还是挤出了一丝笑容，“就像我说的，我不知道你怎么会变成这样，或者在做什么，不过我相信事出必有因。每个人的生命都有不同的道路，不是吗？”

“没错。”妮可回答。

“我真正想说的是，你的天赋被剥夺了。”罗谢尔说道。

妮可突然觉得非常……该怎么说？悲伤。她觉得很悲伤。对于她在悉尼发生的事感到悲伤，以及在那之后所发生的一切。如果她拿到金牌的话，她的人生将有多么不同。她现在又会在哪里？绝对不是在这里，不会在芝加哥这个地下室里。

此外，她还有其他的感觉。

感动。

“谢谢你，”妮可真心地说，“谢谢你说这些话。我也觉得是那样，只不过我不会把这种感觉说出来，因为这样一来，别人就会觉得我输不起或什么的。”

“哦，你很有格局的。”罗谢尔说道，“当他们给你颁发银牌的时候，你把头抬得好高。可是，你知道吗？”

“什么？”妮可问道。

“我可以看得出来。当你站在颁奖台上的时候，我可以看得出你的心碎了。”

妮可摸了摸太阳眼镜的镜架，不想让罗谢尔看到她的眼睛。

“那是情绪很激动的一刻。”妮可此刻就觉得情绪澎湃。

“我敢打赌，如果他们进行调查的话，我相信他们会发现评审收了贿赂。也许是那些俄罗斯的评审，或者法国的。”

“我不知道，”妮可告诉她，“从来没有人提议过要进行调查。”

“好吧，”罗谢尔热情地说，“那是我个人的想法。虽然我觉得在这么多年以后，要他们重新调查这件事也很难。”

“我想你说得没错。已经发生的事就已经发生了。”妮可说道，“从来都没有人这么对我说过。”

“我希望你不要介意。”

“没关系的。”

“我曾在网上搜索过你的消息，不知道你后来发生了什么事。不过，这么多年来都没有多少关于你的报道。”

“是没有，”妮可表示，“我已经离开那个圈子了。我已经……完全离开了。”

“我看到过一些报道，说大家都对你的期待很高，因此你的压力很大。”

妮可笑笑，没想到还有人记得她：“我的教练对我很生气，我父亲甚至不愿意和我说话。在那之后，他就不认我了。”妮可停了一下，“我想，他把他所有的梦想都寄托在我身上了，而我却搞砸了。”

“你在开什么玩笑?！”罗谢尔说道，“真是太可怕了。”

“是吗？”妮可淡淡地回应。

“我告诉你这些的原因是，我知道这听起来也许有点愚蠢，但你当时真的激励了我。我卧室的墙上还贴了一张你的照片。”

“我的照片？”

“那张照片我还留着，只是不再贴在墙上了。我还收集了一些东西，连同一些关于你的剪报，都被我收起来了。我猜你可能会想知道，因为我绝对不会说出任何会给伟大的安娜贝尔·克里斯托夫惹来麻烦的话。”

那是她当时的名字。

妮可的笑容里一点开心之意都没有：“很久没有人这样叫我了。”她咽了一口口水，把逐渐在喉咙里成形的哽咽吞了下去，然后重新把手机放在耳朵旁边。

凯尔压低了声音道：“在吗？你还在吗？嘿？”

“我在。”妮可把电话压在耳朵上。

“好了。”

“那张照片被删除了？”

“是的，那个头被模糊化了。现在，那扇窗户看起来已经暗成一片了。”

“之前的版本还可能被连接上吗？”

“不会，都被删掉了。数据库里已经清空了。”

“太好了。”妮可对着罗谢尔笑了笑，后者也眼眶含泪地对她微笑，“好的，凯尔，我想我们结束了。谢谢你。你回来的时候，可以在地下室里找到罗谢尔。”

“她没事吧？”

“她很好。罗谢尔，打声招呼吧。”妮可举起手机。

“嘿，亲爱的！我爱你！今早的事情我很抱歉。”

“我也爱你，宝贝。我真是太浑蛋了，一切都会没事的。”

妮可收回电话：“好了，凯尔。再见。”

她挂断电话，把罗谢尔的手机扔到地毯上。然后坐在椅子上看着地板，静静地把手肘撑在膝盖上。

她在思考。

“怎么了？”罗谢尔问道，“你不打算离开吗？你要他做的事，他不是做到了吗？”

“他是做到了，是的。”妮可回答。

还是得这么做，她告诉自己，就算她是自己的粉丝。

妮可捡起稍早套在那个女子头上的塑料袋。

“你要那个干吗？”罗谢尔问道。

这比妮可预期的时间要久一点。那个女人用力反抗，比大多数人更用力。她在空气吸尽前来回用力扭动着头，她挣扎的时间长到足以让塑料袋外面多添了一滴眼泪。

等一切终于结束后，妮可坐回椅子上，等着凯尔·比林斯回家。

38

莱恩·普伦蒂斯的态度和评论让我大为震撼。

他说托马斯是疯子，还说托马斯应该被关到“疯人院”。这种说法让我很愤怒，不过最让我感到困惑的是，他居然说托马斯曾经试图把父亲推下楼。真的有他说的那么糟吗？这件事真的发生过吗？父亲从来不曾对我提过类似这样的事，但是那并不代表那种事就没有发生过。让自己的问题成为家人的负担，从来不是父亲的本性。大约在十年前，当父亲发现睾丸有肿块后，他也从来没有对母亲提起过，只是自己默默地去找医生检查。所幸检查报告证明他的身体无恙，而肿块后来也自动消失了。过了好一阵子，一直到母亲生病去看医生的时候，他们共同的医生问起父亲的近况，母亲才知道这件事。

母亲把父亲数落了一顿。然后，她把一切都告诉了我，希望我一起数落父亲。但是，我并没有那样做，因为父亲就是那样，我也知道他不会因此而有所改变。他和托马斯同住在一个屋檐下所遇到的问题，他也一概没有让我知道。他也许担心，一旦把问题告诉我，我会觉得自己有义务帮他——我也确实希望能帮上他什么忙，但是他并不想那样。他把托马斯视为他自己的责任，而不是我的责任，他认为我有自己的生活要过。

但是，他也一定想找人倾诉——某个不会觉得自己需要介入、需要真的对他施以援手的人。莱恩向来都是父亲倾诉的对象，虽然他的态度一点都没有让我觉得他具有什么同情心。在我看来，他是一个头脑简单、爱批评别人的浑蛋。

我想问托马斯这件事，但他对自己行为的解释可靠吗？

在驶离普伦蒂斯家的路上，我觉得自己似乎被卷入了某种旋涡。我从柏林顿来到普罗米斯瀑布市，既要处理父亲的不动产，还要把我弟弟安顿到别的地方，并且可能得卖掉那栋房子，至今没有一件事做成。我不断地发现自己脱离了正轨，包括父亲的笔记本电脑上那些奇怪的字眼、托马斯对窗口那张面孔的执着、托马斯和莱恩·普伦蒂斯之间那场不愉快的会面，以及托马斯和父亲之间可能发生过的事。

还有一件让我耿耿于怀的事情——割草机。割草机的钥匙插在了关的位置，割草刀的位置也高高抬起，那就意味着父亲已经停止了割草。但是，草还没有割完，他为什么要把割草刀升起来？

我怀疑他是被人打断了。有没有可能是有人从山上走下来，打算和他聊天？要是割草机还运转着，几乎不可能聊天，所以父亲得熄掉火。而且如果他认为这次对话会持续很长时间，他就会把割草刀升起来。

是发生了这样的事吗？有人过去和他聊天？那个斜坡并不是聊天最理想的地点，从斜坡的陡峭度看来，那其实是个需要十分小心的地方。坐在割草机上的父亲得持续压低身体靠近斜坡，才能保持割草机的平稳，避免割草机因为失去平衡而翻倒。笔直地坐在割草机的驾驶座上，也许就是造成割草机翻车的主要原因。

结果，割草机最终还是翻了。

然而，如果割草机真的翻了，还在停止的状态下要了父亲的命，加上父亲之所以停下割草机，是为了想和某个人讲话的话，那么那个人会是谁？而他又为何不立刻打电话寻求帮助？

在发现父亲已经被割草机轧死之后，托马斯给911打了电话。

除非……

除非托马斯是父亲停下割草机的原因，因为父亲想和他说话，结果却演变成一场激烈的争吵。只要轻轻一推，就足以让割草机翻倒，连人带车一起滚到斜坡底下。

不。

不能那样想。我的思绪再度乱飘，甚至比我在父亲的笔记本电脑上发现

“童妓”那两个字时更为混乱。我的想法已经飘荡到了一些完全无关的地方。

这完全是压力使然。我这么告诉自己。失去父亲的压力、担负起照顾托马斯的责任，件件事情都让我的压力倍增。

我甚至没有时间哀悼父亲。我什么时候有过机会了？从我到达父亲的房子那一刻开始，我就被卷了进来。安排葬礼、会见哈里·佩顿、照顾托马斯、带他去看劳拉·葛林……

直到现在，我才发现没有了父亲，没有了他的指引和那双有力量的手，我感觉到多么无助。

“我好想念你！”我发现自己在无意识中紧紧抓住了方向盘大声喊道，“我需要你！”

我把车子靠在路边停了下来，然后把额头靠在方向盘上好一会儿。

自从接到普罗米斯瀑布市警方打电话来通知我父亲的死讯至今，我还不曾哭泣过。我花了好大的力气，才把一切都藏在自己的心里。也许，我比自己了解的更像父亲。我把事情都尘封起来，不愿把自己的问题告诉任何人。

我爱我的父亲，没有他在这里，我觉得自己仿佛迷失了。

我拿出手机。几秒钟之后，电话那头有人说道：“《普罗米斯瀑布标准日报》，我是朱莉·麦吉尔。”

“你今晚何不到我家来和我们共进晚餐？”

“你是乔治·克鲁尼吗？”

“是啊。”

“那没问题。”

当我走进厨房的时候，我看到我惯坐的餐桌旁的位置上有一盘金枪鱼三明治。盘子旁边折了一张纸巾，还有一罐打开了的啤酒，不过啤酒显然已经不冰了。

“可恶。”我对自己说道，“他帮我准备了午餐。”我知道我要求托马斯准备午餐，但是我想我对他的期待并不高。我现在感觉很糟。

于是，我敲了敲托马斯的房门，然后进入他的房间。

"谢谢你帮我做了三明治。"我说。

"没什么。"他背对着我回答。

"你现在在哪里？"我问。

"伦敦。"他说。

"伦敦看起来怎么样？"

"很旧。"

"你吃过了吗？我希望你没有在等我一起吃。"

"我吃过了。我还把我的盘子、杯子和我用来搅拌金枪鱼和美乃滋的碗都放到洗碗机里了。"

"谢谢，老兄。今天晚餐，我们有个客人。"

"谁？"

"朱莉。"

"好。"

我坐在窗边，和正盯着屏幕看的托马斯构成了一个九十度角的位置关系。

托马斯说道："如果你从科文特花园那条弓街的歌剧院走出来，要到特拉法尔加广场的话，你会右转朝南走到河岸街，还是会左转北上走到……"

"托马斯，停一下，我需要和你谈谈。"

"你只要告诉我，你认为是哪个方向就好了。"

"左转吧。"

"错了。右转会比较快，往南走到河岸街，然后右转直走。"他说着转过身来看着我，"这样你就不会迷路了。"

"你可以停一下吗？"

托马斯点点头。

"我想问你几件事，是关于爸爸的事。"

"什么事？"

"好。首先，爸爸死的那天，当他在斜坡上割草时，你出去和他讲过话吗？"

托马斯把头歪到一边："我打算去和他讲话，因为我正要去找他。"

“你没有出去，也没有给他打电话吗？你没有做什么会让他把割草机关掉，还把机器尾端的刀子升起来的事？”

“没有，”他再度重申，“我唯一出去的那次就是为了找他，因为我肚子饿了。”

“你找到他的时候，他就已经被压在割草机下面了？”

他点点头。

“你们两个，大部分时候，都相处得很好，是吗？”

“他有时候会对我发脾气，”托马斯告诉我，“你之前就问过我了。”

“你有没有……我不知道要怎么问你这个问题，听起来才不会像是在指责你。”

托马斯一副不在乎的样子：“什么？”

“你曾经有没有试图把爸爸推下楼？”

“是爸爸跟你说的吗？”

让他觉得这是父亲告诉我的，还是直接对他承认这是莱恩·普伦蒂斯告诉我的比较好？

我挪了挪位置：“有这回事吗？”

托马斯点点头：“嗯，好像有。”

“怎么了？什么时候的事？”

“大概一个月前吧。”

“告诉我这件事。”

“他想谈很久以前发生的一件事。”托马斯说着，回头看了一眼屏幕上的伦敦街道。

“什么事？发生在爸爸身上的事吗？”

“不是，是发生在我身上的事。”

“你？你发生了什么事？”

“我不应该谈论那件事的。爸爸叫我不要说。”他停了一下，“那时候，他叫我永远都不要提起那件事，不然他会很生气。”

“老天，托马斯，你在讲什么？那是什么时候的事？”

“我十三岁的时候。”

“你十三岁的时候，爸爸对你做了什么事，然后叫你永远不要提及此事吗？”

托马斯迟疑了一下：“不……不是的，不完全是。”

“托马斯，听着，不管发生了什么事，都是很久以前的事了，而且爸爸也已经走了。如果那是什么你需要告诉我的事，你现在尽管可以说出来。”

“我没有什么要告诉你的。克林顿总统说，我不应该谈这些事，因为那会让我看起来很软弱。而且，我现在正忙着去特拉法尔加广场。”

“好。不过，托马斯，我们能谈谈一个月前发生的事吗？那是怎么回事？”

“爸爸想谈我十三岁那年发生的那件事。”

“这么多年来，你们曾谈过那件事吗？”

托马斯摇摇头：“没有。”

“可是，爸爸却没来由地突然想旧事重提？”我不停地猜测，试着弄懂托马斯在说什么，试着弄清楚二十年前到底发生了什么事。

“是的。”

“为什么？”

“他说他也许错了，他也许做了不好的事，而且他觉得很抱歉。爸爸跟着我上楼，对我说他想谈那件事，但是我不想，因为这些年来，我一直很努力、很努力地不去想起那件事。所以，我在楼梯上停下脚步，转身告诉他，我不想谈那件事。而且，如果他在我十三岁的时候不听我说，为什么现在又想听我说了？因此，我就伸出手，阻止他继续跟在我后面。不过，我没有用力推他，可是他还是在楼梯上晃了一下，跌下好几个台阶。”

“跌下好几个台阶？”

托马斯点点头。

“你能解释一下吗？”

“他爬到了楼梯的第四个台阶，所以他没有摔得太厉害，只是背部着地而已。”

“老天，托马斯，然后你做了什么？”

“我跟他说‘对不起’，然后扶他坐到椅子上，帮他拿了一包冰块。他摔下楼让我觉得很难过。”

“他去医院了吗？或者，有没有去看医生？”

“没有。他吃了一些超强效的止痛药。”

“他一定对你很生气。”

托马斯摇摇头：“没有。他说‘没关系’，说他了解。他说我是应该生气的，而且如果我不原谅他的话，他也可以接受。然后，那些止痛药就开始生效了，他觉得比较好了。不过，他还是痛了一个星期。”

莱恩应该是注意到父亲哪里在痛，所以就问他怎么了。也许父亲告诉他发生了什么事，不过只是轻描淡写。莱恩曾经说父亲总是帮托马斯找借口，这种说法和托马斯刚刚告诉我的故事版本听起来很吻合。

可是，父亲在对什么感到抱歉？托马斯又为什么不想谈那件事？父亲认为托马斯不肯原谅他的事又是什么？

于是，我说：“葛林医生说，你有一件不愿说的事情或者意外，就是那件事吗？就是那件爸爸想对你道歉的事吗？”

托马斯毫不犹豫地点了点头。

“你得告诉我，”我央求道，“我需要知道。”

“不，你不需要。没什么关系的，他不会再伤害我了。”

“他？爸爸？爸爸不能再伤害你了？”

托马斯摇了摇头。我不知道他摇头是在同意我说的话，还是不想和我再说下去。“如果你曾经抬头看到那扇窗户的话，爸爸就会相信我了。”当我要他解释这句话的意思时，他却走开了。

吃晚餐的时候，我发现朱莉对她那份鱼条似乎没什么兴趣。不过，她倒是喝了不少杯灰皮诺白葡萄酒。

“抱歉，”我说，“我前几天去超市的时候，只顾着买一些比较容易煮的东西。”

“没关系的，晚餐很棒，”朱莉说道，“你得把食谱给我。”

托马斯闻言告诉她：“你只要把鱼排的盒子从冰箱的冷冻室里拿出来，把鱼排放在一个铁盘上，再放到烤箱里，然后从酱汁罐里舀一勺塔塔酱淋上去就可以了。对不对，雷？”

“是啊，托马斯，差不多就是这样。”我回答道。

“我也可以做。”他说着骄傲地点点头。他和朱莉完全相反，他不仅把鱼排吃光了，连冷冻薯条也吃得一根不剩。

“真的，很棒的一餐。”朱莉看着餐桌对面的我说道，“你好像整晚都没怎么说话。”

“我在想一些事。”

“例如，给警察打电话？”托马斯问道。

“什么？”

“你说你会给纽约市警察局打电话的。”

“我还没打，”我告诉他，“我明天就打。”

如果托马斯觉得我根本没有认真以对的话，那他并没有表现出来。他站起身，把自己的盘子拿到水槽浸湿，然后说他要上楼回房了。

“我来洗就好。”朱莉说道。

“放着就好了，”我说，“拜托。”于是，我们各自拿着自己的玻璃杯走到起居室，一屁股坐到沙发上。

“你不会给警察打电话的，对吗？”她问道。稍早，我曾把我的纽约之行、托马斯给房东打电话，以及我答应托马斯要给纽约市警察局打电话的事情简要地告诉过她。

我摇摇头：“不会。”

朱莉踢掉脚上的鞋子，把双腿缩到沙发上：“我猜我可以理解。”

“你猜？”

“是啊。我是说，要解释这件事应该很困难，而且也没有人会听的。窗边一颗模糊的白色人头？那到底是什么鬼东西？我爱托马斯，我真的喜欢他。但是，在你告诉我 FBI 来过之后，我想也许低调一点比较好。”她喝完杯里的葡萄酒，“还有吗？”

我点点头。

她跳下沙发，又开了一瓶酒，然后把整瓶酒都带到起居室，帮她和我把杯子都倒满。

“你今天下午给我打电话的时候，声音听起来好像有什么事。我不知道，你听起来似乎有点脆弱。”

我让酒精包裹着舌头，几秒之后才回答道：“我想，我当时正在自怜吧。想到我父亲，想到托马斯，所有的事情在那一刻都压向我。听着，我不想把这些狗屁倒灶的事变成你的负担。”

“没事的，”她说，然后沉默了好几秒，“我记得你在学校的时候总是在画画。有时候，我看到你坐在走廊的地上，靠着你的置物柜，无视其他几百个在你身边跑来跑去、嘈杂叫嚣、用力开关置物柜的孩子。你只是静静地在你的本子上作画，完全不受到身边的人和事干扰。我是那种随时会注意周遭发生什么事的人，而你却在自己的世界里做着你自己的事。”

“是啊，”我回答她，“我猜是吧。”

“我想，你和托马斯比你自己认为的还要相似。他躲在自己的世界里，而我可以想象，当你一个人在柏林顿的工作室时，只有你和你的画笔、喷枪或者你的电脑绘图软件，你就那样让困在自己脑子里的画面、意象释放出来。”她又喝了几口酒，“我想，我已经开始有点醉意了。”

我也是，不过，我的脑子还在疯狂地思考：“我一直在想我父亲是怎么死的。割草机的钥匙插在关闭的地方，而割草机上的刀子……”

朱莉把一根手指压在我的嘴唇上。“嘘，”她说，“你对托马斯说过什么？让它过去吧，放手吧，就算一下下都好。”

朱莉把我们的杯子放到咖啡桌上，然后挤到我身边。我张开双臂拥抱住她，低头吻了她。过了好一会儿，朱莉才说：“我们已经不是高中生了，不需要一直待在沙发上。”

“上楼去吧。”我说。

“我在想是不是要去我家。”很明显，她指的是托马斯还在楼上。

“他不会离开他的房间的。有时候，他会在半夜或者更晚的时候到浴室去刷牙。在那之前，我们不会再看到他的。”

因此，我们悄悄地上了楼。我把朱莉推进走廊尽头的卧室，将她带到父亲那张双人床上。据我所知，打从母亲去世后，那张床一直就只有父亲一个人。

“这是你父亲的卧室？”朱莉问道。

“我一直都睡在这里。还是你想到车上去，像上次那样？”

她看了我一眼：“不用了，这里就好。”

当朱莉开始轻解罗衫的时候，我几乎连房门都还没关好。我把手伸到她的毛衣底下，感觉着她的肌肤在我掌心下的温度。我们拥吻着来到床边，朱莉一把将我推倒在床上，毫不犹豫地跨坐在我身上，伸手摸索着解开我的皮带。

“我知道一些减压的好方法。”她利落地把上衣扯过头顶脱了下来，露出一件紫色的蕾丝内衣。然后晃了晃脑袋，让头发重新散落在肩上。

“紫色？”我开口问道，“和当年那件一样的……”

“哦，拜托。那时，我只有一百一十磅，还是个干瘪的小女孩。”

“我只是问问而已。”

如同大多数女人会做的那样，她把双手扣到自己背后，让你以为她的手肘就要断了。然后，她瞬间解开了她的内衣，一把往我牛仔裤的方向丢去。

“过来。”在我轻声的呼唤下，她弯下腰拥抱我。

“雷！”

朱莉刹那间坐直了身体。“老天！”她屏住气息咕哝了一声。

我的心仿佛杵锤般直接掉到了地上。“可恶。”我低语道。

我可以听到托马斯打开了他的房门。“雷！过来！雷？”我从来没有听他这样叫过我。

我本能地想回应他，却及时止住了自己。我可不想让他到这里来，看到这一幕。

“你在哪里？”他大声喊着。我听到客房的门被打开的声音。“雷？你在爸爸的房间里吗？”

朱莉看着我，瞪大了双眼低声道：“你得做点什么。”

“托马斯，给我几秒……”

话还没说完，房门就霍然被推开了，托马斯直接闯了进来。当朱莉从我身上下来，胡乱抓着床单把自己裹住的时候，他连看都没有看朱莉一眼。朱莉把床单都抓走了，独留我赤裸裸地暴露在床上。

“雷！”他喊道，“不见了！”

“托马斯，我的天，你难道看不到……”

“不见了！那颗头不见了。”

“什么？”我跳下床，弯身拾起地上的裤子，“你在说什么？”

“你得来看看！”他说着冲回走廊另一头的房间。

我跟在他身后，身上除了一件内裤什么也没有。朱莉也匆忙套上她的上衣，连内衣都来不及穿就跟在了我身后。

当我走进托马斯房间的时候，看到他的每个屏幕都锁定在果园街的那扇窗户上。那扇窗户看起来当然还是同一扇，只是这回窗户里什么也没有，只是一片漆黑，再也没有那颗罩着塑料袋的头了。

“怎么回事？”我喃喃自语道。

托马斯站在那里指着屏幕：“它到哪里去了？发生了什么事？”

我结结巴巴地说：“他们一定是……他们……我猜，他们一定更新了。重新拍了街道的照片。”

“不！”他说，“其他的东西都一模一样！街上的行人还是一样，车子也是！除了那颗头不见了，其他都一样。”

我坐到托马斯的椅子上，凑近屏幕打量：“真是浑蛋。”

托马斯从桌上抓来一张纸递给我。那是一张原始的打印纸，就像他给我带去纽约的那张图片。“一模一样，不是吗？”

我看了看那张打印的图片：“是一样的，托马斯，它们是一样的。”

朱莉挤到托马斯旁边，从我手上拿过那张纸看了看，却没说什么。

“为什么，雷？”托马斯问道，“为什么不见了？为什么就在你去纽约市勘察之后，它就不见了？”

我摇了摇头，无法理解。就在我去过那里后，就在我敲过那扇门、和邻居讲了几句话后，有人在过去的二十四小时里，上网把那个影像删掉了。

我感到一股寒意，不过并不是因为我几乎什么也没穿地坐在那里。

朱莉温和地碰了碰托马斯的手臂："好吧，这样吧，托马斯，从头开始，把你看到的和你所想到的全部都告诉我。"

39

周一上午，刘易斯·布洛克尔给霍华德·塔立曼拨了一通电话。

“解决了。”

霍华德正在那栋位于上城东边高级住宅区的公寓里，他说道：“等一下。”说着，他把手机放到厨房的花岗岩操作台上，双手撑在台面上。他已经几天没有睡觉了，他慢慢觉得自己的身体好像总是在发抖，就像他正走在一个一直都在轻微地震的世界一样。

这就是他一直在等待的电话。现在，他接到了，他得深呼吸，让自己平静下来。然后，他才重新拿起手机说道：“我回来了。”

“打开你的电脑。”

霍华德在一张吧台椅上坐下，打开放在吧台上的笔记本电脑。他在搜索引擎上键入了“旋转 360”的网址，一下子就看到了果园街的那扇窗户。

那颗头不见了。

“刘易斯。”他说。

“我在听。”

“我看到了，不见了。”

“是啊，她处理好了。”

霍华德很高兴，不过，他不打算称赞那个把这件事搞砸的女人。“麻烦吗？”

“有点吧。”

“有没有什么会反弹回来伤害到我们的？”

“没有。”

“那就好。其他事情呢？”

“她已经回到代顿去监视那个女人的母亲了，还在等那个女人的出现。而我也还在调查我们的访客是谁。”

“总算有点好消息了，”霍华德说道，“不过，我们还没能走出迷雾森林。”

“是的，”刘易斯接口道，“有任何消息，我都会立刻告诉你的。”

霍华德挂断电话，把手机滑到流理台的另一头，把头深深地埋入双手里。老天，才上午八点，他就需要喝上一杯了。他需要能量，今早，他和莫里斯·索奇克还有约。

莫里斯越来越担心，他想重新展开竞选计划。在延迟九个月之后，他坚定地宣告他将继续竞选纽约州长。

他在八月的时候暂时放下这份野心不是没有道理的。由于某件私人的事情当时被公开了，再加上另一个理由——他涉及 CIA 局长和恐怖分子的交易——一个他希望永远不会被爆料的事实，他不得不暂停竞选的计划。

此外，还有第三个他所不知道的原因。

很显然，莫里斯相信应该再也没有理由能阻碍他的政治生涯了。他已经浪费太多时间了。如果他知道有一个叫艾莉森·菲奇的女人还流浪在外的话——而这个女人又随时可能摧毁他——他也许就不会这么想了。

每天，霍华德·塔立曼都生活在那个女人随时可能出现的恐惧里。他甚至在每天早上起床前，就先用手机打开那个网页。然后在卧室里打开电视，转到 CNN（美国有线电视新闻网），在 CNN 和《今日秀》这两个频道之间来回转台，想象着沃尔夫·布利策对着镜头说：“现在播报 CNN 独家新闻。我们采访了一名躲藏已久而终于露面的女子，该女子指控莫里斯·索奇克和其身边的人企图谋杀她。她不只控诉纽约州检察总长企图杀害她，还揭发了检察总长涉及前 CIA 局长放弃起诉恐怖分子的不当行为……”

在霍华德的想象中，那也会是他把电视关掉、举枪轰烂自己脑袋的时刻。将和巴顿·戈德史密斯最终选择的做法一样。

在霍华德和莫里斯担心着莫里斯涉及CIA前局长和恐怖分子的交易会遭到公开之际，戈德史密斯也同样对此备感压力。他即将被传唤到国会委员会去出庭做证。到时候，一切都将曝光。

那天早上，巴顿·戈德史密斯很早就起床了。他走到位于乔治敦的家中后院，站在姹紫嫣红、一片欣欣向荣的花园里，然后把枪口塞进嘴巴，扣下了扳机。

上帝保佑他。霍华德自忖着。莫里斯的本性向来小心。“真可怕，”他在一场访问中表示，“真是一大损失。”不过，霍华德相信，莫里斯的心里一定感到无比欣慰。

因此，在戈德史密斯出局了以后，莫里斯就觉得原本的威胁已经被消除了。但是，霍华德知道一个更大的威胁依然存在。如果艾莉森·菲奇出现，还对外开口的话，所有的事都将浮上台面。霍华德不知道艾莉森·菲奇到底知道了些什么，也不知道她在巴哈马度假时听到布里奇特在手机里讲了些什么，但是她已经明白表示了她知道些什么。

迟早，艾莉森·菲奇会克服她对权势的恐惧。当检察总长或者为他办事的人下令锁定某人的时候，这个人因此而犹豫着要不要去报警是很正常的反应。不过，霍华德相信总有一天她终究还是会鼓起勇气的。

在这种可能性还没有被消除的情况下，霍华德绝对不允许莫里斯继续展开他的计划。但是，他得在不告诉莫里斯真正原因的情况下，还让莫里斯继续听从他的安排。

霍华德不能把真相告诉他。

霍华德*永远也不能*告诉他真相。

电话响起的时候，霍华德刚好坐在办公桌前。来电的是他的秘书阿加莎。“他到了。”她的话都还没说完，办公室的门就被打开了。

霍华德起身走到办公桌的另一边，伸出手。“嘿！”莫里斯握住他的手，紧紧地握了一下，然后走到霍华德办公室一角的吧台，倒了两杯威士忌。

“今早，我有一段很有趣的对话。”莫里斯说着，把其中一杯递给霍华德。

“跟谁的对话？”霍华德问道。

“布里奇特。”

“是吗？”霍华德说着，和莫里斯同时坐了下来，“你们谈了什么？”

莫里斯咧嘴一笑：“很多。你知道的，我们常常聊天。”

“我相信。”

“可是今天有点特别，她告诉我是时候了。”

霍华德喝了一口威士忌：“是吗？”

莫里斯点点头：“她告诉我，我要追随我的梦想，她叫我去实现梦想。她说，我已经等待太久了，她不希望我为了她再继续等下去。”

“嗯。”

“说句实话，她是我继续等待的唯一原因。霍华德，戈德史密斯这件事已经结束了。时报最后一次报道这个故事是什么时候的事了？那家伙的秘密已经随着他的死亡消失了。”

“还有其他人知道，其他在中情局的人。”

“他们不会说的，霍华德。为求自保，他们已经自成一个小圈子了。一切都结束了。”

“这一点我们永远无法确定。”

“那你的意思是什么？我们就永远不要往前走了吗？我们就不要重披战袍了吗？”

“我没有这么说，莫里斯。但是，我们还是要小心行事。我们不能失去我们一直以来的目标。莫里斯，你可以做到的。你知道的，不是吗？你可以到达那里，直通白宫所在的宾州大道。我知道的，我对你有信心。但是，如果我们太短视的话，就未必能成功。我们在做任何决定的时候，都必须考虑未来。”

莫里斯把酒杯从唇边拿开，放在他们之间的桌子上，然后低头看着自己的腿，沉默不语。

“莫里斯，你还好吗？”

“布里奇特还说了别的事。”他说。

“莫里斯，你真的以为……”

“她说她会原谅我。”他抬起头看着霍华德，“她是那么说的，说她会原谅我。”

“哦，那很好，莫里斯。可是，我看不出来这两件事有什么关联……”

“你知道那对我的意义吗？你知道我的罪恶感有多大吗？”

“我当然知道。上帝知道，我们已经熬过来了。我也告诉过你，你不需要有任何罪恶感。你不是唯一没有发现迹象的人，我们都没有。有些人，他们把问题留给自己，深藏在心里。”

“我还是想不通。我问过她，你知道的。”

霍华德咽了咽口水：“你问过布里奇特？”

“是的。我问她，当她出现在我面前的时候，我问她为什么。为什么她不和我谈谈？我们可以一起解决问题的。你知道她怎么说吗？”

霍华德闭上了眼睛，他不知道自己能承受得了多少：“她怎么说，莫里斯？”

“她要我不要自责。”

“那很棒啊，真的很好。”

莫里斯狠狠地瞪了面前这个好朋友一眼：“别那么油腔滑调的，霍华德，我不喜欢这样。”

“抱歉，莫里斯，我真的很抱歉。可是，莫里斯，我们不能根据布里奇特说的话就贸然有所动作。我们面对的是一个真实的世界。在媒体和联邦调查员的穷追不舍下，任何丑闻都有可能让我们摔个狗吃屎。”

莫里斯似乎听不下去了：“把布里奇特今天说的话和她在电话里告诉你的做个比较，就会发现两者大不相同。她对你说，我快要了她的命。她不是这样告诉你的吗？”

“你得考虑一下她说那些话时的状态。”

“如果她告诉你的时候头脑很清楚呢？”

“老天，莫里斯！”霍华德再也受不了了，“够了！”莫里斯靠在椅背上，仿佛被人推了一把，“你不能一直这样对你自己，你不能再这么做了。你得往前走。”

“你没有在听吗，霍华德？那正是我想做的，也是布里奇特希望的。你才是那个拖住我的人。”

“你应该感谢老天是我拖住了你。”霍华德不屑地回嘴，“当你和鬼魂聊天的时候，是我在处理那些现实的政治问题。”霍华德站起身，伸手指着莫里斯，“你需要等待，你太急着重回战场了。那些可恶的专家会怎么说，你知道吗？他们会说你这么快就把她抛在脑后了，你太不在乎了。”

莫里斯把眼光挪开：“两任老婆。”

“什么？”

“一个男人有一个老婆自杀就已经够惨的了，何况还是两个？那代表了什么？那说明了我怎么样？先是杰拉尔丁在车库里自杀，然后是布里奇特。”他痛苦地看着霍华德，“我到底是怎样一个怪物？”

“你瞧，”霍华德指出，“这就证明了你还没有准备好要重回这场游戏，你还需要时间疗伤。莫里斯，相信我。我是你的朋友，我以朋友的立场告诉你，现在还不是时候。”

是啊，我是你的朋友。霍华德自忖道，我派人去杀了你的勒索者，结果却杀了你的老婆。

有时候，布里奇特也会来找霍华德，但是她一点也没有原谅他的意思。

40

时值八月。

艾莉森·菲奇和往常一样上的是晚班，因此这个时间她通常都还在睡觉。不过，她今天却早起了。她接到了一通电话，现在她急着要离开。她换好衣服，准备出门。她得跑去楼下的围巾店。上周，她开了一张面额 123.76 美元的私人支票，向他们买了两条丝巾。“我就住在这条街上，就在你们店的楼上，”她告诉店家，“我常常来这里。”她还把身份证给他们看，除了她的驾照，她还给了他们自己的手机号码。柜台那个新来的女孩最终选择了接受。

支票被退了。

围巾店经理给她打了三次电话，最近的一次是十五分钟前。她告诉艾莉森，如果她在一小时内不带 123.76 美元的现金出现的话，她就打电话报警，说艾莉森欺诈。

事实上，艾莉森的皮包里还有不止五百美元现金。一群来自华尔街某家大公司的猪头交易员，昨晚在她工作的酒吧开了一场派对。他们在交易市场上大干了一票，因此前来庆祝。他们挥金如土，给了大笔的小费也不眨眼。此外，昨天稍早，艾莉森也曾从自动提款机提取了几百美元。有了这些现金，她估计自己隔天醒来大概就可以好好去享受一番了，也算是帮即将有大笔现金入袋的自己暖身。她觉得霍华德·塔立曼随时都可能联系她，安排下次见面。到时候，他就会把那笔现金交给她，以换取她封口了。

老天，当她让霍华德以为她听到了布里奇特和她丈夫的某些机密对话时，霍华德当时的表情简直就像吞了一个发酸的三明治。她只是觉得像莫里斯·索奇克那样的男人肯定会有什么秘密，而且可能会和他的老婆讨论。

如果她真的听到了他们的对话会怎样?

好笑的是，她根本从来没有听到过什么事情。不过现在，她很肯定自己将能拿到那十万美元。假装她听到了他们的通话，就像用来点缀在那个同性恋婚外情蛋糕上的糖霜一样，是她给这份交易画下句点的最后一笔。

所以，要付给围巾店 123.76 美元的现金也不是什么大事。付清之后，她就可以回家继续睡觉了。

她才刚把外套穿好、背上皮包，就听到门铃响了。

艾莉森按下对讲机的按钮："喂？"

"是我，我们需要谈谈。"

可恶，是布里奇特。

艾莉森让她进了楼下的大门，半分钟之后，布里奇特就来到了她家门口。

"嘿！"艾莉森在她走进厨房后把门关上。

"你和他说了什么？"

"什么？"

"你告诉霍华德什么了？你对他说你听到了什么？"

艾莉森举起一只手："听着，我们见了面，达成了某个协议，一切都没事了。所以，你不用担心。"

"你听到了什么？"

"我不打算和你讨论这个。还有，你听好了，如果有人要挑剔什么的话，那也应该是我。你应该对我诚实以告，你应该告诉我你真正的身份。"

"艾莉森，听我说，你犯了一个错误，你把霍华德逼得太过分了。"

"我们相处得很好，一切都很好。"

"不管他同意要给你什么，你得告诉他，仅此一次，不会再要更多的钱了。为了保护我丈夫，他什么事都做得出来。如果你够聪明的话，最好取消这次交易。我会告诉他，你不要钱了，他不需要用钱来让你闭嘴，你永远不会对任何人透露我们之间的事，你也从来没有听到过……"

"听着，这很有趣，不过我真的得走了。我得赶快到楼下去和那个说我欠他们钱的店员打交道。我会……大概五分钟就回来吧。你待在这里，随便坐。等我回来，我们再谈。”

“你得相信我，”布里奇特说道，“你会给自己惹麻烦的。”

“好，好，等我回来再说吧。”艾莉森把皮包的背带拉高到肩膀，快步出门走到走廊，一把将大门关上。

布里奇特在厨房里站了一会儿，然后在不安中走进客厅，一眼就看到了艾莉森睡的那张沙发床还没收好，上面的被单一团混乱。她从咖啡桌上拾起一本《时尚COSMO》杂志，看着封面上阿什莉·葛林的照片。随后，她发现这本杂志早已过期好几个月了，便又将之放回桌上。

布里奇特走到客厅的窗户边，俯瞰楼下的街道，望着来往的车辆。街角有辆车顶上装了一个可笑装置的车。那是一辆小车，也许是本田Civic，车顶上装了一个架子，架子上还绑了一根短竿，竿子尾端又连接了某种看似机械的东西。

布里奇特从窗边走开，不安的感觉依然在心里盘旋。她走进卧室，环顾着卧室里凌乱的被单。她缓缓地绕到床边的窗口前，静静地站在那里，透过窗户的玻璃，聆听着城市里传来的各种声音，任一股焦虑在心中蔓延。她再度责怪起自己，这至少是她第一百次责怪自己了。怎么会让自己陷入这段有损无益的关系？怎么会任由这段关系威胁到一切？不仅包括她自己，还包括她丈夫，以及丈夫的未来。

我真是个笨蛋。她暗自想着，不折不扣的大笨蛋。我拥有了一切，但是我自己把它丢掉了。我得控制住自己，不能冲动。那辆奇怪的车又绕回来了。那是什么……

她听到身后响起一阵声音。于是，她准备转身。

眼前的一切全部变成了白色。

她无法呼吸。

妮可处理完了。她从目标的皮包里取出了手机。正当她准备离开的时候，她听到大门被打开的声音。清理尸体的团队来得未免也太早了。她才刚刚打过电话而已。

那个室友。一定是那个室友。这时候，她应该在上班才对。可是，她竟然在白天回来了。

该死，该死，该死。

厨房里传来一名女子的声音：“布里奇特？”

布里奇特?

妮可这项任务的短信里只出现过两个名字：一个是她的目标艾莉森·菲奇，另一个是考特妮·沃玛斯，是和目标同住在果园街这间公寓的女人。

如果妮可刚刚杀了的女人叫布里奇特的话，那么，现在走进公寓的人可能才是她的目标。当然，也可能是考特妮·沃玛斯。

是谁都不重要，是小甜甜布兰妮·斯皮尔斯妮可也不在乎，她只在乎眼前这个局面的复杂度。

妮可打算绕过床边，在进门来的女子走进卧室之前，先让自己紧贴在墙上。然而，她还没来得及采取任何行动，那名女子就已经出现在卧室门口了。

刹那之间，她的目光从妮可身上挪到死者身上，然后回到妮可的身上。

就在那一秒之内，妮可看清了女子的长相。根据她之前拿到的照片，她认出了这名女子。这就是艾莉森·菲奇。她的身高、体形和死掉的那个女人几乎一样，连头发的颜色也差不多。

艾莉森·菲奇尖叫起来，随即转身逃跑。

妮可知道自己必须尽快行动，好让这个女人闭嘴，永远闭嘴。

清洁大队今天得做两份工了。他们别无选择。

妮可打算选择刚才进入卧室的捷径，直接跳过双人床，回到卧室门口。她想都不用想，脑子里就已经出现了接下来的步骤。左脚踩地起跳，右脚弹跳到床上，然后左脚跟在床的另一边落地。

这可以帮她节省整整一秒钟的时间。

艾莉森·菲奇才刚离开她的视线，正在穿过厨房跑向门口。妮可一踏上床，就立刻被凌乱的床单绊住了脚，结果失足滚到床垫的另一头，连同缠住脚的床单一起撞在了墙上。

她立刻解开床单，仿佛排除了障碍的短跑者一样冲出了卧室。然而，通往走廊的大门已经打开，她可以听到仓皇的脚步声传来，艾莉森·菲奇和她至少已经相隔一层楼的距离了。

情况不妙。

妮可一次跳下三级台阶地直冲到一楼，一直来到街上才停下脚步，向街头两边张望。

北边没有艾莉森·菲奇的身影。

南边也没有艾莉森·菲奇的踪迹。

妮可掏出手机联系了刘易斯。“你不会喜欢这个消息的。”她说。

刘易斯给霍华德打了电话，告诉他杀错人的事情。“那个菲奇已经逃走了，但是还有比这更糟的事——死的那个女人是布里奇特。”

“我的老天，”霍华德说道，“你说什么？布里奇特？她杀了布里奇特？”他几乎是用耳语的方式在说话，这样，办公室门外的阿加莎才不会听到，“该死，刘易斯，你不是说要用这种方法处理的吗？我听了你的话！你说你认识可以做这件事的人！我的天，布里奇特？”

“霍华德，你可以等一下再发泄。现在，我们得尽快思考。”

霍华德还想再骂些什么，但是他很快发现他们没有时间可以浪费了。刘易斯说得没错，他们得尽快采取行动。“她不能被人发现在那里，”霍华德说道，“不能被人看到布里奇特在那间公寓里。”

“我同意。”

“但是，她也必须被人发现。她不能就这样……消失。那会引起耗时好几个月的调查。”

“同意。”

霍华德火速地思考。他不知道布里奇特的尸体状况如何，也不想知道任何细节，除了一点。“有没有可能让这件事看起来像个意外，甚至自杀？”

刘易斯沉默了三秒钟：“也许可以。”然后又补充道，“莫里斯和布里奇特在城里有好几个住所。”

“是的。”

“我们需要找一间最容易进去的，一间没有装摄像头、没有警卫的住所。我有人手可以操作这件事，他们会打扮得像搬家工人。”

霍华德强迫自己专心想：“布里奇特自己的公寓，在她和莫里斯相识之前就已经拥有的房子，没什么人知道。那里没有警卫，我记得她说过，那里的摄像头只是做做样子而已，它们不会拍摄任何东西。每当有朋友到城里来找她的时候，她就会到那里去。钥匙应该还在她的钥匙圈上。”

“地址。”

霍华德告诉了他。

“好，”刘易斯说道，“我知道我们可以怎么做。我有她的手机，你在一小时内会接到电话，是布里奇特的手机打来的。你就在阿加莎面前接这通电话，然后当你接电话的时候，就假装在和布里奇特说话。”

“我不是白痴，刘易斯。”

“霍华德，让我说完。你接起电话，问她怎么了，她很沮丧，然后你就挂断电话。当阿加莎问你什么事的时候，你就说：‘布里奇特说，霍华德，我很遗憾，可是他快要了我的命。我再也不能忍受了。’你觉得行得通吗？”

“可以。”

“然后，你就给莫里斯打电话，告诉他，你很担心布里奇特，因为你接到她打来的一通奇怪的电话。”

“我知道了。”霍华德思索着有没有什么漏洞，“最好有留言。”

“我早就想到了。”刘易斯告诉他，“我在她的皮包里找到了一张她手写的纸条做样本。很容易，我以前做过。”

关于刘易斯，霍华德还有一些不了解的地方。虽然他此刻非常生气，但是刘易斯的能耐也让他感到庆幸。

“去吧。”霍华德说道。

刘易斯挂断了电话。

霍华德花了几分钟时间试图减轻压力。他把手压在桌上，身体靠回椅背，闭上双眼，希望能够去那个他可以好好呼吸的地方，但那个地方远在千里之外。

天哪。

他突然想到，阿加莎打算和朋友一起出去吃午餐。但是，他需要她留在这里，他需要她当他的证人。

“阿加莎，”他走到她的桌边，确定手机就在他的身上，“我需要你把过去六个月以来，我们对莫里斯进行的民调数字全部整合在一起。”

“所有的报告都在电脑里了。”她说，“我可以找给你看。”

“我知道，不过我要你做的是把这些统计归整成一页的报告给我。记得打印出来。”

“午餐之后，我就给你。”阿加莎说道。

“我现在就需要，越快越好。”

阿加莎瞄了一眼电脑屏幕上显示的时间：“好的，霍华德，我现在就做给你。我只是……我需要打一通电话，重新安排一些事情。”

“谢谢，太好了。”

他的手机就在这时候响了，就像一颗手榴弹在他的阿玛尼西装口袋里炸开了一样。他试着伪装内心的警觉，一派自然地掏出手机，看也没有看是谁打来的就将手机贴到耳边。

“我是霍华德。”

他预期不会听到什么声音，也准备说些想好的台词，诸如，布里奇特？你还好吗？怎么了？

手机那头却传来莫里斯的声音：“嘿，晚上还去吗？”

“莫里斯，嘿！”

“你忘记了吗？”

“没有，当然没忘。我们得谈谈。”

“时报没有办法进一步报道那个故事，不过他们一直在想办法。”

“同意。”他停了一下，“布里奇特会一起来吗？”

“不会。这整件事让她很焦虑，她最不想要做的事，就是还得在吃晚餐的时候听这种事。”

“她不是唯一有压力的人。”霍华德说道。

“我还是认为那个决定没有错。”莫里斯说道，“如果我需要再做一次决定，我的做法还是不会变的。如果事情曝光了，我还是会那样说。晚上见。”

霍华德把手机塞回口袋里，然后看着正在打印东西的阿加莎说道：“我很抱歉，你原本午餐有约的，是吗？”

“没关系的。”她回答。

霍华德转身走回办公室，却刻意没有关门。他试着让自己看起来很忙，以防阿加莎随时走进来。但是，他根本无法专注在任何事情上，因为他正在等那通电话，同时想着怎么会发生这种事。

他应该告诉布里奇特要远离那个叫艾莉森·菲奇的女人。他原本以为不需要多此一举，因为他完全没有料到布里奇特还会和那个女人联系。

他没有想到布里奇特会去艾莉森·菲奇的公寓，而且就在那个节骨眼上。

他的手机响了。

霍华德拿起手机，看了一眼来电显示：布里奇特。

“你好？”他说着从办公桌后面起身，经过阿加莎的桌子前。只见阿加莎正在把打印出来的纸张钉在一起。

“布里奇特，布里奇特，怎么了？”他站在阿加莎的桌子旁边说着。阿加莎似乎感觉到了一丝不对劲，于是停下了手边的工作。

“布里奇特，你没事吧？”他说着停了一下，“你在哪里？告诉我你在哪里。”

阿加莎的表情显得越来越关切，霍华德和她交换了一抹担忧的眼神。

“布里奇特？”他把手机从耳边拿开，“她挂断了。”

“怎么了？”阿加莎问。

“她有点语无伦次，说她很抱歉，什么莫里斯快要了她的命，她已经忍无可忍了。”

“她说什么？”

“这……听起来没什么道理。她听起来不像她自己。”他拿起手机，“我再打给她。”

他说着输入电话号码："她没接。快点，快点，可恶！布里奇特，接电话！"

"她说没说她在哪里？"

"没有。她还是没接电话。"他挂断电话，"我得打给莫里斯，也许他知道她在哪里。"

当然，莫里斯不会知道的。莫里斯也试着联系她。莫里斯、霍华德、阿加莎开始给布里奇特的朋友打电话，也试着去她最喜欢逛的商店，看看她有没有在那里，甚至还打到了她常和朋友及客户去的餐厅。

莫里斯不知道她在哪里，也不明白她告诉霍华德的话是什么意思。

一直到几小时之后，霍华德才想到可以去她的旧公寓找找看。他和莫里斯在警察抵达之前就先到了。

死因判定是自杀。

大部分人，当他们决定自杀的时候，都会选择比较传统的方式——服药过量、举枪自杀，或者跳楼。

警方认为，布里奇特·索奇克选择了一种不寻常的方式，虽然这种方式也并非从未听闻。（某些调查的核心人员表示，这种方法让他们想起了《尘雾家园》里由本·金斯利扮演的那个角色结束生命的方式。因此，他们怀疑布里奇特是从那部电影里得到的灵感，不过莫里斯·索奇克和布里奇特的朋友都不知道她是否看过那部电影。）

首先，她留了一张字条给她的丈夫。上面只有几个字："莫里斯，原谅我，布里奇特。"调查人员认为，这看起来的确像是她的笔迹。也许有几个小地方有点潦草，但是这个女人毕竟都要结束自己的生命了，哪里还在乎字体是否端正。

写完字条之后，她把字条放在公寓一进门的地毯上，然后从柜子里拿出一个装衣服的袋子套在自己头上，还用封箱胶带在脖子上缠了好几圈。法医调查员将会在她的手指上发现胶带的残留物。

趁袋子里还剩一点空气的时候，她躺到床上，用手铐把自己的手腕牢牢地铐在床柱上。如此一来，当她开始因为窒息而恐慌时，她也无法本能地扯开胶带、拉下头上的袋子。莫里斯说，他不知道她是从哪里弄到手铐的。不过，警方推测说她是用现金在一家用品店买来的——买手铐的目的是协助她终结自己的生命。

霍华德必须承认，这起自杀案件还是有很多疑点。一个双手铐在床上、头上套着塑料袋的女人？但是，现场并没有暴力或任何挣扎过的痕迹，也看不出有人曾经在那里，以及那张字条。

最具说服力的证据是那通从她的手机打给霍华德的电话。通信部门可以证明，那通电话确实是从布里奇特被发现的所在区域拨出的。阿加莎也会告诉警方，当霍华德接到那通电话时，她就在旁边，而且听到了霍华德说的话，布里奇特显然很沮丧。

霍华德告诉警方，电话那头绝对是布里奇特没错。他听得出她的声音，而且她的声音听起来不像遭人胁迫的样子，那通电话听起来不像假的。

每个涉及此事的人都知道这是个很敏感的案子，因为死者是检察总长的妻子，而莫里斯·索奇克将会通过霍华德运用他的影响力。由于所有的证据都显示这是一桩自杀案件，而非什么见不得人的丑闻，因此整件事情将不会对外公开。几天之后，媒体只是接到了一份告知布里奇特·索奇克“猝死”的声明。

这是“自杀”的暗示说法，不过没有任何细节被揭露。

莫里斯·索奇克因此暂缓了他的政治道路，也努力重整他的生活。

与此同时，警方也对看似毫不相关的艾莉森·菲奇失踪案展开了草率的调查。这个城市里失踪的人口太多，艾莉森·菲奇的母亲表示，艾莉森以前也曾消失过很长一段时间，不过通常当她需要钱的时候，她就会自动出现。

对室友的失踪感到恼火而非害怕的考特妮·沃玛斯——她认为艾莉森·菲奇消失必然是为了逃避债务——被一名自称为卧底警察的男子找上了门。男子告诉她，艾莉森·菲奇在白天的时候，曾经利用她们的公寓贩卖毒品。虽然考特妮向来都瞧不起艾莉森，但是这个消息还是让她震惊到无法相信，并且质疑如果艾莉森在贩毒，那么她为什么总是没钱？因此，这间公寓至今还受到警方的监视。“卧底”想转租她的这间公寓，好让这里看起来好像还在贩毒。为此，他可以帮她支付新公寓第一个月以及旧公寓最后一个月的房租，同时也愿意补偿艾莉森·菲奇积欠她的所有债款。

考特妮备感诧异，她不想牵扯其中，因此她接受了男子的建议。

刘易斯·布洛克尔很快就在那间公寓的门上安装了感应摄像头。

为了寻找艾莉森，妮可去了代顿。

莫里斯陷入哀痛之中。

霍华德每天都在怀疑自己会不会突然心脏病发。

结果，九个月后，一名拿着印有谋杀现场图像的男子出现在艾莉森的公寓门口。那张谋杀现场的图像全世界任何人都可以看得到，只要他们知道在哪里看的话。

41

朱莉建议道："好吧，让我们再从头来一次。"

我已经穿上衣服坐在托马斯床边，他也坐回了向来摆在三个屏幕前的电脑椅上。朱莉和我就像坐在老师面前等待老师宣布答案的小学生。

朱莉说道："托马斯在家里看到网上的照片，然后要你到曼哈顿的这个地址去看看。而你也去了，虽然你的心并没有跟着一起去，但是你还是和住在隔壁的某个女士说了话。"

"是啊。"我说。

"对你的调查完全不满意的托马斯则给房东打了电话，结果发现那里曾经租给两个女人，不过她们双双都搬走了。自从她们搬走以后，那间公寓就一直空着，然而某个叫布洛克尔的男子却一直在付房租。我说得对不对？"

托马斯点点头。"太好了。"他说着看看我，"她很棒。"

"继续说吧。"我告诉她。

"就在你那趟小旅程结束之后不出几天，'旋转 360'上的那张图像就改变了，"朱莉继续说道，"这实在有点让我想不通。"

"是啊，我也是，"我同意道，"不过，这实在不合理。我并没有告诉走廊上那个女人，说我在网上看到了什么影像。托马斯，你有没有告诉房东，你在电脑上看到那扇窗户的事？"

他摇摇头："没有。"

"那么，其中的关联是什么？"我问道。

朱莉一边思考，一边说道："你没有说你为什么到那间公寓去？你对那个和你一起吃午餐的人说过吗？你的经纪人？”

“没有。我没有对他提过任何事情。”

“有没有人跟踪你？”

我对朱莉翻翻白眼：“没有。”

她不怀好意地笑了笑：“好吧，这种猜测有点过头了。你回想一下你到果园街的那个时候。”

我叹了口气：“会议结束之后，我拦了一辆出租车直接到果园街，然后在距离我应该下车的地点北边还有好几个街口的地方下了车。我慢慢地朝南走，把视线所及的窗户、砖墙和所有建筑物的特征，一一和我手上的那张图像做比较，直到我确定找到了那栋建筑为止。那扇窗户外面的空调室外机和其他东西，都和图片上的影像一模一样。”

“你是怎么进到那栋建筑物里的？”

“刚好有人出来，所以我就溜了进去。我走上楼，敲了门，但是没有人应门。就这样。”

朱莉还在思考：“如果有人开门的话，你打算怎么说？”

“我在脑子里编了好几种说法，最后决定实话实说。我会告诉前来应门的人，我们在‘旋转360’上看到了这个影像，所以很好奇，想知道那是什么。”

托马斯闻言，失望地摇了摇头。

“所以，你一直都把那张图拿在手里？”朱莉说道。

“是啊，我想是的。”

“所以，那个走出建筑物的人看到了，那个邻居也看到了，还有所有经过你身边的人都看到了。”

“不……我不这么认为……该死。我偶尔会把它拿出来看，但是始终都会放回我的口袋，只是不确定何时放回去的。”

“所以，那个邻居有可能看到，”朱莉说道，“或者，某个你没有注意到的人。”

“也许，大厅里有摄像头，”托马斯突然开口，“你没有想到这一点吗？”

我生气地看着他：“没有，我没有想到。我为什么会想到？”不过，我想那并非没有可能，于是，我冷静下来才又说，“好吧，就算某个人刚好看到了我手里的那张纸，那又如何能和网上那个影像不见了扯上关系？”

朱莉回答道：“关于这个争议点，我们何不假设托马斯在窗户上看到的那个画面是……某件事情。某个人……”

“例如谁？”我打断她。

“让我讲完，好吗？我们假设那扇窗户边发生的事，是某个人不希望被人在网上看到的。所以，一旦他们发现那件事在网上被曝光，他们就得立刻把它删掉。你们想想，‘旋转 360’的摄影车所拍到的那些画面，可能涵盖了丈夫欺骗妻子、妻子欺骗丈夫等不为人知的故事。”

“可是，他们都会把人脸模糊化。”我指出。

“好吧，我们随便举个例子。你住在哈特佛，然后你想知道你家有没有出现在‘旋转 360’上，结果你发现你的高尔夫球友那辆林肯轿车居然停在你家的车道上，可是他从来没有来你家拜访过。而当那张照片被拍摄下来的时候，你的老婆那天刚好在家。或者，我们可以说你就是那个开林肯的家伙，你在你的朋友看到那张照片前先看到了。那你会怎么做？”

“我明白你在说什么了。”

托马斯插嘴道：“就好像我在波士顿看到那辆撞到别人车子的车一样。”他说着转向朱莉，“雷不肯处理那件事。”

“网上有各种乱七八糟的事情，如果你知道的话，准会把你吓死的。”朱莉回应道，“因此，当你拿着那张纸到处走动时，某个和这件事有关的人可能就得到了警告。”

“也许吧。”我承认道，“如果你说得对，而我的造访和那个影像的删除也确实有关，那么你又要怎么上网去把它删掉呢？”

“你可以入侵那个网站。”托马斯说道。

朱莉点点头：“听起来很合乎逻辑。不然还能怎么做？”

“我想也是。”我同意。

“也许可以打电话到‘旋转 360’，问问他们最近有没有人试图入侵他们的系统，”朱莉建议道，“想闯入他们的防火墙之类的。”

“你要从哪里开始？”我问，“你要给谁打电话？”

朱莉笑了笑：“你也许知道怎么画画，但涉及问问题以及怎么得到答案，你可就完全没有概念了。”

朱莉显然有这种聪明才智。然而，我不确定的是，我们是不是要做这种尝试。我们需要把自己扯进这件事吗？这么做会不会反而给托马斯惹来什么麻烦？我们已经引来了 FBI，难道我们还要让“旋转 360”的保安也找上门来吗？

不过，我把这些担心都放在自己心底，至少目前还不需要拿出来讨论，因为我还有其他的问题：“托马斯，再告诉我一次，你给房东打电话的时候，他是怎么说的？关于那两个曾经住在那里的女人？”

“他说，那间公寓去年夏末的时候就没人住了。我想她们两个不是姐妹或亲戚，她们的名字都不一样。”

“她们叫什么？”

“考特妮和奥尔森。”

“那是她们的名字？”

“我想是吧。那个房东的口音让我有时候听不懂他在说什么，我告诉过你了。”

“奥尔森听起来不像女人的名字，”朱莉指出，“他告诉过你她们的全名吗？”

托马斯转向他的桌子：“我记下来了。考特妮·沃玛斯和奥尔森·菲奇。”

“等一下，”那个名字似曾相识，“奥尔森·菲奇？”我最近是不是才听过这个名字，“托马斯，这里让我坐一下。”我说着把他赶下电脑椅，在他的电脑上开了一个新的窗口，然后进行搜索，就像我用父亲的笔记本电脑搜索果园街的报道时那样。

“等等……等等，”我喃喃自语着，“就是这个。我就知道我看过这个名字。托马斯，那个房东说的，有没有可能是‘艾莉森·菲奇’，而不是‘奥尔森·菲奇’？”

托马斯想了想：“也有可能。”

“好，这里有一篇报道，是关于警方发布的一份声明，说他们试图寻找一个叫艾莉森·菲奇的人。她就住在果园街，某日突然没有再去她工作的酒吧上班了。报道中只提及了这些，也没有后续的追踪报道。”

“那有可能就是窗边的那个人，”托马斯挨在我身边说道，仿佛他已经等不及要我把电脑椅还给他了，“一个被勒至窒息而死的女人，他们还把她的尸体给处理掉了。”

对一个从来不看电视犯罪节目的人来说，托马斯对犯罪情节的推测还挺快的。

“托马斯，”我接着说，“你何不坐回这里，让我和朱莉讨论一下该怎么处理这件事。”

“你们要回去继续吗？”托马斯问道。

我可以感到自己的脸瞬间红了，反倒是朱莉表现得很酷。“也许晚点吧。”她说，“我们得先谈谈这件事。”

托马斯已经重新坐回他的电脑椅上，继续探索看起来像是欧洲的某个城市。他似乎感觉到我的好奇，于是说道：“布拉格。”

朱莉和我很快回到贴满地图的走廊上。

“你有什么想法？”我问。

她绝望地摊开手：“我知道才怪。”

“我也是。”

我们下楼来到厨房。朱莉在找咖啡的时候发现了一罐速溶咖啡：“别告诉我你只有这个。”

我是只有那个。她一边在水壶里装水，一边说道：“你可以说我疯了，不过我想应该真的发生了什么事。”

“是啊。”我不情愿地认同。

“如果那不是恶作剧的话，为什么有人要把那张照片删掉？”

“同意。”

“那你打算怎么办？”

“怎么办？”

“我知道你说你没打算真的按照托马斯的要求给纽约市警察局打电话，但是此一时彼一时，你现在会打吗？”

“我之前没有打的原因，现在并没有任何改变。”我回答她。

朱莉看起来似乎很惊讶：“你说什么？那张照片被删除了，难道没有改变任何事吗？”

我提醒她关于FBI的事：“托马斯已经因为给CIA和比尔·克林顿发E-mail而被列在他们的黑名单上了。如果我们再给纽约市警察局或者普罗米斯瀑布市警察局打电话，那可能会引起一些注意，再度惊动FBI。等到FBI把我弟弟所做过的事公之于众，包括他曾经给CIA写信，报告他那个街道记忆计划的最新进度时，你觉得还会有人认真对待他所说的话吗？特别是当他宣称那张在‘旋转360’上的照片已经被删除了的时候？”

朱莉的肩膀瞬间沉了下来：“可恶。可是，我们不光有托马斯看到的画面，你也有那张稍早打印出来的图片，还有那个女人失踪的事实呀。”

“她有可能已经出现了。”我说。

“是啊，但是这一点我们可以查证。雷，我明白你犹豫的原因，也明白你担心警方可能会觉得这没有什么大不了的，但是我得告诉你，这件事让我觉得毛骨悚然。我知道我会怎么做。明天，我会打电话到‘旋转360’，和负责把影像模糊化的人谈一谈，问问他们最近有没有人侵入过他们的网站。或者，他们自己为了某些原因而更改了那张图片。”

“而你觉得我应该给警方打电话？”我说。

“我认为你应该这样做。”

我举起手投降：“好吧，我会给警方打电话。哪个警方？”

“纽约市警察局。”朱莉回答。

“我甚至不知道要打到哪个片区。”于是，我用父亲的笔记本电脑找到果园街应该属于第七区，然后把网络上显示的一个电话号码输入我的手机，“通了。”在等待电话被接通时，我告诉朱莉。

“你好！”当电话终于被接起时，我很快地说，“我需要找……我想我要找你们的探员。”

"是有紧急事件吗，先生？"

"不，不是。我是说，这很重要，但不是紧急事件。"

"等一下。"

几秒之后，换了另一个人接电话。一名男子粗声粗气地说道："我是辛普金斯。"

"嘿！我叫雷·基尔布赖德，我是从普罗米斯瀑布市打来的。"

"有什么事吗，基尔布赖德先生？"

"嗯，这件事听起来可能有点疯狂，不过麻烦你听我说完。我弟弟可能目睹了一宗谋杀或类似的事件。"

"你弟弟叫什么名字？"

"托马斯·基尔布赖德。"

"为什么是你打电话来，而不是他打的？"

"我想，他可能觉得我来打这通电话会比较好。"

"为什么？"

"听着，那不重要，而且他也不是唯一的目击者。"

"还有谁？你也是目击者吗，基尔布赖德先生？"

"大概吧。事实上，目击者可能有很多人，因为那宗犯罪事件的记录就在网上。至少，曾经在网上。"

电话那头的男子停了一下才说："我知道了。被杀的人是谁，基尔布赖德先生？"

"好吧，我不确定是不是有人被杀了，但看起来像是有人在一扇窗户边被杀了。而且，可能是一个叫艾莉森·菲奇的女人。"

"这是你在 YouTube 上看到的吗，先生？"那名警探问道，他的语气里已经充满了怀疑。

"不是，是在'旋转 360'看到的，你可以在'旋转 360'上看到。"

"我知道那是什么。你是在告诉我，你弟弟认为他在这个网站上看到了一宗谋杀案？"

"是的。听着，一开始的时候，我以为那是他自己的想象，可是……"

“你为什么会觉得那是他的想象，先生？”

“因为我弟弟有精神问题的病史，而且……”

咔嗒。

我看了看朱莉。

“你不用告诉我，”朱莉说道，“换作是我，也会挂电话的。你还能说得更糟吗？”

“我就说过，给警察打电话不是什么好主意。”

朱莉举起双手：“好吧，你说得对，是我错了。你不想卷入这件事，不想让托马斯惹上麻烦，我都可以理解。这件事与你个人没有什么利害关系，而且就算有人看到你拿了那张打印出来的图片，他们也不知道你是谁。”

“没错。我没有告诉任何人我叫什么名字。”

“是啊，”朱莉说道，“那你就没什么好担心的了。”

42

“让我再看一次照片？”柜台后面的女人说道。

刘易斯·布洛克尔把打印出来的影像再度递给曼哈顿下城一家画廊的前台。那是菲奇公寓门口那台监视摄影机所拍到的影像。这已经是他能从摄影机里捕捉到的最清楚的画面了，画面上是那个拿着“旋转360”的图片来敲门的男子。那张脸拍出来有点鱼眼的效果，但刘易斯觉得这张照片的清晰度应该足以让人认得出来。

那名前台的女子已经看过一次，并且说她不认识这个人，不过她决定再看一次。

“这个人做了什么？”

“信用卡诈欺，”刘易斯告诉她，“伪造证件。”

“哦，是啊，”女子说道，“那可是个大麻烦。”

刘易斯猜测，女子年龄大约三十岁。她的头发是纯黑色的，有着像莫提西亚·亚当斯[①]一般苍白的肤色，嘴上还涂着血红色的唇膏。她的耳朵上有好几个耳洞，右边的鼻孔上穿了一个鼻环，下唇也挂了一个唇环。刘易斯不禁怀疑，她身上还有多少看不见的洞，而且又都在身体的什么部位。

女子拿着那张纸，歪斜着头说道：“他的脸看起来有点肿。”

“那是摄影机镜头的关系。”刘易斯解释道。

“我不知道。我本来以为我可能认得他，不过现在我不确定了。”

---

① 莫提西亚·亚当斯：《亚当斯一家》电视和电影系列中的虚构人物。

“让我来告诉你这家伙都做了些什么。”刘易斯希望一旦女子得知这是个坏人以后，会比较愿意帮忙，他并没有确切地告诉女子他是警察，却把打开的皮夹在女子眼前晃了一下，让她以为他应该是个警察，“他从一般人身上盗取可用的信用卡号码，然后把那些个人数据输入新做的卡，再去疯狂消费几天之后，就把信用卡销毁。到时候，信用卡公司通常会注意到那张卡的消费习惯似乎不同于平常，于是就会警告真正的卡主，暂停交易。”

女子惊讶地摇摇头：“真是难以置信。”她的语气里有种赞赏，仿佛恨不得她也可以想出怎么做到，“我以为自从大家开始用那种芯片卡以后，这种事就不再发生了。”

“新科技只能挡住坏人一阵子，等到他们找出新的对策之后，新的犯罪行为就又开始了。”刘易斯说道。

接着，刘易斯告诉女子他相信该名男子曾经来过这家店，就在几天前的上午。

“当时我在，但是我不记得这个人了。”女子说着，望着另一头正在整理毛刷的一个高大的黑人男子说道，“塔里克，你有空吗？”

塔里克便走了过来，隔着柜台站在女子对面，刚好就在刘易斯旁边。

“这个警察想找这家伙，”她说，“我不记得这个人了，可是警察先生说这个人几天前的早上来买过东西。”

“他干了什么事吗？”塔里克检视着图片问道。

刘易斯只好从头再说一次。

“我们还是可以收到钱，”塔里克表示，“如果是伪造信用卡的话，那信用卡公司会自己赔偿卡主的。”

“我知道。”刘易斯告诉他，“但是，那并不表示你就不需要协助我们抓到这个家伙。”

“是啊，但是那对他并没有什么影响。”塔里克说道。

“你是什么意思？”

“我记得他，他是付现的。”

“付现？”刘易斯问道，他很疑惑，现在这个社会，谁还付现？

“我记得他买了一些喷枪需要的东西，还有一些马克笔。”

“你知道他是谁吗？他以前来这里买过东西吗？”

“我不知道他是谁，不过他以前来过，至少他是那样说的。他说每次他来纽约，都会到这里来。”

“他是从别的地方来的？”

“是啊。”

“他说过是哪里吗？”

塔里克摇摇头：“我想没有。我问他在不在我们的E-mail通信名单里，他说在。”

“我能看一下那个名单吗？”

“我想经理应该不会给你看的，而且那份名单至少有上万人。”

“他买那些喷枪设备要干什么？他是做什么的？”

塔里克想了一会儿，柜台后面满脸惊讶的女子则面露期待之色地看着他。“他说他是个插画师。不过，你知道的，外面有好几百万个插画师。哦，对了，他说他即将帮一个新的网站做点什么。”

“什么网站？”

“某个新的网站。我不知道。像《赫芬顿邮报》那样的政治性的网站。”

“赫什么？”刘易斯问道。他知道怎么上网，但是比起网络新闻，他还是比较喜欢看纸质报纸。

塔里克耸耸肩：“你知道，就是那个说话有口音的女人，她偶尔会上比尔·马厄的谈话类节目。”

刘易斯最讨厌那家伙的节目。

“但是，并不是《赫芬顿邮报》，而是另一个新闻网站？”

塔里克再度耸耸肩：“我只知道这么多了。祝你好运。”

刘易斯在街角的咖啡馆找了一个角落坐下，点了一份盐腌牛肉佐洋茴香小黄瓜和咖啡，然后给霍华德·塔立曼打了一通电话。

“你知道《赫芬顿邮报》那个新闻网站吗？”他问。

“当然，”霍华德回答，“怎么了？”

“你知道有什么类似的新网站要推出了吗？”

“我可以问问看。”霍华德又问了一次，“怎么了吗？”

“只是问问，你问到了就尽快告诉我吧。”

手机响时，刘易斯刚好喝完咖啡。“凯瑟琳·福特正准备推出一个那种新网站。”霍华德的声音从电话那头传来。

“我应该知道她是何方神圣吗？”

“当然。”

“好吧，我想，她可能雇用了我们要找的人帮她工作。”

“你有那个人的名字吗？”

“没有，不过我会问到的。你有她身边的人的联系方式吗？”刘易斯拿出纸和笔，记下了霍华德给他的几个号码，“你认识她吗？”

“我们彼此熟识，”霍华德告诉他，“不过，我不会透露我的名字的，因为她觉得我是个败类。”

刘易斯挂断电话，心想，也许这个凯瑟琳·福特很会看人，虽然他不认为如果福特见到他的话，会觉得他和霍华德有什么不同。

43

艾莉森·菲奇很想给她母亲打电话，想到心痛。

已经九个月了。艾莉森·菲奇不敢相信自己居然已经躲了这么久。她不是没有想过，甚至有好几次都拿起电话——不是她自己的电话，在她逃出她的公寓之后不到几分钟，她就把手机扔掉了——开始拨号。有一次，她在她临时打工的拉伯克餐厅女生厕所的工作间发现了一部手机。就在她拨到母亲家电话号码的最后一个数字时，她决定把电话放回原处。母亲家的电话遭到监听，甚至母亲的住所也遭到监视，都不是没有可能的事。她母亲没有手机，就算有的话，艾莉森猜想母亲的手机也会遭到窃听。那部刻画巴尔的摩毒品交易的电视剧[①]里不就有这样的情节吗？

当然，艾莉森也不确定是否有人在监听她母亲的电话。但是，假设有的话，经过了这几个月，他们现在还在监听吗？他们迟早都会放弃的，不是吗？

艾莉森可以想象这件事会让母亲遭受多少煎熬。没错，她以前也曾让母亲有过这样的不安。她十九岁那年，就在登机前几小时，她才通知母亲，她即将和在乐团担任电子钢琴手的男友前往乌拉圭一个月。而一直到她离开十天后，她才发现自己所在的地方是巴拉圭。此外，二十一岁那年，她的叔叔伯特送给她一辆车子——一辆老旧生锈的 Neon（倒也没有埋怨的意思）——结果她就心生前往马里布的念头。于是，她只在袋子里塞了几件衣服，就一

① 此处应指《火线》，又称《监听风云》，一部美国犯罪电视剧。

个人启程前往两千两百英里外的马里布了。五天之后，她临时决定顺路造访住在阿尔伯克基的表姐波希娅。波希娅开门看到她时不禁尖叫道：“哦，天啊，你得给你妈妈打电话！她给家族里的每个人打电话，以为你已经死了！”

然而，即便以艾莉森过去那些不负责任的行为标准来看，九个月也实在超出了可以忍受的范围。她没有办法告诉母亲这次的情况不同，让母亲知道她之所以找不到任何安全的方式通知母亲，并非因为她是一个不顾及别人、自私自利的坏女孩，而是因为她害怕只要她打了电话，就可能引来杀身之祸。

艾莉森决定，最好的方式就是先让母亲承受女儿失踪这个重大的打击，然后假以时日再活着出现在母亲面前，而不要为了让母亲安心就先打电话，结果反而害自己丧命。她突然觉得，她以前完全不考虑自己的行为会对别人造成什么影响，就某种程度而言，这或许反而是件好事。也许有了过去那些历史，她母亲这次可能比较不会担心。如果艾莉森是那种随时都会让父母知道自己身在何处的女儿，那么她一旦失踪，可想而知会在家里引起多大的骚动。

艾莉森希望事情可以如自己的想象那样，但是她打心底里知道不可能。她母亲一定已经急疯了。

在这次旅程中，她偶尔会借别人的电脑搜索一下关于自己的消息，看看关于她失踪的事是否还有什么新的报道。在她失踪之后，曾经有过一篇相关的报道，不过后来就几乎没有了。知道自己对这个社会原来是那么无关紧要，的确不是一种让人开心的感觉。就算她消失在这个地球上，她的头像也不会被印在牛奶纸盒上，以便呼吁大众协助搜寻。也许她的年龄太大了，不适合这种寻人的方法。

不过，新闻里却报道了布里奇特·索奇克的死讯。

哇!

虽然报道中没有提及什么细节，但是艾莉森所知的那仅有的细节就已经足够令她感到匪夷所思了。

“猝死。”是啊，那倒是真的，但也不全然是实话。

如果艾莉森之前还不确定逃跑和躲藏是不是最好的方法，那在看到布里奇特的报道之后，她就开始相信自己的选择没有错。如果他们连布里奇特那样的女人被杀都有办法掩饰的话，那他们应该没有什么做不到的了。

公开露面不是什么好的选择。当然，如果要公开露面的话，她就必须承认自己涉及勒索，不过她觉得那不是她需要担心的事。她担心的是，把她所知道的一切告诉当局，反而会为她惹来杀身之祸。

因此，她只能不断逃亡，从离开她那间公寓开始。

从艾莉森·菲奇看到卧室里发生的事情那一秒开始，从她目睹有人被派来——这再清楚不过了——杀她灭口，却误杀了布里奇特·索奇克那一秒开始，她就没有停止过奔跑。她以最快的速度跑到果园街上，路过的行人见状还以为发生了瓦斯爆炸。然后，她开始往南跑，因为她知道如果往北的话，她可能得花时间闪避五名挡住人行道、只为了分享一本富都旅游书籍的中年妇女。她在第一个街角转向西边，然后在下一个街口往北转，接着又往西。每到一个路口，她都选择转到不同的方向，只为了甩掉杀了布里奇特的那个女人。

她突然转到一家咖啡馆门口。在完全不知道自己身处何处的情况下，她走过柜台前时，喊了一声："中杯拿铁！"这样，就没有人会怀疑她为什么突然跑进来使用厕所了。她急切地寻找厕所的标志，本能地走下通往地下室那道狭窄的砖梯。她找到了厕所，试图开门，却发现门上了锁。

"等一下！"有人从门里喊道。

艾莉森站在楼梯的底端，盯着楼梯口，等着那个女人追上来。

一名男子从厕所里出来。她立刻闪身走进只放得下一个马桶和一个水槽的狭小空间，然后盖上马桶盖，坐了下来。她一边喘息，一边掏出手机。

她思考着应该给谁打电话。

当你勒索检察总长之妻的完美计划失败，反而遭到追杀的时候，你会打给谁？

好问题。

她看着手机，突然想到她的手机可能被用来锁定她的行踪。于是，她把手机的电源关掉，掀开马桶盖，毫不犹豫地把手机扔进了马桶。

快想，快想。

好吧，报警的风险太大了。她相信，他们可能会监视她母亲的住所。她也不能给她的朋友打电话，因为她已经惹毛了大部分朋友，就像她对考特妮那样。要不就是向他们借钱却从来没有偿还过，要不就是拿了别人的小费，甚至和朋友的男友上床。

所有的后路都被她自己断光了。

你真是愚蠢。她不禁自忖。

她的皮包里还有几百美元，足够她买张离开纽约的车票。一旦离开纽约，她就觉得已经够安全了，她再来思考下一步该怎么做。

厕所的门传来一阵急促的敲门声，让艾莉森的心脏加速狂跳了起来。

“喂！你是在里面吃比萨，还是干吗？”

她首先在匹兹堡落脚，如果在某个地方过上一夜也可以定义为“落脚”的话。她的巴士车票只把她带到了费城，从那里开始，她就一路搭便车。她决定一路往西，只要不朝着接近代顿的方向就可以了。逃亡的第一个晚上，她睡在哈里斯堡的一个公园里。翌日早上，她到麦当劳的洗手间里，尽可能地利用皮包里仅有的梳子、唇膏、眼线笔和睫毛膏，让自己看起来还能人模人样。毫无疑问，她需要工作。不过，首先还需要冲个澡。

艾莉森别无选择，只能来到流浪者之家。在那里，她吃了一顿饭，还洗了一个澡。她把皮包带进浴室，尽可能地放到水喷不到的地方，以免遭人偷窃。

她的信用卡一点用处都没有，其中大部分都已经透支。而且，她也知道，只要她一刷卡，他们就可以追踪到她。于是，她把所有的信用卡折成两半，随手扔进了垃圾桶。

要住在流浪者之家有个条件，那就是她必须帮忙工作。她选择了在厨房里帮忙，因为那是最接近她以前在酒吧的工作内容。她在那里待了将近一个星期，直到某一天，两名警察走进来问了几个问题。虽然他们问的问题与她无关——三天前有一名流浪者被殴打致死，警察是为了寻找这起案件的目击者而来，但是他们和艾莉森面对面地进行了问话。她担心如果自己的脸已经被列在某个失踪人口的档案里，而那两个警察某日刚好看到那份档案的话，他们就会记起曾经在哪里见过她。

是该拉大自己和纽约之间的距离了。

她的计划是继续往西前进，但那将会让她行经辛辛那提，这样就等于向代顿靠近了。如果她认识的某个人、某个也认识她母亲的人认出了她呢？她不想冒这个风险，因此她选择了向南。在换乘了几次便车之后，她来到了夏洛茨维尔市，一个美丽的大学城。不过，她并不是在大学工作的料，于是她在一家贴有“诚征帮手”告示的小餐馆找到了一份厨房的工作。

此时，她已经用尽了身上所有的现金，而餐馆的工资还不够她租间公寓住宿。餐馆的老板莱斯特告诉她，她可以睡在他的卡车上。那是一辆后座可以躺平的福特四轮传动卡车，她还可以用餐馆的卫浴洗澡。

在离开之前，她就这样在那里住了五个星期。莱斯特开始期待她会因为感激而提供给他什么特别的服务，但是艾莉森一点兴趣也没有，还丢了一颗正中莱斯特裤子的生鸡蛋，这才让他相信艾莉森对他完全没有兴趣。

于是，她又重新上路了。

她先搭便车到罗利，然后到阿森斯。在查尔斯顿饿了几星期之后，她继续往南，来到了杰克逊维尔。她计划在冬天来临之前抵达佛罗里达州，因为她既没有任何大衣和厚重的外套，也没有钱可以买冬衣。

在她越来越陷入窘境的时候，她偶尔会压抑住自己的本性，用最原始的方式答谢那些让她搭便车的男人，如果他们愿意给她几美元的话。没办法，该做的还是必须得做。

到了佛罗里达州坦帕市的时候，她在一家叫“椰子树荫”的汽车旅馆找到了一份打扫客房的工作。大部分客人到那种地方通常都是按小时租房的。这份工作不需要推荐人，不需要身份证件，也不需要有相关的工作经验。她说她的名字叫阿黛尔·法默。于是，年约四十五的旅馆经理奥克塔维奥·法墨沙就让她睡在储藏室的沙发床上，而没让她睡在他的卡车里。

艾莉森认为奥克塔维奥应该也会想获得什么回报，就像她所遇到的大部分男人那样，但是她错了。身为古巴后裔的奥克塔维奥是一个慷慨、正直的人，他的妻子萨米拉在去年死于肝病。因此，奥克塔维奥独力抚养他们七岁大的女儿，不过他并不喜欢把女儿带到工作的地方，因为汽车旅馆并不是一个适合小孩出入的地方。人们到那里去多半都只是为了性，所以，当奥克塔维奥到旅馆工作的时候，就由他的姐姐帮他照顾女儿。

“每个人都有需求，”他耸耸肩说，“你的需求就是能有一个安全的地方可以待下来，我也曾像你现在这样。”

有些时候，他会把午餐分给艾莉森。偶尔，在轮值晚班的时候，他还会从抽屉里拿出十美元给她，让她去附近的汉堡王买点东西回来一起分着吃。他们也会聊天。奥克塔维奥的父母还在古巴，他希望有朝一日能把他们接到佛罗里达来。“在他们老到走不动之前，”他说，“我希望他们能来看看他们的孙女。你呢？”

“我还剩妈妈，”艾莉森告诉他，“我爸爸几年前死了，我没有其他的兄弟姐妹。”

“你妈妈在哪里？”奥克塔维奥问道。

“西雅图，”她骗他说，“我有一阵子没有给她打电话了。”

“我想，她一定很想你。”他说。

“是吧，”她回答，“我也无能为力。”

“你让我想起我女儿。”他又说。

“怎么可能？她还那么小。”

“我知道，但是你们都需要母亲。你们都很悲伤。”

这整段经历——从逃出公寓到此刻住在坦帕市的过程——让艾莉森·菲奇有足够的时间进行一次又一次灵魂探索。

她的结论是：她不是一个很好的人。

她向来都倚靠别人过日子，却从来没有回报过别人，从她还住在父母家的时候就开始了。她总是先想到自己，她的欲望、她的需求。她开始自问：“什么样的人才会对自己的母亲说谎，好让母亲寄钱给她？什么样的人会用母亲寄来的钱去度假，而没有把钱还给为她垫付房租的室友？什么样的人才会把一段性关系变成捞钱的机会？什么样的人才会对人勒索？”

只有坏人才会。

很坏的人。

一个糟透的人。

那就是她。她不断地告诉自己，也许这就是她的报应，是她自找的。这再清楚不过了。如果不总是先想到自己的话，也许她就不会在这里，经过几个月的逃亡之后，落脚在坦帕市某个一星级的旅馆帮人换床单，还和奥克塔维奥分着汉堡吃。

真的是恶有恶报。

有天晚上，她在和奥克塔维奥聊天时问道：“你相信如果你做了坏事的话，到头来一定会受到惩罚吗？”

“在这个世界上吗？”他问。

“是啊，我想是的。”

他遗憾地摇摇头：“有时候会，有时候不会。我认识一些人，我认为他们一生中绝对需要因为他们曾经做过的事受到惩罚，但是并没有。你只能期望他们死后受到应有的惩罚。”

“如果活着的时候受到了惩罚，你会认为等你死的时候，一切就都没事了吗？”

“我不认为你是个坏人，”奥克塔维奥告诉她，“我相信你是个好人。”

她闻言哭了，哭了很久很久，哭到她觉得筋疲力尽。奥克塔维奥扶着她来到储藏室的沙发床上，坐在床边轻轻拍着她的肩膀，直到她疲惫地睡去。

他想帮助她。他相信不管阿黛尔·法默做了什么，她的母亲都会原谅她。

等他确定阿黛尔已经沉沉入睡了，才从她的床底下拿出了她的皮包。在她的皮包里，他发现了她的身份证，她根本不是阿黛尔·法默。她叫艾莉森·菲奇。

而她的母亲也不像她所说的那样住在西雅图。皮包里有一封发皱的信，一封她母亲在一年前寄给她的信。母亲在信里告诉女儿母亲非常爱她，希望她在纽约过得很快乐，但是她也可以随时搬回代顿。

代顿？

奥克塔维奥看了一下贴在信封背后的回信地址，记下了一些数据，然后将那封信连同身份证一起放回皮包，再把皮包塞回沙发床底下。他在网上找到了多丽丝·菲奇的电话。现在打这个电话已经太晚了——都已经过了午夜了，但是奥克塔维奥相信，无论现在几点，这个女人一定都想知道自己的女儿身在何处。

当他接通多丽丝·菲奇的电话时，他压低了声音告诉她这个消息，而多丽丝·菲奇的反应是几乎歇斯底里起来。

“哦，我的天，”她说，“我的天，她还活着。我不敢相信。她还好吗？她有没有受伤？她没事吧？让她听电话！让她听电话！我得听到她的声音。”

奥克塔维奥告诉她，他相信如果艾莉森知道他和她母亲通过电话，她一定会逃走的。所以，最好的方式是让多丽丝从俄亥俄州南下，过来给女儿一个惊喜。

尽管多丽丝·菲奇对这个消息震撼不已，却没有忘记保持警戒。因此她表示，如果奥克塔维奥不让她女儿听电话的话，她就需要其他足以证明她女儿确实在汽车旅馆工作的证据。

奥克塔维奥告诉她：“她告诉我，在她八九岁的时候，你会玩手指玩偶给她看。你会用手指演绎出《绿野仙踪》，她也一直很喜欢看。”

多丽丝·菲奇觉得自己几乎就要死了。

“我明天就搭飞机过去，”她迫不及待地说，“告诉我你那里的地址。”

奥克塔维奥把汽车旅馆的名字和地址告诉了她：“当你下飞机的时候，只要把旅馆的名字和地址告诉出租车司机，他就可以找到。”

挂断电话以后，奥克塔维奥对自己的做法感到很高兴，他做了一件好事。

阿黛尔——艾莉森——将会很惊讶的。

44

我预约了周一下午两点和达拉·库尔茨见面。达拉·库尔茨是葛雷丝之家的管理人，而葛雷丝之家则是专为潜在的精神病患所设立的住宅。我让朱莉留在家里。一整个早上，她都在打电话，试着找到“旋转360”相关部门的人谈话，但是没有什么进展。

位于普罗米斯瀑布市旧城区的葛雷丝之家，事实上是一栋很漂亮的维多利亚式三层楼建筑。芹菜绿的建筑物上有着姜饼屋一般的装饰，还有一道将房子两边都包围住了的阳台。这栋房子可能建于二十世纪二十年代，虽然位于街角，却拥有占地十分广阔的前院，以及沿着两边人行道展开的围篱。我在街上停好车，才走上车道，就看到一名头发稀疏、穿着牛仔裤和T恤衫的干瘦男子正在阳台栏杆上刷着白色的油漆。

“你好！”他向我打招呼。

“嘿！”我回应他。

“你得小心点。”他又说。

“什么？”

“你得小心点。”他重复道。

“小心什么？”我问。

他笑了一笑：“他们都是这样说的。”他对我眨眨眼，然后转身继续手边的工作。

我按了前门的门铃，一名五十来岁的女子立刻帮我开了门。“你好吗？”她问。

“库尔茨女士？”我问道。

她点点头。

“我是雷·基尔布赖德，我们聊过我弟弟托马斯的事。我想劳拉·葛林应该和你联系过？”

她再度点点头：“当然。”她透过脸上那副老花眼镜看着我。

如果她是个男人的话，我会说她剪了个平头——不过女式发型可能就另当别论了。她带我到了她的办公室，她的办公室就在大厅旁边的一间小房间里。多年以前，这里应该是栋庄严的建筑，不过看一眼就可以发现现在已经被改装成公寓了。一个穿着厚重外套的丰满女人正坐在通往二楼的楼梯上。室内和户外一样温暖，所以我无法理解她为什么穿成那样。当我走进办公室的时候，库尔茨太太只是面无表情地看着我。

“首先，谢谢你和我见面。”我说着瞄了一眼挂在墙上的心理学证书和社工证明，“我听过葛雷丝之家的一些好评。”

库尔茨太太笑了笑：“我们很努力想把这里做好。”

我很快地对她描述了托马斯的状况：“我想，托马斯在很多方面都是你们所谓的高功能，却没有办法一个人住，至少那是我所担心的。我们的父亲最近去世了，而托马斯的生活起居向来都是他在照顾。他负责做饭、洗衣、清扫房子，他并不怎么期待托马斯会做这些事。结果，我猜，正因如此造成了我弟弟变得很依赖他。但是我认为，如果给托马斯机会的话，他也可以做得很好。我父亲只是觉得自己做比较容易吧。然而，就算托马斯能自己处理三餐、自己照顾自己等，我也不认为他可以一个人处理好家里的事情。付账单、确定房产税都缴费了之类的，我不确定他自己可以处理得了这些事。而且问题是，他有一些奇怪的想法。”

库尔茨太太笑笑：“他在这里不会有问题的。你见过吉格了吗？”

“吉格？”

“他在前阳台刷油漆。”

“是啊，我见过他了。他说了什么要小心之类的。”

“那是因为我们都有可能是外星人伪装的。”

“哦，”我回应道，“我想，那还得感谢他的提醒。听着，我不知道劳拉有没有提过，我弟弟很专注在他的电脑上。”

“我相信她说过类似的话。”

“他一直都在那种可以探索城市街道的网站上。如果他住在这里的话，那会有问题吗？”

她摇摇头：“不会。事实上，很多住在这里的人都有电脑。那让他们可以和别人联系，也带给他们娱乐的功能。”她翻了个白眼，“虽然不全是我认同的那种娱乐。”

“托马斯曾经发过一些E-mail出去，结果后来给我们造成了一点小麻烦。”我告诉她。

“那种事是会发生的。”她说，“如果这里有人做这种事的话，我们就会短期剥夺他使用网络的权益。如果这种情况持续不改的话，我们就会直接拉掉网线。不过，这里大部分人都倾向于讨好别人，都很配合。”

她带我参观了葛雷丝之家。这栋建筑虽然老旧，却维护得很好。我在厨房看到一名住户正在把碗盘放到洗碗机里，另一个住户则坐在餐桌旁，安静地吃着果酱三明治。二楼有两间空房，其中一间的窗户可以看到外面的街道，另一间则可以看到后院。

“景观对托马斯来说不太重要，”我说，“你还是把最好的风景留给其他人吧。”

每间房间的大小约莫都是十二平方英尺，房间里都有一张床、几把椅子和一张桌子。每层楼都有两间卫浴设备。

“你得带他来看看。”库尔茨太太建议。

“是的。”我点点头，觉得有点不安。

一名女子向我们走来。她穿了一件看起来至少大了好几号的羊毛开衫、一件农妇裙，以及一双霓虹紫的塑料洞洞鞋。她顶着一头蓬松的长发，看起来相当焦虑。

她来到我们面前，对着我说：“你是雷·基尔布赖德吗？”

“是的。”我有点犹豫地回答。

她伸出一只手："我是达拉·库尔茨。"

我缓缓地握上她的手，然后看着帮我导览的女子，后者的脸上露出一丝狡猾的笑容。

新的达拉·库尔茨对我说："很抱歉，我被市政府的一场会议绊住了。"然后对着我的导览员说，"芭芭拉，你又捣蛋了。"

"很抱歉，库尔茨女士。"

"我稍后再找你谈。"

"好吧。"芭芭拉转过来看着我，"我希望托马斯能住到这里，他听起来好像很有趣。"

我在一小时后离开了葛雷丝之家。那个真的达拉·库尔茨和电话里一样热情，不过她问了几个更具体的问题，同时也希望我可以带托马斯过来看看。

就在我走近车子的时候，口袋里的手机响了。

"我找到了。"朱莉劈头就说。

"什么？"

"'旋转 360'的人一直把我的电话转来转去，那地方真的是一团混乱。"

我上车后，关上车门，一手拉过安全带系好："他们被黑客入侵了吗？"

"没有，可恶，不是的。他们的一名高层被杀了。"

"什么？何时发生的？"

"昨天。他和他老婆。"

"我们现在讲的是谁？"

"等一下，我记了笔记。好了，这个人的名字叫凯尔·比林斯，他的妻子叫罗谢尔。他们住在芝加哥的橡树公园，'旋转 360'的总部也在那里。他妻子的姐姐昨天晚上试着和她联系，但是怎么也联系不上她和她丈夫。家里也没人应门，他们的两辆车却都好端端地停在门口。所以，她就报警了，结果发现两个人都死在了地下室。"

"老天。"

"真的，没有开玩笑。"朱莉又说，"你猜凯尔·比林斯在'旋转 360'的职务是什么？”

“说吧。”

“系统里会自动把人脸和车牌模糊化之类的软件程序就是他写的。”

我正准备把车钥匙插入钥匙孔好发动引擎，朱莉的话却让我停下了动作：“我的天。”

“还有一件事，我刚从《芝加哥论坛报》的网站上看到，他们是从警察局的不具名消息来源得知这对夫妇是怎么死的。”

“说下去。”

“好。凯尔·比林斯是被刺死的，凶器是某种又长又尖的物体，也许就像冰锥那样。至于他的妻子——你现在是坐着的吗？”

“朱莉，拜托，你就快说吧。”

“她是窒息而亡的。雷，有人把一个袋子套在了她的头上。”

45

刘易斯·布洛克尔上网查看所有他能在线找到的有关凯瑟琳·福特以及她那个新网站的消息。她获得了很多投资，而且据说还找来了不少名人为她的网站宣传，她甚至还用重金挖来一名《纽约时报》的专栏作家。几个福克斯电视台和微软全国广播公司的名嘴，也已经同意成为网站的常客。如此一来，网站就会出现许多名流的八卦话题。除了这些和其他新闻网站类似的题材之外，凯瑟琳·福特还准备提供一些新的内容。她已经找来了两三名小说家——传闻斯蒂芬·金和约翰·格里沙姆都是她物色的对象——为新网站撰写系列小说，每周都会刊出新的连载，就像维克托利亚时代的报纸一样。消息中还提及这个网站将会采用动画的政治卡通人物，不过并没有暗示会由谁来制作。

刘易斯做了一些笔记。

他写下几个问题，思考着他要如何操作，然后从凯瑟琳·福特企业的公关部门找出了一个电话号码。

他的电话被转接到一名叫弗洛伦丝·海高德的女子那里。刘易斯不相信这是真名，不过她既然在那里工作，真名与否就不重要了。刘易斯表示，自己正以自由撰稿人的身份，帮《华尔街日报》写一篇关于福特女士新网站的报道，而他又对福特集结来的人才特别感兴趣。

“关于这个系列小说，”刘易斯说道，“我听说《达·芬奇密码》的作者也受邀撰稿。”

弗洛伦丝笑着说：“即便像福特女士这样具有雄厚资源的人，我也不确定她是不是能支付得起这位作家的费用。”

“如果她能付得起金和格里沙姆的费用的话……”

“我们还不确定这两位先生是否已经答应要为新网站做任何事情。”弗洛伦丝打断他。

刘易斯接着询问她：网站开始运营的日期；他们预期会有多少访客点击；网站是否需要付费才能使用；如果不需要的话，网站的收入是否全依赖广告。

他让接下来的问题听起来像是临时想到的一样：“那么美术人才方面呢？像这样的网站需要很多插画师吗？”

“肯定需要网页艺术家来帮网页构思一些概念，”弗洛伦丝表示，“需要出色的平面设计，不过一旦网站开始运营，它就会自成一格了。”

“所以，你们约聘的艺术家似乎不如作家那么大牌？”

“也不是。我们已经说过，我们会做动画的政治卡通人物。”

“你们有艺术家的人选了吗？”

“是的。”弗洛伦丝说道，“你对雷·基尔布赖德的作品熟悉吗？”

在她提及这个名字的时候，刘易斯已经在电脑的搜索引擎上找数据了。当结果出现的时候，他点击了屏幕上的影像。

屏幕上立刻出现了十几张邮票大小的图片。

“是的，我听说过他。”刘易斯说着，点击了一张刊登在芝加哥杂志上的纽特·金瑞奇的插画，作者就是雷·基尔布赖德，“他就是那个画纽特·金瑞奇的插画家，不是吗？”

“也许吧。他画过很多。”弗洛伦丝回答。

刘易斯又点击了其他的图片。这次，出现在屏幕上的是纽约头号罪犯卡罗·瓦尚的讽刺漫画，画中的卡罗还持枪对着自由女神像。刘易斯说：“我记得他还画过一幅那个头号黑帮的插画。”

“也许吧。”弗洛伦丝还是说着一样的话，“就像我说的，他出色的作品太多了。”

“哇！”刘易斯说着，点击了第二页的影像。

其中一张图片并非插画，而是一张照片。他再度点击，屏幕上出现了一名男子俯身在绘画桌上，挽起衣袖，手握喷枪，面带微笑地注视着镜头的画面。

这是一张取自某个艺术杂志网站的照片，旁边还有一篇关于住在佛蒙特州柏林顿的雷·基尔布赖德的短篇报道。

“你还在吗？”弗洛伦丝问道。

“是的，我还在。”刘易斯说着，把那张曾经给画廊员工看过的电脑打印影像拿到屏幕旁边比对。

“你还有什么需要知道的吗？”弗洛伦丝问道。

“没有了。我想我已经得到答案了。”刘易斯回答。

“你知道你这篇报道何时会刊登在华尔街新闻上吗？”弗洛伦丝问，“因为福特女士想要……”

刘易斯挂断了电话，然后直接在网上搜寻电话簿，结果找到了一个就住在柏林顿的雷·基尔布赖德的电话号码。

于是，他拿起电话，拨通了霍华德的电话号码。

“什么事，刘易斯？”霍华德应声。

“找到他了。”刘易斯说道。

46

奥克塔维奥·法墨沙无法决定应该怎么办。

他应该告诉艾莉森·菲奇——他现在不再认为她是阿黛尔·法默了——他已经和她在俄亥俄州的母亲联系了吗？告诉她多丽丝·菲奇今天就会飞来和她团聚吗？或者他应该什么也不说，让她有个惊喜？

尽管他怀疑艾莉森会对他生气，不过他相信她最终还是会很高兴的。没错，他是偷翻了她的皮包，还背着她联系了她母亲。但是，固执和自尊往往就是让家人分离两地的罪魁祸首，即便他们其实很渴望和对方相聚。自尊是很可怕的东西，奥克塔维奥自忖着，自尊妨碍了多少人的幸福。

他不告诉艾莉森的理由之一是，他想看到艾莉森见到母亲出现在旅馆那一刹那的表情。奥克塔维奥曾经看过很多电视节目，特别是《奥普拉脱口秀》，很多多年不见的家人或朋友都在节目中团聚了。他很喜欢看到那些人的表情，尤其是失散多年的儿子或女儿走上舞台拥抱亲人的那一刻。

奥克塔维奥必须承认自己是个有点感性的人。

他虽然很想对艾莉森隐瞒这个秘密，但是他又觉得身为她的朋友，自己应该对她诚实。在他们在一起工作的这段时间里，虽然很短，但是他们已经建立起了一种信任的关系。他们在一起聊天，奥克塔维奥对她十分坦诚，而艾莉森也用同样的态度对他。虽然为了不让奥克塔维奥知道自己真实的身份，艾莉森的确对他窜改了一点个人的细节。

她是一个遇到麻烦的女孩——这一点他已经知道了。打从他遇到她的那一刻开始，他就已经感觉到了。而遇到麻烦的女孩通常都需要母亲的陪伴。

翌日早上，当艾莉森醒来，从后面的储藏室走进办公室，还在搓揉着惺忪的睡眼时，奥克塔维奥就考虑要告诉她这件事。但是，他立刻又打了退堂鼓。艾莉森像每天早上一样，在办公室旁边的浴室洗完澡、换好衣服。等她准备就绪要上工时，时间已经是上午八点半了。

昨天晚上的生意并不是那么忙碌，只有八间房间有人投宿，而已经退房的也只有三间。住在这里的客人，如果他们真的整晚都在旅馆里的话，通常都不会太早退房。他们总是在房间里喝酒、唱歌，再加上性爱的话，就非得折腾到半夜才会入睡。而等到他们睡醒的时候，就已经是翌日上午十点、十一点，甚至是中午退房的时间了。如果他们到退房的时间还在睡觉，奥克塔维奥就必须去敲他们的房门把他们叫醒，因为他知道，他们不想多付一个晚上的费用，特别是那些常来的客人。

“我要从哪一间开始？”艾莉森问道。

“三号房、九号房，然后是十一号。”奥克塔维奥告诉她。

“好。”

“你睡得好吗？”

“我想是吧。”

“很好。”奥克塔维奥说道，“今天的天气看起来很好，天气预报说不会下雨。”

艾莉森没有应答，她从来都不在乎会不会下雨。奥克塔维奥相信，对这个女孩而言，即便天空没有云朵，每天也都在下雨。

“好，我想我要开始工作了。”艾莉森说道。

“早餐呢？你要吃点早餐吗？”

“我不饿。”她回答。

真是个可怜的女孩。奥克塔维奥想告诉她，想给她的生命带来一点阳光。

一直到一小时以后，他终于鼓起了勇气。

他在九号房里找到正在清洗卫浴的艾莉森。当他走进房间的时候，她正跪在地上清扫马桶。

“阿黛尔？”他差点就叫她艾莉森了。

“嗯？”她透过浴室的门看向他，顺手拨开垂落在眼睛上的发丝。

“我需要和你谈一下。”

“说吧。”她说着朝地上喷了一些清洁剂。

“不，你得暂停一下。”

她只好放下手里的清洁剂和清洁海绵，起身走到房间里的电视机旁边。

“我被炒掉了吗？”她问，声音里却没有一丝悲伤，有的只是一份认命的无奈。

“不是，你没有被炒掉。你是一个好员工，我不会解雇你的。虽然……”他的声音越来越小，“你可能不会想留下来。”

“怎么了？”

“我必须告诉你，首先，我所做的一切都是真心为了你好。”

“你在说什么？”

“我一直很担心……你那么悲伤。”

“奥克塔维奥，你做了什么？”

他低头看着破旧且沾有污渍的地毯：“昨晚，在你睡觉的时候，我去过你的房间。”

“你什么？”艾莉森瞪大了双眼，眼里浮现出一丝责备的神情。

“不是你想的那样！”奥克塔维奥防御地举起双手，“我什么也没做，可是……可是我看了你的皮包，而且……”

“你翻了我的皮包？”

“听我说，好吗？让我把事情告诉你。我发现了那封信，你母亲寄给你的信。”

“噢，我的天。”艾莉森咕哝了一声。

“我知道你不是阿黛尔·法默，不过我觉得这没什么关系，我并没有在批判你。”

“你怎么可以那样做？你怎么可以翻我的东西？”她的双颊涨红，呼吸开始加速了起来。

“等一下，等一下！”奥克塔维奥开始觉得这可能不是个好主意，但是他现在只能把一切都告诉她了，她必须知道，“我给她打了个电话。”

艾莉森瞪着他，眨了眨眼睛：“什么？”

“昨天晚上，我给你母亲打电话了。我告诉她你在这里，你没事。艾莉森，艾莉森，拜托，她……她很高兴。听到你还活着、听到你没事的消息，她简直要高兴死了。”

艾莉森推开他，立刻冲向门边。

奥克塔维奥在她身后大喊：“对不起！我很抱歉！”

她不知道自己还有多少时间。也许，只是也许，他们没有窃听她母亲的电话。但是，她必须假设他们窃听了。如果他们窃听了的话，如果奥克塔维奥在她昨天晚上睡着之后和她母亲通过电话的话……

这段时间已经足够他们派人到佛罗里达来了。

“不不不不不。”她气喘吁吁地跑进办公室。她得赶快把她仅有的几件衣服塞进她的背包，然后尽快离开这里。她不知道自己要去哪里，但是那并不重要，她只知道她必须离开此地。

立刻。

她冲进办公室，推开通往后面储藏室的门，然后跪在地上把皮包和背包从沙发床底下拖出来。

蓦然之间，她的腰际感到了一抹锥心的疼痛。

当天下午，当多丽丝·菲奇到达旅馆的时候，旅馆的停车场已经被警方的黄色胶带重重封锁了。

47

朱莉在家里和我碰头。我把车子开进车道时，她已经在她的车子旁边等我了。

“再跟我说一次。”我一下车就对她说。

她重复了一遍她稍早在电话里告诉我的事。“旋转 360”一个叫凯尔·比林斯的员工和他的妻子在他们的家里遭到了谋杀，他的妻子被套在头上的袋子勒到窒息而死。我无法不把这个和托马斯在网上看到的那个画面联想在一起。

我也无法不去想，设计出那个程序、把“旋转 360”上的人脸模糊化的人正是凯尔·比林斯。

“像那样的人就可以修改上面的影像。”我说。

“是啊，”朱莉说道，“我也这么想。”

“我不知道该怎么办，”我说，“你还没有告诉托马斯这些事吧？”

她摇摇头：“没有。我甚至不晓得他是不是知道我在这里。我想，这个消息应该会让他很激动吧。”

“我就觉得很激动，”我说，“你还有其他的发现吗？”

“我打算打几通电话询问一下艾莉森·菲奇的事，看看她是不是还在失踪的状态。”

“好。”我把手搭在她的肩膀上，“你知道你不用这么做的，你不需要被牵扯进来。”

“噢，好吧，”她面无表情地说道，“那我就走了，记得偶尔联系我。”

我笑了笑：“你为什么要做这些事？”

“我不知道，也许是因为好玩吧。”

我笑道：“对你来说也许是吧，但是我宁可不要这种好玩的事。那是你唯一的理由吗？”

她耸耸肩：“我有点喜欢你。我想，如果我继续帮忙，而事情又接二连三地发生，这会让我们之间的吸引力得以持续下去。”

“真的？”

“是啊。也许等我们哪一天又开始觉得浑身发烫的时候，我们终将把那件事做掉。”

“做掉，”我重复她的话，“我怎么觉得听起来像在喝汤。”

她笑笑：“我喜欢你，雷。我也喜欢你弟弟。我喜欢帮你们。而且，我得告诉你，如果托马斯真的在网上看到了什么的话，那可会是个大新闻。”

“原来你在利用我？”我说。

“是啊，是啊，我是在利用你。”她回答我，“我不只是想在性方面利用你，还打算在专业上利用你呢。”

“我猜我不介意。不过，我还是不知道该怎么做。报警吗？显然没什么效果。”

朱莉表示：“我知道，你做了，但是没什么用。可是，发生在芝加哥的事呢？应该有人听听这个故事了。”

“问题是要让对方在挂断电话以前，先听完整个故事。”

我伸出一只手搂着她。就在我们双双走向屋子的时候，我的手机响了。是哈里·佩顿的办公室打来的。

“嘿，雷！”爱丽丝说道，“我好像找不到你父亲的保险文件了，你那里有吗？”

我现在真的不想处理这种事。“能稍后再说吗？”我问，“明天可以吗？”

“好。如果是平常的话，我会说可以，但是我明天休假，而哈里明天要出庭。”

我想了想。“哈里在吗？”我问。

"嗯。"

"好吧。我等一下就来。"我挂断电话，告诉朱莉，"我有个想法。你要在这里等我回来吗？"

"我还能干吗？"她回答我，"我不过有一份工作罢了。"

十分钟之后，我已经在哈里的办公室了，手里拿着我父亲的保险文件。我是在厨房的一个抽屉里找到的。我无意冒犯，但是匆忙之中，我随手就把文件扔到了哈里的桌上。

"雷，你怎么了？"

"这就是你要的，对吗？"

"是的，这就是我要的。雷，说真的，怎么了？和托马斯有关，对吗？"

我强迫自己坐下来，觉得好像有人把咖啡直接注入了我的血管。

"差不多，不过也不完全是。我是说，一开始是和托马斯有关，但是现在却搞大了。我需要和你谈谈这个。"

他闭上眼睛，似乎在为自己做心理准备："说吧。"

我也得先深吸一口气："托马斯看到了一件事，在网上。他当时正在纽约的街道上探索，然后就在一扇位于三楼的窗户上看到了一个东西。"

哈里静静地听着我把整件事的来龙去脉告诉他，包括托马斯相信他看到的是一宗谋杀案、我的纽约之行、他给房东打电话、那个被删改过的影像，还有芝加哥发生的谋杀案，以及一名女子失踪了的事情。

"老天，"哈里听完说道，"这辈子第一次听到这种事。"

"我觉得我得报警，但是我已经试过一次，没什么效果。"

"哇哦，难以置信。"

每个人今天好像都是大聪明。

"是啊，警察根本不理我。"我说，"不过，现在已经到了我觉得自己应该做些什么的阶段了。我在想，你会不会有什么好的建议？我现在很需要一些建议。"

"我想，你的本意应该是好的。报警听起来似乎是对的，不过让我先问你几个问题。”他把屁股往前挪了挪，“首先，你怎么知道‘旋转360’不会定期检查他们公布在网上的照片？而且，如果他们的程序员发现了之前被他们忽略掉的东西，又会不会自动更改呢？”

我倒是没有想到过这一点：“我不知道。不过，如果你说的属实，我还是对在托马斯发现那个画面，以及我去那间公寓敲门之后没几天，那个画面就被改动了这件事感到很惊讶。”

“你也许是对的。可是，雷，那个影像有没有可能一开始的时候并没有在那里？”

“哈里，托马斯并不是凭空想象的。我自己也亲眼看到了，就在托马斯发现的那天。”

“我问的是，有没有可能是托马斯放上去的？”

这让我很惊讶：“什么？”

“你在托马斯的电脑上看到的那个影像，有没有可能是托马斯自己造假的，是他让那个影像看起来像是一个被勒死的女人？”

我都不用考虑这种可能性：“托马斯没有这种技术，也不知道怎么入侵‘旋转360’的网站去恶搞。”

“好吧，”哈里点点头，“但是，如果他可以在自己的电脑上更改那个影像呢？作假然后把图片插入之类的。后来，当你以为那张影像被修改过了，其实那反而是最原始的样貌，是托马斯恶作剧之前的真实图像。”

我缓缓地摇头：“我不……我不认为是这样。”

“除了托马斯的电脑，你在其他的电脑上看到过这张影像吗？”

这个问题再度问倒了我。“没有。”我摇摇头，“不过，那个房东确实说过，那间公寓曾经住过两个女人，其中一个还失踪了。”

“房东还告诉了你什么？”

“他没有告诉我什么，给他打电话的人是托马斯。”

哈里·佩顿没有再说什么。

“噢，拜托，哈里。你是想告诉我，房东说的话也是托马斯一手作假的吗？”

“我没有那样说，雷，只是……”

“房东告诉托马斯的那两个人名，确实和时报上的报道一样。”

“托马斯没有时报网站的网址吗？在他告诉你那两个名字之前，他没可能先看到过新闻吗？雷，我只是在问你警方可能问你的问题而已。”

我陷入椅子里：“不，不，不可能。事实上，我相信托马斯。也许那让我看起来像个傻瓜，但是我觉得他没有对任何影像造假。我也相信他确实和房东通过电话。还有，哈里，‘旋转 360’那个人发生的事也并非朱莉自己编造的。有两个人被谋杀了——两个和网站上那个影像有关的人。”

“我明白你的意思，雷。”

“是啊，我也明白你的意思。就算我把我们怀疑的事告诉警方，我所得到的待遇可能也不会比上次好到哪里去。”

哈里耸耸肩，同情地看着我：“听着，我不是说你一定错了。但是，如果你对托马斯的判断有误呢？如果——你要原谅我这么说——如果他看到的这个东西，是他和克林顿总统对话时，克林顿总统对他提起的呢？”

我用手抚过额头。一场暴风雨即将来临，我已经感觉到了偏头痛：“我很感谢你的缜密，哈里。但是，真的有事发生了。一定有什么方法可以让警方知道这个信息，他们得在否定任何事之前，听完全部的故事。”

哈里认真地考虑了一下才说：“我有一个朋友——巴里·达克沃思是普罗米斯瀑布市警察局的一名警探。也许，我可以用中间人的身份去找他。巴里认识我，也相信我。因此，如果我把一切对他说明，而他也觉得有什么值得去勘察的话，他就会自己来找你。或者他也可以给纽约市警察局打电话，他应该可以找到愿意听他解释的人。”

我喜欢这个主意。哈里有他的可信度，他是律师公会里值得信赖的一员。我可能无法让巴里·达克沃思听完这个故事，但是哈里可以让达克沃思在挂断电话或者把他扔出大门前，先听他把故事讲完。而对于其他的警局来说，达克沃思也同样是个具有可信度的人。

“是啊，”我回应道，“好的。”我突然热情地点点头，仿佛如释重负一般，“我很感谢你这么做，哈里。”

“没什么。”

于是，我站起身来，但是突然又停了下来。

“你还有什么事吗？”哈里问道。

“我甚至不知道要不要提这件事，”我告诉他，“可是，我父亲可能对你说过。”

“说吧。”

“托马斯对我说——我想想他的用词——他说的是类似‘发生在窗口的事’。后来，当他对我生气的时候，当他觉得我在纽约没有仔细调查的时候，他说我的态度就像我以前看到有人在窗口陷入麻烦时的反应一样。”

哈里紧抿双唇，几秒钟之后才说：“听起来他好像是在说他自己。”

“是啊，”我附和道，“还有一件事，莱恩·普伦蒂斯提到的事。”

“嗯？”

“我去纽约的时候，莱恩到过我家。他把托马斯惹恼了。当时，他想让托马斯离开家到外面去吃午餐，但是托马斯拒绝了，结果就稍微碰到了莱恩，打到了他。”

哈里瞪大了眼睛：“噢，天啊。”

“其实没有发生什么事，而莱恩也没有怪罪他。不过，莱恩说我父亲告诉过他，托马斯曾经把父亲推下楼。而当我和托马斯提起此事时，他也多少承认了。”

“你父亲从来没有对我说过这件事。”哈里表示。

“托马斯说，当时我父亲试着对他说抱歉，是一件发生在托马斯十三岁那年的事情。但是，托马斯说他不想谈那件事，他就是在那个时候推了我父亲一把。结果，我父亲背部着地摔到了楼梯下。”

“天哪。”哈里咕哝了一声。

“然而，我父亲没有生气，托马斯是这么说的。父亲说，如果托马斯不原谅他的话，他也可以理解。”

“你问过托马斯是什么事吗？”

“我试过了，但是他不肯说。”我告诉他，“等时机对的时候，我会再试试看的。我父亲可能对托马斯做了什么在这么多年以后他还觉得需要道歉的事。”

我看到哈里往时钟上看了一眼。

“真抱歉，”我对他说，“我就像上演了一集《地球照转》这样的肥皂剧一样。谢谢你宝贵的时间，哈里。”

当我的手机响时，我正走向我的车子。

“是我。”朱莉的声音传来。

“你还在我家？”

“是的。”

“托马斯还好吧？”

“嗯。我上楼去，叫他到‘旋转360’去找我妹妹坎迪丝住的地方给我看。我只需要告诉他那个地方在纽约以及那个地方的地址，他就可以找到了。”

“什么地方？”

“她经营着一家蛋糕店，专门卖杯子蛋糕，就在格林威治村。她就住在店铺楼上。”

“哪家蛋糕店？总是大排长龙的那家店？在《欲望城市》里出现的那家？”

“你也看《欲望城市》？”

“噢，看过几次。”

“不是那家杯子蛋糕店，是另一家。总之，他很轻易地就在西第八街找到了。如果你哪天想去的话，我可以告诉你店名叫‘坎迪的店’。好啦，律师那里还好吗？”

我告诉她，哈里·佩顿打算在警方和我之间扮演中间人的角色。

“听起来不错，”朱莉说道，“我知道达克沃思，我曾经好几次引用过他说的话。听着，雷，”她的语气突然变得很严肃，“我又发现了其他事情。今早，我针对艾莉森·菲奇的新闻又做了一点搜索，结果什么也没有发现。所以，我下午用你父亲的笔记本电脑又搜寻了一次，结果发现了新的消息。”

“是吗？”

“是的。只是一则关于坦帕市的简短报道，一个同名同姓的女子被发现死于坦帕市的一家旅馆里。”

又来了，不会吧？每次朱莉开始搜寻和这团混乱有关的人，这些人就……

“你在听吗，雷？”

“嗯，嗯，我在听。”

“我可以告诉你一件事吗，雷？”

“当然。”

“我觉得这整件事真的太诡异了。”

48

“你好？”

“托马斯，我是比尔·克林顿。”

“嘿！”

“你好吗？”

“我很好，长官。”

“托马斯，我要提醒你，你对我们而言是多么有价值。你知道黑色行动是什么意思吗？”

“就是指秘密任务吗？”

“没错，就是指CIA和其他政府情报单位所执行的秘密行动。”

“噢。”

“当我们在实际执行黑色任务的时候，执行任务的探员有可能会遇到麻烦，而必须在仓促中逃走。那就是你如此重要的原因，不只是因为在线地图有朝一日会全数消失，或者可能会发生地震或飓风之类的大灾害。所以，你不知道我们什么时候会给你打电话，向你咨询逃跑的路线。”

“我了解。”

“我给你打这通电话的原因是，你不应该谈论过去在你身上发生的某些事。否则，CIA的人会对你失去信心。谈论那些事会让你显得软弱，或者让你看起来像是在告密，那就更糟糕了。你明白吗？”

“我明白。”

“很好，很高兴听到你这么说。”

“我可以问你一件事吗…… 比尔？”

“你说吧。”

“我哥哥和我，呃…… 主要是我，我们前几天谈到有关外星人的事。我就在想，当你还是总统的时候，你知道不知道罗斯威尔究竟发生了什么事？那里是不是有宇宙飞船？”

“托马斯，等你成功地完成了你的任务后，我会把一切都告诉你。”

49

妮可上午从佛罗里达给刘易斯打电话，告诉他任务已经完成。刘易斯则要她尽早搭飞机返回。她找到了艾莉森·菲奇，而他则找到了去艾莉森·菲奇的公寓敲门的那个人。他们将要一起找到他，那个叫雷·基尔布赖德的人。

"找到他？"妮可问道。

"我们得知道他到底知道些什么，以及他为什么到那里去。我的雇主要和他谈谈。"

"无所谓。"

"你不要飞到纽约去，"刘易斯告诉她，然后给了她一个接近他们可以找到雷·基尔布赖德的地点，"我现在就在过去的路上。"

"好。"她说完便挂断了电话。

刘易斯随即联系了霍华德·塔立曼。

"找到她了，她已经不再是问题了。"刘易斯说道。他觉得和霍华德讨论这种事很安全，因为霍华德有名保安专家，每天早上都会到他的办公室检查那里有没有遭人安装窃听装置。

"真是如释重负，刘易斯。"

"我现在正在往北前进，好去处理另一个问题。"

"现在要放轻松还嫌太早。"

"同意。"刘易斯表示。

"我们得知道雷·基尔布赖德为什么会有那张打印的图片，也必须知道他为什么去那里。你有任何理由相信他不单纯只是个插画师吗？"

“他是个插画师，就那么简单。”

“不是所有人都像外表显示出来的那样，刘易斯。”

“我知道。可是，自从我发现他就是我们要找的人之后，我就仔细调查过他了，我甚至还有他的社会安全号码。他的信用卡账单还有五十四元没缴，他的生活很节俭。他还有房贷要付。去年，他对 IRS（美国国税局）申报的所得是 73,675 美元。他开的车是奥迪 Q5。过去十年里，他吃过四张超速的罚单。除此之外，他没有什么违法记录。他从来没有结过婚，只有一个和他父亲一起住在普罗米斯瀑布市的弟弟叫托马斯。你觉得他听起来像 CIA 的卧底吗？”

“不。但是，一个靠画那些蠢画为生的人，为什么会拿着那张打印的图片出现在一个谋杀案的现场？他是在网上不小心发现了那个影像，然后才开始调查，还是他去找那个影像之前，就已经大概知道那里发生了什么事？不管是哪种可能，都让人很困扰，尤其是第二种可能。没有什么插画师会那么做的，私人侦探倒还有可能，或者 FBI。”霍华德停了一下，仿佛在酝酿自己的下一个想法，“CIA 也有可能。”

“霍华德，我已经把我所知道的都告诉你了。等那个家伙站在你面前的时候，你想怎么问他都可以。我要起飞了，我在那里租了一辆车。”

“随时保持联系。”霍华德说着，结束了这段对话。

霍华德一直都知道，即使戈德史密斯已经死了，但戈德史密斯的问题还是可能再回头来咬他们一口。可是，CIA 真的会出现在果园街吗？那就表示情报单位里已经有人知道了一切。

有没有可能是那些同样涉及戈德史密斯案件的人，在戈德史密斯死后，为了自保，而想把他们的问题全推到莫里斯身上？可是，就算这样，他们又怎么会把莫里斯和果园街连在一起？他们一直都在注意布里奇特吗？他们知道布里奇特和艾莉森・菲奇的关系吗？那可能就会让他们留意网站、那个影像，以及……

这似乎扯远了。

然而，有些事实却很清楚。这个叫雷・基尔布赖德的人出现在艾莉森・菲奇的公寓门口，似乎就是被网上一张布里奇特・索奇克遭到谋杀的影像所吸引过去的。

霍华德觉得自己应该和莫里斯谈一谈。在不告诉他关于艾莉森·菲奇、雷·基尔布赖德，或者在果园街发生的事情的情况下，先提醒他几件事，因为莫里斯至今还不知道他的妻子究竟是怎么死的。

她不是自杀，而是遭到了谋杀。由于莫里斯最好的朋友采取了一项行动，结果直接导致了她的死亡。

莫里斯在电话响第三声的时候就接了起来："我正要去和市长共进午餐，什么事？"

"我一直在思考你说的话，莫里斯。关于你觉得时候到了的事。我知道你认为我没有在听你讲话，但是我在听。我知道你的感受。"

"你早该这么说了，霍华德。我一直都在怀疑你最近好像变了一个人似的。我还在猜想，我认识的霍华德发生了什么事，那个喜欢抓住机会、搅乱一池春水的霍华德。"

"我不介意搅乱一池春水，但是我不想让你也蹚入浑水。"霍华德说道，"这就是我这阵子一直小心翼翼的原因。你是我的朋友，莫里斯。你要知道，我所给你的任何建议都是先以一个朋友的立场来提醒你的。"

莫里斯等了一下才回应道："好吧。"

"我一直在想你要怎么往前走的事，而我认为，牵绊住我们唯一的原因就是我们对戈德史密斯案件的不确定性。"

"没错。"

"我需要在某种程度上感到那件事已经结束了，莫里斯。"

"我同意。事实上，霍华德，自从戈德史密斯——可怜的家伙，愿上帝保佑他——自杀以后，我就觉得风险已经降低了。被贴上卖国贼标签这种丑闻远远超过他所能承受的范围，而且也完全不公平，他最担心的永远都是美国大众的安危。"

霍华德停了一下才说："莫里斯，你觉得情报单位里会不会有人因此要监视你？"

"我不确定我是否明白你的意思。"

“我们来做个假设，如果 CIA 派人监视你，只是假设，他们的动机会是什么？”

“我能想到的唯一的原因就是，那些亲近戈德史密斯的人，那些知道他在做什么的人，那些他的共犯，会担心我可能出面公开一切。但是，他们也应该知道，这种做法对我来说，无疑是一种政治自杀。”

霍华德同意这个说法：“你认为，早在一开始的时候，早在戈德史密斯自杀前，他有没有可能就已经叫人监视你和……我不知道，甚至布里奇特？”

“他们为什么要监视我和布里奇特？发生了什么我不知道的事吗？”

“当然没有。你知道我对你向来知无不言。”

“这不是真的，霍华德。你只告诉了我必须要知道的，至于我最好不要知道的，你从来不会告诉我。”

霍华德不得不同意：“我要说的是，在你重回这场游戏之前，我们必须先想象一些情节——也许是一些不可能发生的情节，然后想出如何处理的策略。”

“同意。不过，这些都是无稽之谈。听着，忘了戈德史密斯的事情吧，不会有事的。而且，当我们枯坐在这里等着要确定事情已经过去了的时候，我们其实只是在浪费宝贵的时间。我们现在就需要坐下来，计划接下来的行动。我们得决定我们的关键人物，哪些人是我们要用的。我们得开始研究对手的弱点。老天，霍华德，我根本不需要对你说这些，因为你就是研发出这些策略的人。”

“我知道。”

“我们今晚聚聚吧。”

霍华德知道那是什么意思。这么多年来，相聚在午夜之后，一直工作到天亮，研究出不同的战斗策略。那向来是他们的惯例，他们的辉煌战果就是在无须担心任何干扰的情况下谋划而来的。

“好的。”霍华德答应道，“我们就这么做吧。”

“很好。晚点再聊，朋友。准备好那些拳击手套吧。”

于是，莫里斯挂断了电话。

霍华德希望在今天晚上见面前，他就可以从雷·基尔布赖德那里得到答案。

当刘易斯的手机响时，他那班往北飞行的短途班机已经开始登机。

“你好！”刘易斯接起电话。

“我知道你一直在找我。”一名男子的声音传来。

“维克托，”刘易斯说道，“谢谢你打来。”

“有什么事情吗？”

“是关于你一个前任员工的事。”

“活着的还是死了的？”

“活着的。”

这缩小了维克托需要猜测的范围，因为脱离他的手下寥寥无几：“好吧。”

“我找她服务，结果她犯了一个很大的错误。”

“是吗？”

“那对我造成了很严重的影响。她正在解决她自己造成的问题，不过等问题解决之后，我得好好处理一下这件事，以维护我的声誉。”

“我明白。”

“不过，我觉得基于礼貌，我需要让你知道我要采取的行动。如果你反对的话，我就不会那样做了。”

“换成是我，我也会那么做的。只是，我比较软弱。”维克托说道，“我带她入门，待她如女儿。但是，她是怎么感谢我的？她离开了我。你要怎么做，我都没有意见。”

“谢谢你。拉斯维加斯现况如何？”

“带小孩来玩的人太多了。”

刘易斯道别后收起电话，很快就登上了飞机。

50

进屋之后，我对朱莉说：“我们去散步吧。”

于是，我们走到后院，沿着斜坡来到了小溪旁边。

“我给坦帕市的警方打了几通电话，”朱莉说着，拍了拍塞在牛仔裤前口袋里的手机，“看看能不能查到关于艾莉森·菲奇的消息。”

我点点头。

“你有点安静。”她说。

“我正在想哈里说的一些话，关于托马斯的话。”我把哈里怀疑托马斯可能捏造了某些事的想法告诉了她——网上的影像是作假的，和房东通电话也是假的。

“你觉得他真的捏造了这些吗？”她问。

我犹豫了一下：“我不知道。我不这么想。我是说，托马斯相信一些我们知道并非真实的事，但是他是真的相信确有此事。例如，在线地图会消失、和克林顿的对话之类的。但是，有些事情完全不是捏造的。发现芝加哥发生了什么事的人是你，然后你又发现了佛罗里达发生的事。”

“托马斯会不会是故意对你说谎？”

我从来没有想过这一点：“我想也不是没有可能。但是，我问他关于我父亲的事，就是他在楼梯上推我父亲的事，他承认了，虽然这些不是他主动告诉我的。”

“他把你父亲推下楼？”

我摇摇头，仿佛我现在没有力气谈这件事情：“当托马斯不想告诉你某些事，或不想坦白说出来的时候，就会保持安静、拒绝说话。”我停下脚步，看着小溪里的流水潺潺流过，“他对葛林医生说了谎。他说他和我一起看电影，但是事实上他并没有。我想，他只是不想和她多聊。天哪，我真的不知道。”

“你打算和他谈谈吗？”

“我会试试看。另外，就像我告诉你的，哈里认识一个在普罗米斯瀑布市警局工作的警探。他会把这一切都告诉那个人，这样，我就不用烦恼要再给其他的警察打电话，把自己弄得像个傻瓜一样。”

“很好，”朱莉说道，“达克沃思是个好人，他不会本能地讨厌记者。”

我继续说道：“还有一件事很困扰我。”

“你说。”

我张开双臂，指了指我们的所在之处：“这就是事发现场，就是我父亲死亡的地方。”我指着山丘，“割草机就是在那里翻车的，然后一路滚到了这里。这就是托马斯发现我父亲的地方。”

她抱住我的手臂：“很遗憾。”

“我想了很多关于他们的事。我是说我父亲，还有托马斯。托马斯告诉我，他们在楼梯上发生那次意外，起因是发生在他十三岁那年的某件事——某件他不想说的事。根据托马斯的说法，我父亲试着向托马斯道歉，说他了解托马斯为什么不肯原谅他。”

“托马斯没有说那是什么事吗？”

“他不告诉我。可是，”我迟疑了一下，“不只是这样。”

朱莉看着我，等着我往下说。

“我没有把这件事告诉过任何人，可是我父亲的笔记本电脑有点奇怪。”我告诉她我在网上搜寻的历史记录里发现的事。

“童妓？”

“嗯。”

“是有点奇怪。”

“是啊。”

朱莉用力地摇摇头：“我不了解你父亲，雷。你为什么要担心这件事？你觉得他对什么诡异的事感兴趣吗？”这个暗示开始扩大，“老天，你该不会以为你父亲在托马斯小的时候侵犯了他吧？你认为那就是他为什么会说，如果托马斯不原谅他，他也可以理解？”

“这种说法太草率了，就这样把事情拼凑在一起，”我说，“但是，在没有任何实证的情况下，你的脑子不免会开始乱想。”

“你父亲，对你，有没有……”

“没有，”我打断她，“绝对没有。”

“那就应该不是了，”朱莉总结道。我喜欢她这种即便不认识我父亲，也会帮他辩解的态度。“还有其他事吗？”朱莉问道，“我可以看得出来，你心里还有其他的事。”

“没……没什么。”

“告诉我。你把那么多事都压在自己身上，却没有和别人好好谈过。到底是什么事？”

我缓缓地摇摇头，望着地面：“我觉得我父亲死的方式有点好笑。”

“怎么个好笑法？”

“就好像……好吧，他们说他是在这里的山丘边缘翻倒的，也许真的是这样。”

“那么，问题在哪里呢？”她问。

“他们一直没有把割草机带上来，而让割草机一直留在溪边。割草机当然不是翻过来的，因为托马斯在急救人员赶到之前，就把割草机从父亲身上推开了。”

“好吧，我还是不明白。”朱莉表示。

“我来到斜坡下面，想看看割草机是不是还可以发动，这样就可以把它弄回谷仓。结果，它确实可以发动，钥匙却是在熄火的位置，而且割草机的刀片被升起来了，看起来就好像我父亲停止了割草。”

朱莉思索着我说的话：“所以，你认为他是在关掉割草机以后才翻倒的？”

我点点头：“没错。”

“没有可能吗？也许割草机的运作不正常，然后他就停下来看看出了什么问题？我不太懂怎么使用割草机，不过如果割草机的刀子卡住了，难道你不会先关掉电源，再看看究竟是怎么回事吗？而且，你难道不用把刀子升起来，才好检查底下究竟是怎么了吗？”

我觉得自己好像被一根长木棍击中了脑门。我笑着把手放在朱莉的肩膀上说：“你真是个天才。”

“是吗？”

“你看我，自己把自己搞疯了，以为这是什么神秘事件，结果没想到答案居然这么简单。”

“噢，”朱莉佯装尴尬地说道，“原来是个傻瓜帮你解开了谜底。”

“不，不是的，不过你说得没错。好吧，他原本一直在割草，结果也许撞上了一块石头、木条或者别的什么，所以刀子卡住了。他就停下割草机，把刀子升起来，下车去看看怎么回事。但是，就在他下车的时候，或者在他检查完要重新上车的时候，他的身体因为弯得太低，结果就被割草机压住了。”

如果这不是一桩悲剧的话，我可能还会因为终于解开谜团而感到开心。

“听起来很合理。”我说着给了朱莉一个拥抱。

“你本来以为发生了什么事呢？”

“我原本觉得，他是因为看到了某人，才停止了割草。某个人可能走到斜坡下方，还和他招手或者什么的。于是，他就停下了割草的动作，然后熄火，再把刀子升起来。就好像他准备停止割草，走回屋子一样。我一直都在想，我不知道，也许当时真的有人在那里目睹了整个过程，但是就是没有告诉任何人，也没有当场打电话叫救护车。”

朱莉静静地接口说道：“例如托马斯。”

我叹了口气，低下头，感觉到一阵羞愧：“我曾经这么想过。也许他为了某个原因出去了，想和父亲谈谈，结果就发生了意外。天啊，我真是个白痴。仿佛需要担心的事情不够多，还得多制造一些来困扰自己一样。”

“也许你在你父亲的笔记本电脑上发现的事也是同样的道理。很多事情其实都很简单，只是当你不知道原因的时候，它们似乎就变得很复杂。”

我再度把朱莉拥在怀里：“我知道我一直在重复这句话，不过我还是要说，谢谢你。”

“等你收到我的账单时再说吧。”她把头靠在我的胸口，“听着，我得回到报社去写点东西了。不过，那与你和托马斯的国际大阴谋完全无关。然后，我会再给佛罗里达的警方打电话。”

“那我应该做什么？”

“现在吗？说句老实话，你也许什么也不用做。就看看你的律师和达克沃思打交道的运气如何了。我也会看看我能发现什么。至于你，就待在这里，确定托马斯不会看到有人被推下埃菲尔铁塔或别的什么。”

“别开这种玩笑了。晚点呢？你要回这里吗？”

“晚餐就不用了，你的晚餐真是糟透了。也许我会在十一点的时候过来？我得去报道普罗米斯瀑布市议会的晚间会议。等我完成我的报道之后，我会带瓶酒过来。我们可以再试一次。”

“你真的想再试试？”

朱莉笑了笑：“我最爱冒险了。”

我送她回到她的车旁，透过摇下的车窗轻轻吻了她，目送她开车离去，直到她的车消失在路的尽头。等我上楼时，托马斯正在探索德国的斯图加特。我开口对他说：“我不知道晚餐要吃什么，也许培根、生菜和西红柿三明治吧。”

“无所谓。”他的目光依然锁定着电脑屏幕。

我从冰箱里拿出培根、生菜、西红柿和美乃滋，正准备把培根煎熟时，才发现我们只剩下一片面包了。

“伤脑筋。”我喃喃自语着，不知道普罗米斯瀑布市有没有哪家比萨店会愿意外送到这么远的地方。

客厅在这个时候突然传来了敲门声。

“我的天。”我压低气息地咕哝，“千万别又是 FBI 才好。”

51

刘易斯的航班在妮可之前降落了，这让他有时间安排承租那辆白色面包车的事宜。那是一辆有着两个前座，后厢完全没有座椅的车子。妮可下飞机之后表示，她必须先找家专卖家庭用品的家得宝，因为她无法携带冰锥上飞机，只能等飞机降落了之后再买。刘易斯则买了一卷封箱胶带和几条搬家专用的棉毯。

他们在屋前停下车，白天的阳光还很充足。

“所以，我们只要带他回去就好。”妮可问道。

坐在方向盘后面的刘易斯朝着空旷的车后厢点了点头：“嗯，我老板有问题要问他。”

妮可点点头。两个人沉默了好一会儿，她才再度开口：“我知道你对这件事演变成这样很不高兴。”

“没错。”他说。

“但是，我们只要把这家伙带回去，事情就解决了。”她又说。

“但愿如此。”刘易斯说道，“那要看我们从他口中得到的答案是什么。”

妮可望着马路另一边的房子：“不管怎么样，到时候我的部分就结束了。”

“等他被询问完以后，我们还得解决他。这可不像钓鱼，可以钓到之后再放掉。”

妮可看了他一眼：“但是在那之后，我们就扯平了。”

“当然。”刘易斯说道。

妮可将目光重新落在屋子上：“你要怎么做？你在前门敲门，我从后门进去吗？”

“我们何不一起出现在前门？我们看起来有威胁感吗？”他对她咧嘴笑笑，“我们看起来应该像一对和善的夫妻吧？我们迷路了，需要有人指引方向，需要打电话。听着，他一开门，我们就直接进去。”

妮可弯下腰，再三确定地拍了拍插在靴子里的冰锥。刘易斯从座位之间拿出一个背包，背包里放了几样他可能会用到的东西，包括胶带。

“走吧。”他说。

他们从面包车上下来，穿过街道，走向车道。刘易斯首先走上阳台的台阶，不过，直到妮可也上来站在他身边，他才举起手敲门。

52

来者不是 FBI，而是玛丽·普伦蒂斯。

玛丽挎着一个和野餐提篮一样大的深蓝色袋子站在门口，袋子的材质看起来是塑料的。我不知道她是不是一个人来的。或者，莱恩是不是在车子里等她？我往外看了看，发现她停在我车子旁边的车里是空的。

“如果我没办法让你们到我家来吃晚餐的话，”她的身体被袋子的重量压得有点倾斜，“至少，我还可以带点东西过来给你们。我真不敢相信自己等了那么久才来，不过我有时候就是不如别人那么有活力。”袋子里传来一阵温暖的香气——辣椒和芝士的味道。

“玛丽，”我告诉她，“你大可不必这么做。”

“一点都不麻烦。”她说。

“我来帮你拿吧。”我说，“看起来很重的样子。”我说着抓住袋子的背带，把它从玛丽的肩上拿下来，“闻起来好香，进来吧。”

我虽然不太喜欢莱恩，却不觉得他的妻子讨厌。我不想冒犯她，而且我正好也饿了。

“我还正想打电话叫外送的比萨呢。”我告诉她。

“哦，你不会想那么做的。”她说。

我把袋子放到厨房的餐桌上，然后打开：“这是什么，玛丽？”

“这是我的秘方。”她听起来有点喘，“也不完全是啦。我是说，一开始是从那个烹饪节目《赤脚女伯爵》里得知的配方，不过我没有用金枪鱼排，而改用了金枪鱼罐头，因为莱恩只吃那种金枪鱼罐头。节目的主厨把诸如扁豆和芥末粉之类的都放进去了，但是我放的是豌豆和面条。结果完成之后，我们两个的配方里除了金枪鱼之外，还真没有什么是一样的。”

“看起来很棒，”我说，“锅子还是热的，你刚从炉子里拿出来的吗？”

“是啊。托马斯呢？他在楼上吗？”

“是的，玛丽。”我回答道。不过，我并不打算叫他下来。在他和莱恩发生了那次冲突之后，我担心他看到莱恩的妻子也会觉得不舒服。

“你觉得他想下来尝尝这个砂锅吗？”

“如果你不介意的话，我想让他先做他自己的事。”我告诉她，“不过，我会告诉他要感谢你带来这顿晚餐。”

“袋子里还有些面包，”她嘴上这么说，但是声音显然没有先前那么兴奋了，“你知道的，我过来的原因之一，是想为莱恩前几天的行为向托马斯道歉，还有你。”

“莱恩和我已经谈过那件事了，”我告诉她，“没事了。”

“我听到你们在地下室的对话，他真的不该对你说那些话——关于你弟弟的事。即便托马斯是有点不寻常，莱恩也不应该那样对你说话。”

“但是，托马斯不应该打他的，”我对她说，“有太多的不应该了。”

玛丽接着说道：“莱恩只是想做好事。那是我的主意，是我建议他带托马斯出去吃午饭，或者把他带回我家吃饭的。事实上，他是来邀请你们两个人的，可是那天你刚好出去了。”

“是的。”

“你去哪里了，城里吗？”

“是的，玛丽。”

“莱恩只是不明白托马斯为什么非得那样不可。这一点你得原谅他。莱恩觉得每个人都应该振作精神，你知道吗？我想，他就是不明白为什么有些人就是不同，他们自己也没有办法。他觉得如果他能做某件事的话，别人一定也都可以做到。有时候，他对我也是那样。他会对我说：‘不要看起来那么累的样子，你只是以为自己很累而已。我去度假的时候，你应该和我一起去的。’可是，我并没有想象自己很累，我是真的生病了。你可以到妙佑诊所的网站去查查看。我可以坐下来吗？我站太久就会觉得很累。”

“真抱歉。”我说着帮她拉来一把椅子。她立刻坐了下来，双手垂在身体两边。

“我只要一两分钟就可以恢复了。我家厨房的炉子旁边一直都摆着一把椅子，所以我想坐的时候，随时都可以坐下来，甚至可以坐着炒菜。”

“我要把这个放在炉子上保温。”说着，我把砂锅放进炉子正中间的架子上。

“莱恩甚至不了解我没有办法做到他想让我做的每件事，”玛丽似乎发现自己的话可能被想歪了，随即涨红了脸，“我是说，你知道的，例如旅行。他喜欢旅行，但是我并不热衷。不过，我告诉他，如果他想去的话，大可自己去，可以好好地玩。我第一次对他那么说的时候，并没有想到他真的会自己去。结果，他自己出游了一次以后，就找到同伴了。而且，还玩得很尽兴。因此，当他还想再去的时候，我就觉得自己没有理由不让他去了。”

“嗯。”我不知道该如何回应。

“而且，我从来都不相信莱恩对托马斯的评判。”她接着又说道。

“他说了什么，玛丽？”

“他听不到我们说话，是吗？”她忧心忡忡地问。

“嗯。”

“他说，如果警方对你父亲的死展开调查的话，他们也许得好好调查一下托马斯。”

“为什么，玛丽？”

“莱恩说，你父亲在斜坡旁边割草是很冒险的，但是即便如此，你父亲是那种很清楚自己在做什么的人。莱恩说，如果警方开始觉得有人推了你父亲的话，有人在那里让割草机翻倒到你父亲身上的话，那他们要调查的对象就是托马斯。我只是把莱恩说的话告诉你。我以为在我推开地下室的门以前，他可能也对你说了这些。如果他对你说过的话，我不得不对你说声抱歉，因为我觉得托马斯不可能会那么做。基本上来说，他是个好孩子。你把炉子设定在几度？不要超过三百五十度。只要开到一百度，然后维持个十分钟左右就可以了。”

我按照她的指示调整了炉子的温度。

我以为我可以把这件事抛到脑后，不再去想割草机的开关为什么是关闭的状态，割草机尾端的刀子为什么被升了起来。朱莉的推测很有道理，可是我现在却开始怀疑自己稍早以前的推测有可能是正确的。也就是说，有人可能驻足在那里和父亲说话，甚至在他死的时候都还在那里。

不过，我并不太相信莱恩，特别是最近这段时间。因此，他和我想到了同一个层面的问题，也让我仔细琢磨起来。他为什么要做这种臆测？是什么让他这样想的？我会那样想，完全是因为我看到了割草机的状况。但是，据我了解，在我把割草机挪到谷仓之前，莱恩根本就没有到过事发现场。

他是根据我父亲告诉过他的事情来推测的吗？如果是的话，把人从楼梯上推下去和把割草机推翻、压在人身上，这两者之间也差得太远了吧。特别是受害的人还是自己的父亲。

或者，莱恩别有用意？他是真的相信他自己所说的，还是他只是想给托马斯制造麻烦？他为什么要那样做？他是想误导玛丽吗？可是，那又是为了什么？

“事实上，”玛丽突然又说，“莱恩对人的评断向来很严格。他就是那样，你应该听听他对泰国人的评价。他说泰国人很好，但是又说他们开车不像美国人，他们的建筑标准也和这里不一样，而且随时都可能发生政治骚乱。他说，泰国人应该停止那些小鼻子小眼睛的争论，好好地治理治理他们的国家。而且，莱恩对君主制向来都没有好感。他不明白为什么有人只因为出生在对的家庭，就可以统治一个国家。但是，他并没有因此就不再去泰国，就算没有我同行，他还是要再去。”

泰国。

这么多年来，我不断地听到朋友提起那里有多棒。温暖、繁华，是地球上最美的国家之一。那里有很棒的夜生活，有丰富的文化和让人惊艳的美食。但是，每个旅行的目的地都有它自己的问题。法国巴黎有很多小偷和难以预期的罢工。英国伦敦的消费太高，而且有时候还有恐怖分子的暴动。几年前，巴士上和地铁里甚至还被装了炸弹。俄罗斯莫斯科也有类似事件。至于墨西哥，则有毒品战争。而美洲几个最棒的城市，也得面对帮派斗争的问题。

那么，我所听到的泰国呢？正如玛丽所提及的，泰国确实有政治不安定的问题，不过泰国还有其他的问题。

性交易。童妓。

我不禁怀疑，玛丽无法长途跋涉是不是莱恩必须独自到泰国去的真正原因。

53

“我以为这种事你会先查过。”妮可坐在副驾驶上说。她的双腿跷在仪表盘上，靴子里的冰锥已经抽了出来，放在食指和大拇指之间。

刘易斯什么也没说。

“在飞机起飞前往这里以前，我原本可以先查查看我们的目标是不是真的在佛蒙特的柏林顿。”

“是这间房子没错。”刘易斯咬牙切齿地说。他们开了一整夜的车，八十英里左右的时速，让面包车在高速公路上好像要飞起来一样。他们朝西前进，他觉得只要再开两小时，也许多一点点，他们就可以抵达新的目的地了。

在没人应门的时候，一位住在隔壁的老太太看到他们就站在雷·基尔布赖德家门前。她说她的名字叫格温，会在雷不在家、前往普罗米斯瀑布市的时候，到他家门口帮他收一些邮件和广告传单。她还说，雷的父亲刚过世，他得在那里待一阵子直到把事情都办妥，因为他必须照顾他的弟弟。

“你们有什么事吗？”老太太问。

“等等，”妮可说道，“你刚才说住在这里的人叫雷·基尔布赖德？”

“没错。”

妮可立即转头对着刘易斯说道：“我就告诉你不是这间房子，我们走错方向了。”

刘易斯耸耸肩。“我真是个白痴。”他咕哝地回应。

“所以，你们不是来找雷的？”老太太问道。

他们说不是，随即转身回到面包车里，调头前往普罗米斯瀑布市。

一路上，妮可不断地数落着刘易斯的失误。她想激怒他、逼迫他，看看他生气起来会到什么程度。

这样就可以看出他的意图。

于是，她说：“如果是我的话，我就不会去敲他家的前门。你可以找到其他方式进门，给他们来个出其不意的惊喜。”

刘易斯握紧了方向盘：“是啊，我想你说得没错。等一下我们就用你说的方式吧。”

他的态度很好。

这让她知道了在这件事结束之后，刘易斯将会把她杀掉。他想保持友好的态度来让她解除防备。

要先除掉他并非难事。她可以在他开车的时候，用冰锥刺穿他的喉咙。然后抓住方向盘，再踩住刹车。在这么大一辆面包车里，要从副驾驶挪到驾驶座并不困难。

妮可知道她可以这么做。

但是，她得先让这出戏演完。刘易斯和他的老板想知道的答案，她也同样需要知道。她必须知道这个雷·基尔布赖德会不会对她构成威胁。然后，她才能判断她的同伙——不光是刘易斯——会给她带来多大的危机，以及她是不是需要对他们采取行动。她已经不想玩了，她已经受够了。

她的心理在芝加哥那间地下室里发生了一些变化，就在她杀“旋转 360”那个家伙的老婆时。妮可并不想杀他的妻子，她再也不想听从这些男人的命令了。

她会把这件事进行到底，同时还要小心地提防刘易斯，至少她已经对刘易斯将会对她下手这件事提高了警觉。

刘易斯说道：“或许，稍后如果我们有点时间的话，可以找个地方喝杯咖啡，我请客。”

哦，是了，他百分之百打算杀掉她。

54

“很好吃。”托马斯说着，又舀了一勺玛丽做的金枪鱼炖菜入口。

“嗯，是不错。”我应声道。不过我发现，玛丽走了以后，我已经没什么胃口了。莱恩告诉她，她再重复给我听的那些话，依然在我的脑海里挥之不去。我无法排除莱恩是否意图不轨的猜测：他是不是想把托马斯没有做的事赖给他？

“我还有点时间。”托马斯说道。

“很好，也许晚餐后你可以收拾一下。”

“公平吗？”他问。

“你是什么意思？公平吗？当然很公平。”

“可是，晚餐又不是你做的。我想，如果你做了晚餐的话，我就会洗碗。或者，如果我做了晚餐的话，你就要洗碗。可是，晚餐是玛丽做的呀。”他又吃了几口。

“如果按照这个逻辑，”我告诉他，“那就是说，如果有人做了我们分内的事，那么剩下来的事就都要我来做。”

他慢慢地咀嚼着嘴里的食物，好像正在准备一场争论一样：“好吧，那只是我一时想到的而已。”

“也许我们可以一起收拾，”我提议道，“如何？你把桌子擦干净，然后把碗盘放到洗碗机里，我来刷砂锅。从你吞食的状况来看，应该不会有剩菜了。”

“好吧。”他同意道。

十分钟后，我们已经并肩站在厨房的流理台前面了。托马斯把我们用过的杯子和刀叉放入水槽，而我则把洗洁精注入水槽里。我们的肩膀不停地摩擦到彼此的肩膀，甚至慢慢产生了和谐的韵律。我们并没有交谈，但是我感觉到此刻是自从我回来以后和他最亲近的时刻。

稍后，托马斯一边擦桌子，一边问我："你有没有过那种经验，觉得原本是你朋友的人不再是你的朋友了？"

"有，我有过好几次那种经验。我们现在在说的是谁？"

"我不知道我应不应该说。"

"没关系的。如果你连我都不能说的话，那你还可以和谁说？"

他注视着我的双眼说道："总统。"

"克林顿？"

托马斯点点头，然后走到水槽边把抹布沾湿，再把它挂到水龙头上面："他对我一直都很好，可是这几次我们交谈的时候却不太一样了。"

"不太一样？你指的是什么？"

"我不知道。他一直在给我压力。"

"也许，你不应该再和他说话了。"

"当总统给你打电话的时候，你应该和他讲话吧？"托马斯说道。

"嗯，我想那倒没错。"

"可是，他却告诉我，有些事我不应该说——那些和我的任务无关的事。"

我把一只手按在他的肩膀上："你明天想去找葛林医生聊聊吗？我可以看看我能不能帮你约到她。"

"也许这样比较好。"他说，"我不喜欢总统说我看起来很软弱。"

"软弱？"

"比如，如果我说了某些事的话，我就会有麻烦。他甚至不让我对你说。"

"对我说什么？"

"关于我在窗边的事。当我对你挥手的时候，你并没有看到我，因为你根本没有抬头。"

我和他并肩站在那里，就站在流理台前面："这是什么时候的事，托马斯？”

“就是你出去找我那天。当时，你在巷子里发现了我的自行车。你还记得吗？”

“嗯，”我回答，“我找遍了整个市中心，甚至还大声喊你的名字。”

“我听到了，”托马斯平静地说，“我就是在那个时候逃开，然后跑到窗边的。我想叫你，但是我知道他会生气。可是，如果你看到我的话，爸爸就会相信我说的话了。”

“逃开？托马斯，发生了什么事？”

“他伤害我，”他说着把手伸入裤子底下，“他把我这里弄疼了。”

这下，我不禁紧紧地捏住他的肩膀：“告诉我发生了什么事。有人对你做了什么？谁？是谁对你做了什么？”

“爸爸很生气，”他继续说道，“我告诉他的时候，他快气疯了。他说我不能再捏造事实了。他说，如果我再提起这件事的话，他不知道自己会做出什么事。但是，我知道那一定很可怕。也许，他和妈妈会把我送走，送到某个地方去。所以，我就再也没有提过这件事。”

我抱住他：“托马斯，我很抱歉。”

“我想……我想我已经准备好可以谈论这件事了。但是，总统说不可以。他说，如果我告诉任何人的话，就会发生不好的事。”

“托马斯，谁伤害了你？”

他低头看着自己的腿：“我得好好想想，我不想违背总统的意思。”

“你会告诉葛林医生吗？”

“我曾经想告诉她，但是我没有说。你知道我觉得我可以告诉谁吗？”

“谁？”

“朱莉。”

“你要告诉朱莉？”

他点点头：“她对我很好。她把我当作普通人一样跟我讲话。”

“好吧，她今天晚上会来，会有点晚，不过我相信她可以和你聊聊。”

“她是回来和你睡觉的吗？”他问。

“现在也许不是了，”我告诉他，然后笑笑，“我想，如果你能和她聊聊的话会很好。我真的这么想。我可以在场吗，还是你希望你自己和她聊就好？”

他想了想，然后说：“她之后会告诉你的，对吗？”

“如果你叫她不要说的话，我想，她就不会告诉我。”

他低下头，犹豫了一会儿：“如果你想在场的话，我觉得也可以。”

“好。不过，她不会那么快过来，你想看电视或者做什么吗？”

“不，我得回去工作了。就算我不喜欢总统最近的态度，但我还是得做我的工作。”

“当然。”

“不过，在朱莉来之前，我想准备一些照片给她看。”

“什么照片？”

“我们的相册。这样，她就可以知道我那时候看起来是什么样子，你看起来又是什么样子了。相册都在地下室里。”

“你想怎样都可以。你知道它们放在哪里吗？”

他点点头，随即回到他自己的房间。我独自走到阳台上，坐了大约半小时，直到四周漆黑到足以看清天上的星星。我转身回到屋内，一屁股坐在电视机前，跳过一个又一个频道。电视上没有什么吸引我的节目，事实上，此刻，什么都引不起我的兴趣，因为我的心里装了别的事。我想着朱莉，想着我父亲，想着莱恩·普伦蒂斯。想着窗边的那张脸，想着两个死在芝加哥的人，以及死了的艾莉森·菲奇。

我还在想，如果托马斯的兴趣不是探索街道地图的话，我就无须思考这么多事情了。据我所知，集邮的人绝对不会看到类似自杀的事件，珠宝制造者和园丁也不会吧。

我不知道哈里·佩顿有没有找到机会和达克沃思聊聊。这就是哈里还没联系我的原因吗？如果哈里已经和达克沃思谈过的话，达克沃思现在是不是正在搜寻什么？或者达克沃思在听完以后，直接告诉哈里这是他这辈子听过最胡扯的事？

我想不出自己为什么不去找答案。

于是，我关掉电视，拿出笔记本电脑，寻找着普罗米斯瀑布市警察局的信息，然后找到了一个非紧急事件的电话号码，直接拨打了过去。

“普罗米斯瀑布市警察局。”一名女子的声音传来。

“我想找达克沃思警探。”我说。

“我想他已经下班回家了。”女子说道，“请问你是哪位？”

“雷·基尔布赖德。”

“我看一下。”她说着按下了等待的按键。我在等待的时候，托马斯下楼来了。

“你在干吗？”我把手盖在话筒上问他。

“我要到楼下去找相册。”他告诉我，然后就消失在了通往地下室的那扇门后面。

“你好？”那名女子又回来了，“基尔布赖德先生？”

“我在。”

“我帮你打到了达克沃思警探的家，你不要挂，我帮你把电话接过去。”然后停了一下，她又说，“接通了。”

“你好！”我立刻说，“是达克沃思警探吗？”

“你是哪位？你告诉总机说你是基尔布赖德先生？”

“是的。”

“这是哪门子玩笑。不是亚当·基尔布赖德吧？”

“不是的，我是他儿子。”

“哪个儿子？”

“雷·基尔布赖德。”

“好吧，没错。”达克沃思警探说道，“你是那个在……在哪里？佛蒙特某个地方的那个儿子。”

“柏林顿。”

“你弟弟是——是托马斯？”

“是的。”我想，哈里已经告诉他很多了。

“希望你不要介意我刚才的反应。”他说，“因为总机打电话来的时候，只说是基尔布赖德先生。你父亲发生的事，我觉得很遗憾。”

“谢谢。还有，谢谢你接了这通电话。我不知道还能找谁，我这里现在乱成一团，这一点你可能已经知道了。”

“嗯，你父亲曾经和我说过。”达克沃思表示。

我觉得自己的头好像被人丢进了油漆的搅拌筒里。“抱歉，”我说，“你们什么时候聊过？”

“几个星期前吧。”达克沃思告诉我。

地下室突然传来托马斯的叫声：“雷！”

“我父亲几周前和你谈过？”我问。

“是的。这不就是你打电话来的原因吗？”

“不——我是说，是的，我只是跟进而已。”我回答道。

“我告诉过你父亲，如果他想继续的话，要证明这种事并不容易。”

“雷！”托马斯又叫了一次。

“等一下！”我朝着楼下大喊，“很抱歉。我弟弟正在地下室找东西。你刚才说，要证明这种事并不容易？”

“毕竟已经过去那么久了，再加上你弟弟的证词又可能是个问题，我相信你应该可以理解。你父亲就很明白。况且，他也不确定要不要让你弟弟再经历一次。你父亲是个好人。我只和他说过一次话，但是他听起来似乎是一个很高尚的人，一个好父亲，只是他的负担太多了。”

“达克沃思警探，你不会相信的，可是直到最后一分钟，我才听懂了你在说什么。”我告诉他，“我弟弟被性侵了，对吗？”

“你父亲没有告诉你吗？”

“没有。不过，自从我回到这里，自从我父亲去世以后，有些逐渐浮出台面的事，让我不禁怀疑是不是发生了什么事情，某件我父亲担心我弟弟不会原谅他的事。还有……”我犹豫着要不要继续说，不过，管他的，“我父亲曾经在电脑上搜寻童妓的信息，但是我不知道他到底找到了哪些网站。在我来得及发现之前，我弟弟就把那些历史记录都清空了。”

“没错。我不确定我要和你讨论多少，雷，老实告诉你，你父亲隐藏了一些相关的信息，包括究竟是谁……”

“雷！”

“老天，”我咕哝道，“警探，你可以给我一个电话号码，好让我待会儿再打给你吗？就几分钟？我真的需要和你谈谈。”

“当然。”

我随手从厨房的抽屉里抓来一支铅笔，匆匆把电话号码记在留言本上：“我马上就再打给你。”

“我都在。”

我挂断电话，把电话留在了流理台上，然后一边走向地下室的门口，一边叫道：“老天，托马斯，我在打电话！”我下楼的时候并没有看到他。地下室是一个L形的空间，我猜他应该在角落里，因为父亲向来都把相册放在那里。

“你到底在哪里？”

“在这里。”他说。

我走到角落，托马斯果然在那里，只见他瞪大的双眼里充满恐惧。他的双臂藏在背后，仿佛被人从身后把手钩住了一样。

他并不是一个人，还有一个女人站在他的侧后方。她的左手扯住了托马斯的头发，右手则握了一个冰锥，而且冰锥锋利的末端就抵在我弟弟的脖子上，刚好就在他的下巴底下。

55

那名女子说道：“你就是雷？”

“是的。”我无法将目光从冰锥上挪开。

她揪着托马斯的头发又说：“那他呢？托马斯？他是你弟弟？”

“是的。”

“雷，如果你不做什么蠢事的话，就没有人会受到伤害。”

“好。”我说，“拜托你不要伤害他。”

托马斯看起来就像站在寒冰之中，身体在不停地颤抖。虽然我看不到他的手，不过我猜他的双手应该也在发抖。我从来没有看到他这么害怕过。

“雷，叫她放开我！”

“没事的，托马斯。她要什么我都会给她的。”

“很好，雷。”女子又说，“只要你乖乖合作就不会有事。”我注意到她的耳朵里戴了一只那种带蓝牙通信的东西，只不过被她那头长及肩膀的金发盖住了，“你可以进来了，”她看起来好像在对着自己的肩膀讲话，“我们在地下室里。”

“告诉我，你要什么。”我对她说道。

“现在，我要你闭嘴。”她仍然抓着托马斯的头发，冰锥依旧抵在他的脖子上，“你很快就会知道了。”

即便在地下室里，我觉得自己还是可以听到有辆车开到了屋外。一阵叽叽嘎嘎的碎石摩擦声隐约传来，然后是一扇门打开又关上的声音。半分钟不到，前门就被推开了。几秒钟以后，我就听到有人从我身后下楼来的脚步声。

我转过头，等到来者走到足以被地下室的灯泡照到脸的地方，我很快瞄了他一眼。高大、秃头、壮硕，此人的鼻子很久以前应该断裂过。

男子看着我："你就是雷·基尔布赖德？"

"是的。"我回答。

"那他又是谁？"

"这是他弟弟，"女子告诉他，"托马斯。"

"你好，托马斯！"男子开口又说，"我是刘易斯。看来你们和妮可已经认识了。"在他向我走来的时候，我留意到他那件皮夹克下面鼓着一个看起来比冰锥要大的东西。他的肩上则吊着一个小背包。

"这里没什么东西，不过你要拿什么都请自便。"我说。

"不可以拿我的电脑！"托马斯突然大叫。

刘易斯微微歪着头注视着我的眼睛："你以为这是抢劫吗？你是这样想的吗？"

"他们不能拿我的电脑，"托马斯重复道，"你们可以拿走我爸爸的。"

"那你们想干吗？"我问。

"我要你把手放到背后。"刘易斯说着，拉开背包的拉链，拿出一副塑料手铐，就是那种防暴警察用来铐住示威者的手铐。

"拜托，"我见状连忙说道，"这一定有什么误会。"

刘易斯却只是说："如果我再要求你一次，要你把手背到身后的话，恐怕我那位朋友就会让你弟弟的脖子穿孔了。"

他的声音带着一抹冷静的权威感。很像警察。我猜，就算他以前是警察，现在应该也已经不是了。

于是，我把手背到身后，让他把那副细细的塑料手铐铐住我的双手，紧紧地贴在我的皮肤上。我下意识地伸展了一下十指，怀疑过不了多久我的手就会麻木了。

"你好了吗，刘易斯？"女子问道。

他们一点都不担心被我们知道他们的名字，这一点让我觉得不安。我试着让自己冷静下来，因此告诉自己，也许那只是假名而已。不过，我又觉得似乎不太可能。

“嗯。”女子听到他的回答，立刻就把冰锥从托马斯的脖子上拿开，同时也松开了原本揪住他头发的手。然后，轻轻地把他推向我。

“我好怕，雷。”托马斯半转着身，我这才看到他的双手也和我一样被铐住了。

“我知道，”我告诉他，“我也是。”

“两个都带走吗？”妮可问刘易斯。

“问得好。”他说，“让我想想。首先，我要检查一下这栋房子，确定屋里没有其他人了。”

说完，他走上楼，把我和托马斯留给妮可看管。

“听着，”我立刻开口，“我们……”

“闭嘴。”她打断我。

两分钟后，刘易斯就带着一脸疑惑的表情回来了。

“楼上是怎么回事？”他问。

“地图吗？”我反问他。

“是啊，还有电脑。”

“那是我的，”托马斯抢着说道，“我希望你没有碰它们。”

“我想，我们得上楼去。”刘易斯说道。

我点点头，用肩膀碰了碰托马斯：“走吧，老弟。我们就照他们说的去做，这样就不会有事了。”除了说谎，我不知道还能做什么。

托马斯跟在刘易斯后面上了楼，妮可则跟在我身后。由于双手被铐在背后，托马斯和我得小心翼翼的，才能在不扶住栏杆的情况下走上楼梯。我考虑要不要转身踢向那名女子的脸，如果只有她一个人的话，我还可以试试，不过，刘易斯就在厨房，倘若他皮夹克里那个鼓起的东西是枪的话，那我们两个很快就会完蛋了。

我们沉默地穿过一楼，爬上楼梯，来到二楼的走廊。

妮可还没有见过刘易斯刚才看到的画面。她环视着满坑满谷的地图，美国、澳大利亚、印度等各个国家和地区，还有旧金山、开普敦、丹佛等各大城市的街道详细分布图。不过，这还只是两英尺长的走廊而已。

“里面还有更精彩的。”刘易斯说着，推开托马斯的房门。

妮可首先走了进去，才一进门，她似乎就被和走廊上如出一辙的景象催眠了。她什么也没说，只看着墙上的地图，然后走向一张澳大利亚的地图，仿佛梦呓般伸出食指，摸了摸悉尼所在的位置。

“你看看这个。”刘易斯说着指向电脑屏幕。电脑屏幕上呈现着同一条街道的不同角度。“这是哪里？”他问我。

“我不知道。”

托马斯回答道：“里斯本。”

“里斯本，”刘易斯重复他的话，“这是‘旋转 360’，对吗？”

托马斯点点头。

“这是谁的电脑？”

“我的。”托马斯又回答道。

“你为什么要看里斯本？”

“我什么都看。”托马斯说道。

“什么都看？你是什么意思？”

“就是什么都看的意思。”我告诉他，“全世界的城市他都看。”

“为什么？”

“那是他的兴趣。”我说。

托马斯看了我一眼，显然对我为什么说谎感到不解。他随即对刘易斯说道：“你们已经知道了，是吗？”

“什么？”

“关于地图会全部消失的事，还有我需要帮助那些执行黑色任务的人。”

妮可终于开口：“什么跟什么？”

“你们是坏人。”托马斯继续说道，仿佛我们是在玩警察和强盗的游戏。

刘易斯露出一丝笑容：“我想是吧。让我问你们几个问题吧。你们哪个在电脑上看到了果园街？”他说着看了看我，“我想应该是你，因为去敲门的人是你。”

我突然觉得不寒而栗。现在一切已经很清楚了，我们竟然惹了这么大的麻烦。

“那个邻居告诉你的？”我说。

刘易斯却摇摇头：“是装在公寓门上的自动感应摄像头。”

真相终于大白。“噢。”我哼了一声。

“拍到了一张你手上拿着地图的照片。”

“噢。”我再度闷哼一声。

“所以，到底是谁？”

“是我找到的，”托马斯的声音里有一丝骄傲，“我看到了那个头上套着袋子的女人，雷是去帮我查探究竟的。”

刘易斯看着妮可说道：“我想这回答了你的问题，”看到妮可不解地扬了扬眉，他接着解释道，“就是我们要带一个走，还是两个都带走。”

56

“我们得把那个一起带走。”妮可指着连接在托马斯电脑屏幕上的主机。

“好主意。”刘易斯回答。

“不可以！”托马斯抗议，“不，不可以！”

“托马斯，”我用肩膀再次推推他，“眼前的危险比那个电脑大多了。”

“可那是我的！”他还在抗议，然后带着一脸恐慌，目视着刘易斯把连接在电脑后面的电线一一拔除，“住手！”

妮可冷静地对着我说：“你可以控制住他吗？”

“可以，让我和他说一下。”

妮可让我们挪到几英尺外独处。我面对着托马斯，倾身向他靠近，近到几乎抵到了他的额头。

“听着，我们的处境很危险。我可以再帮你买一台电脑，比这台更厉害的。可是，我们得配合他们，我才能有机会再帮你买一台。你听懂了吗？”

“那是我的。”他还在说。

“我需要你冷静下来，托马斯。你能做到吗？”

他这才抬起头来，注视着我的眼睛：“你得给我买一台和这台一样快的。”

“我会给你买一台更快的。”我知道自己可能永远也无法实现这个承诺。

刘易斯把断线的电脑挪到桌子边缘，然后转而问我：“你去那里干吗？”

“什么？”

“你听到我的问题了。”

“我弟弟要我去那里看看。他在线看到了那扇窗户里的趣事，然后就要我去查查看那是什么，所以我就去了。”

“噢，”刘易斯说道，“那还真是个天大的巧合。”

我紧张地笑笑：“是啊。”

“你是说，你弟弟在线随便漫游，结果看到了这个。然后，你就决定从这里到纽约去弄清楚那是什么？”

“是的。”

刘易斯看看妮可：“原来如此，只不过是单纯的网络搜寻而已。”

“太好了，我想我们可以回家了。”

“是啊。”刘易斯说着，把脸凑近到离我的脸只有一英寸的距离，以至于他吐出来的热气都喷到了我的脸颊，“等我们到了的时候，你得说出一个比这个好的故事。等一下在路上，你会有充足的时间来慢慢思考要怎么说比较好。”

“我们要去哪里？”我问。

妮可无视我的问题：“胶带。”

刘易斯从背包里拿出一卷灰色的封箱胶带，一把扔给妮可：“你自己来吧。”

“我说的是真的，”我说，“就像我说的那样，我们什么也不知道。”

妮可自顾自地撕下一条六英尺长的胶带，直接封住了我的嘴巴。

“不要那样对我！”托马斯对着又开始撕胶带的妮可喊道，“不要那样对我！”

当妮可把胶带贴在托马斯嘴巴上的时候，他还在喊叫，因此嘴巴还半张开着，以至于胶带的一头贴到了他的牙齿，让他的下巴多少还可以动。

“可恶。”妮可说着撕下另一条胶带，封住托马斯的下唇，“好，这样就可以了。”

刘易斯把背包的拉链拉上，一把将背包甩到肩上，空出两手抱着电脑主机。

就在这个时候，传来一阵微弱的声音。

“那是什么？”妮可问道，“你的手机？”

“不是。”刘易斯说着环顾室内，最后将目光落在托马斯桌上的一部老式电话上。那是托马斯用来拨号上网的电话，为此，他还有一个自己的电话号码。

电话因为来电而闪着红色的光。托马斯向来都把电话铃声调到很低，反正他基本上也不会接任何电话。电话响的原因只有两个，一是拨错号码，二是推销的电话。

但是，妮可和刘易斯是不知道这些情况的。

“接还是不接？”刘易斯问妮可。

妮可看着还在闪灯的电话思索着：“如果有人认为他在这里，而他却没有接的话……”

托马斯瞪着电话上那个红色的小亮点，眼睛仿佛都要爆出来了。

刘易斯拿起话筒，先咳嗽了两声，然后模拟着感冒的声音开了口。

“你好？”他停了几秒才说，“我是托马斯。”然后吸了吸鼻子，“我在忙，你是谁？”半晌，他又说，“哪个比尔？”他挑了挑眉毛，然后笑道，“是啊，我很愿意聊聊，比尔，但是今晚是我和小布什打保龄球的时间。”

他说着挂断了电话。妮可看着他，等着他解释。

“莫名其妙，”他说道，“某个无聊的人假装是比尔·克林顿。”

我看了托马斯一眼。我相信我看起来一定比托马斯惊讶，因为他脸上一丝诧异的神情也没有，却有些恼怒，因为他没有办法和前总统讲话。

57

如果不是被胶带封住了嘴，我可能会说出“天啊”之类的话。

不过，妮可和刘易斯对那通电话都没有多想，他们还有其他的事要思考，例如把托马斯和我带上路的问题。

刘易斯抱着电脑先走出了房间，妮可拿着冰锥指示我们跟上。当我们走到二楼楼梯口时，我看到客厅的大门正在关上，刘易斯显然已经走出去了。我的双手仍然被铐在身后，我不禁思忖着在妮可的同伴不在的情况之下，我是否能把握时机做些什么。

可是，我希望能做什么呢？她手上有武器，而我的手则完全没有办法活动。我想到逃跑。经过托马斯身边，从后门出去，一路在夜色里狂奔，然后跑到斜坡底下，越过小溪。一旦抵达小溪的另一头，就尽可能地弯下身体，以免被发现。直到走到最近的一户人家，就可以打电话报警了。

这就意味着要把托马斯一个人留下来，然而，暂时抛弃他也许才是救他最好的机会。

他跳下最后几级台阶。我期待他会照我想象的那样跑向后门，他却在前门完全关闭之前，用脚抵住大门，然后用力踢开，好让自己能走到阳台。

这看起来一点也没有逃跑的迹象，托马斯只是跟着他的电脑走。

“刘易斯！”妮可在我身后两级台阶的高度喊道，在我什么都来不及做之前，她就拉住了我的衣领，“想都别想。”我可以感觉到她的冰锥碰到了我右耳的皮肤。

然后，我听到外面传来一阵碰撞声，接着是碎石子的嘎嘎声。

我们不慌不忙地下了楼，等到我们走到室外时，只见托马斯已经躺在了地上，他抬头望着刘易斯。而他的电脑主机正在几英尺外的一辆白色面包车后面的地上，那辆面包车几乎没有车窗。

刘易斯把托马斯拖起来，然后和妮可一起把我们推向面包车仍然关着的后门。

妮可伸手示意刘易斯把他的背包给她。等到刘易斯把背包丢给她后，她立刻从里面拿出胶带，把我的膝盖和脚踝缠在了一起。然后对托马斯也照做了一遍。“你们得跳进去了。”她说着，把面包车的两扇后门打开。在前排那两个座位后面的空间里，我看到一小堆搬家用的毯子。

刘易斯接着又从背包里掏出看起来像冬天滑雪戴的面罩，只在眼睛、鼻子和嘴巴的地方留着几个洞。

他很快把面罩戴在我的头上，但是面罩上的那些洞贴在了后脑勺上。我听到托马斯在面罩套上的时候，发出一阵咕噜的抗议声。然后有人抓着我的肩膀——从手的大小来判断，我猜应该是妮可——把我转了九十度角。“往前跳两步，就可以跳到保险杠了。”她说道，“坐下来，把你自己弄进车里。”

我跳了三步才来到保险杠前面，而且第三步还差点摔倒。我可以用膝盖感觉到保险杠的所在，然后转身坐在保险杠边缘，慢慢把身体滑到车里。

“好了，蠢蛋，”刘易斯对着托马斯说道，“到这边来。”我可以感觉到面包车因为托马斯坐下来而晃动了一下，“坐上去。”

接着是妮可的声音：“我们会开上几小时。你们谁也不要出声。我们会在收费站和加油站停上几次。也许有人会凑近窗边说什么，但是你们不要蠢到试图发出声音。那不仅会让你们没命，听到你们声音的人也会没命。”

“我们已经需要加油了。”刘易斯告诉她，“从柏林顿到这里就用掉一缸汽油了。”

我听到身边响起一阵窸窸窣窣的声音。是那堆毯子。有人正在把毯子摊开，盖在我们身上，我想是为了防止有人往车里看吧。我以为面罩和夜色已经杜绝了所有的光线，但是我错了。眼前的世界突然一片漆黑，四周的声音也跟着沉闷起来。

后门“砰”的一声关上了，驾驶座的车门随即被打开又关上，然后是副驾驶那边。我不知道谁负责开车，不过这也不重要。车钥匙插进了钥匙孔，引擎立刻就发动了。车子开上车道时，轮胎在碎石子路面上发出清脆的噪声，面包车随即就驶上了大马路。

我们再也回不来了，我在心里告诉自己。

在孤寂的黑暗中，我有很多时间可以思考。

我们刚开出车道的时候，我以为自己可以从面包车转弯的方向判断出我们要去哪里。我不就在哪部电影里看过这种情节吗？或者是蝙蝠侠的动画片，也或许是某集福尔摩斯的电视剧？主角总是能集中精神从车子的动态和速度，判断他们应该正在经过哪个地标。因此，等到车子停下来的时候，他们往往就已经知道自己身在何处了。

车子经过三个转弯之后，我已经完全不知道我们在哪里了。

在我们离开家以后，我们为了加油停了一次。我猜我们应该在艾克森美孚加油站，自从我回到普罗米斯瀑布市之后，曾经到这里来加过几次油。不过，等到我们加好油重新上路之后，我就失去了方向感。不出一会儿，我又确定了我们是在州内公路上。车速可能是每小时六十或七十英里，车子完全没有停下或者减速的迹象。偶尔，我可以听到十八轮的大卡车呼啸着从面包车旁经过的声音，那让我知道我们应该是在州内公路上。每隔五六秒，就会传来轮胎经过人行道接缝的闷响。轮胎先是闷哼一下，紧接着又是咔嗒地响一声，就这样重复了几次。如果我坐在驾驶座的话，也许不会注意到这种有规律的响声，然而躺在面包车后面冰冷的金属板上，要不留意到这种声响几乎是不可能的事。所有的声音和震动在这个空间里都被放大了。

经过这些反反复复的震动和声音后，我的脑子里突然浮现出一个念头。

是谁给托马斯打电话？

是谁把自己叫作比尔·克林顿？

显然不会是那个比尔·克林顿。

有一次，托马斯在和“前总统”进行他想象中的对话时，我走进了他的房间，却发现电话的话筒牢牢地挂在电话机上。他根本就没有在打电话。

但是，电话响并非我们任何人的想象。刘易斯说来电的人叫比尔·克林顿也不是我的想象。如果我不清楚托马斯的异想世界，那么换成是我，我的反应也会和刘易斯一样。

不过现在，我已经不确定什么是异想、什么是真实了。对于那通电话，我找不到合理的解释，我完全无法理解。

那不可能是克林顿。

不可能。

可是，确实有人打了那通电话。

在我思考这个问题的时候，另一通电话响了。此时，我们大概已经开了半小时。一开始，我怀疑是我那部被刘易斯没收到他背包里的手机响了，但我很确定看到他关机了。也许是朱莉打来问我们发生什么事了，为什么她到家的时候，我们却都不在。不过，手机的铃声并不一样。我的手机铃声是钢琴曲，但是这个铃声是那种模仿旧式电话的铃响。手机响了两下之后，我听到刘易斯的声音："我是。"

我挣扎着想过滤掉其他的声音，好尽可能听清楚他这头的对话。

"是的，我们在回去的路上了……没问题……是的，他有一个弟弟，是他弟弟在网上发现那个东西的……他弟弟有点怪怪的，好像是精神还是哪方面有点问题……我不知道，那就留给你自己问吧……那个地方很奇怪，墙上贴满了地图……不，不是的，是每一英寸墙面……是的，好，我还带了一台电脑主机回去，他们就是用那台电脑漫游网络的……是的，还有一件事有点奇怪，不过也可能没什么。有人打来电话，我佯装是他弟弟感冒的声音接了那通电话。结果，对方说他是比尔·克林顿……没有，没有什么口音，不过我只和他讲了几秒钟而已……我是说，是的，我也是这么想，可能是什么恶作剧的电话吧……好的，我们玩具店见。"

接下来的几英里路程只是一路的沉默，直到刘易斯开口说道："你一直都没出声。"

"你要玩《大家来找茬》吗？"妮可说道。

“好吧。”又是一阵沉默。

几英里之后，妮可突然说道：“该死。”

“怎么了？”

“我左侧的后视镜里有一辆警车。”这表示开车的人是妮可，“它开到超车道上了。”

“警车顶上的灯亮着的吗？”刘易斯问道。这种大型面包车的死角可能让刘易斯无法看到后面的警车。

“没有，它没……可恶。”

“又怎么了？”

“现在亮了。”

一阵警笛声立刻传来。我可以感觉到托马斯在我身边蠕动。毫无疑问，他和我一样，也一直在聆听各种动静，而这个最新的发展也许让他在想这是不是我们的一线希望。

面包车的车速减慢了下来。

“沉着点。”刘易斯交代着。

“你还戴着警徽吗？”妮可问道，“如果他以为你是纽约市警察的话，可能就不会为难我们了。”

“没有。”刘易斯回头对着我们说道，“你们要是敢发出一点声音的话，警察就死定了。”

面包车逐渐靠向路边，原本平稳的道路被碎石路面取而代之。妮可终于把车子停了下来，却没有熄火。

“它就停在我们后面，”妮可说道，“车门打开了，出来了——是个女的。”

“该死，”刘易斯说道，“女警更糟。”

我听到车窗摇下来的声音。妮可说道：“警官。”

“驾驶执照和行驶证。”女警说道。

“没问题。亲爱的，你要不要看一下副驾驶的置物箱？”妮可问听起来好像正在翻找着什么文件的刘易斯。

“这是你的车吗？”女警问道。

“不是，是租来的。”妮可回答，“我们正要去怀特普莱恩斯，帮他姐姐搬家到奥尔巴尼去。我超速了吗？”

“你有一边的尾灯一直在闪。”女警告诉她。

“噢，可恶，这是我的错吗？”妮可说道，“这应该是租车公司的问题吧？”

“如果开车的人是你，任何问题就都是你的责任，女士。”

“好吧，如果是这样的话。万一我因此而吃上罚单，我可以去找租车公司的人吗？”

妮可很厉害，她完全不急着把警察甩开，因为如此一来，反倒可能引起警察的怀疑。

“那就要看你自己了。我不会给你开罚单的，不过，如果你还想继续开这辆车的话，就得先解决这个问题。你可以把维修费的收据寄给你的租车公司。”

“谢谢你，警官。好的，行驶证在这里，这是我的驾照。”

“我要把这些证件带回我的车上，女士，请你在这里等我回来。”

“好的。”

随着警官离开的脚步声越来越远，我听到妮可小声地说：“大家都表现得很好。”

几分钟之后，警官回到车窗旁边说道：“好了，还给你，你的驾照和行驶证。我刚才说过了，你得尽快把车尾灯修好。”

“当然。”妮可回答。

“谢谢，警官。”刘易斯也插嘴。

警官随即问道：“那后面是什么？”

我不知道托马斯有什么反应，不过我的心脏几乎就要停止跳动了。刹那之间，世界仿佛凝结了，我们仿佛被带入一个静止的世界。

我的脑子里不断在呼喊：拜托！你把枪拿出来吧，警官！快把你的枪拿出来！

然而，妮可却一点也不慌乱，仿佛她一直在等着这个问题一样：“我们带了好些搬家用的毯子，这样，家具就不会被刮坏了。”

“你介意打开后车厢吗？”警官问道。

“啊？”妮可反应道。

“只要打开看一下，你们就可以走了。”

“当然。”妮可说完，随即传来安全带解开的声音。我不禁怀疑她是不是要把她的冰锥拿出来，或者刘易斯已经准备把枪拿出来了。

车门被打开了，听起来是妮可下了车。两个人的脚步声在车外响起，从车身旁边来到了车后。

她就要死了，那个女警就要没命了。

“你可以打开吗，女士？”她问。

“当然可以。”

我以为会听到后车厢的门被打开的声音，却听到一阵尖锐的电子噪声，接着是女警模糊不清的话语声。

“晚安，女士，你可以走了。”一阵离去的脚步声响起，然后是警车轮胎滑过柏油路面的声音。

车门再度被打开，面包车在妮可上车的时候微微晃动了一下。

“怎么回事？”刘易斯问道。

“她接到一通紧急电话。”

于是，我们又重新上路了。

在接下来的几小时里，四周不断地传来车辆行经的声音。我们无法维持稳定的车速，在过桥的时候，车轮发出的嘎吱声听起来更是恐怖。

我们显然已经来到了人口比较密集的地区，因为周遭不仅有车辆的声音，还有收音机的声音和喇叭声。我们先是左转，然后右转，接着又左转。我实在数不清我们究竟转了多少弯。

最后，面包车终于停了下来，却突然又开动了起来。引擎的声音环绕在我们耳边，感觉我们好像来到了一个车库或者巷弄里。

妮可熄了火，和刘易斯双双下了车。几秒之后，后车厢的门倏地打开了。

“好了，孩子们，我们到了。”妮可说道。

58

那应该不代表什么，霍华德在和刘易斯通完电话后自忖着。他在起居室的大理石地板上来回踱步，试着想通这件事。

那通打到基尔布赖德家里，自称是比尔·克林顿的电话，毫无疑问就是刘易斯认为的那样，只是恶作剧。或者真的是比尔·克林顿，不过，此克林顿非彼克林顿而已。霍华德自己就认识一个叫富兰克林·克林顿的人，还有一个人叫罗伯特·克林顿，以及一个爱莉诺·克林顿。普罗米斯瀑布市也许就有好几个名叫比尔·克林顿的人，甚至美国的每个城市里都有人叫这个名字。

CIA 是否介入了他和莫里斯的问题，光是这一点就已经够霍华德烦恼的了，他没有理由还要为前总统是否也涉及此事伤脑筋。这似乎比一个来自佛蒙特的插画家居然是个情报卧底更荒谬。

等到他面对面地问完雷·基尔布赖德以及他弟弟几个问题之后，谜题很快就可以解开了。他相信刘易斯和那个一开始把事情搞砸，后来又协助刘易斯执行这项任务的女子，会让基尔布赖德兄弟开口的。

霍华德不禁猜测，刘易斯为什么让那个女子也参与这最后的环节。他们只差这一步就可以为这团不幸的混乱画下句号了。不过，霍华德有种感觉——在事情逐渐进入尾声之际，刘易斯打算把一切做个了结。那个女子的错误为他们带来了太多的遗憾，以霍华德对刘易斯的了解，他知道刘易斯不会轻易原谅这种错误。

刘易斯会做他觉得应该做的事，而霍华德也不需要知道那是什么。

刘易斯在三小时之后来电话了："我们到了。"

"我很快就过来。"霍华德告诉他。

他们比原定的时间晚到了。因此，霍华德无法按照计划和莫里斯开会，他只能在车上给莫里斯打电话说取消会议。

霍华德走出他坐落在第八十一街的褐石豪宅，他的那辆黑色奔驰就停在对街。他走到车边，站在驾驶室车门旁掏出了手机，拨通了莫里斯的电话。

"嘿！"莫里斯接起电话，"我在路上了。"

电话里传来隐约的开车声，莫里斯此刻应该在他那辆加长型的豪华轿车里。只要需要，莫里斯的司机希瑟从早上七点到半夜十二点都会随时待命，送他到他想去的地方。

"很抱歉，莫里斯，这个会议恐怕要改期了。"

"怎么回事？"

"我好像因为天气变化感冒了。我们明早再聊吧，也许我们可以把会议改到明天晚上。真的很抱歉。"

"很遗憾听到你这么说，我很期待这次见面。不过，如果你生病了的话，你还是先照顾好自己吧。"

"谢谢你，我很感激你的理解。"霍华德勉强轻笑了一声，"我们掌控全球的计划就改到明天吧。"他打开驾驶座的车门，一把滑到方向盘后面，不过，手机依然紧贴在耳朵上。

"好吧，"莫里斯应声道，"那我们明天再聊。"

霍华德挂断电话，把手机扔到副驾驶的皮椅上，然后关上车门，发动引擎出发。

莫里斯在电话里告诉霍华德保重的时候，希瑟正好把那辆豪华轿车转到八十一街。

希瑟狐疑地说道："前面不是塔立曼先生的车吗？"

莫里斯立刻挪到后排座位的正中央，透过前挡风玻璃向外望去，只见霍华德的车子正从路边开出去。

“是啊，”莫里斯应道，“他显然还可以开车。”

“你要我开到他旁边吗？”

莫里斯只考虑了两秒钟：“不，不要。”

“那要回家吗？”

“不，”莫里斯说道，“我们看看他要去哪里。”

于是，他们跟在霍华德的车后，一路开到了东四街。霍华德把车子停在了路边，然后下车走到一家漆黑一片的商店前门。商店的左边有一条小巷，巷口停了一辆白色的面包车。

“那是什么地方？”莫里斯问道。他的视力已经不如从前了，不过希瑟的眼睛却犀利如黑夜里的猫头鹰。

“费伯古董店。”她告诉莫里斯。尽管橱窗里没有亮灯，她还是说她似乎看到了一些儿童的玩具。那种已经不再有人生产的玩具，包括金属制的车子、旧款的火车、看起来像是英国麦卡诺玩具公司制造的吊车，还有战斗机器人竞技场的玩具。

“他在大半夜跑到玩具店来干吗？”莫里斯说道，“店家都已经关门了。”

“是啊，”希瑟回应道，“不过有人在里面。后面刚亮起灯光，只是看起来更像是一道闪光而已。”

莫里斯看着有人把门打开了一条缝，等到霍华德闪身进去以后，店门又被关上了。过了一会儿，店里又亮起另一道光线，仿佛窗帘一样从一边挪到了另一边，随即又陷入了一片黑暗。

“我们就在这里等等吧。”莫里斯决定道。

59

那天傍晚，普罗米斯瀑布市议会针对市政府是否应该把土地卖作广告宣传使用，展开了一场激烈的辩论。议题是，企业是否可以向市政府购买一小块告示，上面写着本公园由某某公司赞助，而告示将会被插在市政府建造的花园里。因此，市民也许会在南端的郁金香花园，或者在萨拉托加公园正中央，甚至爱狗人士最喜欢去遛狗的城西小公园里看到这样的告示。一部分市议员认为这种告示会破坏城市景观，另一部分则认为这是在不增加赋税的情况下，能为市政府创造收入的好方法。此外，也有人问道："如果有情趣用品店要赞助教堂对面的花园，那又应该怎么办？有人考虑到这一点吗？"

坐在记者席上奋笔疾书、让人对她认真报道的精神大为折服的朱莉·麦吉尔，脑子里其实一直在思考稍晚她要带到基尔布赖德家的酒是否买对了。

她并不清楚雷到底喜欢红葡萄酒还是白葡萄酒。也许，他根本就不爱喝白葡萄酒，她对他的认识还不足以让她了解到这一点。因此，在她前来市议会进行报道之前，她就先买了两瓶加州红葡萄酒和一瓶加州白葡萄酒，还有一瓶法国白葡萄酒，以及六罐装的荷兰 Amstel 啤酒。这样，她就万无一失了。

不过问题是，她在进入市政府的时候，把所有的酒都留在了车上。你总不可能走进市长办公室说："嘿！你可以在我撰写这篇愚蠢的报道时，先帮我把这些酒冰到冰箱里吗？因为我得听你和你的议员们讲上好几小时的废话。"好吧，红酒也许还不是问题，因为通常你也不会喝冰的红酒，虽然朱莉连红酒都喜欢喝冰的。或许，等她到了雷家，他们可以先喝红酒，然后把那两瓶白葡萄酒冰上个半小时。

老天，这种喝酒的计划仿佛又回到了高中时代。虽然她必须承认，她对酒的态度从高中时到现在都没有改变过。不过，只要气氛好的话，谁在乎他们喝的是什么酒？而且，也许，如果够幸运的话，他们还可以把几天前的晚上没有完成的事做完。

她不会回到办公室去把这篇报道写完。《普罗米斯瀑布标准日报》在市政府里就有一间办公室，朱莉会在那间办公室里，用电脑把这场荒谬的辩论写好存档，然后尽快离开这里。这些家伙真的需要考虑这种事吗？她实在很惊讶，怎么会有人觉得在郁金香、玫瑰花或杜鹃花旁边插上矫情的广告牌是个好主意。看来，要进驻市政府办公室需要的不是脑子，你只需要选票。

朱莉坐在位子上写着笔记，心里想着还不如就艾莉森·菲奇的事打几通电话。她究竟是谁？为什么会消失？又为什么从纽约市的公寓消失了几个月后，却死在了佛罗里达的坦帕市？朱莉相信其中一定有隐情，不过她知道，等她弄清楚来龙去脉之后，要把这个故事卖给她的编辑也非易事。“这和普罗米斯瀑布市有什么关系？”他们对这种事不会感兴趣的。她得从本地的角度把故事卖给他们。那就得扯上托马斯了，是托马斯在漫游“旋转 360”的时候，无意中发现这件事的。

她停了一下。

被扯入这篇报道，托马斯会觉得无所谓吗？雷又会怎么想？虽然她曾写过无数报道，也完全没有考虑那些报道可能会让当事人尴尬，但是这次她不想这么做了。

她得另想办法。

这场花园广告的辩论最后在议员们投票同意不达成任何决定的情况下结束了。因此，这场冗长的辩论并没有得出任何结论，只决定要将这个问题交由某个委员会进一步讨论。由于会议其他的讨论议题比这个花园广告更无足轻重，因此朱莉拿起笔记本电脑、皮包，在《普罗米斯瀑布标准日报》的办公室里把报道写完存档，便匆匆离开了市政府。当她闪进停了好几小时的车里时，第一件事就是伸手摸摸放在副驾驶座位底下的酒是不是还在，然后立刻动身前往基尔布赖德家。

当她看到一辆白色的面包车朝着她的方向迎面驶来时，她距离目的地大概还有两百码之远。面包车开了大灯，所以她在开过面包车时完全无法看清开车的人的容貌，不过她反正也没有兴趣多看一眼。她完全不以为意。一开始，她也不确定那辆车是从基尔布赖德家的车道开出来的。

当面包车和她的车擦身而过之后，她确实从车窗外的后视镜瞄了一眼，这一眼足以让她注意到面包车一边的车尾灯坏了。

朱莉按下方向灯，一把将车子转上基尔布赖德家的车道，将车子停在了房子前面。雷的车子就停在那里，他父亲那辆老克莱斯勒面包车也停在旁边，屋子里灯火通明，仿佛有人正在开派对。起居室里的灯全亮着，她可以看到托马斯的房间里也一样开着灯。

她拿出先前准备好的酒，然后走下车子，走上阳台，然后敲了敲前门。几秒之后还没有人应门，她便主动开了门大喊："有人在吗？"

她等了一下，确定没有人响应，又喊了一声："雷？我一个人喝不了这么多酒！好吧，也许可以。"

依然没有响应。

她走进室内，把装酒的袋子放在橱柜边的椅子上，然后望向厨房。厨房里空无一人，所以她走到楼梯口往上叫道："有人在吗？"

朱莉三步并作两步地跑上楼，首先把头探进托马斯的房间，然后到客房和雷的父亲曾经住过的卧室，只见浴室的门是开着的。

托马斯的房间好像有点不一样。

她重新回到托马斯的房间，才踏进去，立刻就注意到了刚才匆忙一瞥间下意识注意到的不寻常。托马斯的桌上堆了好几条没有连接在插座上的电线，桌上的三个电脑屏幕也一片漆黑。

电脑的主机不见了。

"这是……"朱莉屏住了呼吸。

她匆匆回到楼下，等她走过厨房时，她留意到通往地下室的门后也透出了灯光。"有人在下面吗？"她喊道。

尽管没有响应，她仍然走下了楼梯。地下室的地上有样东西吸引了她的目光——某个比电脑主机不见了还让她担心的东西。

那是一副白色的塑料手铐。

“不会吧。”她低声道。

她冲上一楼，从后门跑了出去。一路跑到了斜坡顶端，然后往下俯视着底下的溪流，大声叫喊着雷和托马斯的名字。接着，她又跑到谷仓，同样重复喊叫着两个人的名字。

“该死。”她咕哝着跑回自己的车子。

她才到这里，多久？也许才四分钟吧。不是太久，但是四分钟已经足够让一辆面包车开四英里甚至更远了。她追上他们的机会有多大？

不过，她并未因此就没有把车调头，然后以每小时五十英里的速度在车道上倒车。当她开上大马路时，她的车因为加速而飞了起来，只剩下两个轮胎还在地上。等到车子落地之后，她飞快地朝着面包车离去的方向冲了出去。

“可恶！”她低吼了一声。她干吗不打他的手机？

于是，她把手伸到副驾驶上的皮包里摸索。直到找出手机，她才把手机放在面前，一眼盯着前方的道路，一眼盯着电话，开始在手机屏幕上按下雷的电话号码。

她把手机放到耳边，左手紧紧抓着方向盘。电话响了一声、两声……

“快点！接电话啊，你这个浑蛋！”

电话响了七声之后，直接接到了语音信箱：“嘿，我是雷！我无法……”

“去你的！”朱莉尖叫了一声，不过，当然不是因为雷没有接电话。她猛然踩住刹车，一把将手里的电话扔开，好空出双手握住方向盘，很快把车子靠到了路边。

那辆白色的面包车就停在前方的艾克森美孚加油站。

一名男子站在车旁，正在使用自助式加油机帮面包车加油。从她所在的位置，她无法看清面包车的车头，虽然她觉得依稀看到有人把手肘靠在了驾驶座的窗边。

怎么办？她甚至不敢确定这就是那辆从基尔布赖德家车道开出来的面包车。看起来像是同一辆，都是商务用车，车侧都没有窗户。她应该要开过去，然后停在那辆车的旁边吗？看看那是谁的手肘？看看车子里是不是还有其他人？

她的脑子里只能想到艾莉森·菲奇，以及死在芝加哥的那对夫妻。如果杀了他们的人发现雷去过艾莉森的公寓，那么……

那名男子把面包车的油箱盖盖上，再把加油管放好，便走进加油站里去付钱。虽然加油站也可用信用卡付款，他用的却是现金。

很多人都付现。

但是，如果你不希望留下行踪的记录，当然就不会用信用卡。

在朱莉还没决定该怎么做以前，她就已经没有了选择。男子回到面包车旁边，从副驾驶那头上了车。车子的尾灯亮起一只——有一边是好的，这辆车显然就是刚才她看到的那辆——面包车很快驶离了加油站，重新上路。

朱莉松开脚下的刹车，立即跟上。她小心翼翼地和面包车保持距离。这么晚了，路上的车子已经不多了，再加上面包车的体积和醒目的白色，要在一定的距离外跟踪它并非难事。

面包车在好几个路口都减缓了车速，仿佛驾驶员不确定他们的方位，或者应该走哪个方向。不过，面包车很快就找到了高速公路的入口，朝着往南的方向而去。

如果就这样跟上几小时，应该就会开到纽约市了。

朱莉瞄了一眼油表，油箱还有一半的油。她只能向老天祷告，不管那辆面包车要开去哪里，都希望能在她的油用完之前就抵达目的地。

等到开上高速公路，朱莉就尽可能地和面包车保持足够远的距离，以免引起面包车驾驶员的怀疑。她的手机被丢在了副驾驶座位前面的地板上。于是，她解开安全带，扭曲着身体试图用右手去够手机。虽然她的头已经低于仪表盘的高度，但是她还得保持车子直线前进。

她的目光在道路和手机之间不断来回，一会儿之后，她终于给普罗米斯瀑布市警察局打通了电话，表明了她是《普罗米斯瀑布标准日报》的记者身份，然后要求和巴里·达克沃思警探说话。

“他下班了。”总机告诉她。

朱莉把自己的电话号码告诉了总机：“请他给我回电，好吗？是有关基尔布赖德家的事。”

“我试试看吧。”总机冷冷地说着，然后挂断了电话。

“可恶。”朱莉在心里咕哝着。她的态度也许太强硬了，她猜，总机把她的话转告给达克沃思警探的概率应该很小。

就在总机挂断电话几秒后，一辆警车从超车道飞驰着超过朱莉的车子，让她差点心脏病发。一开始，她没来由地以为这和她打给普罗米斯瀑布市警察局的那通电话有关，但那是一辆纽约州的警车，而且只是那种在州内公路上巡逻的警车。

朱莉看着警车在高速公路上与自己渐行渐远，却在靠近面包车时，开到了面包车的后面。警车跟在面包车后面开了大约一分钟，然后警车车顶的警灯开始闪烁。

“好耶！”朱莉看着面包车靠边停到了路边。

朱莉也跟着把车开到路边，然后关上车灯，仍沿着路边继续前进，缩短她的车和巡逻警车之间的距离。这样，她才可以看清发生了什么事。她认为，如果雷和托马斯果真如她所怀疑地被押在了面包车里，那么，随着面包车被拦下来，这件事就应该到此结束了。他们会因此而获救。

那名警官——看起来像是个女警——走近了面包车，她和驾驶员讲了几句话，也许是在向驾驶员要驾照和行驶证。然后她回到巡逻车旁，一屁股坐了进去，而面包车就在路边等着。

“快点，快点！”朱莉大声地说道。

过了整整三分钟，警官才走下巡逻车，把证件还给面包车的驾驶员。然后——你好，这是怎么回事？面包车的驾驶员——一名金发女子下了车，和警官一起绕到了车子后面。

她要那个驾驶员打开后车厢。

“开车门，开车门，开车门！”

然而，就在金发女子把手放在门把上时，那名警官转身跑回了她的巡逻车，加速把警车开走了。

“不！”

朱莉可以猜到发生了什么事——另一通紧急电话被那个警察纳入优先考虑了。

也许，那名巡警在和面包车驾驶员讲话的时候，就已经注意到了有什么可疑之处。应该不是人的身体，因为如果她觉得自己看到了人体——不管是死是活——她应该就不会因为另一通来电而离开了。或许是一个大箱子？那种大到可以藏一个人的箱子？

她一定看到了什么。

“可恶。”朱莉望着闪着警灯的巡逻车逐渐远离。金发女子回到车上，几秒之后，面包车就继续上路了。

朱莉只好继续尾随。

约莫二十分钟后，她的手机响了。她看也没看来电显示就接了起来。

“你好！”

“我是达克沃思警探。什么事重要到你得对我们的总机大呼小叫的，麦吉尔小姐？”

“我觉得……好吧，我不确定，不过，我觉得有人绑架了雷·基尔布赖德和他弟弟。”

“你在说什么？”

于是，朱莉把那辆面包车驶离基尔布赖德家车道后几秒，她就在基尔布赖德家发现了家里空无一人，电脑的主机也不见了，以及在地下室找到一副塑料手铐的事都告诉了达克沃思。

“他应该再给我打电话的。”达克沃思说道。

“什么？”

“雷·基尔布赖德给我打过电话，不过我和他的对话被打断了。他只好说他会马上再打给我，但是就没有再打来了。”

“我猜得没错。”朱莉立刻说道，“他们被绑架了。”

“谁会做那种事？”达克沃思问道，“听着，我现在就去基尔布赖德家，看看究竟是怎么回事。你看到面包车的车牌了吗？”

“我没跟得那么近。我没想到要记下它的车牌。”

“好，听着，如果那辆车有什么情况，你就打这个电话号码，这是我的手机。听懂了吗？”

“知道了。”

朱莉只能继续跟踪面包车。

林肯隧道那头出了点事故，所以每次只能放行一辆车通过。那辆白色的面包车和朱莉之间还隔着五辆车子。一旦它经过事故现场，立刻就会扬长而去。

等到朱莉的车经过护栏，来到曼哈顿时，那辆面包车早就不见了踪影。

“去他妈的！”她怒骂着把拳头重重地落在方向盘上。

60

不知道是妮可还是刘易斯把毯子掀开，然后将我拖下车，再把我脚上的胶带撕掉，不过头上的面罩依然没有被摘下。他们带我穿过一扇门，引导我走了不超过六英尺的距离，我猜那应该是一条很短的走廊。我的肩膀偶尔会擦撞到墙壁，脚下也不时响起木板被踩踏所发出的唧唧声。我的肩膀被一双手从后面抓住，仿佛是在引导我穿过一个门廊。

那双手随即让我停了下来，然后将我转了一百八十度。

“坐下。”刘易斯说着，把我被铐住的手绕过一个感觉像是标准木头椅椅背的东西，然后将我按下。接着，他又用胶带把我的手腕牢牢地缠在椅子上。他并没有把我的脚踝也缠在椅脚上，所以我还得以随时转动我的脚踝，好让血液获得循环。蓦然之间，有人一把抓住我头上的面罩，倏地往上一拉，连带地扯掉了我好几根头发。

虽然室内并不明亮，不过我还是眨了几次眼睛，好适应突来的光线。当妮可把托马斯带进来的时候，原本站在我正前方的刘易斯立刻往旁边让开。托马斯被按在距离我几英尺的一把椅子上坐下，然后同样被胶带缠在椅子上，再由妮可把他头上的面罩扯下。他和我一样也眨了眨眼睛，随即和我交换了一抹惊骇的眼神。

“我去拿电脑主机，”刘易斯说道，“顺便通知霍华德我们在哪里。”

我们处在一间没有窗户的房间里，房间约莫有十二平方英尺，感觉像某家商店的后面。房间的一角摆了一张很重的古董书桌，是那种有缩卷顶盖的桌子，而桌面上那个往两边推开的滑门里，则刚好放了一台电脑。桌上其他的方形格子里塞满了各种看起来像是账单、收据和剪报之类的文件。房间的四面墙壁几乎都被橱柜占满了，柜子的木材和脚下破旧的地板如出一辙。橱柜里堆满了老旧且布满灰尘的书籍、古董时钟、皇家道尔顿的小雕像，以及像手风琴一样装有可伸缩皮腔的旧式照相机。不过，最主要的还是各式各样的玩具，包括拥有几十年历史的锡制汽车和卡车，车上的图样都已经被小孩玩到掉漆了。而那些曾经玩过这些玩具的孩子，在这么多年后的现在，也许都已经不在世上了。还有合成金属做的玩具士兵，以及我小时候也有过的那种小玩具。我看到一辆埃索的油罐车，在我三岁的时候，父亲也曾送我一辆那样的玩具车。这间房间基本上就是各种模型玩具车的展示场。模型的材质从金属到塑料都有，车子的尺寸大小也各异其趣。此外，还有一套标枪和环套，我们小时候也常常在后院扔掷这种玩具，直到托马斯差点射到邻居的狗才罢手。还有一顶儿童尺寸的红色消防帽，帽子正前方印有“德士谷”这几个大字。甚至还有几个装满了老式棋盘游戏的大纸箱，那些游戏都是取材于《神探可伦坡》《无敌金刚》《脱线家庭》《秘密特工》这些早就被砍的电视节目。当然，房间里还有无数的洋娃娃：芭比、破烂布偶、卷心菜娃娃，以及那种只要平躺下来，眼睛就会自动闭上的真人大小的塑料婴儿。有些少了四肢，有些则缺了头。还有一个橱柜里收藏了一系列老旧金属机器人，另一个柜子则塞满了看起来仿佛蒙受过巨大灾难的镀锡铁皮火车，以及三颗壁球大小的黑球——就是那种会在屋子里来回弹跳的球，看得出来是二十世纪六十年代的威猛奥超级弹力球。

看着这些过去留下来的珍宝，我一点都不觉得恶心。我只是觉得害怕，一种屁滚尿流的恐惧。

刘易斯带着电脑主机回来了。他把主机放在桌上，然后拔下桌上原本那台电脑上的几条电线，连接到托马斯的主机上。

面无表情的妮可对着托马斯和我说道：“有人会来问你们几个问题，所以我会把你们嘴上的胶带撕掉。如果你们任何一个开始尖叫的话，我就会立刻重重地伤害另一个。明白了吗？”

我们双双点了点头。妮可就用力地撕掉我嘴上的胶带，那股疼痛让我畏缩了一下，我舔舔嘴唇，马上就尝到了血腥的味道。当她撕开托马斯的胶带时，托马斯叫道："好痛！"仿佛在学校操场上被人狠狠地踢了一脚似的，不过他立刻向妮可道歉，"对不起，我会安静的，你不要伤害雷。"

我马上问他："你还好吗？"

他摇摇头："不好。我的手臂好痛，嘴唇也是。还有，我的手都没知觉了。"

我的手也一样。那副塑料手铐阻断了大部分血液循环。于是，我央求妮可："我弟弟的手可能已经变紫了。我的也是。你可以帮帮我们吗？"

刘易斯闻言，从背包里拿出一把橘色握柄的小刀。"不要做什么蠢事。"他说着割断了我的手铐，然后将我的手腕用封箱胶带绑在椅子上。血液立刻涌到了我的手指，我反复伸张了几下指头，好让麻痹的感觉加速退去。在割断托马斯的手铐之后，刘易斯随即回到古董桌前，把剩下的几根电线全部接好，然后启动了电脑。电脑开始发出嗡嗡的低鸣，刚被他连接上的屏幕也亮了起来。

托马斯见状立刻说："那里面所有的东西都是高度机密的。"

浅蓝色的电脑屏幕让室内蒙上了一层微光。屏幕上有一些标志，其中一个是用来打开网络的搜索引擎，一个是E-mail，还有一个在角落里的则是回收站。

刘易斯首先联机上网，想看看电脑的网络使用历史记录。托马斯还没有机会清除他前一天的使用记录，就像他平常每天上床前都会做的那样。不过，即便如此，记录里也没什么好看的，充其量只不过是在"旋转360"上搜寻的几个城市记录而已。

刘易斯不禁问道："你从来不看其他的网站吗？"

托马斯似乎不明白刘易斯是不是认真的，他只是回答道："我没有空。"

刘易斯点击着记录里的每个影像和每个城市，所有的记录都是托马斯今天——应该是昨天了——探索过的地方，现在应该已经过了午夜。"你为何不……不，我会让霍华德自己问你，同样的问题没有必要重复问两次。"

他很快退出"旋转360"，然后打开E-mail。

托马斯立刻对我说："他不应该看那些邮件。"然后，他开始问一连串的问题，“我们现在在哪个城市？在哪条街上？地址是什么？”

我也一直在猜想我们在哪儿，虽然我想了解的没有托马斯那么详细。我们已经开了很长一段时间，长到足以抵达纽约、波士顿或者水牛城，甚至其他城市。据我所知，这样的时间可能已经把我们带到费城了。

妮可无视托马斯的问题，刘易斯也同样不予理睬。

托马斯于是看看我：“我想回家。”

“我知道，我知道。再撑一会儿吧。”

刘易斯一封一封地把 E-mail 打开来看，然后缓缓地摇头，无疑是想弄清楚托马斯给 CIA 发那些 E-mail 到底是要干吗。

“搞什么……”

在他阅读 E-mail 的时候，妮可则环顾着室内。她偶尔会从柜子里抽出一本书，看看封面，再放回去。她还从柜子上拿起一个娃娃，检视了一下，仿佛那是来自另一个星球的纪念品。“我妈妈从来不让我玩洋娃娃。”她自言自语着，并没有特定对房间里的谁讲话。

当一阵敲门声传来时，每个人都抬起了头。敲门的声音来自另一个方向，不是我们稍早进来的方向。我觉得我们好像是从侧门进来的，但是敲门声似乎是从正门传来的。刘易斯从电脑前走开，将一道隔在店铺和房间之间的绿色布帘拉开。随着蔓延到店铺前的灯光，我可以看到更多陈列在店铺里的古董玩具。

“是他。”刘易斯喃喃自语地走出房间。

他是谁？他们已经不止一次提到过有人想和我们谈谈。某个刘易斯和妮可都要对之报告的人。

我心里的恐惧依然没有减少，不过我同时也感到很好奇。当你很肯定自己就要死了的时候，想想接下来你所要见的是什么人，多少可以分散你的恐惧。

在刘易斯开门的时候，我听到了一阵微弱的铃铛声。能听到从店铺前传来的模糊的对话声，两道脚步声随即朝着店铺后方走来。我听到一名男子问刘易斯：“这是什么地方？”

刘易斯回答："帮我处理布里奇特尸体的那个人是这家店的店主，他是个玩具痴。"

布里奇特？

刘易斯很快就回来了，他掀开布帘，让一名肥胖、矮小、秃头、看似五十来岁的男子走进房间。男子穿了一件看似骆驼毛或克什米尔羊毛的轻便大衣，里面还有一件一看就知道十分昂贵的西装。

男子看了看托马斯和我。我对这名男子的神态看起来似乎呆滞多于凶猛有点诧异。

"所以，这就是我们要找的人？"他对刘易斯说道。

"是的。"刘易斯回答。

男子的目光接着落在妮可身上。早已放下洋娃娃、手臂交叉放在胸前的妮可正靠在一架塞满旧书的橱柜上。

"你，"男子轻蔑地说道，"就是把事情搞砸的那个人。"

"我也很高兴终于见到你了，霍华德。"妮可说着，把男子上下打量了一番。

托马斯和我的存在，让霍华德有了避开妮可目光的借口。他很快地转向我问道："你是哪一个？"

"雷·基尔布赖德。这是托马斯，我弟弟。"

托马斯马上接口说道："告诉那个人——刘易斯——叫他不要碰我的电脑。"

霍华德只是转向刘易斯问道："你把电脑连接好了？"

"是啊。里面有一些莫名其妙的东西，都是一些乱七八糟的E-mail。"

霍华德从口袋里拿出一个细长的盒子，又从盒子里取出一副眼镜："打开几封让我看看。"

刘易斯随即点击了几下。霍华德很快地看了看E-mail："其他的也都是这样吗？"

"是啊。"

"全都是通过CIA转给比尔·克林顿的？"

"没错。"

霍华德看了看我们，又看了看刘易斯："再和我说一遍那通电话的事。"

"有人打电话到他家，说要和那个家伙讲话，还说他是比尔·克林顿。就像我稍早告诉你的那样。"

"但是，你也说那声音听起来不像克林顿。"

刘易斯耸耸肩："我是说，我从来也没有和克林顿说过话，可是我不认为那听起来像他的声音。"

"人的声音在电话里听起来是不一样的。"托马斯告诉他。

霍华德仍然注视着电脑屏幕："这些 E-mail 都在已发送的文档里？"

"是的。"刘易斯回答。

"那收件箱或者回收站呢？有来自比尔·克林顿或者 CIA 的邮件吗？"

刘易斯点击了几下："什么也没有。"

霍华德应声道："嗯。"他走到布帘的另一端，拿了一把椅子过来坐在托马斯和我的前面，然后看着我。

"雷，我有几个问题需要你直接回答我。我想，如果你不老实回答的话，你应该知道会有什么后果。"

"我很清楚。"我告诉他。

他慢慢地点点头，仿佛我们已经达成共识："我们就来谈谈克林顿的事吧。不过，我们也许得从头开始。你帮谁工作？"

"我是个体户，插画师，自由工作者。"

"是吗？你不做其他和插画无关的工作？"

"是的。"

"那你呢？"他问托马斯，"你帮谁工作？"

"我也类似是个个体户，"他回答，"不过，我是帮 CIA 工作的。"

"那不是真的，"我说，"托马斯……"

霍华德举起一只手制止我："托马斯，告诉我你帮 CIA 做些什么。"

"我不应该告诉你的，"他说，"这是黑色任务。"

霍华德扬起了眉毛："黑色任务？"

"克林顿总统是这么说的。不过，那只是我工作的一部分。"

“如果你不告诉我的话，托马斯，我就会让他们把你哥哥的手指头一根一根折断。”

“不要伤害他。”托马斯立刻回答。不过，我可以看得出来他正在挣扎着思考是不是要牺牲我来保护他的任务。

“没关系的，”我说，“你就告诉他们吧。我这么说并非因为我不希望他们伤害我，托马斯。”我决定顺着他的逻辑走，“我只是觉得他们可能已经知道很多了。”

他缓缓地点点头。我不确定他是真的相信我，还是对他找到一个既可以告诉霍华德，又能免除自己罪恶感的方式感到如释重负。

“好吧，”托马斯说道，“我得在网上所有的地图都消失的时候帮助他们，因为这种事迟早会发生。还有，如果他们有任何探员遇到麻烦，我就需要随时提供援助。例如，如果探员在孟买逃命，却不知道应该怎么走的时候，他可以给我打电话，我就会告诉他。”他说得理所当然，就像一个正在纸上谈兵的小孩子。

“多解释一点。”霍华德要求道。

“哪一部分？”

“任何一个部分。”

“我记忆地图。我记忆城市。我记忆街道。所以，当所有的地图都消失的时候，我就可以帮忙。”

刘易斯插嘴：“那台电脑的记录全部都是‘旋转 360’。”

“你把‘旋转 360’上的街道都记下来了？”霍华德问道。

托马斯点点头：“没错。”

霍华德笑着用食指轻轻敲了敲自己的脑袋：“你把那些全都记在了这里？”

托马斯的回答还是一样：“没错。”

“这种事要怎么操作？如果我给你一个地址，你就可以描述给我听吗？”

托马斯点点头。

霍华德怀疑地看了他一眼。“那好。”他打算试试看，“我妈妈住在波士顿的亚特兰大道，她在那里有栋公寓。”

托马斯闭起眼睛：“靠近海滩街吗？那个区域很不错。她的公寓是那栋一楼有一家房地产公司的建筑吗？那里的人行道都是红砖铺的，看起来很漂亮。”他说完睁开了眼睛。

霍华德似乎有点被打败了。当他看向我时，我告诉他：“他从来没有去过波士顿。”

“好吧，我也来试试。”刘易斯说道，“丹佛市加州街两千七百巷，在二十七和二十八号之间。”他转而对霍华德说，“我是在那里长大的。”

托马斯再度闭上眼睛：“是那片一层楼的蓝色房子其中的一栋，还是对街那些六层楼的公寓建筑？那些墙壁好像从白色到深棕色，再到黑白，然后……”

“老天，”刘易斯说道，“他的脑子里好像装了一台电脑。”

霍华德问道：“是哪一栋，刘易斯？是蓝色的矮房子，还是六层楼的公寓？”

“是公寓。”刘易斯静静地回答。

霍华德深深地吸了一口气，十指交叉在一起，然后把前臂放在大腿上：“你要记住多少城市，托马斯？”

“全部。”他回答。

霍华德惊讶地仰了仰头：“美国所有的城市？”

“全球的城市，”托马斯纠正他，“我还没有全部记完。世界太大了。如果你问我，例如墨西哥的戈麦斯帕拉西奥，我就还没有探索到那里。我没去过的地方也许比我已经去过的地方还要多，例如那些小城镇之类的，因为我得先把大城市记住。”

“好吧。”霍华德说着，看了自从和霍华德打过招呼之后就动也没动过的妮可一眼，“那么，托马斯，我们可以说你确实具有某种天赋。我得承认，我很惊讶。”

“谢谢你。”虽然我们的处境很危险，但托马斯对这样的赞赏还是很高兴。

“所以，这就是你的工作，你需要记住所有的街道。”霍华德又说，“那这些 E-mail 又是怎么回事？”

“更新进度。”托马斯的语气似乎在暗示霍华德问了一个很愚蠢的问题。就好像在说，不然还会是什么？

“更新什么进度？”

“这个计划的进度。当我记住了新的城市，或者新城市的一部分街道时，我就会让总统知道。”

“你刚才还提到了另一件事，就是网上的地图全部消失的事？”

托马斯怀疑地看了霍华德一眼：“我以为你全部都知道。”

“就算我知道，你再告诉我一次也无妨。”

“即将有一场大灾难发生，那会毁了网上所有的地图，可能是病毒入侵或者别的什么。也许是美国的敌人引发的，那会发生在所有人把纸质地图全部都丢弃不用以后，因为我们现在都只依赖电脑。就像照片一样，每个人都曾把照片印在纸张上，现在却变成了张贴在网上。所以，等到所有的系统崩溃的时候，大家的照片就都会永远消失。地图也是一样。”

霍华德闻言转而看着我：“他是认真的吗？”

“是的。”

“他这种怪异的能力和你出现在艾莉森·菲奇位于果园街的公寓门口有什么关联吗？”

我点点头：“托马斯在记那条街的时候，看到窗口有个女人，头上还套了一个袋子。”我舔了舔干燥的嘴唇，“所以，他就要我去看看怎么回事。”

“他怎么会知道要去找那扇窗户的？”

“他不知道，他只是碰巧看到了。”

“不，”霍华德表示，“我不相信。这种概率简直是亿万分之一。”

“不，”托马斯说，“我终究会看到一切，这才是概率。”

霍华德转向刘易斯：“你觉得呢？”

“我不知道。对我来说，好像不太可能。也许有人叫他去看的。”

“是这样的吗，托马斯？有人叫你去看的吗？”

“没有。”他回答，“没有人叫我去看。”

“即便比尔·克林顿也没有？”霍华德问完，紧张地笑了笑。

“没有。我只是把进度报告发给他而已，他是我和中情局的中间人。”

“可是，他从来也没有回你 E-mail。你的收件箱或回收站里没有任何 E-mail。”

“他会和我沟通的，但不是通过 E-mail。”

“怎么沟通？”

“他直接和我对谈。最近，他都用电话。”

“什么意思？他最近都是直接打电话来找你的吗？”

托马斯点点头。

过去几小时里，我完全专注于发生在托马斯和我身上的事情，而几乎没有时间思考关于那通电话的事。我仍然不明白那是怎么回事，还在思考我是不是应该先弄清楚，好利用它来作为我们的优势。这家伙对此事似乎和我一样处于五里雾中。

霍华德摇了摇头，然后对刘易斯说道：“这个怪胎绝对不可能和前总统讲过话。”

“我同意，”刘易斯附和，“不可能。”

“托马斯，”霍华德继续说道，“你去看过医生吗？精神科医生？”

“看过，葛林医生。”

“他给你开药了吗？”

“她是女的，”托马斯告诉他，“开了。那些药让那些声音不见了，大部分都不见了，不过有时候我还是可以听到总统在说话。”

“通过电话还是没有通过电话听到的？”霍华德问道。

“电话比较清楚。”托马斯回答。

“不可能，”霍华德又说，“完全不可能。”

“你说得没错，”我小心翼翼地说道，我一开口，霍华德立刻就转向我，“美国前总统怎么可能给像托马斯这样的人打电话，还用他来帮 CIA 工作？这太荒谬了。你说得没错。”

霍华德可以听得出我话中有话，因此他没有吭声，只是等着我继续往下说。

“我是说，你已经见识到托马斯的能耐了。他天赋异禀，不过他对现实的观点有时候和我们所相信的大异其趣。他小时候就被诊断出精神分裂。”

托马斯不屑地看了我一眼，仿佛在说，“那并不代表我是错的”。

我继续说道：“我的意思是，关于地图消失、黑色任务这整件事，似乎有点过头了。不过，如果你认识的某个人很有天赋，却倾向于相信阴谋论、相信权贵人士对他的能耐很有兴趣，你是会打电话对他说‘嘿，我是某某某！我在想你能不能帮我探查一点事？’，还是会打电话对他说‘嘿！我曾经是美国总统，我需要你的帮助’。”

霍华德看了我几秒钟：“你想说什么？”

“好吧，我就直说了。我是说，我弟弟并没有帮 CIA、FBI、比尔·克林顿或者富兰克林·德拉诺·罗斯福工作。不过，”我抱歉地看了托马斯一眼，“他是在偷偷地帮卡罗·瓦尚工作。”

“谁？”托马斯问道。

“瓦尚？”刘易斯问道，“那个黑帮老大？”

即便一直保持漠然的妮可也突然兴致盎然了起来。

“黑帮老大？”托马斯跟着重复了一次。

“而且，”我继续说，“他们很看重托马斯，一直在关注他，所以他的手下现在很可能正在监视这个地方。”

61

“太荒谬了，”霍华德说道，“这简直荒谬到家了。”

“等等，等等，等等，”刘易斯对霍华德挥挥手，“当我在查他的背景时，”他说着朝我点点头，“我发现他的一张图画，就是他们叫的插画，画的就是卡罗·瓦尚。”

“没错。”我说，“我是帮杂志画的，他很喜欢，所以想买下来。”

“那又不是什么赞美他的插画，”刘易斯说道，“你把他画成了枪口对着自由女神的恶徒。”

“黑帮就喜欢那种东西，”我告诉他，“就像政客一样。就算你画什么卡通形象讽刺他们，他们还是想把原稿框起来，挂在自己的墙上。那种出名的方式总比没有的好。”

“我还是不相信。”霍华德重申。

“我不想收他一毛钱——他也没有提出要花多少钱，因为我猜他根本就没打算付钱。不过，当我们告诉他会把原稿送给他的时候，他邀请我一起吃午餐。”

“你和卡罗·瓦尚一起吃饭？”霍华德问道。

“是啊。”

“在哪里？”

我很快地转了一下脑子：“特里贝克花园饭店。”那是杰里米和我会见凯瑟琳·福特的地方。

“你们吃了什么？”霍华德进一步问道。

不要编造没有必要的谎话。

“我不知道。我吓都快吓死了，哪里还记得这些。”我停了一下，“我倒是喝了不少。不过，瓦尚问到了我的家庭，所以我就告诉他我弟弟的事，以及我弟弟在做什么，结果他就很感兴趣。”

霍华德这回倒没说什么，只是静静地等我说完。

不过，托马斯却接口说道：“你从来没有告诉过我这些。这是什么时候的事？”

“等一下。”我对着霍华德说道，“瓦尚并不在乎这个世界的其他地方，不过，既然有个闭上眼睛就可以看到纽约市所有街道细节的人，他说这样的人他可能用得着。就像托马斯刚才说的，如果有探员需要逃命的话，这样的人就派上用场了。当然，逃命的不是探员，而是帮瓦尚工作的人。”

“我对这件事很不高兴，雷，”托马斯抗议道，“你应该告诉我的。”

“他不是一个很容易接受别人拒绝他的人。”我继续说道，“你知道瓦尚家族牵扯到多少谋杀案吗？你以为我能随便对那种人说‘不’吗？”

霍华德和刘易斯交换着眼神，仿佛在考虑是不是应该相信我的这番话。这至少让我多争取到了一点时间。至于争取时间干吗，我也不知道。不过，至少我们还不会马上死掉，光是这样就很好了。我不禁猜想，别人要怎样才能找到我们。朱莉原本计划要到我们家的，如果她发现家里空无一人，但是车子还停在车道上的话，她会怎么做？

霍华德正打算说什么的时候，他的手机突然响了。他拿出手机，看了看来电显示，立刻皱起了眉头。

他把手机放到耳边：“嘿，莫里斯！……没有，没有，不用担心。你没有吵醒我……是的，我在床上，但是我睡不着……对，当然，我明天可以给他打电话……呃……呃……那场选战，他确实表现得不错……不会的，我一点也不介意。还有，我真的很抱歉必须取消今天晚上的约会。我只是没办法……呃……呃……好的，那么……你也是，保重。”

他结束对话，把电话放到一边，看了一眼刘易斯，然后才说：“他今晚想碰面。”

既然打完了电话，霍华德就再度把注意力放到我身上：“我们刚才说到哪里了？噢，对了，你的故事。我觉得实在无法相信。”

“到目前为止，你所听到的哪一部分让你觉得无法相信？”我问，“我弟弟在网上发现你们进行的谋杀？这听起来很难相信吗？像你们这样的专业杀手居然会让自己曝光，而且被人抓包，这种事情听起来很难让人相信吗？”

我问倒他了。

“如果你不相信我的话，”我说，“干吗不给他打电话？”

“什么？”霍华德问道。

“瓦尚。给他打电话。”

霍华德笑道：“这真是个好主意。让我在大半夜给纽约最大的犯罪家族打电话？我相信他们会很开心的。”他随即严肃地说，“他们为什么要关注托马斯？我为什么要相信他们现在可能在监视他？”

我咽了咽口水：“如果你掌握到像托马斯这样的资源，难道不希望保护他的安全吗？”

我可以看到霍华德的眼里闪过一丝担忧。我不认为他相信我的说法，不过他不敢贸然否定我的故事。

“就算你说的故事是真的，”他说，“卡罗·瓦尚是托马斯的守护天使。那么，是瓦尚叫他去看那扇窗户的吗？”

怎样回答比较好？是的，是瓦尚的主意。或者，不是，他根本不知道这件事？或许，如果我知道公寓里被杀的人是谁，就会清楚哪个回答比较好。我们原本以为死的人是艾莉森·菲奇，但是她真正死亡的时间是前天。刘易斯在霍华德刚到的时候曾对他提到“布里奇特的尸体”。虽然我不知道布里奇特是谁，但那足以让我怀疑她就是死在那间公寓里的被害者。

我还在思考的时候，托马斯突然说：“我告诉过你，那是我自己发现的。”

霍华德靠在椅背上，深深地吸了一口气：“我发誓，我不知道要怎么判断。”他转过头，如此一来，他就可以正面看着刘易斯了，“如果这真的只是偶然，如果这个“雨人”[①]真的只是无意间在网上看到了那个影像，那么我们

① 《雨人》是一部美国电影，男主人公是个自闭症患者。

的问题到此就结束了。”

“是啊。”刘易斯说道。

“克林顿的事，还有给 CIA 发 E-mail 的事……那些事情我不会去苦苦推敲，”霍华德若有所思地摸摸下巴，“不过，瓦尚这个说法……”

“我不相信。”刘易斯说道。

霍华德挪动了一下屁股，好面对妮可：“你一直没讲话。”

妮可默不吭声。

“你对这件事有什么想法？”

妮可思考了一下才说：“我想，如果他们在关注托马斯的话，他们现在早就已经把他救走了。如果你觉得你的担忧都已经获得了解答，那么你现在唯一要做的就是摆脱掉他们两个人。”

“是的，”霍华德说道，“你也许……”

前门突然大声作响，我想，就算说在场所有人差点都被吓死了也不为过。

“老天。”刘易斯反应道。

霍华德看着我：“是他们吗？”当他发现我完全无语时，便转而询问托马斯同样的问题。

“也许吧。”托马斯回答。

敲门声还在持续，接着是一阵喊叫：“霍华德！霍华德，我知道你在里面！”

霍华德瞪大了眼睛。在那一刹那，他看起来真的很狼狈，比他到了这里之后的任何一刻都要惊惶。

“我的老天，”他咕哝着，“是莫里斯。”

62

莫里斯·索奇克把手机放下之后过了没多久，便对他的司机希瑟说道：“我不打算再等下去了，我要去弄清楚那个浑蛋在搞什么。”

“我就在这里等你。”希瑟表示。

莫里斯从他的加长型豪华轿车里出来后，快步冲过街道，用力敲打着玩具店的大门：“霍华德！霍华德，我知道你在里面！”

莫里斯把眼睛凑近窗户，用手盖在眼睛上方，试着窥视店里的情况，只见店铺后面散发出一抹灯光。紧接着，一道布帘被拉开，霍华德大步冲向前门。他扭动了一下门闩，然后把门拉开了六英寸左右的宽度。

“你已经下床活动了。”莫里斯说道。

“莫里斯，老天，你在这里干吗？”

“把门打开。”莫里斯要求。

“莫里斯，你不能……”

莫里斯没等他说完，就一下用肩膀把门撞开了。霍华德因此被撞得后退了好几步，还踩到了一辆二十世纪五十年代的儿童三轮车。霍华德跌倒在地，随即抬起头看着莫里斯。

“怎么回事？”莫里斯问道。

“你得离开。你不会想留在这里的，你必须……”

“我哪里都不会去！你骗我，霍华德。你骗我说你生病了，还隐瞒你今晚的行踪。我早就怀疑你一直都在欺骗我了。我对天发誓，如果你不告诉我是怎么回事的话，我就……”

他说着望向店铺后面，只见布帘后面那片光影里有人影在晃动。

“里面发生了什么事？”

霍华德乞求他：“你得离开。这就是我为你做的事，莫里斯。我让你陷入了麻烦，我会把事情处理好的。我是供应香肠的人，但是没有人会想知道香肠的制作过程，但我可以为你做到，以保护……”

“噢，省省吧。”莫里斯打断他，“这是两回事。”

莫里斯往布帘的方向走了一步，霍华德立刻抓住他的腿：“不！”

莫里斯踉跄了一下，本能地踢了一脚，那只穿着 Florsheim 皮鞋的脚正好命中霍华德的下巴。

“可恶！”霍华德叫着松开了手。莫里斯不到两秒就来到了布帘前，一把掀开布帘，看向布帘后面的“世界”。

一名他认识的男子——已经帮霍华德做事做了很多年的刘易斯——还有一名站在房间后面的女子，不过他并不认识她。

另外，还有两个被绑在椅子上的男人。

“你好，莫里斯！”刘易斯在检察总长瞪大双眼、半张着嘴的惊愕下和他打了声招呼。

下巴沾有鲜血的霍华德气喘吁吁地回到了布帘后面。

“莫里斯，我告诉过你……”

“这两个人是谁？”莫里斯问道。

“我是雷·基尔布赖德，”其中一个人回答，“这是我弟弟托马斯。”

“你是什么人？”莫里斯问屋后的女子。

“搞砸了事情的人。”女子回答。

“给他们松绑。”莫里斯命令道。他没有特定对谁下令，不过显然期待刘易斯或者霍华德会有反应。

霍华德告诉他：“事情没那么简单。”

“噢，我想就是那么简单。”莫里斯劈头说道，“我不知道这里发生了什么事，这根本就是绑架。你们不能强迫这些人留在这里。”

“有些事情你并不知道。”霍华德说道。

“那就告诉我。”莫里斯对他说。

“这……很复杂。”

莫里斯眯起眼睛看着霍华德：“如果你慢慢说的话，我也许就会了解。”

“是关于一宗谋杀案的事。”那个叫托马斯的人开口说道，“发生在果园街的谋杀。”

“什么谋杀？你在讲什么？”

“闭嘴！”霍华德呵斥道，“莫里斯，我们现在就走……”

霍华德从莫里斯身后抓住他的手臂，试图把他拉走，却被莫里斯一把甩开。

“什么谋杀？”莫里斯又问了一次。

那个叫雷的人开口回答：“我们不知道。不过，可能是一个叫布里奇特的人。”

63

我的话才脱口，蓦然之间，室内的气氛仿佛空气被抽光了一样——至少对霍华德、刘易斯和妮可而言是这样。他们的空气似乎在瞬间遭到了剥夺，而他们却完全不知道应该怎么办才好。

至于那个被他们叫莫里斯的人，则像被闪电击中了一般。他好像被冻住，同时又被电击了一样。我的话让他大为震惊，震惊到除了呆在原地，他没有办法做出其他的反应。他的眼睛以很快的速度在眨动，消化着这个最新听到的消息。

就在那一刻，所有的事情似乎都改变了，某种平衡被打破了，我们现在的处境和五分钟之前截然不同了。至于那是否代表情况对托马斯和我比较有利，我无从得知，虽然我觉得事情再坏也坏不到哪里去。

至于莫里斯，打从他走进房间的那一刻起，我就认出了他。

一开始，我无法记起他是谁，这也许是因为环境不对。如果是在看新闻报道的话，我应该当下立刻就可以认出他来。然而，在这家玩具店后面看到他，再加上三个坏人，我还真的无法分辨出他是谁。就好像每天早上在甜甜圈店柜台把咖啡递给你的人，当你在百货公司遇到他的时候，可能一时还很难认得出来。你认得那张脸，可就是说不出来在哪里见过。

因此，我花了一两分钟才发现这个人就是纽约州的检察总长。

莫里斯·索奇克。

我读过关于他的报道，也在新闻上看到过他。事实上，几个月前，他不是才发生了很多事……

尽管房间里发生了那么多事，我的脑子却还在飞速地思考。为什么他上了那么多新闻报道？我为什么常看到他的照片？而在那些照片里，他身边不是通常都有一位美女？

噢，该死。

直到我把话说出口，这一切才在我的脑子里联系起来。

布里奇特。

现在，我记起那些故事了。纽约州检察总长之妻布里奇特·索奇克不明原因地猝死。你得仔细阅读新闻报道，才能猜到究竟发生了什么事——她自杀了。

不过，刘易斯却说这家店的店主帮忙运走了布里奇特的尸体。

噢，托马斯，你让我们蹚进了什么浑水？

我的发言引来的沉默如果没有持续好几小时，至少也持续了好几分钟之久，但实际上这份沉默只维持了不到五秒钟。

莫里斯首先打破了沉默，而且他说话的对象就是我。

“你说什么？”

“那个被杀的人，可能是布里奇特。”现在，我了解到我的话具有什么意义了。我在说的人就是这个人的妻子。我所不知道的是，莫里斯·索奇克之所以看起来那么震惊，是因为他不知道这件事，还是因为我知道了这件事。我只知道，这个人的妻子死了。

这一切都将变得清楚，或者更清楚。

莫里斯转向霍华德，他的态度冷静到让人害怕：“他在说什么？”

“我不知道。”霍华德仓皇地回答，“他是个疯子，他和他弟弟都是。他们是一对神经病，不停散播着会伤害你的故事，那就是他们在做的事。”

“不，”我辩驳道，“我弟弟发现了他们做的事，所以他们就把我们带到了这里，企图杀害我们，而且……”

“给我闭嘴！”刘易斯呵斥道。

“不，让他说下去。”莫里斯表示，“我要听听这个疯子要说什么。”

“托马斯在网上搜寻，”我继续说道，“‘旋转360’。他看到有人在果园街某栋公寓的窗口遭到了谋杀。我想那就是你的妻子——布里奇特，对吗？”

他缓缓地点点头，双颊慢慢地涨红了。

“真的，你不应该听……”

“霍华德，”刘易斯打断他，“够了。”

“什么？刘易斯，让我……”

“不，我们得让他知道，”刘易斯说道，“要么就让他和我们在同一艘船上，要么我们就把他给杀了。”

“什么？”莫里斯转向刘易斯，“你以为你是谁？”

“我是一个幸存者，”刘易斯回答，“霍华德也是，你也是。我们要活下去只有一个方法，那就是同舟共济。”

“布里奇特发生了什么事？”莫里斯质问道，“我要知道真相。”

室内又陷入了一片寂静。过了好几秒钟，霍华德才开口：“那是个意外，一个可怕的意外。”

“老天，”莫里斯低语，“不会是你吧？”

霍华德继续说道：“有个叫艾莉森·菲奇的女人，她勒索布里奇特。她企图破坏布里奇特的名誉，也企图毁掉你。我们……我担心她知道了什么会重创到你的事情。”

“霍华德……”

“政治的致命伤，莫里斯。一开始，我打算付钱了事，我确实是那么想的，但是后来事情摆明了付钱解决不了我们的问题。刘易斯和我谈过之后，我们决定好好处理这个叫艾莉森·菲奇的女人……永绝后患。”

“我不敢相信我现在听到的。”莫里斯的目光一直没有离开过霍华德。

“然而，等时机到了，等到要解决这个问题的时候，发生了一件没有人预料到的事。她不在那里——艾莉森·菲奇不在她的公寓里。”霍华德停了一下，咽了咽口水，“但是，布里奇特却在那里，她被误当成了菲奇。”

“可是……可是我们在她的旧公寓里发现了她。”莫里斯说道，“你和我，我们是在那里找到她的。”

“她……被移动过了。”

“可是，你和她讲过话！”莫里斯又说，“你在电话里和她说过话！她告诉你，我毁了她的生活！她打算自杀！”

霍华德不得不把目光挪开：“我……那是假的。没有什么电话，是我捏造的。”

莫里斯一把揪住霍华德的衣领，把他重重地推向柜子，柜子上的埃索油罐车和另一辆电池玩具车被撞得“哐啷”一声掉到地上。“你这个浑蛋！”他大叫着摇晃着霍华德。他随即放开霍华德的衣领，一拳重重地落在了霍华德的脸上。霍华德惨叫一声倒在地上。莫里斯跳到他身上，正准备再度出拳时，刘易斯抓住了莫里斯的手臂，硬把他给拖走了。

“住手！”刘易斯说道，“你可以稍后再解决这件事，现在，我们得先想好该怎么办。”

“我要杀了你！”莫里斯在刘易斯的牵制下，咬牙切齿地瞪着地上的霍华德，“你这个禽兽！浑蛋！”

“那不是我犯的错误！”霍华德辩解道，“不是我的错！”他指着房间后面，“是她！”

现在，所有的目光都集中在了妮可身上。

莫里斯问道：“是你？”

“就像他们说的，那是一个错误。”妮可冷冷地说。

“你杀了布里奇特？”

“他们告诉我爱莉森·菲奇会在那里，而且确实有人就在那里。但是，那并非菲奇。”妮可说道，“很抱歉。”

莫里斯说道：“你说什么？”

“我说，抱歉。在这个节骨眼上，我真的没什么好说的。”

莫里斯惊愕地看着霍华德，然后又看看刘易斯。

刘易斯只好说：“她说得也没错。”他注意到莫里斯因为愤怒而说不出话来，因此，他又继续说道，“霍华德，我想，我们可以对莫里斯表达我们愿意和他一起前进的忠诚。”

“你在说什么？”霍华德不解。

“我们无法让布里奇特起死回生，但是我们可以改正这个错误。”刘易斯说着从背包里拿出了一把枪。

他倏地转过身，枪口正对着妮可，然后扣动了扳机。我本来以为会听到震耳欲聋的枪声，但他的枪口显然装上了那种消音的装置。

唯一的噪声来自妮可撞上柜子的声音，她的后脑撞到了柜子，然后脸朝下倒在了地板上。两个柜子跟着倒下，散落了一地的玩具。一颗超级弹力球在房间里四处弹撞。

“反正，我迟早都会这么做的。”刘易斯说道。

64

房间里又恢复到之前我提起布里奇特时那样的沉寂。莫里斯·索奇克不敢相信地看着刘易斯，又看看地板上的妮可。

“你到底做了什么？”他问刘易斯。

“这就是我向来做的，”刘易斯告诉他，“帮你和霍华德解决问题。”

莫里斯突然把手伸进口袋，然后把手拿出来。这回，他的手里也出现了一把枪。我猜，当检察总长的人可能随身都得带枪吧。刘易斯似乎本能地知道莫里斯打算做什么，所以当莫里斯的枪口指向刘易斯的时候，刘易斯也已经把枪口对准了莫里斯。

他们就那样站在那里不动，枪口指着对方。

“让我们都冷静下来吧。”霍华德说道。

莫里斯的目光依旧在刘易斯身上：“没有人会为我杀人，没有人需要以我之名做这种事。”

“已经做了就做了。”霍华德站在莫里斯身后，轻声地说，“就算你杀了刘易斯，事情也不会好转。我们需要他。”

“老天，霍华德，你给我闭嘴。”

刘易斯伸直了双臂，手指依然贴在扳机上，枪口纹丝不动地对准莫里斯。他的站姿、持枪的方式，都暗示着他比莫里斯更熟悉开枪。不过检察总长看起来也不像玩假的，如果必要的话，他绝对会开枪。

“不，”霍华德说道，“你得听我说。有些事已经因为你而做了，一些不好的事、丑陋的事。那是一些一旦被揭露，你就完全无法脱得了干系的事，而且也无法让大众相信那不是你下的命令。莫里斯，听我说，它们会让你永远完蛋。不只是我，也不只是刘易斯，而是我们全部。你也许看不到，但你的双手已经沾上了血腥。”

莫里斯和刘易斯的枪口一动也没动过。

霍华德继续说道：“而且更糟的是，全世界都会认为是你杀了布里奇特。他们会认为是你害死布里奇特的，莫里斯。我知道你想做对的事，但是我们已经走得太远了。关于她的事情会再度被炒作，关于布里奇特，虽然……”他压低了声音，“这些事现在根本已经不重要了。”

莫里斯的呼吸急促，他不断地吸气、呼气，然后再吸气、再呼气，鼻孔因为恼火而张合。突然，一如他拿出枪支那么突然，他垂下了手臂，低头看着地板，显然承认被打败了。然后，他把枪塞回外套里。

刘易斯这才慢慢放下手臂，不过枪依然紧握在手里。

即便我很希望莫里斯对刘易斯开枪，但我还是和其他人一样，如释重负地叹了一口气。我看向托马斯，以为他不知道已经紧张成什么样子了，没想到他却闭着眼睛。我猜，在刚才的过程里，大部分时间他可能都把眼睛闭上了吧。

“托马斯。”我说，“你可以睁开眼睛了。”

他这才睁开眼睛，很快地看了妮可一眼，然后看着我。他没有说什么，眼神里却充满了乞求。他的眼神在要求我让我们赶快离开这里，但是我的眼睛无法给他一个肯定的回答。

莫里斯不停地摇着头。刘易斯和霍华德则担忧地看着他，不确定他接下来会做什么。

只见莫里斯一个转身，经过霍华德身边，拉开布帘，大踏步地朝着玩具店大门走去。

“莫里斯？”霍华德叫道。

“他要做什么？”刘易斯问，“可恶。”

霍华德很快就跟了上去。我可以看得出刘易斯也想跟上去，他很快地看了托马斯和我一眼，相信我们也跑不到哪里去，便立刻尾随在莫里斯和霍华德身后。

我听到大门被打开的声音，但是几乎又在同时被关上了。这就表示莫里斯试图离开，但是有人在他走出去之前把门关上了。他们三个人开始争执，他们同时讲着话。我不知道他们在说些什么，而且此时此刻，我也不在乎他们在说什么。

我想，如果托马斯和我有任何机会的话，那也一定是现在。

我坐在椅子上往前倾靠，如此一来，我的脚就牢牢地抵在了木头地板上。他们没有捆住我的双脚，所以我其实还有点活动的空间。

“你在干吗？”托马斯问我。

“嘘。”我说。

我摇摇晃晃地往后退，椅子还贴在屁股上，这样我就可以和托马斯背靠背了。我轻轻地把椅子放回地面，小心地不让椅子发出任何摩擦的声音。虽然前门的几个人在那么激烈地争吵，几乎不可能注意到其他的声音。布帘早就已经垂落回原位，他们得回到店铺后面，才有可能看到我们。

我把椅子尽可能地靠近托马斯的椅子，好让我的手指可以碰到把托马斯的手腕紧紧缠在椅子上的胶带。

“我们要离开这里。”我挣扎着想让十指拉住胶带，才好将它们撕开。胶带被缠绕了好几圈，要靠我的指尖把它们撕开实在很困难。如果我可以先撕开一点点的话……

“快点。”托马斯小声地说。

“等一下。”

“雷，你应该告诉我，你居然暗地里让我帮一个黑帮工作。”

“那是胡扯的，”我一边低声告诉他，一边试图用手指抠开胶带，“那是我为了帮我们争取时间乱编的。”

“哦。”他说，“你还真聪明。”

“老天，不，你敢？！”莫里斯叫喊道。那是他们离开房间后，第一句让我可以听清楚的话。

我可以感觉到我已经撕开一点点了。“有点松了。”托马斯说道。

“等你恢复自由之后，你再帮我解开我的。然后，我们就赶快离开。”

“好。”他应声道，“雷，我甚至不知道我们在哪里。”

“等我们跑到街上去以后，我想你就会知道了。”

我把胶带撕开了半英寸，感觉到胶带渐渐松开了。

“可以了，”托马斯说，“我的手腕可以活动了，不过我身上其他地方还是有胶带绑着。”

“那你就尽快把它们撕掉。”

我可以听到托马斯扯胶带的声音。一回头，我就看到他正在甩开手腕上的胶带，然后把缠在腰上的胶带也全部撕开了。

“差不多了。”我说。

前门的三个人已经不再大声争吵了，不过他们还在谈话。

“快点。”我小声地说。

“好的，好的，”托马斯说着从椅子上站起来，“现在换你了。”

刘易斯的声音清晰地传过来：“我回去看看他们。”

“快走！”我压低了声音对托马斯说。

“再一下子就好了。”托马斯说着，开始抠我手腕上的胶带。

刘易斯的脚步声越来越近。

“没时间了！”我心急如焚，“快跑！快去求救！”

我可以感觉到托马斯的恐慌，他不想把我留下来。

“可是……”

“快滚！”

他照着我说的话做了。只见他朝着房间旁边的走廊而去，从那里，他可以走到通往外面的另一扇门。他飞奔而去，推开了门，消失在我的视线里。

“是啊，是啊。”刘易斯说着，在朝着房间而来的半路上停下了脚步，“不用担心。”

就在他穿过布帘的同时，我瞄了一眼地上的妮可，心里不由得怀疑，为什么她身体底下半滴血都没有？

65

托马斯冲进窄巷，那辆白色的面包车就在他的前方，堵住了建筑物之间的空隙。他得眨好几次眼睛，才能适应户外的黑暗。在左右张望了一下之后，他立刻判断出哪一边才能通往大街，因此拔腿就朝着大街跑去。

他跑出小巷，本能告诉他右转。于是，他继续奔跑，经过了一家自行车店、裁缝店，以及其他不同的商铺。不过他并没有多加留意，因为他的脑子里只有逃跑，他不仅需要逃过敌人的魔掌，还需要尽快求救。

一般来说，他应该立刻就会知道自己身在何处，现在的他却受到了两件事情的干扰：第一，他完全陷入了恐慌；第二，现在是半夜，而“旋转360”的影像全部是在白天拍摄的。

他竭尽全力地跑过了几条街，不过对一个经年累月只是坐在电脑前而完全不出门运动的人来说，这个速度很难一直维持下去。

因此，托马斯从奔跑变成了快走，并且在沿途随意地转弯。他偶尔在这个十字路口左转，偶尔又在下一个街角右转。

要逃要逃要逃。

他终于到了不得不停下来的地步。因此，他把双手撑在膝盖上，上身前倾，不停地喘息。他不仅上气不接下气，连胸口都在发疼。

过了好一会儿，他站起身来，原地绕圈踏步，直到呼吸终于平稳了，他才开始环顾四周。尽管还是在黑夜，但街灯的光源已经足以让他看清身边的商铺和街道上的招牌了。

街角有一家斯特玻里比萨，店外的墙上还写了几个大字：此刻比你想象的还要珍贵。比萨店隔壁是一家素食外卖店，对街那家鞋店的橱窗里则展示着各式各样的球鞋。

托马斯不用抬头看路牌，就直接说出了路名：“圣马克街和第一大道。”

说完，他抬头看看路标，证明了他没有说错。

“我知道我在哪里！”他大声地说，“我知道这里是哪里！”

一个长发及肩、身材矮小的人刚好行经他的身边，他闻言不禁对托马斯说道：“那很好。”

完全沉浸在周围环境记忆之中的托马斯根本无心理睬。

“这是纽约，”托马斯说道，“这里是曼哈顿，我知道我在哪里。”

他走向比萨店，伸手用指尖摸了摸比萨店橱窗的玻璃。

他可以感觉到。

托马斯可以感觉到那片玻璃窗就在他的手指底下。

他看到窗子上有个东西，那是他从来没有见过的东西，至少在他所探索的所有城市里都没有见过。

他看到了自己的脸。

“旋转 360”上没有这个东西。他可以看到住宅、商店、招牌、长凳和信箱，甚至可以放大那些影像，大到他可以近距离检视。但是，他只能靠着自己的想象，来感觉这些东西摸起来是什么感觉。

他闻到了某种味道。

烘焙中的面包的味道。面团，比萨的面团的味道。餐馆不会在这么晚的时间还营业，但食物的余香依然存在。

好香的味道，闻起来似乎很好吃的样子。托马斯突然发现自己好像已经很久没有吃东西了。在电脑上探索时，他从来没有办法闻到任何东西的味道。

一辆卡车在他身后经过。托马斯转身，看到卡车朝着第一大道而去。在这里，卡车会动，会发出噪声。人们也会走路，他们的脸也没有变得模糊。

在他的“旋转 360”上，世界是无声的。没有气味，也没有触摸得到的东西。

托马斯赞叹着身边的一切，站在这里，在第一大道和圣马克街的交叉口，就像处于他的电脑里，却更加真实。这真是太神奇了。

他第一次想起他曾探索过的其他地方：东京、巴黎、伦敦、孟买、旧金山、里约热内卢、悉尼、奥克兰、开普敦。

到那些地方去会是什么感觉？真正地身处在那些城市里，让自己的脚踏在那些街道上，去闻那些城市里的味道，去听那些地方的声音，会是什么样的感觉？这让他充满了好奇。

这一切也让他几乎忘记了自己应该做什么。不过，只是几乎。

“雷，”他低声地说，“我得帮助雷。”

但是，他要怎么做？

他既没有看到附近有警车，也没有看到电话亭。就算他看到了公用电话，他身上也没有钱。没有零钱，没有纸币，也没有塞满信用卡的皮夹。托马斯甚至连张信用卡也没有申请过，遑论知道怎么使用。

“出租车！”

托马斯闻声抬头张望，只见一名男子举起手，对着某个开着黄色轿车的人挥手。男子跳上车后，车子很快就开走了。

托马斯也没有手机。如果他有的话，也许就可以给警察打电话了。可是，雷的身上永远都带着手机，他们的父亲是这样，朱莉也一样。所以，大部分人可能都有手机。也就是说，任何一个走在街上的人，身上可能都带着手机。

两个少女从南边的方向走过来，她们手牵着手，仿佛在互相扶持着穿着高跟鞋的彼此。

“不好意思，”托马斯挡住她们的去路，“我想你们应该有手机，我能借用一下打给警察吗？”

女孩们突然停下脚步，眨了眨眼睛。托马斯觉得她们好像在害怕什么。她们很快地松开手，分站在他的两边，其中一个还低声说道：“神经病。”

托马斯猜想，她们应该没有手机，所以他又试着拦下其他两名路人。第一个是穿着破烂、对垃圾桶里的东西兴致盎然的老人。他对自己在垃圾桶里发现的半杯咖啡，似乎远比帮助托马斯更感兴趣。另一个是中年妇女，她则在托马斯开口之后，只是把皮包紧紧地捂在胸口，加快脚步离去。

也许，纽约的人都不带手机吧。托马斯真希望朱莉就在这里。他喜欢朱莉，如果朱莉在的话，她会知道该怎么办。

可是，他要怎么联系朱莉？就算他有电话，他也不知道朱莉的手机号码。他要如何……

等一下。

朱莉有个妹妹住在纽约，她妹妹有家卖杯子蛋糕的店。朱莉说她妹妹的名字叫什么来着？坎迪丝？对。而她的店就叫“坎迪的店”。根据朱莉的说法，坎迪丝就住在蛋糕店的楼上。

在西边的第八街。托马斯闭上眼睛。他可以看到蛋糕店的窗口摆满了烘焙的糕点，红白条纹相间的遮雨棚，店外还摆了铸铁的桌椅。

托马斯相信，如果他可以找到坎迪丝，她应该就知道要怎么联系朱莉了。

现在，他只要去西第八街就可以了。

托马斯望着街上，看到迎面而来的一辆黄色轿车。因此，他走到马路上，直挺挺地站在车道中间，不由分说地高举着两手挥舞，大声叫道：“出租车！”

司机用力踩下刹车，车子在一阵尖锐的刹车声中急停下来。

“你有毛病吗？”出租车司机骂道。

托马斯走到司机窗边：“先生，我需要你把我送到纽约市西第八街叫‘坎迪的店’那里。”

“你以为我们现在在哪里？”

“我们在圣马克街和第一大道交叉口。”托马斯回答他，同时纳闷一个出租车司机怎么会不知道自己在哪里。

“上车。”司机对他说。

托马斯立刻绕到副驾驶那边准备开门坐进去。“后面！”司机大声喊道，还无奈地摇摇头。托马斯立刻换到后座。虽然距离他上次看电影已经很久了，不过他还记得里面的台词很适合用在现在：“开快点。”

司机加了速。

“我得帮我哥哥，他被人挟持了。”托马斯说道。

“哦。”司机闷哼着。

“所以我才这么赶，这都是因为在窗口遭到谋杀的那个女人。”

“听着，老兄，我们每个人都有自己的问题，你知道吗？”

正在观察街上的招牌和路标的托马斯只是说：“我想，另一条路应该比较好走。”

“没听说过还有别的走法。”司机说道。

路上的车辆不多，没过多久，出租车就停在了蛋糕店门口。“看来是打烊了。”司机说道，“如果你那么想吃杯子蛋糕的话，我倒是知道几家二十四小时营业的小餐馆，你可以在那些地方买到。”

托马斯望着二楼的窗户，猜测着那应该就是坎迪丝住的地方，但是他不知道要怎么上二楼。也许公寓的入口在蛋糕店里。如果他用力敲门的话，或许她会醒来下楼。

托马斯立刻拉着门把，一脚踏在了人行道上。“非常感谢你。”

“嘿！”司机叫道，“里程表上显示的是五块八。”

“什么？”

“你要付我五块八。”

“我没有钱，”托马斯告诉他，“我不需要钱，因为我从来不出门。”

“五块八！”

托马斯又说：“我哥哥有钱。等他获救之后，他可以付给你。”

“滚下去！”司机气得大吼，并且在托马斯关上车门的瞬间，立刻扬长而去。

托马斯走到坎迪的店门口，开始拍打玻璃。蛋糕店里一片漆黑，不过他觉得后面好像还有灯光。

“你好！”他叫道，“坎迪丝？”

他持续地拍打着大门，拍得玻璃都震动了起来。终于，一个矮小的黑人穿过蛋糕店，拉下门锁，把门拉开了一英尺的宽度。

“走开！”男子对他说。

“我需要坎迪丝给朱莉打电话。”托马斯告诉他。他可以闻到烘焙的味道，而且眼前这个男子的身上还沾有看起来像是蛋糕面团的东西。半夜，他还在工作吗？

“什么？”男子问道。

“我得和朱莉说话。是关于雷的事情，他们把他绑在椅子上了。”

“滚蛋！”男子说着，准备把门关上，托马斯却试图把门推开。

“我得和坎迪丝说话！”他大声喊道，“她知道朱莉的电话吗？”

男子只好对着店后面大喊：“老板！嘿，老板！”

几秒之后，一名穿着白色围裙、头发包着发网的女子出现了。女子走到门边。

“怎么了？”女子问道。

“这个疯子一直说要找你，说什么姐姐的事，朱莉？”

女子把黑人推开，将门再打开一点点：“你是谁？”

“托马斯。”

“托马斯什么？”

“托马斯·基尔布赖德。你是朱莉的妹妹吗？”

“是的。”

“你们得在半夜工作吗？”

“你到底想干吗？朱莉怎么了？”

“你知道她的手机号码吗？”

“干吗？”

“我要她帮我救雷。”

坎迪丝愤怒地摇了摇头，把手伸进口袋里，掏出了一部手机。她找出一个号码，按下按键，然后把电话放到耳边。

电话很快就被接了起来，这让她觉得很惊讶。

“嘿，听着，是我！很抱歉打这个电话，可是这个疯子说他要和……呃，托马斯。他说他的名字叫托马斯。好的。”坎迪丝把手机递给托马斯，“她要和你讲话。”

托马斯接过电话说道：“嘿，朱莉！他们绑架了我和雷，把我们带到了这里。我逃出来了，可是雷还在他们手上。他帮我撕开胶带，但是我没有时间帮他撕开他的，然后……”

“你在杯子蛋糕店吗？”朱莉不敢相信地问道。

“是的。”

“我两分钟内就到，你就待在那里！”

托马斯把手机还给坎迪丝：“她马上就到。”

满脸疑惑和惊愕的坎迪丝只是说道：“怎么可能？如果我姐姐在纽约的话，她怎么会不给我打电话？”

66

莫里斯·索奇克把枪塞回枪套里。最近，在受到死亡威胁之后，他又开始随身携带这把枪了。他一手拉着费伯古董店的大门，但是在他开门之前，霍华德却一手把门压了回去。

“你想干什么，莫里斯？”霍华德问道。

“滚开！”

刘易斯很快就来到他们身后。“问得好。”他说，“你走出大门之后打算做什么？”

“我不在乎会发生什么事，”莫里斯说道，“什么都不值得。我要去告诉他们我所知道的，他们相不相信就随便他们了。”

说完，莫里斯立刻感觉到某个冰冷的东西抵住了自己的太阳穴。他的眼睛往左瞄了一下，只见刘易斯的枪正指在自己的头。

“你以为这样做，事情就会比较容易吗，刘易斯？一枪把我的头打烂，你觉得现在还不够混乱吗？你以为这样做会让你的问题都得到解决吗？”

“也许，”刘易斯回答，“霍华德，把他的枪拿走。”

霍华德把手伸到莫里斯的外套里，从枪套里取出枪交给刘易斯。后者则把莫里斯的枪塞进了自己腰间的皮带。

霍华德立刻说道：“我知道这是一件很可怕的事情，让你很震惊，有太多你要接受的。我都明白。但是在采取任何行动前，你得好好思考。问题是，莫里斯，我们为了帮你，做了那么多事情，现在得换你帮我们了。这样，我们才能继续帮助你。否则，你就再也不会存在了。”

“我不知道我为什么没有在几年前就和你断绝来往。”

“你没有，因为我一直都把分内之事处理得很好。这一点，你我都知道。不过，你要明白，如果你不想玩下去的话，接下来会发生什么事情。刘易斯会朝你的脑袋开上一枪，然后，你知道他会怎么做吗？”

霍华德朝着街道歪了歪头。莫里斯花了好几秒钟才明白霍华德所指为何。

于是，他知道了。

“老天，不，你敢？！”

霍华德点点头：“告诉他，刘易斯。”

“我们杀了你，也必须杀了希瑟。”刘易斯说道，“因为她迟早会进来找你的。”

霍华德接着说：“我经历过你的处境，莫里斯。在这一切开始的时候，当我同意刘易斯对艾莉森·菲奇采取致命行动的时候，我也不敢相信自己居然会那么做。我以前从来没有做到这种程度。从来没有，相信我。过去，所有我为你做过的事，从来就不会牵扯上谋杀。然而……事情居然出了天大的错，让我觉得更懊恼。可是你知道吗，当你走投无路时，你只能接受你已经做过的决定。这也是你需要做的，莫里斯。你必须做个决定，然后接受这个决定。”

莫里斯把一只手臂靠在门上，额头重重地抵在了手臂上面：“我需要时间想想。”

“当然。”

“告诉我那个女人的事，”他对已经把枪口挪开的刘易斯说道，“被你杀掉的那个。”

“她是一个谁都可以雇用的杀手。”刘易斯告诉他，“她做了很多坏事，最糟的就是把事情搞砸，杀了布里奇特。你得知道，我从来没打算就这样放过她。”

莫里斯觉得自己就要崩溃了，他把一只手扶在霍华德的肩膀上。三个人就这样站在门口好一会儿。刘易斯和霍华德显然很愿意等莫里斯做出决定。

他有什么选择，说真的？

"我不希望你伤害希瑟。"莫里斯说道。

"我真不敢相信你还没有染指她。"刘易斯试着缓解气氛。

"她有两个孩子,"莫里斯说道,"两个小女儿。"

"是啊。"

霍华德对莫里斯说了一些安慰的话，当然也重复争执着已经争执过的事。

末了，刘易斯瞄了一眼布帘说道："我去看看他们。"

霍华德继续说道："瓦尚这件事，我想多了解一点。你看看应该怎么做，才能搞清楚他是不是在糊弄我们。"

"瓦尚？"莫里斯不解。

"说来话长。"霍华德回答他，然后看着刘易斯，"等我们确定没有什么好担心的以后，我们就尽可能地善待他们吧。"

"是啊，是啊，别担心。"

刘易斯说着朝着后面的房间走去。

"霍华德,"莫里斯又说,"你不能就那样……"

"该死！"刘易斯的声音传来。他已经拉开了布帘，然后大声对霍华德说道："我们有麻烦了！"

67

妮可正从高低杠上跃下。后空扭曲翻腾两圈，后空笔直翻滚一圈，从悬吊半转到三百六十度后空翻转。

她一直做不好。

一直头下脚上地落地。

一次又一次，她的头就像飞弹一样不停地撞向地面，重重地撞在地上的软垫上。她可以感觉到自己的意志遭到了打击，感觉到一股剧痛，感觉到她的头骨在跳动。

更糟的是，一根冰锥从地垫底下穿刺而出。在她的头撞到地垫之后，她的身体翻滚了出去，地上的冰锥便刺穿了她的胸口。

这整个过程不停地重演。她松开低杠，在空中翻转，扭曲转身，但是结果总是和预期的不一样。她想让自己的身体往某个方向翻转，身体却偏偏朝着相反的方向而去。

不会这样的，她告诉自己，不可能发生这种事。

妮可没有错，不会这样的，虽然她的头真的受伤了，虽然她的胸口真的遭到了重击。

意识逐渐回到了她的身上。在她睁开眼睛前，一切都慢慢清晰了起来。

刘易斯对她开了一枪。

没错。

就像那样。他想给莫里斯留下印象。她知道时候到了，她知道刘易斯迟早会那么做，她只是当下没有预料到而已。

不过她知道，虽然自己会小心行事，但还是有失算的时候。

子弹打中了她，重重地击中了她。妮可躺在那里，在睁开双眼之前，她不确定子弹有没有穿过她身上的防弹衣，把那件合身的复合纤维背心给穿破。不过，她猜想应该不会。她觉得自己仿佛被重重踢了一脚，而不是被子弹射到。

让她倒地的不是那颗子弹，而是子弹对她造成的冲击力。她是被一股强悍的力道冲击而往后推撞，然后才一头撞在了柜子的边缘。在她倒地前，她只看到眼前满天的金星。

不过现在，她已经醒了，周遭的声音让她竖起了耳朵。

也许最好的方式是再继续躺一会儿。

68

“他在哪里？”刘易斯对着我咆哮，“他到底在哪里？”

“跑了。”我说。

霍华德也回来了，他的目光扫过铺满胶带的空椅子。他那张苍白的脸上仅有的一丝血色瞬间消失无踪。“哦，老天。”他看着刘易斯，“你让他跑了。”

刘易斯从侧门冲出房间，无疑是希望托马斯才刚刚逃跑，他还可以及时把托马斯抓回来。托马斯只跑出去了几秒钟，最多不过半分钟，不过如果他没命地跑，应该也有足够的时间跑出好一段距离了。

我只希望托马斯在逃离之后，能懂得去找警察，即便我刚才没有直截了当地指示过他。我只对他说去求救，我猜他应该知道那是什么意思。况且，在我想起来应该详细交代他的时候，他早就已经冲出去了。

这个时候，我只能指望他了。

“他怎么……他怎么脱身的？”霍华德问道。

“我告诉过你他天赋异禀，”我有点沾沾自喜地告诉他，“也许他去找瓦尚了，也许瓦尚的手下就在哪里等他。我怀疑当他告诉他们你对他做了什么之后，他们会怎么……”

霍华德啐了一声，扬起手重重地甩了我一巴掌。他的力道比我预期的一个小个子要大。

“不要再废话了。”他说。

我的脸颊瞬间像着了火一样，脑子里也轰然作响。

布帘再度被掀开，进来的是莫里斯：“又发生了什么事？”

“其中一个跑了，”霍华德告诉他，“那个脑子有问题的。”

“脑子有问题？”莫里斯要弄清楚来龙去脉恐怕还要一段时间。

“刘易斯已经去找他了。老天保佑，他最好能找到。”

“你们不能再这样下去了，”莫里斯说道，“不可以。这样解决不了事情的。你解决不了事情的。你这样已经好几个月了。”他说着拿出手机，“你拿走了我的枪，但是没有拿走这个。我已经叫希瑟回去休息了，事实上，我要她接下来几天也都不用上班。我要她出城，因为我不想冒险。她已经走了。我想那是我最后的一根稻草，霍华德。你用希瑟来威胁我，一个全然无辜的人。你已经变成一个没有底线的人了。”

霍华德看着他，显然在思考他说的话。

“你还告诉她什么？”

“我告诉她你会送我回家，你和刘易斯。”

“所以，如果你出了什么事，她就会知道。”

莫里斯点点头，他的声音异常冷静：“放这个人走吧。你和刘易斯要是聪明的话，就去自首。不然，你们就在中午前搭飞机去玻利维亚，换个身份。你认识纽约市最棒的律师，霍华德。帮你自己找一个，也帮刘易斯找一个。然后，你们就只要等待，看看谁能帮你们争取到最好的条件。没有人比我们更清楚这种游戏的玩法了。我想，那也是我打算要做的。霍华德，让这个人走吧。”

我已经准备逃走了。自从托马斯离开的那一刻起，我就已经在抠着手腕上的胶带。我一直在用指尖抠着，哪怕只是抠出一条隙缝也好。

霍华德闻言说道：“我希望事情有这么简单就好了，莫里斯。”

说完，刘易斯喘着气又出现了：“完全看不到他的踪影。”

“莫里斯说，我们应该帮自己找个律师。”霍华德告诉他。

“什么？”

“他不打算加入我们。”

刘易斯冷笑道：“莫里斯，我以为我们已经达成了共识。那……”

“希瑟已经走了。”莫里斯打断他，“我也要走了。不用担心，我会自己叫出租车。”

莫里斯掀开布帘，举步朝着前门走去。刘易斯拿着枪跟在他身后。“莫里斯。”他叫了一声。

接着，我听到一声和刘易斯对妮可开枪时一样的声音，然后是有人倒地的声音。

霍华德连看都没有多看一眼，也没有拉开布帘。他知道发生了什么事。刘易斯再度出现的时候，直接从霍华德的身边走过，来到我的右侧。

“你弟弟去了哪里？”他问我，“他会知道要去找警察，还是只会跑到哪里躲起来？”

我不得不承认后者的可能性比较大。“我不知道，”我说，“如果我是你的话，就会做最坏的打算。”

刘易斯终于觉得他也需要释放一些怒气，就像霍华德那样，所以他对我出手了。只不过，他并没有甩我一巴掌，而是用枪托砸向我的脑袋。我的右耳随即感到一阵剧痛，左耳差点就贴到了左边的肩膀。我惨叫一声，眼前的一切瞬间天旋地转起来。

就在这几秒的失衡之中，我觉得自己好像看到了妮可的手臂在动。她轻轻地碰到稍早从柜子上掉落下来的玩具拖车，让玩具车往前滑出了四分之一英寸的距离。不过，在我的头被打中后的几秒里，所有的东西似乎都在移动，所以我觉得妮可的手臂在动应该只是我的想象。

“我们得假设我们没有多少时间了。”刘易斯说道。

“太好了，”霍华德回应，“真是太好了。警察可能马上就要来了，而我们还有三具尸体要处理。”

我还没死，不过，我猜我也活不了多久了。我只能继续扭动着手腕。

“没时间了，”刘易斯说道，“我们要赶快离开这里。”

“我们要去哪里？”霍华德问道。

“我认识一些人，”刘易斯告诉他，“他们可以把我们藏起来，直到帮我们把需要的证件都准备好。”

“我的天，你从一开始就把事情搞砸了，”霍华德对他说，“你决定要杀了菲奇，要雇用她，”他指着地上的妮可，“结果还让那个怪胎跑掉了。”

“我可以自己走，”刘易斯经过我身边，绕到妮可的尸体和我之间，“如果你希望如此的话。”

“老天，”霍华德挫败地摇摇头，“我们赶快结束这一切，然后快点走吧。”

我努力扭动着手腕，不停地思考。如果我的手腕可以挣开胶带的话，我就可以连人带椅地撞向刘易斯，然后想办法勒住他的脖子，或者随便做点什么都可以。因为枪还在他手上，我知道接下来的几秒钟，他就打算用枪来对付我。

但是，我手腕上的胶带还没有解开。

“好吧。”刘易斯说着屈起手肘，枪口便落在了我的头上。

刹那间，他尖叫了一声，那是一声恐怖、扭曲的尖叫。

当他的目光往下追寻疼痛的来源时，我也跟着往下看。

只见一支冰锥就插在他的小腿上。

69

“雷在哪里？”朱莉问托马斯，“快点想想，好吗？想想看。”

他们坐在朱莉的车里，引擎还在运转，车子就停在朱莉妹妹的杯子蛋糕店门口。坎迪丝站在人行道上，看着他们，显然还没搞清楚到底发生了什么事。

“外面很暗，我又在跑，”托马斯一边说，一边颤抖，他的衣服早已因为奔跑而被汗浸湿了，“我跑得很快，根本来不及看清楚，一直到我跑到圣马克街和第一大道的交叉口才停下来。”他看着朱莉，“那就好像在‘旋转360’上，我可以摸到东西，也可以闻到味道。”

“专注，”朱莉说道，“你说你跑进一条窄巷，然后跑到人行道上。你又往哪个方向走了？”

“右边。”

“所以，你没有跑到你们被关的那家店门口正对面？”

“没有，我往另一个方向跑。”

“你经过的第一个东西是什么？”

托马斯想了想：“一家裁缝店，然后是一家自行车店，还有……”

“什么？”

“我想那家店叫‘迈克自行车’。”

“好。”朱莉说着，从仪表盘上拿起手机，“我看看我能不能找得到。”

“等一下。”托马斯叫住她，然后闭上了眼睛，“迈克自行车，就在裁缝店隔壁。”他微微地歪着头，抖动了一下，随即停止。然后又抖了一下，再停止。

“你在干吗？”朱莉问道。

“我在找那条街，”托马斯说着，在脑子里按着他的鼠标，探索着“旋转360”的影像。

“哪条街？”

“东四街，”他突然说，“在东四街上。”

朱莉早就准备好开车了。她连手都没和妹妹挥一下，就踩下油门奔上了街道，让托马斯的头冷不丁往后撞在了座椅的靠枕上。他这才睁开眼睛。

“我可以告诉你怎么到东四街。”托马斯说。

“我知道怎么走。你只要告诉我在东四街的哪里就行了。”

托马斯再度闭上眼睛，不停地晃动着头：“在一家古董店里——费伯古董店，那家店的橱窗里摆满了各种玩具。”

“地址呢？”

他给了朱莉一个门牌号码：“我想就是那里了。雷就在那里。”

朱莉闪了方向灯，很快地在十字路口转弯，然后笔直地往前开去。

“你有枪吗？”托马斯睁开眼睛问道。

“什么？”

“你有枪吗？那个男的有一把枪，女的则有一支冰锥。”

“我没有枪。”朱莉知道自己不能就这样单枪匹马闯入那个地方。

她需要纽约市警察局和纽约市消防局的帮助。但是，她没有时间解释。朱莉指着手机说道：“快拨911，然后给我。”

托马斯拿起手机：“要先按说话键，再按号码吗？”

她二话不说就从托马斯手中把手机抢过来，目光从手机移到挡风玻璃，再看回手机。就这样来回了几次，才把手机放到耳边。

当911的总机接起电话时，朱莉佯装恐慌地喊道：“着火了！看起来好像是从费伯古董店后面烧起来的！在东四街的那家古董店！我想我还听到了枪声！”紧接着，她把街名和门牌号码都告诉了总机，然后在总机问任何问题之前挂断了电话，再把电话扔到托马斯腿上。

早在她的高中时代，每当她不想参加考试的时候，谎报火灾总是她屡试不爽的招数。

70

冰锥刺进了刘易斯右膝下五英寸之处。妮可用力刺穿了他的牛仔裤，让冰锥的锥尖直接从小腿的另一侧穿了出来，把他的裤子染得一片鲜红。

刘易斯仿佛被人从底下拉住了腿，因为他立刻就跪了下来，压在了一个棋盘游戏的箱子上，还在不停地尖叫。他丢开手中的枪，让身体倒向一边，才好空出双手抓住冰锥的握柄，试图把冰锥拔出来。

虽然我一点都不想看，眼睛却无法移开。霍华德也是。结果，我们接下来看到的画面比这个更糟。妮可坐起身，在刘易斯碰到冰锥之前，她已经早一步抓住了握柄。然而，她并未将冰锥抽出来再刺向其他部位，也没有把冰锥刺得更深，而是横向切割。刘易斯腿里的那根金属在他的肌肉里划出了一道新的缝隙，让他再度哀号了起来。他剧烈地抽动着脚，鞋跟因此踢到了一手撑在地上侧坐的妮可，妮可的胸口顿时挨了一脚。

刘易斯这一脚把妮可踢到了地上，不过她很快就爬了起来。

刘易斯挣扎着寻找他的枪，只见他的枪正躺在他疾速滴落的血泊里。他踉跄着想拾起枪支，妮可却抢先了一步。

妮可双手握紧了血淋淋的枪柄，枪口直指着刘易斯的脑袋。刘易斯翻滚在地，随即用手臂半撑起身体，跌跌撞撞地往后退，一瘸一拐地拖着他的伤腿挪动着。

妮可半跪在地上，握枪的手臂直挺挺地对着刘易斯。“我最讨厌枪了。”她的上衣敞开，露出了一件黑色的、笨重的东西。

那是一件背心。

“妮可，”刘易斯说道，“听着，听我……”

妮可扣下扳机，轰掉了刘易斯脑袋的一角。刘易斯的身体瘫在地上，溅了一地板的鲜血、头骨和脑浆。

霍华德捂住了嘴巴，仿佛就要吐了。然后，他很快地转过身，掀开布帘，拔腿就跑。妮可紧跟在后。

就在此时，我听到远处传来了警笛声。

我的左手终于挣脱了胶带，被撕开的胶带松垮垮地悬吊在我的右手上。于是，我开始撕缠在我肚子上、把我绑在椅子上的胶带。

警笛声越来越响。

不过，巷子里此时传来更明显的汽车刹车声。然后是有人喊叫的声音，一名女子。

“托马斯！”

该死。

我从椅子上起身，穿过散落一地玩具的地板。我急着想躲开刘易斯的尸体。

他裤子的前面塞了一把枪，也许是莫里斯的。

前厅忽然传来两下“噗噗”的声音，随即另一个人也倒在了地上。

屋外有人在叫着：“雷！”

“托马斯，不要过去！”

朱莉。

我跪在地上，试图拿起刘易斯身上的枪。我的手指才刚碰到枪柄，布帘倏地就被拉开了。我一抬头，刚好看到妮可的靴子踢中我的下巴。

那真是致命的一踢。

在我摇晃着往后倒去的时候，我又看到了满眼的金星。尽管我本能地张开了双臂想保持平衡，但是在摔倒的一刹那，我还是觉得痛得要死。有个尖锐的东西刺进了我的后背，但是立刻又从我身体下面滚了出来。一辆玩具卡车。

我的右手被从柜子上掉下来的其他玩具盖住了。在我能够看清那是什么以前，我已经可以感觉到那是半塑料、半金属的东西。

妮可用枪指着我。然而，在她扣下扳机前，通往窄巷的那条走廊传来了一阵急促的敲门声。

一扇门随即被打开了。

“我找到帮手了！”托马斯叫道，“我找到朱莉了！”

“不！”朱莉的声音听起来好像就在托马斯身后。

妮可的目光转向声音的来源，枪口也跟着移动。托马斯只要一出现，马上就死定了。

我瞄了一眼右手，这才看清楚把右手盖住的原来是一个蓝色塑料握柄、长约一英尺、有着金属尖端的飞镖。

虽然这不是标枪，但我在高中时不仅擅长射标枪，连飞镖也射得很准。

在托马斯冲进来之前的百万分之一秒，我只能祈祷射飞镖就像骑自行车一样。一旦学会了，就永远不会忘记。

尽管我头部右侧还在胀痛，下巴和后背的疼痛也完全没有消退，但我还是飞快地移动身体，抓起飞镖的塑料尾端，一把甩过我的肩膀，用我身上剩余的所有力气射了出去。

“雷！”

托马斯冲进了房间里。

飞镖正中妮可的脖子。我的力道让飞镖飞得够远，刺进了一到两英寸的深度，然后扎在了那里。

妮可张开了嘴，但是没有发出任何声音。她的右手依旧握着枪，只见她举起左手抓住飞镖，一把将飞镖拔了出来。

就像水龙头被拧开了一样，鲜血在刹那间喷了出来。

妮可扔掉飞镖，用左手盖住血流不止的伤口。然后立刻松开握在右手里的枪，转身踉跄着走向桌子旁边。

她开始咳嗽，鲜血从她的嘴里冒出来。她勉强用桌子支撑着自己，但是几秒后，她就倒在了地上。屋外的警笛还在夜空中震耳欲聋地响着。

朱莉在此时也已经冲进了房间里。映入眼帘的残杀画面让她的脚步突然停下，一名紧跟在她身后的消防队员因此差点把她撞倒在地。

“雷？”她叫了一声。

托马斯已经帮助我站了起来。“你看我找到了谁，”他对着我说，“我带朱莉来了。”他笑了笑，“我回来了。”

71

在接下来的二十四小时里，托马斯、我和朱莉回答了各种情报机构的许多问题。我们被纽约市警察局、纽约州警察局、FBI，甚至还有港务局分开询问，然后又在一起询问。事后，我被告知，询问我们的人员中还有一个来自国土安全部。不过，想从我们口中得知信息的人实在太多了，所以我没有办法分辨出哪一个才是他。

当我们终于有时间相处时，托马斯对我表达了他的担忧，因为CIA居然没有派任何人来。“我以为他们会来看看我怎么样了。”他小声地说。我可以看到他眼里的失望，他受到了伤害。

连续几小时的调查和询问至少带给我们一个好处——他们告诉我们发生了什么事。由于消防队和救护车及时赶到，抢救了躺在玩具店血泊中奄奄一息的霍华德·塔立曼和莫里斯·索奇克，所以原本空白的部分都填上了答案。

伤势严重的霍华德对整件事还没有全盘交代，不过因为肺部中弹而被列为重症患者的莫里斯，则已经把他所知道的一切都告诉了检察官。由于身上被插了许多协助呼吸的管子和仪器，莫里斯只能尽快地在检察官带进加护病房的平板电脑上回答问题。

在我们遭到绑架期间，很多事情都豁然开朗了。艾莉森·菲奇的勒索企图——她所知道或者她自称她知道的到底是什么，这一点我们还无法获得答案——为她招来了杀身之祸。妮可杀了芝加哥那对夫妻，为的是要他们把网上那个女人的影像删掉。

简而言之，大概就是这样。

刘易斯·布洛克尔当然已经死了。

医护人员也没有办法救回妮可。那也不是她的本名。有人说，她原来是参加过奥运会的运动员——这说明了她那一脚的力道为什么如此之大——不过警方还在试图把很多细节拼凑在一起。

杀了那个女人给我的感觉很不好。我知道我别无选择，但是我一点也不高兴，我可能会因此做上很长一段时间的噩梦。

不过，如果从她、我和托马斯里挑一个的话，我宁可躺在地上的人是她。

当我被单独询问的时候，问我的问题很多都指向托马斯，以及他不可思议的兴趣。我知道他们也联系了葛林医生，而我们的FBI探员朋友帕克和德里斯科尔也双双出现了。他们确认了我所说的大部分事实：托马斯虽然很独特，但他对任何人和他自己都不具威胁性。结果，大部分执法机构最终都同意托马斯不仅没有伤害性，还是个英雄。如果不是托马斯在“旋转360”上的探索，布里奇特·索奇克的谋杀案永远也不会真相大白。

还有一件没有人提及的事，那就是这些网上的探索，最终是否导致了凯尔和罗谢尔丧命。我不知道托马斯有没有想到过这一点，不过我当然不会说给他听。也许他们的死很大一部分原因在我，因为我白痴到拿着那张电脑打印的图片，出现在艾莉森·菲奇的公寓门口，结果却被监视摄像头拍到了。

没有人问及刘易斯在托马斯房间里接到的那通电话。托马斯告诉我，他没有对任何人提到此事，而我也没有。

在意识到发生了这么多事以后，托马斯表现得比平常更为孤僻。对任何人来说，我们所经历的一切都是一种创伤。我不知道托马斯特殊的爱好是否有助于他适应周遭发生的一切，因为除了上网探索之外，他通常都对外界拒之千里。在那样的保护墙底下，也许他的恐惧感也相对减少。

我是真的不知道。

他一直都在沉思。虽然我怀疑那其实和我们最近的遭遇无关，而与妮可和刘易斯潜入家里、绑架我们之前，他准备好要告诉我的事情有关。那件在他十三岁时发生在他身上，结果造成父亲和他之间有芥蒂的事情。

当时，他说他也许愿意告诉朱莉，只是时机还不对。在我们处理任何事以前，我们需要先减缓我们的压力。

此外，我的脑子里还有其他事。

我一直在犹豫在短期的未来是否要留在父亲家和托马斯一起住，但是让我惊讶的是，当我把这个想法告诉托马斯时，他居然不愿意。

“我觉得我不想和你住在一起，”他说，“看看你给我惹的这些麻烦。”他说。只要能够保留他的电脑，他想住到我去拜访过的那个地方。

托马斯的意愿让我考虑是否应该把我在柏林顿的房子卖掉，然后搬回父亲的房子，因为这样我就会离托马斯近一点。只要我愿意，随时都可以去看他。我们在纽约市的最后一个早上一起共进早餐的时候，聊到了旅行。托马斯说他想去摸摸巴黎某家蛋糕店的窗户。

“我想，”我告诉他，“如果那么大老远跑去，我们也许还想进去尝尝它家的蛋糕。”

“我想应该可以吧。”他说。

我们的未来不是我脑子里唯一在考虑的事，关于那通电话的事，我也一样无法抛开。

我们搭着朱莉的车子回家。

当我们到家的时候，被父亲屋外那条车道尽头的一辆警车挡住了去路，这让我觉得很惊讶。媒体——除了朱莉以外的记者——在听说了这个故事之后，都在争相寻找托马斯和我。截至目前，我们一直在躲避媒体。不只是因为我们不想被打扰，还因为我希望朱莉能在其他媒体获得相关细节之前，有机会先把整个故事报道出来。我们的——基本上应该说是我的——第一手数据，将会让她拿到一个大独家报道。

坐在方向盘后面那个穿着制服的警察从警车里走了出来，似乎想看清楚来者何人。等到我们报上身份之后，他立刻就把车开走，让我们通行。朱莉一直开到了房子前才停下车。托马斯首先下了车。虽然他的情绪向来都不怎么外露，但我看得出来他对回到家了感到很兴奋。

就在他走进屋子的时候，我从后面叫住了他：“不要碰你房间里的电话。”

“为什么？”

“不要碰就是了，”我说，“甚至连靠近都不要靠近。”

他没有反驳。他对电话根本不是太在乎，只有缺了电脑这件事才会让他感到沮丧。在回家的路上，他至少问过我十次，我什么时候才会出去帮他买台新的电脑。

看到我绕到驾驶座旁边，朱莉便把车窗摇了下来。

“谢谢你。”我弯下腰来，探在窗口对她说。

“你已经说过很多遍了。”

“因为你实在太好了。”

“我还要到办公室去，因为还有一则报道要写。这件事我告诉过你吗？”

“你提过一点。”我回答。

“也许我晚点再给你打电话。”

“我等你的电话。”我说着，把头探进车窗里轻轻吻了她。

目送她离去之后，我才走进屋子里。我原本打算先上楼到托马斯的房间，却看到厨房电话上的留言灯在闪烁。于是，我决定先听听电话留言。

总共有五通留言。

“嘿，雷！我是爱丽丝。哈里需要你过来一趟，签署一些文件。我想知道你何时可以过来。”

“哔。”我按下数字“7”，删除了留言。

“雷？嘿，我是哈里！爱丽丝昨天给你留言了，对吗？给我回电。”

“哔。”我再次按了数字“7”。

“雷，老天，我是哈里。我看到新闻了。我的天，希望你们没事。听着，你们回来以后，给我打电话。”

“哔。”我还是按了“7”。

“嘿！我试着联系托马斯或雷·基尔布赖德。我叫翠夏，是电视节目《今天》的制作人。我们很希望能和你们联系，这很重要……”

我不用等到哔声响起，就直接按了“7”，把留言删掉。

“你好！我是《纽约时报》的安格斯·佛雷德，我……”

“7”。

我觉得很渴，就直接拧开了水龙头。直到水变成冷的，我才接了一杯，一口气灌到喉咙里。

是时候了。

我不知道当我清查托马斯的个人电话历史记录时会发现什么。也许什么也没有，也许电话的ID被封锁了。如此一来，不管是谁打了那通电话，都将永远成为一个无解的谜题。

我把空杯子放到水槽，准备上楼。

此时，前门却响起了敲门声。

站在门口的是一名体重超标的中年男子。男子穿着一身发皱的西装，衬衫的衣领敞开，黑色的领带松垮地吊在领口。他把警徽拿到我面前。

“基尔布赖德先生？”他问道，“我们守在车道尽头的人说你们回来了。我了解这几天你们经历了不少事情。你和我，我们没有机会把前几天晚上在电话里的对话说完。我是普罗米斯瀑布市警局的达克沃思警探。你经历的事真是太可怕了，我都听说了。不过，我在想，我们是不是还可以谈谈你父亲的事。”

72

“请进。”我说道。

达克沃思警探和我一起在起居室坐下。“我知道你有很多事情需要处理，特别是过去几天所发生的一切。你还好吗？”

“我想还好吧。只是……很吓人。”

“是啊，是很吓人。你可以继续几天前那个晚上我们没有说完的话题吗？”

“我可以的，”我告诉他，“那好像是很久以前的事了。”我搓了搓额头，“你曾经和我父亲谈过。”

“没错。”

“是他主动联系你的？”我说。

“是的。”

“可以告诉我吗？”

达克沃思让自己舒适地坐在椅子上，手臂轻松地放在两侧：“你父亲为了你弟弟托马斯在十几岁的时候发生的事而联系了我。不过，这么多年以来，你父亲一直不相信那件事真的发生过，他不相信你弟弟。因为他，呃，我应该怎么说……”

“我弟弟不是所谓的有可信度的证人。”我替他说了出来。

“对的。”

“因为他在四下无声的时候会听到声音，在没有事情发生的时候会看到阴谋。”我迟疑了一下，“大部分时候都这样。”

“所以，很多年前，当托马斯对你父亲说他遭到侵犯的时候，你父亲并不愿意相信。事实上，他拒绝相信，因为托马斯指控的是你父亲的一个朋友。他说你弟弟凭空捏造了那件事，而且要他永远不要谈论那件事，甚至永远不能提起。”

“侵犯，”我对他说，“在我们被绑架前，托马斯试着和我提了一点点。”

“性侵，”达克沃思告诉我，“至少是企图性侵，企图强暴。”

我感觉很愤怒：“托马斯告诉我父亲那是谁了吗？”

达克沃思扬起一只手：“我会告诉你的。你父亲，他确实去找那个人谈过。那个人非常惊讶，对这一指控感到震撼，而且完全否认。你父亲相信了他，因为他无法相信托马斯。我猜，当时托马斯应该有过不少疯狂的故事。”

“向来如此。”

“可是，有件事改变了你父亲的想法。”达克沃思接着说道。

“什么事？”

达克沃思环顾着室内，看到了新的电视和蓝光播放器：“你父亲喜欢高科技的东西，对吗？”

“是的，”我回答，“他喜欢那些东西。他喜欢他的玩具，喜欢那些小东西。很多男人到了他那个年纪都会拒绝新的科技产品，但是他觉得那些东西很酷。他很喜欢用那台电视看体育赛事的转播。”

“你父亲还想要一部新手机。”达克沃思接着说道。

我愣了一下：“你怎么知道？”

“他告诉我的。那就是事发的原因。”

我抓住椅子的扶手，仿佛因为路面颠簸而让自己抓稳了一样：“说下去。”

“你父亲想买一部有很多新鲜功能的手机，而非只是单纯用来打电话的手机。我自己虽然有一部多功能的手机，但是我几乎不知道要怎么使用那些功能。我花了一年的时间，才弄清楚要怎么用手机拍照。但是，拍照却是你父亲想换新手机的主要原因之一。”

我点点头：“嗯。”

“他说，他一直在关注那些新款手机，不过售货员的推荐又让他不知道是否应该相信，因为他们可能只是想把最贵的卖给你。但是，你想知道你的朋友们都买了哪一款，他们的评价又是如何。口碑，你知道的。”

“当然。”

“有一天，你父亲刚好和他的一个朋友在一起，他告诉我——这个朋友就是你弟弟当年指控的那个人，然后他就拿起那个人的手机想研究一下——纯粹只是好奇。当时，这个朋友并不在房间里，但你父亲也没有多想。他觉得这个朋友应该不会介意才是。他想看看那部手机的相机要怎么操作，就按下了那个什么，相机的 App，等着相机功能的出现。然后他又按了一下，手机上就出现了曾经拍过的照片。”达克沃思停下来喘了口气。

“怎么了？”我问。

“他不喜欢他看到的画面。”

我咽了咽口水：“那是什么照片？”

“男童，”达克沃思继续说道，“小男孩的照片。那些不是什么温馨的家庭照，如果你懂我的意思的话。那都是些年轻的男孩——十岁、十二岁、十三岁大的男孩——全都摆出诱惑的姿势。你父亲几乎无法对我说出口，那些照片让他觉得很沮丧。”

“那是他朋友拍的照片？”

达克沃思点点头：“他好像刚结束一趟旅行回来，旅行的目的地正是有这种癖好的人可以找到其乐趣的地方。在那一刻，当你父亲看到那些照片时，他才了解到你弟弟多年前说的都是实话，你弟弟没有说谎。会拍这种照片的人，就是会侵犯你弟弟的人。”

“谁？”我嘴里问道，但是我相信我已经知道答案了。

达克沃思再度举起手：“让我把话说完。当你父亲的朋友回到房间时，你父亲便质问他。问他那些照片是怎么回事，说他现在终于明白那件事是真的了——那件托马斯告诉他的事。”

“那个人怎么说？”

“当然全盘否认。”

“我父亲是怎么做的？”我可以确定的是，父亲一定在他的笔记本电脑上查过童妓的资料。

“我猜他一定焦虑了一阵子，然后终于给我打了电话。他说他觉得很难过，说他试着对你弟弟道歉，但是他们因此而起了争执。他想知道是不是还可以起诉那个人，控告他侵犯了托马斯。我告诉他几乎不可能，因为时隔这么久，再加上你弟弟的怪癖，因此要让那个人定罪实在很难。”

“那么，那个人手机上的照片呢？”

“你父亲知道那个人可能在他离开之后，立刻就把照片全都删除了。不过即便如此，你父亲还是问我，有没有人可以对那个人在外国和儿童发生性行为而惩罚他？”

“泰国。”我补充道。

“什么？”

“我想我们在说的应该是泰国吧。我知道那不是全世界唯一提供这种交易的国家——去他的，我相信美国也一样，不过我父亲有个朋友曾经去过泰国。”

“关于那个人是谁的问题，我还没有回答你，”达克沃思说道，“因为我不知道。你父亲从来没有告诉过我，他还没有决定要拿那个人怎么办。”他叹了口气，“然后，他就发生了意外，去世了。”

“是啊，”我应声道，“那个意外。”

73

“莱恩·普伦蒂斯。”我说道。

“再说一遍？”达克沃思拿出他的笔记本。

“我父亲帮他工作了很多年，他们是很多年的朋友。托马斯从来都不喜欢他。几天前，莱恩到家里来，试着强迫托马斯和他一起出去吃午餐。也许他想弄清楚我父亲在死前对托马斯说了什么。”我想了一下，“而且，他一个人旅行，没有和他妻子一起，去泰国。”

“好，”达克沃思说道，“很有意思，不是吗？”

我觉得一股疲惫感向我袭来。过去几天发生了那么多事，现在又是这件事：“那个浑蛋。该死的变态！莱恩强迫托马斯，还知道自己一定不会被指控，因为不管托马斯说什么，莱恩永远都可以说：‘嘿！你知道那孩子——他是个疯子。’”

“都是这种套话，”达克沃思表示，“他们只找弱势的人下手——那些他们可以控制的人。”

我的血液冲上了两鬓，我想开车到莱恩家掐住他的脖子，亲手把那个浑蛋掐死。

“这么多年来，托马斯从来没有提过这件事。”我说。

“因为他以前告诉你父亲这件事的时候，反而让自己遇到了麻烦。”达克沃思说道，“所以，他只是想让这件事成为过去。”

“当我父亲又重提这件事的时候，当他试着告诉我弟弟他现在相信他了，那又让托马斯有何感想？”我不禁怀疑，“托马斯一定很生气。我父亲终于打算因为那件事为他做些什么了，但是伤害已经造成了。”

达克沃思肃穆地点点头：“也许吧。”

我拍了拍自己的头：“我真是受够了。”

“我相信。”

在相对无语了好一会儿之后，我首先打破沉默：“从我听到我父亲的死讯以后，有件事一直困扰着我。”

达克沃思静静地等我说下去。

“这件事的前因后果一直让我很困扰。”

“怎么说？”

“我知道那看起来像是意外。他沿着斜坡开着割草机，结果割草机翻了。然而，这么多年来，他一直都是这样割草的。”

“很多人都做傻事做了很多年，可是有朝一日就出事了。”达克沃思指出。

“我知道，我知道。可是，当我到斜坡下去把割草机挪回谷仓的时候——意外发生后，割草机就一直没有被动过，除了托马斯把它从我父亲身上推开以外——我注意到割草机的钥匙是在关的状态。而割草机的刀子是在升起来的位置。如果有人走下斜坡跟他说话，他应该就会那么做吧。他需要关掉引擎，也需要把刀子升起来，因为他没打算继续割草。”

“没有人对警方说过他们在你父亲发生意外前，曾经和你父亲说过话，或者当意外发生的时候，他们也刚好在现场。”

“谁会那么说？”我问道，“如果是他们推倒他的话。”

达克沃思思索着我的话：“我不知道，不过这是很有趣的推论。”

“当我父亲正在犹豫着怎么处理莱恩·普伦蒂斯的事时，莱恩·普伦蒂斯一定已经失去理智了。父亲会去报警吗？还是会去告诉莱恩的妻子和朋友？他是报了警，却没有告诉你那个人的名字。如果他没有办法起诉莱恩，也许他会试着损毁他的名誉，让大家知道莱恩·普伦蒂斯是个怎样的人。”

“有可能。”

“莱恩很担心，所以有一天，他就来到父亲家，企图告诉父亲不要轻举妄动。也许他还顺便编造了一个可笑的理由，来解释那些男童照片为什么会在他的手机里。结果，他发现我父亲在斜坡上割草。我父亲便关掉割草机，然后他们就起了争执。莱恩推了我父亲一把，他后退了一步，就连人带车一起滚落了，也让他因此而丧命。莱恩也许有时间去求援，或者把割草机从我父亲身上搬开，但是他选择了什么都不做。莱恩知道，这么多年来，我父亲都是在斜坡上赌命。我母亲也曾让莱恩劝劝我父亲不要再那么做。”

达克沃思警探抿起嘴唇，思考着我的分析。

“你觉得有人会把那种照片留在手机里吗？”他问，“他老婆有可能会发现。”

我说：“我不知道。玛丽不是个头脑很灵光的人。听着，我无法回答全部的问题，但是那个人一定有问题，我可以感觉得到。”

“我想，”达克沃思说道，“至少可以去和他谈谈这件事，看他怎么说。”

“好，我们就这么做吧。”

“嗯。”他说着举起手。

“我也去，我有事情要问他。如果你不让我和你一起去，等你离开后两秒钟，我就会去敲他家的大门。”

达克沃思想了想：“那你得让我负责和他说话。”

我保持沉默。

“好吧，我们一起开车过去。你能帮我带路吗？”

“可以。”我回答，“首先，我要告诉我弟弟我得出去一会儿。然后，我还需要做一件事。”

“我会在前门口等你。”

在我上楼的时候，达克沃思已经起身走到了阳台。

走廊的墙上仍然钉满了地图，我第一次对它们产生了一种欣慰的感觉。我直接走进托马斯的房间。

他坐在电脑椅上，盯着他的屏幕和键盘。没有了主机，这些东西就像车子没有了引擎一样。

“我们现在要去买电脑吗？”他问。

“不是现在，”我告诉他，“你可以自己在家里待一会儿吗？外面那条路上还有警察。”

“我想可以吧。你要去哪里？”

“我要去见莱恩·普伦蒂斯。”

托马斯皱皱眉头：“我不喜欢他。”

我考虑着当下是不是要问托马斯，让他把过去发生的事以及谁做了那件事都告诉我，不过我考虑了一下还是作罢。过去几天以来，他已经经历了太多事情，不需要我再来多加一笔。

“我也不喜欢他。”我说。

我把注意力转到他桌上的电话。“你碰过这个了吗？”我问。

“你不是叫我不要碰。”

“我只是问问而已。”

“我没有碰它。”

我走到桌子旁边，把电话拉近，然后按下来电和拨打记录的按键。

自从我们被绑架那天晚上开始，就没有人打来过电话。

有一通是在那天晚上十点十三分的时候打进来的，那是电话记录里唯一的电话号码。

我很确定，那是一个本地的电话号码。

“托马斯，”我说，“这上面只显示了一通来电。你从来没有接到过其他的电话吗？推销的也没有？”

“每通电话结束后，我都会把记录删除。”他告诉我，“那是克林顿总统一开始就交代过的。”

然而，那天晚上，当刘易斯·布洛克尔接完电话后，托马斯并没有机会删除那通电话的记录。

我觉得不应该从托马斯房间的这部电话直接回拨那个号码。因此，我拿出我的手机，按下了那组电话号码，然后把手机贴到耳边。

“你在打给谁？”托马斯问道，“你在打给总统吗？他叫我千万不要自己打给他，而且如果那是他的号码的话，我早就应该删除了。”

我举起手示意他安静。电话那头响了一声。

第二声。

第三声。

终于有人接起了电话。手机里先是一阵窸窣声，随即有人应声。

“你好，我是哈里·佩顿！”

74

“你好？”哈里问道，“有人在听吗？”

“我是雷。”我好不容易出了声。

“雷！”哈里的声音充满惊讶，“老天！你回来了！”

“我们回来了。”我答道。

“我的天，你们发生了什么事？新闻里的描述太粗略了，不过是你们发现莫里斯·索奇克的妻子被谋杀了吗？天哪，你们怎么会蹚入那种浑水？好吧，我知道那和托马斯有关。可是，我的老天，你们有可能丧命啊。”

“我们是差点就没命了。”我一边说，一边试着想把事情组织在一起。

“我们打了好几次电话到你家，但是都找不到你。刚开始，我们以为你可能带你弟弟回柏林顿待几天。”

“不是的。”

哈里笑笑：“好吧，好吧，我们现在知道了，不是吗？你们还好吗？我是说，身体上？你们没事吧？”

“手腕还有点酸，”我回答，“基本上全身都在痛。”

“简直太可怕了。”哈里继续说道，“听着，我需要你签名的东西，我们可以随时再约。你先让生活的步调重新回归好，然后……”

“不用了，”我打断他，“我们现在就签吧。”

“哦，当然可以，让我先查一下我的笔记……”

“我几分钟后就到。”

“雷，等等。雷？你知道这是我个人的电话号码吗？你怎么不打到我的办公室？你是从哪里拿到这个号码的？”

“待会儿见。”我说完挂断了电话。

托马斯看着我：“总统还好吗？”

我走进父亲的房间，关上房门，然后坐到床沿上。我把手机放在被单上，用手轻轻抚摸着被单，让手掌感受布料的质感。

这是怎么一回事？

哈里·佩顿打电话到父亲家里，假装是克林顿总统。他应该知道，唯一会相信他的人只有我弟弟。哈里知道托马斯的那些幻想。

他在利用那些幻想。

刘易斯接到的那通电话一定不是第一次。不，在那之前，哈里·佩顿一定还打过。我弟弟接到过那些电话，他相信自己和比尔·克林顿进行过对话。

不过，据我观察，我也知道，就算没有人打电话来，托马斯也有过那些对话。我就曾看到过他连电话都没有拿，就自言自语地和某人讲话。

哈里·佩顿知道那些对话，然后就决定让那些对话成真。

我拿起手机，走出父亲的房间，回到托马斯的房间，看到他依然郁闷地坐在电脑椅上。

“当你接到电话，我是说打到你那部电话的来电，他……你知道的，他都和你说了些什么？”

托马斯眨眨眼睛：“你记得我告诉过你，他最近不太友善吗？”

“嗯。”

“他说，如果我把那些事告诉你的话，就是我以前发生的那些事，以及现在总统告诉我的事，我们就会发生不好的事。他说，所有的事都只有我们两个人知道，他想知道我个人、你和爸爸的事。他以前不通过电话和我沟通，在我只能单向听到他声音的时候，他都不会问这种问题。”

“他问了关于爸爸的哪些事？”

“他想知道，爸爸有没有提到过他的朋友，是不是跟我说过他们的坏话，因为克林顿先生想确定我的圈子里有没有敌人、间谍这样的人。”

“你怎么告诉他的？”

托马斯耸耸肩："没什么。我告诉他我不喜欢莱恩·普伦蒂斯，还有我真的不喜欢佩顿先生，那就是我没有去参加葬礼的原因，因为我猜他也会去。"

"托马斯，"我温和地说，"很久以前，发生在你身上的那件事，在那扇窗户里发生的那件事，是佩顿先生做的，对不对？"

他的眼神看起来很疏离："爸爸说我不应该谈论那件事，永远都不可以。即便他对我道歉后，即便他知道那是真的，他也说，我不可以提起那件事，直到他想清楚要怎么做为止。可是，我最终可能还是得说出来。"他把目光挪开，"我完全不想再提起。这么久以来，爸爸都要我试着把它忘记，我觉得我没有办法再提起。要我去告诉警察，或者在法庭上说出来，不，我绝对不要。"

我拿起手机寻找某个号码，结果发现那个号码并没有储存在我的手机里。我需要一本电话号码簿。

"我们稍后再谈，好吗，托马斯？"我告诉他，"然后去帮你买电脑。"

"好。"他说，"你要我做晚餐吗？"他突如其来的提议让我觉得差点就要哭出来。

"我甚至不知道我们还有什么。"我说，"等我回来再看吧。"

我下楼时向外瞄了一眼，看到达克沃思警探还站在大门前等我。我在厨房的抽屉里找到一本电话簿，立刻翻开找莱恩·普伦蒂斯家的电话号码。

"你好？"接电话的是玛丽。

"嘿，玛丽，我是雷！"

"噢，雷！噢，我的天，莱恩和我，我们听说你和托马斯……"

"我有个问题要问你，我只需要你回答我这个问题就好。"

"什么？你想知道什么？"

"莱恩去泰国的时候，我知道你没有和他同行，可是有其他人和他一起去吗？"

"有啊，当然有。哈里——哈里·佩顿和他一起去的，虽然莱恩对哈里老是单独行动感到有点失望。告诉我，你和托马斯……"

我挂断电话，走到大门前去找达克沃思警探。

“计划改变了。”我告诉他。

在前往市区的途中，我在达克沃思的车子里尽可能地解释我认为发生了什么事。哈里·佩顿发现父亲知道了他的泰国之旅，而且父亲现在也相信了托马斯小时候对哈里的指控，所以哈里开始感到恐慌。

“我想，他杀了我父亲。”我说，“或者，至少没有救我父亲。而且，也许在我父亲过世之前，当然还有过世后，哈里就开始给我弟弟打电话，利用他的幻觉来混淆他。我想，他要确定托马斯不会提及他曾经对托马斯做过的事。他觉得，如果那是总统的命令，托马斯应该就不会违背。”

“我从来没有想到过这一点，”达克沃思说道，“相信我，我想到过其他可能。”

“哈里给你打电话的时候是怎么说的？”我问，“关于托马斯，以及他在‘旋转 360’上看到的东西？”

“那是什么？”达克沃思把手腕撑在方向盘上反问我。

“我去找哈里，告诉他托马斯在网络上看到的东西也许真的不简单。我说我需要跟警方谈谈，却恐怕无法让警方相信。哈里说他认识你，说他会帮我给你打电话。”

达克沃思缓缓地摇摇头：“我认识哈里·佩顿很久了，但是他从来没有为了这件事打过电话给我。”

“浑蛋，”我说，“那个浑蛋。”

达克沃思瞄了我一眼：“你觉得他知道你发现了吗？”

“他最后问我的问题是，我为什么打到他的手机上了。他想知道我怎么会有他的手机号码。”

达克沃思舔了舔上唇：“我想他发现了。”

“是啊，”我同意道，“我想他是发现了。”

我们走进哈里·佩顿的律师办公室。达克沃思坚持要主导这次会面，于是便走在我前面穿过大门。

哈里的秘书爱丽丝抬起头来，对着我们笑了一笑。

“你好，巴里！”她先对达克沃思警探打招呼，然后转向我，“雷，我的天，我实在无法相信在你身上发生的事。”

“我们需要和哈里谈谈。”达克沃思首先开口。

“你们两个人一起？”爱丽丝问道。

“我们需要和哈里谈谈，爱丽丝。”达克沃思的声音里有一股之前没有的严厉。

爱丽丝脸上的笑容尽失，立刻拿起电话：“有人要见你。”

几秒之后，距离她桌子十英尺外的一道厚重的木门被打开了。哈里在门的那头握住门把，他的目光先是落在我身上，然后是巴里。

看到我和一名警探前来，他就知道怎么回事了。我从他的眼神里看得出来，他知道自己完蛋了。

“哈里，”达克沃思说着走向那扇门，“我需要问你几个问题。”

哈里退到门后，用力地关上了办公室的门。

达克沃思一把冲向前，转动着门把，试着推门，门却一点反应也没有。我来到他身边，像个白痴似的重复着他的动作。

“哈里！”达克沃思隔着门喊道，“开门！”

哈里没有应声。

达克沃思愤怒地转向爱丽丝：“有其他的出入口可以离开办公室吗？”

“没有，”爱丽丝回答，“窗户是打不开的。”

“你有钥匙吗？”

当爱丽丝在抽屉里找钥匙的时候，我把嘴贴近门板大声喊道：“我知道了，哈里！我知道你做了什么！你对我父亲和我弟弟做了什么！”我的拳头重重地落在门上，“出来！出来，可恶！我们都知道了！爸爸在你的手机里发现了那些照片，而且……”

“滚出去！”哈里从办公室里大叫。

“他看到你手机里的照片就知道了！他知道托马斯没有说谎！”

“快点把钥匙找出来。”达克沃思对着爱丽丝说道。

“你完蛋了，哈里！”我继续叫道，“即便他们没有办法起诉你对托马斯和我父亲所做的事，你在这个城里也已经毁了。”我降低了音量，不过还是大声到他可以听见，“每个人都会知道你的真面目，哈里。我会确保这一点的。你是个变态，是个谋杀犯。”

“找到了。”爱丽丝终于找到了钥匙。

“拿来。”达克沃思说着，从她手中拿过钥匙。

“有件事你们得知道……”爱丽丝突然说道。

“你听到了吗，哈里？”我再度提高嗓门，“你听到我说的话了吗？”

达克沃思把我推开，准备把钥匙插入门锁。“什么事？”他火速问了爱丽丝。

“他有一把……”

话没说完，我们就听到了一声枪响。

“趴下！”达克沃思说着，立刻用手臂搂住我，让我们俩双双蹲了下来。

还在办公桌后面的爱丽丝只是不停地尖叫。

“不要站起来。”达克沃思说着，一边把手压在我的背上，一边站起身，他从外套里掏出一把枪，开口喊道，“哈里！”

没有回应。

“哈里！”

达克沃思把钥匙插进门锁里转动了一下，然后握住门把，在转动门把的同时缓缓地把门推开。

“噢，我的天。”他闷哼了一声。

75

“我只来过一次，”我们从大马路转到通往普罗米斯瀑布市墓园那片修剪整齐的腹地时，托马斯对我说道，“就是妈妈死的时候，你记得吗？”

“我记得。”我一边回答他，一边把我的奥迪开到一条蜿蜒的小路上，然后沿着盘旋的柏油路继续前进。一座又一座石碑和墓碑在我们的车窗外飞驰而过。基于上一次的经验，托马斯对我的GPS导航系统玛利亚已经不再感兴趣了，因而一路上碰也没碰它。

上周发生的那些事改变了他，也改变了我们所有的人。

不过，托马斯不像我们其他人。他向来都不会改变，特别是在我看来，他一直把自己囚禁在他的精神疾病里。他再也不是以前那个托马斯了。

在哈里·佩顿自杀几天后，我买了一台新电脑给托马斯。我们在家组装好，等我一下楼去拿啤酒，他就立刻一头钻回“旋转360”里了。

二十分钟后，他下楼来到厨房。那时候既非午餐时间，也不是晚餐时间。他只是需要休息一下。他从冰箱里拿出一罐可乐，坐在餐桌旁喝了起来，然后又回到楼上。稍后，当我上楼去偷看他时，发现他居然在网上阅读《时代》杂志。

从此之后，惊喜连连。

他持续去看葛林医生。当葛林医生结束他的疗程之后，她告诉我，她也留意到了托马斯的转变。

“我们再观察看看吧，”葛林医生小心翼翼的，不敢有任何期望，“不过，我想他应该可以调适得很好。这不是没有可能的，不过我不想过分解读。哈里·佩顿的死，就某方面而言，也许让他获得了解放。也许，哈里是托马斯不愿意走出家门的原因之一。”

托马斯一直很想去看他的新住处。那天早上，他对我说：“待在这栋房子里，我会想起很多爸爸妈妈的事。当我和爸爸一起住的时候，我觉得那还没有关系，但是他们两个人都不在了以后，这个地方感觉就有点怪怪的了。”他停了一下，“而且，我知道你不想和我住在这里。”

“托马斯，那……”

“你想和朱莉一起住，这样你就可以和她上床了。”

“噢，嗯。”我应声道。

“我不希望你再让我惹上什么麻烦。”他说。这几天，他重申了好几次，好像我是推倒第一块多米诺骨牌的人，仿佛在网上看到布里奇特·索奇克的人是我。

早餐之后，他要我带他到父亲的坟上，好让他可以对父亲致哀。

我告诉他发生在哈里办公室的事，我说我大概弄清楚了某些事情。在哈里还住在萨拉托加那间店铺楼上时，哈里曾经侵犯过他。而父亲在看过哈里手机里的照片后，终于相信了托马斯。所有人现在都相信了。参与调查哈里自杀案的那名警察已经把哈里的电脑都查扣了，还在电脑里发现了很多让我一想到就觉得反胃的照片。

我并没有告诉托马斯，我觉得哈里·佩顿对父亲的死应该也有责任。虽然那只是我的推测，不过我相信我的推测很合理。我可以想象哈里来到父亲家，试着叫父亲放手。结果，两个人发生了争执，割草机也因此翻了过来。

我之所以决定不告诉托马斯，是因为我觉得他已经受够了。况且，既然警方不会对哈里提出任何控诉，这件事就不会被带上法庭，任何事都不会公开。

“他们在同一区，对吗？”托马斯在我停车的时候问道，“妈妈和爸爸。”

“是的。”

“你知道可以在电脑上看到这个墓园吗？网上有一张很清楚的卫星照片。我看过好几次了，我知道怎么走。”

他真的知道。他兴奋地跳下车，跑过草坪。我绕到车子的另一边，很快追上了他的脚步。

托马斯在接近墓碑的时候放慢了脚步，然后站在墓碑正前方六英尺的距离，轻轻地低下了头，双手合十放在胸前。

我来到他身后，一只手搭在他的肩膀上。

“嘿，老爸！”他说，“我本来是要去参加葬礼的，但是我不想见到佩顿先生。不过，我想我还是得来这里看看你。佩顿先生已经死了，我想那是件好事，虽然我可能不应该这么说。”我捏了捏他的肩膀，“总之，我很想你。雷教我做了一些事。我现在会煮饭了，而且也在学习怎样照顾好自己，这又是另一件好事，因为我就要搬到一个新的地方，在那里我得帮忙做事。”

他沉默了下来，却没有想离开的迹象。我感觉到他似乎想告诉父亲其他的事，所以我再度捏了捏他的肩膀。

“还有，我也想说‘对不起’。不只是因为我没有去参加葬礼，没有帮忙做事。”他吞了吞口水，“我要说，对不起，我在楼梯上推了你一把。”他停了一下，“还有在斜坡上。”我的手瞬间无法动弹，“要对警方说出佩顿先生的事让我感到很沮丧，我得出去和你谈谈那件事。我不是有意要推你，而且我真的很抱歉，因为我也没有立刻去求救。”他又停了一下，“我是真的很害怕。”我把手从托马斯的肩膀上拿了下来。“我想，我要说的就是这些了，”他对父亲说道，“我很快就会再来看你。”然后，他转身对我说，“我们现在可以去看我的新住处了吗？我得想想我的东西都放在哪里。”

他从我身边走过，开始一步步地走开。我只能木然地站在那里，目送着托马斯走回车上。

图书在版编目（CIP）数据

目击症人 / (加) 林伍德·巴克利著；李丽珉译
. -- 贵阳：贵州人民出版社，2024.5
ISBN 978-7-221-18188-6

Ⅰ. ①目… Ⅱ. ①林… ②李… Ⅲ. ①长篇小说-加拿大-现代 Ⅳ. ①I711.45

中国国家版本馆 CIP 数据核字 (2024) 第 025363 号

版权贸易合同审核登记图字：22-2023-156 号

MUJI ZHENG REN

目击症人

[加] 林伍德·巴克利　著　李丽珉　译

出 版 人　朱文迅
策划编辑　邱　郁　Anthony　北　水
责任编辑　刘　妮
封面设计　付诗意
责任印制　蔡继磊
出版发行　贵州出版集团　贵州人民出版社
地　　址　贵阳市观山湖区中天会展城会展东路 SOHO 公寓 A 座
印　　刷　河北鹏润印刷有限公司
版　　次　2024 年 5 月第 1 版
印　　次　2024 年 5 月第 1 次印刷
开　　本　880 毫米 × 1230 毫米　1/32
印　　张　13.5
字　　数　450 千字
书　　号　ISBN 978-7-221-18188-6
定　　价　60.00 元